拉萨河畔的岁月

——上海高校教师援藏纪实（1974—1980）

主　　编　蒋秀明

执行主编　纪如曼

副 主 编　徐剑清　金守郡

内容提要

从1974年7月到1980年7月，复旦大学、上海交通大学、华东师范大学、上海师范大学、上海戏剧学院、上海音乐学院、上海体育学院、上海教育学院组成上海高校援藏教师队，分三批（每批两年）奔赴世界屋脊筹备和建设西藏高原上的第一所高等学校——西藏师范学院。援藏教师在他们人生精力最旺盛、最充沛的阶段，为发展和繁荣西藏文教事业做出了重要的贡献。本书共收录了五十余篇由援藏者撰写的当年亲身经历和感受，以及当年的领导，老师和学生撰写的部分文字，读来令人感动，催人奋进，值得铭记。本书分为三部分：第一编深情忆往；第二编峥嵘岁月；第三编桃李芬芳。本书的内容充满青春激情，材料翔实，具有史料价值。

图书在版编目（CIP）数据

拉萨河畔的岁月：上海高校教师援藏纪实：1974—1980 / 蒋秀明主编. -- 上海：上海交通大学出版社，2024.7 -- ISBN 978-7-313-31122-1

Ⅰ. I251

中国国家版本馆CIP数据核字第2024FA6479号

拉萨河畔的岁月——上海高校教师援藏纪实（1974—1980）
LASA HEPAN DE SUIYUE
— SHANGHAI GAOXIAO JIAOSHI YUANZANG JISHI（1974—1980）

主　　编：蒋秀明
出版发行：上海交通大学出版社
地　　址：上海市番禺路951号
邮政编码：200030
电　　话：021-64071208
印　　制：上海锦佳印刷有限公司
经　　销：全国新华书店
开　　本：710mm × 1000mm　1/16
印　　张：28
字　　数：390千字
版　　次：2024年7月第1版
印　　次：2024年7月第1次印刷
书　　号：ISBN 978-7-313-31122-1
定　　价：88.00元

编委会

序

任凭岁月似流水，西藏依然挂心中。

1974年7月至1980年7月，根据国务院1974年37号文件，由复旦大学、上海交通大学、华东师范大学、上海师范大学、上海戏剧学院、上海音乐学院、上海体育学院、上海教育学院组成的上海高校援藏教师队，分三批（每批两年），奔赴世界屋脊筹备和建设西藏高原上第一所高等学校——西藏师范学院（1985年改建为西藏大学），转眼已有半个世纪。

藏族有句谚语："雄鹰飞得再高，它的影子总是留在它的故乡。"自从我们离开第二故乡以来,仍时刻惦记着西藏,我们为西藏取得的每一项成就而欢欣鼓舞，为西藏大学的发展进步而心潮澎湃。

出于对西藏和西藏人民的感情，首批高校援藏教师在西藏大学的支持和资助下，于2006年1月编印了《雪域情怀》纪念文集，向西藏师范学院成立30周年和首批高校援藏教师赴藏30周年的"双喜临门"献礼。第二批援藏教师跟随其后，于2016年编印了《雪域情缘》纪念画册，向西藏师范学院成立40周年致敬。但这两本集子都没有正式出版，没有向社会发行，仅在本批次的援藏教师个人手中保存收藏。

2022年初，上海援藏联谊会副会长方城，一位刚从上海市档案局副局长、上海市档案馆副馆长职位退休的上海首批援藏干部，从档案和历史都是人类社会的宝贵文化财富的独特视角，力劝上海高校三批援藏教师联合出版援藏回忆录。他的建议点燃了我们抓住有生之年，将三批援藏教师的资源和资料进行整合，编纂和出版上海高校教师援藏回忆录合集的愿望，迎接即将到来的“两个50周年”纪念日，即上海高校援藏教师赴西藏参加文教建设50周年和西藏自治区内第一所大学诞生50周年。

这个想法得到大多数援藏教师的赞同和支持，也得到西藏师范学院和西藏大学老领导的支持。援藏教师现在多数已是耄耋之年，有些是古稀之年，有的已到鲐背之年，在得知要编一本三批高校援藏教师回忆录合集后，许多老师不顾年老体衰眼花，有的查找资料，搜索记忆的枯肠，撰写回忆文章；有的献出自己曾经写过或发表过的援藏文章、诗词、书信、画作；有的认真修改补充曾收进《雪域情怀》等书籍的文章；有的翻找发黄照片，为文章添加珍贵的照片资料。首批援藏的姚振中老师，几年来饱受强直性脊柱炎的痛苦，在不能久站久坐，眼睛老花加白内障，手不利索的情况下，用了3个多月时间，笔耕不辍，反复打磨，就在文章即将收笔之际，心脏突感不适，住进医院做了心脏支架手术，出院后继续奋笔，最终提交了一篇两万字的精彩文章。第二批援藏教师倪荣泉已经故去，其子倪育成替父表达西藏情，加入了本书的编辑工作。

西藏师范学院原党委副书记、副院长（后任西藏自治区人民政府副主席、中国藏学研究中心总干事）拉巴平措贡献了他尘封已久的《上海第一批援藏教师进藏纪事》。西藏大学原副校长张廷芳老师不仅表态坚决支持，而且身体力行，她亲自撰写长篇文章，回忆、总结和评价上海援藏教师的功绩；向原西藏师范学院的学生组稿，亲自修改他们的稿子；参加全部书稿的审读工作，提出具体的修改意见；向西藏大学汇报我们编书的事，获得西藏大学的积极回应和支持。

本书的付梓出版，得到上海市教委的高度关注和大力支持，教委领导对该书的肯定和重视，让我们倍感欣慰，深受感动。

复旦大学退休党委书记周桂发同志给予我们热情的鼓励和热心的帮助，他出于对援藏回忆录价值的特殊敏感性，极力促成此书的出版。

我们的编书工作还得到上海援藏联谊会的支持。联谊会秘书处秘书长赵伟、办公室主任王林国、联络部部长熊文和办公室祖海荣老师对我们出书工作给予热切的关心、鼓励和会议服务，联谊会会员龚景籣女士为我们提供出版信息。

由于受疫情影响，编书工作推迟到2022年10月才正式展开。我们成立了以蒋秀明为主编，纪如曼为执行主编，徐剑清、金守郡为副主编，葛乃福、华宣积、黄宏真、王仁义、倪育成为编委的编辑组，聘请张廷芳老师为顾问。编辑组成员都是耄耋和古稀之人，完成这项工作的难度可想而知，可我们抱着一定要完成好这项工作的使命感，不计个人得失无偿付出，克服了种种困难，群策群力，胜利完成了本书的编辑工作。

如烟世事笔下叙，似水时光墨中存，

我书我忆我文章，笔墨处处皆有情。

我们很荣幸在西藏自治区高等教育扬帆起航的关键时刻赴西藏参加文教建设，获得了为西藏人民服务的难得机遇。虽然我们每个人的贡献都微不足道，但我们在自己人生精力最旺盛、最充沛的阶段,为发展和繁荣西藏的文教事业做出了应有的贡献，为增进汉藏同胞友情付出了自己的努力，这让我们感到无比自豪。莎士比亚说：“历史就在每一个人的生活中。”我们用众多援藏教师的文章、照片记录和见证我们在西藏师院初建之时所倾注的心力。本书中的文章、照片、诗歌、书信、绘画，从一个侧面反映了那段重要的历史。我们深知，再不用深情去回忆、记录那段往事，用不了多久，我们这群人记忆的痕迹将会灰飞烟灭。

本书共收录了五十余篇文章（含诗词）和数百张照片，由五十多位作者撰写。书的结构可分为三部分，第一部分是“序”之后的4篇文章，是西藏师范学院和西藏大学的老领导所撰写。他们是西藏师范学院原党委副书记副院长拉巴平措、西藏大学原党委书记兼校长刘庆慧、西藏大学原副校长大罗桑朗杰和张廷芳，其中三人和上海援藏教师有过密切接触。他们的文章不仅站位高，而且“干货”多，生动具体地描述了他们和上海援藏教师在一起的许多故事，客观评价了上海援藏教师在援建工作中的突出表现。拉巴平措既是领导干部，又是藏学家，精通藏汉两种语言文字的优势使他在《上海第一批援藏教师进藏纪事》一文中，用细致生动的记叙方法，复盘了他亲历的首批援藏教师从动员到进藏，再到筹建西藏师范学院的主要脉络，提供了重要的史实。大罗桑朗杰和张廷芳虽然后来都担任过西藏大学的校级领导，但他（她）的文章都是回忆当年自己作为一名西藏师范学校和西藏师范学院的普通教师与上海援藏教师接触的亲身经历和感受，读来倍感亲切。第二部分体量最大，是三批援藏教师的回忆文章、照片、诗词、书信，顺序按照各批次援藏教师进藏时间先后排列，首批的在前，第二批的居中、第三批的在后。其中，曾担任上海作协副主席的首批援藏教师王纪人的《乌发茂盛去拉萨》，用娴熟高超的写作功力，描写他在生命最旺盛的年龄，到西藏参加文教建设所经历的趣事，读来是一种文学享受。孙玉和的《思念》，述说了他援藏期间痛失母亲，返沪后又痛失爱妻的不幸遭遇，体现了援藏教师为了西藏的建设，克服了个人和家庭的困难，舍小家顾大家的奉献精神。姚振中的《道碴碎石那两年》，运用艺术家形象思维的表现手法，把援藏两年的经历写成一个个生动有趣的小故事，读它如看章回小说般吸睛。黄宏真的《情寄西藏》用细腻的笔触，道出了援藏教师和当地教师、学生之间的深情厚谊。李重华的《高原传书》是15封家信，既记录了援藏工作和生活的点点滴滴，又体现出夫妻之间、父女之间最平常也最真实的情感，有很强的代入感。徐天德的《从复旦到拉萨》，用优美的文笔描绘了进藏旅途所见的美景，堪称游记散文范文。第三部分是最后4篇文章，由多位西藏师范学院毕业生写就，他们用质朴的语言、真挚的感情、具体的事例，回顾了上海援藏教师对他们的言传身教以及老师们在他们成长成才中的重要影响和作用。这些学生从西藏师范学院毕业后，大部分成长为西藏文教战线的骨干和栋梁，有的成为各级领导干部。桃李争妍是对援藏教师最有力的肯定和赞誉。

本书以纪实回忆文章为主，穿插一些援藏教师的励志诗词，蜡烛光下一字一句写给爱人的家信，用简陋相机拍摄、翻箱倒柜找出的珍贵照片，以及拍成照片的绘画和其他有纪念意义和保存价值的实物图片。随着当年壮志雄心的年轻教师步入耄耋之年，尽管碎片化的记忆依然在脑海浮现，但因笔力不逮、精力衰减等因素，我们只能通过择精摘要、随性而写、形式多样的方式而不是卷帙浩繁的方式去呈现我们在西藏那几年的岁月。只要能见证那段波澜壮阔历史的资料，我们都收录其中，并认为珍贵照片也是文献，故而将经历了半个世纪岁月的洗礼还能留存至今的照片，作为本书不可或缺的重要内容。

本书的文字都是援藏教师亲笔写成，虽然有的文章语言比较朴素，体例也不尽一致，但比起接受采访、他人整理成文更直接、更真实。我们编辑这本书的目的，不是为了留给自己的子孙品读，而是为了留给社会一份有历史价值的真实记录：将我们参与西藏本土第一所高校建设的经历，通过一篇篇文章、一张张照片，真实地加以还原。我们相信，此书无论对于援建单位——上海市政府教育部门和派遣援藏教师的高校，还是对于受援单位——西藏自治区政府教育部门和西藏大学，或许都是一份珍贵的史料。

我们中超过四分之一的“战友”已经人生谢幕，在此，我们向他们表达深切的缅怀，相信他们会在云端之上，为我们完成援藏教师共同的心愿而颔首微笑。

在我们完成这本书时,我们特别想念西藏师范学院第一任党委书记高传义同志和副院长汪文彬、副书记副院长拉巴平措等同志，是他们这些老领导给我们以各方面的亲切关怀和大力支持,才使我们胜利地完成援藏任务。我们还特别想念西藏大学首任校长、藏学家次旺俊美教授、西藏大学原副校长大罗桑朗杰教授、张廷芳教授，他们就像我们中的一员，一直和我们在一起，给予我们亲切的关怀和多方面的支持。

在此我们衷心感谢为本书给予我们支持和帮助的上海市教委、西藏大学、上海援藏联谊会，为此书撰写文章的西藏师范学院（西藏大学）的老领导和原西藏师范学院的学生，感谢全体援藏教师，没有大家的倾力支持，就没有这部回忆录的问世。

《拉萨河畔的岁月》编委会

2024年7月

目 录

第一编 深情忆往

第二编 峥嵘岁月

第三编 桃李芬芳

第一编

深情忆往

CHAPTER

1

上海援助西藏　筹建师范学院

——上海第一批援藏教师进藏纪事

拉巴平措

1974年，经中央批准，西藏自治区决定在原有师范学校的基础上成立师范学院，既作为迎接西藏自治区成立10周年的重要项目，也作为推进西藏教育事业发展的重大举措，从根本上提高教育事业发展水平和人口素质，从而为西藏的经济社会发展奠定坚实基础。

⊙ 上海援藏教师在进藏途中于格尔木召开誓师会，正面左二是作者

精心挑选　组建队伍

1974年5月底6月初，我陪同文教局王增辉同志，赴内地落实国务院关于教育援藏工作的37号文件精神，开展动员和迎接援藏教师的工作。我们首先到北京，同教育部联系，教育部的同志向我介绍了各省市援藏教师动员工作的情况。此次教育援藏包括援建一所大学和若干所中学。我们前往有关省市，到了湖北、湖南、江苏、上海等地，瞻仰了二七大罢工纪念塔、毛主席的故乡湘潭等处。到了上海同教育部门正式接触后，了解到上海虽然肩负援建一所大学和一所中学的任务，但组织动员工作做得非常仔细，动作非常迅速，各项准备工作顺利进行。随后，王增辉同志赴天津等地，我则留在上海等待援藏老师。

我们到上海的时候，动员工作正在进行，有关西藏情况的介绍是由正在复旦大学深造的《西藏日报》编辑丹增同志撰写的，所以我就不用再去全面介绍西藏的情况了。当时报名去援藏的老师很多，但是上海对将要援建的师范学院的情况不了解。援藏需要什么样的教师？还需要做什么准备？上海高教局的同志希望我给他们做一些详细的介绍，以便确定人选并做好教材和教学仪器设备的准备工作。我们开过好几次会议，反复商量相关的工作。我强调师范学院是在师范学校的基础上组建的，而师范学校则是以培养小学教师为主的学校，基础差，底子薄。

办高等学校需要内地的多方面的支援，就教师队伍而言，既要有骨干教师，又要有基础教师；在教学计划、大纲、教材等方面几乎是空白；在教学设备仪器方面也是八字没有一撇，都要从头开始。

针对以上情况，上海高教局选定了李明忠、吴贤忠等40位同志，其中复旦大学11人、华东师范大学13人、上海师范大学7人、上海交通大学3人、上海音乐学院2人、上海体育学院2人、上海戏剧学院2人；从教师专业分布情况看，语文6人、数学6人、物理4人、化学4人、政治5人、体育3人、历史2人、地理2人、生物2人、音乐2人、美术2人、教育学2人；从教师的年龄看，年龄最大的是上海交通大学的数学老师周仁，1927年生，当时47岁，其次是上海音乐学院的林克铭，1929年生，当时45岁。年龄最小的纪如曼，1951年生，当时23岁；从性别看，有男32人、女7人；从学历看，有两名研究生、两名大专生，其余全部是大学本科毕业；援藏教师队中有不少人是党员，而且教学经验丰富。

除了组建教师队伍，上海还为援藏工作准备了各科教材和教学参考资料，购置和调配了物理、化学、生物、地理、数学、体育等各学科教学所需的教学仪器设备，共计上百万元。

各项准备工作完成得差不多时，上海市党政领导在上海交通大学接见所有进藏人员。当时的情景，除了没有奏《东方红》之外，似乎是国家最高领导人出场的气势。上海赴藏的大学和中学老师共计85位，其中包括了援助拉萨中学的45位老师，当时拉萨中学前来迎接援藏老师的是学校负责人司林辉。

进藏途中　踔厉前行

根据地理老师恽才兴在李明忠主编的《雪域情怀》中发表的《难忘的回忆》一文记载，我们的具体行程是：1974年7月13日清晨从上海北站乘坐火车进藏；7月15日到达河西走廊；7月20日过柴达木盆地；7月24日到昆仑山口；7月27日翻越唐古拉山；7月28日到达藏北草原；7月29日穿越羊八井，到达拉萨。

我们乘坐火车离开上海后，一路上老师们精神抖擞，喜气洋洋，谈笑风生。每到一个车站，在体育老师孙玉和、沈荣渭、杨国芳的带领下，进行体育锻炼，有时打太极拳、有时做广播操。我们下火车的终点站是柳园。这里是一个小镇，周围是一望无边的戈壁滩。进出藏物资和人员的转运机构和设施都在这里。我们在这里等待托运的行李和教学设备等，老师们非常兴奋。经过几个昼夜的旅行，人们需要歇息歇息，也需要冲冲澡，对于长期习惯于大上海生活的老师们来说实在是一件非常庆幸的事情。在等待行李的时间里，老师们还同当地车队的人员开展了篮球比赛。比赛后依然痛痛快快地冲澡，洗掉汗水。但遗憾的是有几位老师得了感冒，其中主要是体育老师和其他几个身体健壮的同志，还有个别老师出现了流鼻血的现象。这引起了我的高度重视，并采取了必要的防范措施。

我们从柳园搭乘拉萨客运公司的大客车经柴达木盆地前往格尔木。我们决定在格尔木进行休整，做好冲刺海拔4 700多米的昆仑山口和海拔5 200多米的唐古拉山口的物资准备、组织准备和精神准备。我们首先把大家带到医院进行体检，特别是对感冒的同志采取治疗措施；其次，召开会议，总结前一段时间的经验教训，进一步动员，提出要求，统一思想，采取措施。最后，同汽车驾驶员一起商量并确定行程计划，准备各种所需的物资和药品。在医院体检时，有的同志了解到，就在前几天，有几位年轻人进藏，其中一人由于呼吸道感染，患了肺水肿，离开了人世。有的同志听了十分紧张。

这时，上海援藏的老师们还保留着城里的生活习惯，每天要冲澡擦身子，不然无法忍受，这是一个很大的矛盾。我在动员时提出："为了使大家安全健康地到达目的地，要暂时改变这种习惯，最好不要冲澡，要'宁脏勿病'。一路上有些灰尘、有些汗臭味，不要看得太重。相反，防止感冒，防止呼吸道系统感染是当务之急。至于大家听到的消息，也不要大惊小怪。只要大家注意了，防范措施到位了，就可以顺利渡过高山缺氧的难关。因为青藏高原不仅是藏族人民世代繁衍和生息的地方，而且像十八军等大批进藏部队和干部职工，他们不仅徒步进藏，而且长年累月地在高原上生活和工作。这里最好的办法还是毛主席说的：'在战略上要藐视它，在战术上要重视它。'"我们在这里实际上举行了一个总结经验、相互交流、鼓舞斗志、准备冲刺的誓师大会。

在我们离开格尔木乘车进藏，越过昆仑山口的时候，有人已经出现了较为明显的高原反应。特别是到达沱沱河的那天晚上，好几位老师有头晕、恶心、呕吐、头痛等症状，他们不想吃饭，只想吸氧。我自己也觉得恶心、头晕，但我是我们队伍中的唯一一个藏族人，是在高原长大和长期工作的人，又是受组织委派全程带队的人，如果大家看到我都有高原反应，那么他们就会更紧张。于是我就只好强忍着，跑东跑西，给大家做工作，安排食宿，让大家休息好，所以几乎一晚上没有睡觉。在跨越唐古拉山时，本来我和司机师傅事先约定：到了唐古拉山上，既不停车，也不向大家介绍唐古拉山，等开过山口后再告诉大家。但是没有料到，到了唐古拉山口的时候，地理老师恽才兴手里拿着地图，兴致勃勃地观察周围的山峰，突然兴奋地大喊："我们已经到了唐古拉山口了，左边的那座雪山就是唐古拉山顶！"大家一下子又是惊喜、又是胆怯，一种复杂的心情和气氛笼罩了我们的车内。

就在这时，我们的车子先是猛烈摇晃起来，然后突然停下来不走了。我带着几分不快问司机："师傅怎么啦？"他说："路况太差，无法走了。"然后从座位上站起来说："大家先下车，我把车子开过这里的坑坑洼洼。"我先站起来，还没有到车门口，恽才兴等老师已经抢先，打开车门下了车。我招呼大家不要跑远了，行动要慢节奏，并随后下车观察道路状况。由于是夏季，头两天可能下过雨，道路虽然不是特别泥泞，但有一段路汽车无法正常行驶，车轮的痕迹又深又滑，凹凸不平。绝大部分同志都下了车，有人提议要照相留念。这时我看见坐在靠近车门第一排的纪如曼，仍然坐在那里，脸色苍白，犹如白纸一般。我急忙招呼大家赶快让汽车通过这段道路。还算不错，司机师傅以最快的速度，把车子开过了那段坎坷凹凸的路。我叫大家马上上车，继续赶路。在李明忠等同志们的共同催促下，大家也只好不情愿地上车赶路了。

我们从唐古拉山口马不停蹄地按原定计划向安多县赶去。路上夜幕渐渐降临，天色越来越黑暗，到安多时已经是深夜了。运输站的同志非常热情，给我们准备了热气腾腾的馒头和稀饭，还有几个荤菜和咸菜，但是由于一路的劳顿和严重的高原反应，大家的食欲降到了最低点。多数人只喝了一些稀饭，吃了一点咸菜。我们一边吃饭，一边同县医院联系，吃罢饭立即安顿好多数老师，把反应大的同志带到医院做了体检，吸了一些氧气，要了一些药。第二天，我们一早吃过饭，匆匆离开安多站继续奔驰在藏北草原。在那曲镇只是稍事停顿吃了午饭，然后直奔当雄县。到当雄县时，已经是28日的傍晚，夕阳从山巅上向人们招手致意，在一望无际的草原上，一座座黑色帐篷里炊烟缭绕，仿佛是在为太阳送行。成群结队的牛羊懒洋洋地从四面八方向帐篷所在地聚集。

当雄县的海拔相对要低一点。根据我们事先拟定的方案，把它作为挺进拉萨的最后一站，让大家好好休息，养精蓄锐，明天以饱满的精神状态进入拉萨。老师们个个笑容满面，心中充满胜利的喜悦。吃饭时，大家的谈笑声、碗筷碰撞声以及咀嚼声不绝于耳。当多数老师刚刚入睡、有些已经进入梦乡时，有几位老师，特别是一路上反应最小的几位同志，突然出现了高原反应，头部剧痛，无法忍受。我和几位带队的同志又手忙脚乱，找医生、找药、找氧气，紧张地度过了进藏路上的最后一夜。

7月29日，我们从当雄出发，路过羊八井，在歌声和笑声中进入拉萨河谷的农村——堆龙德庆县（现拉萨市堆龙德庆区）。在远远地看到布达拉宫时，汽车里的人们欢呼雀跃，感到万分惊喜。当日上午，我们终于到达目的地——师范学校。那时，学校的大门朝西，从大马路到师范学校之间有一段斜土路。刚进入土路，我们远远看到了学校的大门。大门口站满了学校的师生员工，他们整齐列队，夹道欢迎上海援藏教师的到来。车上的老师们在我的带领下，全部下车，排好了队，雄赳赳、气昂昂地向欢迎人群走去。这时，西藏自治区教育局副局长卫璜等同志和学校负责人汪文彬、刘竞业等同志从人群中走出来，远远地来到我们的队伍中，代表自治区领导和有关部门以及教育战线的全体同志对大家的到来表示热烈欢迎，并同大家一一握手问好。在他们的陪同下，援藏老师们一边鼓掌、一边向两边的师生们点头致意，徐徐走进了学校大门。

在大门口，我还见到次旺卓玛抱着不到一岁半的边巴平措，还有她的妈妈在那里等候。我走到她们跟前打了招呼，小平措还在妈妈的示意下向我招手。到了校园里，援藏老师们被直接带到校部会议室，它在一栋铁皮屋顶的平房内，里面摆了一些糖果和茶水，大家在这里稍事休息的同时，举行了一个简短的欢迎仪式。仪式上，卫璜同志和汪文彬同志致欢迎辞，并简要介绍了西藏教育和师范学校的基本情况；我介绍了上海援藏教师的基本情况，简要汇报了一路上的情景；李明忠一一介绍了援藏教师并代表他们致辞。接着有关部门对老师们的住房、生活等进行了安排。

创业路上　勇挑重担

由于我一直分管教学工作，所以在上海援藏教师到来后，首要任务便是重新组织好老师和学生，做好开学准备。

首先，我们以上海老师为主，把师范学校原有的教师搭配到一起，混合组织各类教研组，以利于教师队伍的成长和教学工作的开展。我们组建了数学教研组、物理教研组、化（学）生（物）地（理）教研组、体育教研组、音美教研组、汉语文教研组、藏语文教研组、政史教研组。对于空白的、无人任教的学科，我们一方面积极从外面调入人手，另一方面从学生中选拔优秀的、有培养前途的尖子生作为新生力量。这些尖子生或由援藏老师手把手地就地培养，或选送上海各援藏大学代培。

其次，我们按照大学的架构组建各种专业，其中有汉语文专业、藏语文专业、数学物理专业、化学生物地理专业、文艺体育专业和预科等。把原有学生按照他们的文化基础和各自的专长，分配到各个专业，组成班级。将原有学生作为大学生培养，无论从教师教学的角度，还是从学生学习的角度，都面临着很大的困难，但这些学生毕竟经过了几年的师范学校教育，总要使他们在现有基础上提高一步，成为西藏中小学教育的有用人才。我们还从全区招收新的学员，把学生的文化基础提高一个档次。当时，我们从拉萨中学的初中毕业生中招收了几十名学员，作为理科专业的学生。

最后，我们根据西藏教育和学生的实际情况，制定教学大纲和教学计划，明确培养目标，编写各类教材，创建物理、化学、生物等实验室，做好开学准备。

学校扩建和升格，教师和学生随之增加，也带来了吃住行方面的困难。其中，近千人的吃饭问题是最困难的。师生吃饭有国家供应的定粮，派人从当时在大昭寺旁的粮食仓库定期提出来就可以了。虽说不充裕，但总的来说基本够吃。关键是大家烧茶煮饭所需要的能源十分紧张。一是拉萨燃料公司提供不了像我们这种人口众多的单位需要的柴火，我们能收到的只有少量的木柴和牛粪，更多的是从拉鲁湿地挖出来的草皮。当时学校的能源主要是靠自己到林芝的林场拉木柴。拉木柴要有足够的运力，而师范学校只有两辆解放卡车，这些卡车拉来的木柴不仅要做饭，还要烧茶烧水，所以木柴问题始终是从学校领导到干部职工最关心的问题。有一次食堂木柴告急，学校主要负责人高传义同志率部分干部职工拣树枝，拔树枝，拣一切能烧的破烂。

上海援藏老师看到这一情形，物理学和数学老师们提出：拉萨是日光城，应该想办法利用太阳能，减轻能源紧张的问题。学校十分重视老师们的建议，决定千方百计支持这个计划。我们从大修厂弄来被遗弃的汽车大梁，从贸易公司买来玻璃镜子和铁皮，还有少量水泥。老师们用这些材料，在学校食堂不远处摆开阵势，开始制作神奇的烧水器了。他们在短短十几天时间里，做成了第一台太阳能烧水器，解决了给学生提供热水的问题。在烧水器试验那天，整个校园沸腾了，因为利用太阳能在拉萨还是第一次，好奇心驱使着大家前去观看，学校内真有一点过节的感觉。当时，化学老师们又提出要建沼气池，就是修建粪池，倒满杂草等各种肥料让它发酵，由此产生的气体，用来点火做饭、发光照明。学生吃饭虽然有一个食堂，但里面缺桌椅板凳，吃饭都要站着吃。学校在勤工俭学的口号下，用土坯搭建土桌子、土凳子。学生到校部或到食堂，要经过一条小河。河上没有桥，过河不方便。全校师生齐动手，修建了一座小桥，取名“五七桥”。学生宿舍紧张，学校扩建宿舍，全校师生都参加了劳动。

1975年7月16日，西藏师范学院正式成立了。成立大会是在“文革”前修建但还没有竣工的“半拉子工程”——师范学校礼堂举行的。之所以说是“半拉子工程”，是因为礼堂在1965年师范学校成立时就开始建设，到“文革”时，虽然礼堂的土建部分基本完成，但是地面没有平整，内外墙壁没有粉刷，门窗没有安装，更没有购置桌椅板凳。在“文革”期间，师范学校被撤销，这个礼堂就成了木工车间。为了召开师范学院成立大会，师生们在土坯上搭木板做成长凳，在土坯做成的主席台上盖上帆布作为地毯，用教室里的课桌作为嘉宾席。在主席台东边的耳房里布置了嘉宾接待室。没有沙发，沿着墙边摆放了一排排的铁椅。礼堂前的广场上，立起了旗杆，升起了五星红旗，在礼堂门口的台阶及其周围插上了彩旗。虽然礼堂的布置非常简朴，但庄重而热烈，整个学校沉浸在喜庆的气氛中。

在举行西藏师范学院成立大会之际，自治区党政领导和各部门前来祝贺的人员络绎不绝，礼堂两边停满了各种小车。隆重的成立大会，宣告西藏增加了第一所高等学府，为西藏自治区成立10周年献上了一份厚

西藏日报

毛主席语录

教育必须为无产阶级政治服务，必须同生产劳动相结合。

第5983号　1975年7月18日　星期五

毛主席无产阶级教育路线的胜利　党的民族政策的胜利

西藏师范学院正式成立

自治区党委、自治区革委会和拉萨市负责同志出席成立大会

⊙ 1975年7月18日《西藏日报》在头版头条刊登了西藏师范学院成立的消息

礼。它以培养更高层次的人民教师为己任，为西藏教育事业的发展插上腾飞的翅膀。在会议上，自治区有关领导发表了讲话。1975年7月18日的《西藏日报》在头版头条上刊登了西藏师范学院成立的消息，报道左下方刊登了成立大会会场的照片。这是全国支援西藏的又一重要标志，凝聚着上海人民的深情厚谊，浸透着上海援藏老师的心血。

作者简介：拉巴平措，男，藏族，1942年11月生，西藏江孜人。研究生学历，中共党员，中国社会科学院研究生院博士生导师，第九届、第十届、第十一届全国政协委员。历任西藏师范学院副院长、党委副书记，西藏自治区党委宣传部副部长，自治区文联副主席、党组书记，自治区社会科学院院长，自治区人民政府副主席，中国藏学研究中心总干事。长期从事藏族历史、宗教、文化和藏学理论研究。

《雪域情怀》感言

刘庆慧

西藏和平解放50多年来，祖国内地各民族的优秀儿女积极响应中央的号召，满怀对西藏人民的深厚情谊，辞别家乡和亲人，奔赴雪域高原，热情地投身西藏各项事业的建设中。他们用自己的实际行动和高尚情操为我们树立了不朽的精神典范。这种精神典范在一代又一代西藏建设者的身上薪火相传，生生不息，谱写出一曲又一曲可歌可泣的动人乐章。

从1974年到1980年，正值西藏百业待兴之际，复旦大学、上海交通大学、华东师范大学、上海师范大学、上海音乐学院、上海戏剧学院、上海体育学院、上海教育学院等院校的120名教师，以两年为一期，分三批乘车入藏，帮助筹备和建设西藏师范学院。

他们放弃了上海舒适的生活和工作条件，顽强克服高原气候恶劣、生活条件艰苦、身体不适、远离亲人等种种困难，在各自的工作岗位上以强烈的政治责任感和乐观进取的态度不畏艰辛、披荆斩棘、任劳任怨地做好各项工作。

他们不仅在各自的专业领域内把先进的科学理念、博大的人文智慧带入西藏，在一定程度上扩展了西藏人民的文化视野，而且在心理结构和价值观层面上为西藏注入了新的文化因素，更用他们无私奉献的精神和高度敬业的精神极大地感染和鼓舞了周围的同志，使学校师生的精神面貌发生了巨大而积极的转变。

我们在他们身上看到了“特别能吃苦，特别能战斗，特别能忍耐，特别能团结，特别能奉献”的“老西藏精神”；看到了祖国大家庭血浓于水，同呼吸、共命运、心连心，共谋繁荣进步的兄弟情义。山东援藏干部孔繁森同志曾说过："一个人爱的最高境界是爱别人，一个共产党员爱的最高境界是爱人民。"我想这句话应该是对所有援藏同志雪域情怀的高度概括吧。

当今西藏呈现出了经济发展、社会进步、局势稳定、民族团结、边防巩固、人民安居乐业的大好局面，进入历史上最好的发展时期，这些是与援藏同志们的辛勤努力分不开的，我们需要一部把这些英雄开拓者们的事迹和精神记载并传承下去的好书。我们相信那些在雪域高原上曾经发生的感人事迹不会随着岁月的流逝而被人遗忘，因为它们所蕴含的信念已然作为一种稳定的意识形态，内化在一代又一代西藏人身上。

西藏需要这样的信念，需要这样的情怀，更需要我们在牢记历史的同时，履行对这方土地的忠诚。我们相信在党中央的关怀和全国各地的支援下，西藏的明天会更好，让我们怀着对美好未来的坚定信心，祝愿我们共同的雪域情怀花开灿烂，永芳不败。

原载2006年首批高校援藏教师纪念文集《雪域情怀》

作者简介：刘庆慧，男，汉族，1951年2月生，山东省寿光市人。山东师范学院政史系、中央党校研究生院在职研究生班政治学专业毕业，中央党校研究生学历，副研究员。历任西藏自治区教委大中专处副处长、自治区民族教育研究所所长、自治区教委副主任、西藏大学党委书记、校长及西藏自治区政协副主席等职务。

难忘的回忆

——上海援藏教师帮助建设西藏第一所师范学院

大罗桑朗杰

从第一批上海援藏教师进藏至今，转眼间过去了50年。如今的西藏大学到处是高楼大厦，校园环境优美，理、工、农、文、医学、艺术、管理、经济、法学九大学科门类齐全，有1 160名教职工，在校的各类学生达2.2万名，2013年列入“中西部高等教育振兴计划”，2017年入选首轮“双一流”学科建设高校，2018年成为教育部和西藏自治区人民政府合建高校，2022年入选第二轮“双一流”建设高校。经过几十年建设发展，学校已成为极具高原边疆民族区域特色的综合性大学。抚今追昔，我们感怀西藏大学的发展变化，更深深感激为西藏大学的建设做出卓越贡献的上海援藏教师。

回想起50年前，这所学校是一所条件十分简陋的师范学校，校园里见不到一幢楼房，教师总共不到70人，其中大学毕业的教师还不到10人，学生不到700人，谈不上什么实验教学条件。在这样一所中专学校的基础上建立一所高等学校，是何等困难啊！然而西藏社会的发展急需一所高等师范学校。上海市政府遵照国务院指示，从上海各高校中选派优秀教师进藏援建西藏师范学院。第一批援藏教师一共40人。他们毅然放弃东部沿海发达地区舒适的生活环境，主动请缨援藏支教。1974年7月中旬，他们带着崇高的使命感和责任感从上海出发，坐火车到甘肃柳园，然后坐汽车经青藏线于7月底到达拉萨。他们在拉萨原西藏师范学校开始了为期两年的援藏工作。

拉萨空气稀薄，冬天严重缺氧，这对援藏教师来说是一个严峻的考验。经过多日旅途颠簸劳顿，援藏教师们的高原反应十分强烈。头几个星期，很多人头晕、胸闷、气喘，整宿难以入眠，整天迷迷糊糊，但他们顶着强烈的不适感和巨大的困难坚持下来了。

当时学校食堂的伙食非常差，每顿差不多都是萝卜白菜等大路菜，很少有细菜、肉菜，大米是定量供应的，供应量很少，这对上海人来说是很大的难题。学校连开水供应都不正常，所以很多时候要自己烧饭、烧水。可是没有燃料怎么办？既没有煤气，又不准烧电炉，只好托熟人要一点汽油做燃料。蔬菜、水果也很少。高原空气稀薄，水的沸点只有89摄氏度，煮出的面条、米饭都是夹生的。这些饮食条件使他们艰苦难熬。拉萨气候干燥，与上海的湿度有较大的差别，他们的嘴唇常开裂流血，张口讲课很疼痛，但他们凭着崇高的信念和顽强的意志坚持了下来。

从当时西藏的生活条件来说，援藏教师进藏需要做激烈的思想斗争，没有奉献的思想基础和吃苦耐劳的精神是不可能进藏的。面对如此艰苦的生活条件，援藏教师们仍然以过人的毅力超负荷工作。他们每周都上十多节课，并承担行政管理、教材编写、实验室建设数项工作，还要帮助藏族教师提高业务水平，工作强度远非常人所能承受。

要在师范学校这个中专的基础上建立一所师范学院是何等不易啊！真可谓百废待兴。援藏教师们每天早起和学生一起出操，白天投入教学工作，晚上到教研室伏案备课批改作业，并摸索适合西藏学生的教学方法和教学思路。他们还把沿海地区的先进教学理念渗透到教学中，把上海高等教育先进的管理经验带给我校，为这所高原新高校建立健全的教学科研管理方面的规章制度做出了贡献。他们工作十分劳累，对他们来说很少有星期天，更没机会到远处看一看西藏的风光。

上海为西藏师范学院的创建给予了巨大的支持，不仅支援了大量的实验设备，还派出了大批的教师支援建设，6年内一共派出了119名援藏教师。当时我是一个数学教师，到数学教研室来的三批援藏教师就有18名，第一批有李明忠、陈信漪、沈明刚、周仁、林武忠、程斌等老师；第二批有华宣积、徐剑清、王仁义、周延坤、李锦涛、张汉正等老师；第三批有徐君毅、姚军、李重华、刘国良、沈伟华、潘仁良等老师，他们都很能吃苦，工作十分出色，与我们当地教师亲密无间。他们除了上课，还给我们制定了数学专业建设规划、数学教师队伍建设规划和各种管理的规章制度。

上海援藏教师特别重视提高现有教师的业务水平。我们教研室当地教师只有9人，没有一个大学毕业生。当时我们教研室分为两个小组进行业务学习，我那时候还是个年轻的教师，和傅炳伦老师、王克俭老师、刘青云老师分在同一个学习小组，由李明忠老师给我们上课。其他教师在另一个学习小组，每周有两个半天的时间学习。当时我们学校的条件很差，连个小教室都找不到，只好把我的宿舍当教室用。我和另外一个藏族老师单曲同住一间屋子，这是间还不到十二平方米的藏式土坯平房，就在学校院子里，离我们教研室很近。我跟单曲同志关系很好，我把这么多人带到宿舍上课，把屋子都搞脏了，他也不说什么，而且很支持我们的学习。

当时，我们把一个折叠的黑板挂到墙上，由李明忠老师给我们上高等数学课。李老师教课非常认真，怕我们听不懂，讲得很细。李老师的学术水平很高，他后来成为复旦大学教授、博士生导师，并先后担任了上海市高教局副局长、上海大学副校长。我们的作业都是业余时间完成的，这个学习制度一直坚持到他们援藏工作结束。这个培训对我们帮助很大，为我后来的学习打下了良好的基础。

1976年底，经援藏教师联系，学校把我们一批年轻教师送到复旦大学、华东师范大学等高校学习。我们到了上海，根据自己的学习程度，有的从头学习，有的插班学习。我当时去了华东师范大学数学系，因为我在李老师的培养指导下学得比较好，所以插到二年级下学期的一个班里学习，跟上班级教学进度不成问题，而且我在那个班里的学习成绩一直是比较好的。毕业后，我又留下来多学了半年，主要是听研究生的课。学习结束后，我回到学校。教研室给我确定了概率统计这个专业方向。1983年，学校再次把我送到华东师范大学统计系进修概率统计。我又参加了4次全国概率统计教师研修班的学习，后来我成为西藏当地首个数学教授。上海援藏教师在我校做了大量培养师资队伍的工作，他们采取了“请进来、走出去”的方法，即援藏教师进西藏来给我们上课，把我们学校的年轻教师送到上海重点高校学习，免费为我校培养了60多名教师，后来这些教师都成为我校的骨干力量。经过几年的努力，我校建立起了自己的师资队伍。

上海援藏教师在援藏任务结束后，回到各自的学校，很多人成为知名的教授。援藏任务虽然结束了，但他们依然关心着我校的发展，与西藏师范学院和西藏大学的师生结下了深厚的感情，心里始终装着为西藏多做贡献的愿望。复旦大学数学系的华宣积教授就是一个突出的典范，他是第二批上海援藏教师，在援藏期间担任西藏师范学院数学教研室主任，工作十分出色，为我校做过大量工作。援藏工作结束后，我和华老师经常联系。我有一个申请西藏数学史研究课题的愿望，第一个想到的是请华老师一起来参加，在他的指导下开展研究。后经他的同意，课题申报成功了，我们一起合作开展研究。该研究项目经过了广泛的调查、艰苦的资料查询和潜心研究，其间华老师花了大量的时间翻阅了很多资料，由于我俩相距遥远，一个在东海之滨的上海，一个在世界屋脊的拉萨，交通不便不说，通信技术也没有现在这么好，都是靠书信、电话联系。华老师尽心尽力地指导研究，在资料少、条件差的情况下很好地完成了我们的研究课题。我们写出了非常有价值的论文《西藏传统数学〈筹算学八支精要〉初探》《藏族史前文化中的几何图形》《藏族古代的对称图形》《西藏人喜用纵横图》等，这些研究论文发表在全国核心刊物上。我们还把藏文写的数学教科书《筹算学八支精要》翻译成汉文，发表在《中国藏学》杂志上。该书的翻译难度非常大，不懂数学的人很难翻译出来。我在翻译前专门请教专家学习了西藏的筹算法，翻译中筹算专业术语的藏语语义在汉语中如何表达，在现有的翻译词典中找不到对应的词，只有创新，在这过程中华老师给了我很多很好的建议。我们把这些研究成果在国际数学家大会拉萨卫星会议、中国数学史研究会、中国少数民族教育研究会上进行了交流，获得了很大反响，不少成果被引用，如《中国数学教育：传统与现实（中、英文版）》一书就引用了我们的成果。像华老师这样援藏结束后仍然关心支持在藏的同事和学生的例子不胜枚举，许多上海援藏教师至今还和我们西藏大学的师生保持着密切的交往。

现在，当年的援藏教师们已是白发苍苍的老人，他们为祖国边疆少数民族地区发展高等教育做出的贡献永放光芒，与我们西藏大学结下的深厚情谊牢不可破，西藏人民会永远记住他们那段光辉的历史。

⊙ 2005年作者到上海看望上海援藏教师，向西藏大学申请经费支持第一批援藏教师编印援藏回忆录《雪域情怀》，在华东师范大学与第一批援藏教师合影。前排左起：林武忠、冯显诚、纪如曼、张立明、作者、李明忠、罗衿、皮耐安、童彭庆、沈荣渭；后排左起：恽才兴、陈家森、蒋秀明、葛乃福、孙玉和、李巨廉、吴贤忠、姚振中、张世正

作者简介：大罗桑朗杰，男，藏族，生于1945年，中共党员。数学教授，曾在华东师范大学数学系学习。曾任西藏大学副校长、第五届、第六届、第七届全国政协委员，第二届全国中小学教材审定委员会藏文教材审查委员会副主任委员，国家教委第二届高等学校基础数学教学指导组成员，西藏政协常委。兼任过西藏自治区科学技术协会副主席、西藏数学学会理事长等职。获“有突出贡献的中青年专家”称号和国家省部级多种学术研究奖项。

宝贵的支援　深厚的友谊

——写在上海高校援藏教师队进藏50周年

张廷芳

50年前，也就是我到西藏工作的第三个年头刚开始的时候，我所在的西藏自治区师范学校迎来了上海高校援藏教师队。上海高校援藏教师队的任务是帮助筹建西藏师范学院，同时参与我们的教育教学工作。我所工作的师范学校坐落在拉萨河畔的一座园林里，这座园林是旧西藏地方政府俗官聚会游玩的场所，名字叫“冲吉林卡”。1951年11月，中国人民解放军进藏部队在这里办起了藏文干部训练班，后来根据形势和工作需要，训练班先后更名为西藏军区干部学校、西藏地方干部学校、西藏行政干部学校。1965年改为西藏自治区师范学校。“文革”开始后，学校一度停办，后于1971年复校。

1972年6月，我到西藏自治区党委组织部报到的时候，接待我们的同志说：“你们（指我和我的爱人次旺俊美）是北京师范大学毕业的，自治区师范学校很快要建成大学，希望你们在那里好好发挥作用。”我们很受鼓舞，决心努力工作，不辜负国家的培养和组织的希望。可是等我们走上教学岗位才逐渐发现，这里不仅校舍简陋、生活条件艰苦，而且教学秩序不正常，不大像个学校。更让人担心的是，学生文化起点太低，管理者和教师中也少有接受过高等教育或者中等师范教育的人。要在这样的基础上办大学，从何入手、怎样筹建呢？我们刚刚走上讲台，也特别希望得到有经验、有专长的老教师的指导。

正在我们拜师无门、一筹莫展的时候，听到了教育部和上海市协商，确定由上海市高校组建援藏教师队来帮助我们筹建西藏师范学院的消息。这个消息对我们来说无疑是特大喜讯。我清楚地记得第一批上海援藏老师到达学校时，全校师生员工敲锣打鼓，喜气洋洋地列队欢迎的情景。从1974年7月第一批上海高校援藏教师队抵达西藏师范学校到现在，已经过去了50年。与上海援藏老师友好相处、同甘共苦、得到他们指导、共同成长进步的6年时光总是浮现在脑海里。看到今天进入211工程、双一流高校建设行列的西藏大学，总是情不自禁地想起为这所学校付出过心血、做出过奉献的人们，这里面当然包括上海高校援藏教师队。上海高校援藏教师队对西藏大学的贡献，写在西藏大学河坝林校区①的校园里，写在西藏教育发展的史册上，更写在我们广大师生的心里。

不远千里解燃眉之急，创建西藏高原上第一所大学

上海高校援藏教师队由复旦大学、上海交通大学、华东师范大学、上海师范大学、上海教育学院、上海音乐学院、上海戏剧学院、上海体育学院的教师组成。从1974年到1980年，分三批进藏，每批在藏工作两年，中间没有休假。

第一批教师是1974年7月到达拉萨的。万事开头难，他们担任了“开路先锋”的角色。当时的师范学校，虽说是中专，但是刚成立不久就赶上“文革”，停办几年之后于1971年10月重新组建。1974年学校的状况是：领导班子不健全，师资队伍量少质弱，学生文化基础参差不齐且普遍偏低，校舍简陋，缺乏教育必备设施，加上供电不能保证、食堂缺

① 河坝林校区为西藏师范学院原校址。1985年西藏大学成立后，经过改扩建工程建设，校区面积不断增加。原西藏师范学院校址为河坝林校区，位于拉萨市东城的新校区为纳金校区，原西藏医学高等专科学校校址为罗布林卡医学院校区，原西藏自治区财经学校校址为罗布林卡财经学院校区。学校总面积1 400余亩，建筑面积46.92万平方米。教育城校区正在规划建设之中。

少燃料、没有副食供应以及“文革”思潮的影响等，师范学院筹建工作困难重重、举步维艰。记得在一次教职工政治学习会议上，一位上海援藏的老师急切地问学校领导：“我们是来筹建师范学院的，怎么迟迟不见动静，两年很快就会过去，完不成任务怎么交代？”学校领导说：“你们急我们也急啊。咱们得边办学、边筹建。西藏各方面基础条件很差，困难很多，要一步一步来。”上海援藏老师便二话不说加入各个教研组，了解教师、办学情况，接受教学任务，熟悉教学对象和环境。很快，上海援藏教师的职务职责明确了，和当地老师的帮扶指导关系明确了，教学计划、师资培养进修计划、图书馆实验室等建设计划逐步开始拟定了，入党积极分子、骨干教师培养计划等也列入了工作日程。西藏师范学院的筹建工作在与日常教育教学工作的融合中有序地开展起来。很快，西藏师范学院的机构设置、人员编制、招生计划、培养目标也一一明确。派出援藏教师的复旦大学、华东师范大学等高校帮助调配、购置、赠送的价值上百万元的各种教学仪器设备和图书资料陆续抵达学校。上海援藏老师和我们全校师生员工一道，加班加点地落实各项任务。理科的援藏老师更是夜以继日地建造实验室。没有适合的教材，各科老师就选编刻印教学讲义和资料。生活设施问题一时难以解决，大家就发扬老西藏精神，因陋就简，尽力克服。就这样经过将近一年的紧张筹备，西藏师范学院在1975年7月16日宣告成立。西藏高原上有了第一所大学，西藏自治区有了自己培养师资力量的师范学院！

当时正值“文革”后期，西藏的中小学都在复课，都急需教师。可是内地高校不可能给西藏输送那么多毕业生，西藏的很多基层小学甚至只能靠一名退伍军人支撑工作。而那名退伍军人也只有在部队两年期间学到的政治、文化知识。西藏师范学院的成立让全区群众看到了希望。虽然办学充满了预想不到的困难，但是有党中央、国务院的关心，有全国人民特别是援藏老师的支持，西藏师范学院源源不断地为西藏基础教育输送着靠得住、留得下、用得上的师资力量，解决了基础教育师资紧缺的燃眉之急。西藏自治区原党委副书记丹增同志在1995年西藏大学成立20周年[①]庆祝大会上说："西藏师范学院在教育资源缺乏、办学条件困难、师资队伍薄弱的情况下，师生员工们发扬了艰苦奋斗、知难而进、励精图治、无私奉献的精神，坚持社会主义办学方向，认真贯彻党的教育方针，培养了一批至今仍在我区教育战线发挥骨干作用的师资力量，为西藏民族教育事业的发展进步奠定了基础。"西藏师范学院毕业生在西藏基础教育中所做的贡献也得到了全区基层群众的肯定和尊重，西藏师范学院深深地植根于广大农牧民的心中。20世纪80年代以后，在西藏师范学院的基础上成立的西藏大学，成为向西藏中学、中等专业学校培养输送师资的中坚力量，同时为西藏高等教育培养了一大批师资和管理人才，为西藏高等教育的长足发展、快速发展提供了有力的支撑。在西藏教育事业发展的进程中，西藏师范学院功不可没，上海高校援藏教师队功不可没！

管理严格，队伍精干，传承有序，堪称援藏典范

上海高校援藏教师队是由7所上海高校的教师为支援西藏师范学院建设组成的临时集体。1974年5月，在教育援藏的重大政治任务面前，上海市教育局、上海市高教局领导站位正确，领导有方，雷厉风行，措施得力，在7所高校的紧密配合下，短短两个月内便组建了以10年以上教龄的党员教师为主、学科专业较为齐全、符合西藏需要的高校援藏教师队。上海高校援藏教师队有正副队长组成的领导班子，从上海出发到援藏结束返回上海，领导班子承担了组织管理、内外协调、思想政治工作、生活人文关怀等职能，发挥了不可或缺的作用。第一批上海高校援藏教师队在进藏途中就开始学习有关西藏工作的方针

① 西藏自治区有关部门原批准西藏大学建校时间为西藏师范学院成立时间，即1975年7月，故1995年西藏大学举行庆祝西藏大学建校20周年大会。后经上级批准，西藏大学建校时间改为1951年11月，即中国人民解放军进藏部队在现河坝林校区创办藏文干部训练班的时间，西藏大学至今建校72周年。

政策，到达学校以后，经常结合工作中出现的情况、个别教师出现的问题及时开会，进行总结和教育帮助。他们的工作让临时组建起来的援藏教师队成为一个团结向上的集体，工作上互相支持配合，生活上互相关心照顾，让我们当地教师和学生感到，他们虽然来自不同的高校，但非常团结，纪律性很强，确实表现出了上海高校教师应有的素质，值得信任和尊重。

为了做好援藏的衔接工作，每一批援藏任务结束之前，教师队都会向上海市高教局全面细致地汇报情况，根据西藏师范学院的需要和特点选派好下一批进藏人员。下一批援藏老师抵达后也会尊重上一批老师的意见，和当地组织、老师对接好，尽快投入正常工作。每一批援藏老师在藏工作期间，西藏的形势与政策都有变化，西藏师范学院的中心任务、生源特点、办学条件也会随之改变，上海援藏教师队的工作也就会有不同的侧重点。比如：第一批援藏教师队在藏的中心任务是抢抓时间、排除万难筹建西藏师范学院。当时的生源以原师范学校学生为主、适当补充西藏民族学院预科和拉萨中学的学生并面向社会招收部分工农兵学员，目标是保证西藏师范学院如期成立、按时开学，以尽快补充基础教育师资的不足。第二批援藏教师队是在第一批教师打开局面的基础上，因时因地因材施教，保证西藏师范学院第一届毕业生如期毕业，充实到基础教育中去。第二批援藏教师队在藏期间，党和国家经历了一系列重大历史事件，援藏老师和全校师生员工一道按照自治区党委的部署，同党中央保持高度一致，做好本职工作，维护好教学及工作秩序，圆满完成了培养西藏师范学院首届毕业生的任务。第三批援藏教师队在藏期间，党和国家全面拨乱反正，实现工作重心的转移，各条战线、各项事业都在酝酿着新的变革。西藏自治区第一次实行了和全国其他省份同步的高校统一招生考试，学生成分也发生了前所未有的变化。一是学生的民族结构由原来的全部少数民族变成60%左右的藏族和其他少数民族、40%左右的汉族；二是学生的文化基础与之前相比有普遍提高，但是各方面还存在较大差距。学生主体是西藏各地市的应届、往届高中毕业生（含区内插队知青)。藏族考生藏文基础较好、汉文和理科基础较差;汉族考生汉文基础较好却不懂藏文。生源中还有一部分是内地省份到西藏插队落户的知识青年、西藏部队现役和转业军人以及从小在内地生活但户籍在藏的西藏干部职工子女。当时全国高校都在恢复正常的教学秩序,教育部对高校管理提出了严格的要求,我们学校也要按照教育部颁布的专业教学大纲、课程设置、教学计划实施教学。要让这些学情复杂的学生经过四年的培养成为合格的本科毕业生,这在西藏历史上也是第一次,面临的是难以预料的困难。而且根据西藏实际情况,我们还要培养双语师资,所有学生都要学习藏文。第三批援藏老师和当地老师一起进行了苦心摸索和实践。我们一起修订教学大纲等文件,增设了有地方特色的课程。对学生进行入学教育,讲明培养目标和四年的安排,给学生印发阅读书目,让学生提早规划好四年的学习和生活。开课以后还要结合实际一起研究解决各种困难。虽然这批学生是在上海高校援藏教师队返回上海两年以后毕业的,但是上海援藏老师做了大量基础性的工作,在传授知识的同时也传授了学习方法和治学精神,为西藏师范学院的本科教学建设进行了有益的探索,奠定了一定的基础,留下了宝贵的经验。

上海高校对西藏师范学院的支援不仅表现在以上方面,而且还从长远发展考虑,为西藏师范学院培养专业任课教师。培养方式是多种多样的:有在上海高校学习三年、成绩合格并回藏工作颁发西藏师范学院毕业证书的,有进修一两年课程的,还有个别教师进修不止一次。这的确缓解了西藏师范学院教师紧缺的困难,也培养出了一些骨干教师。如果我们把派人进藏补充师资力量比作"输血"的话,那么培养当地急需、能长期在西藏师范学院工作的教师就是"造血"。有了造血功能,学校就有了稳步发展的能源。

在20世纪70年代,还没有对口支援、组团式援藏等说法,但是上海高校援藏教师队在西藏师范学院长达6年的援藏实践就是非常典型、非常成功的组团式对口援藏啊!

敬业奉献，为人师表，传播友谊，堪称良师益友

上海高校援藏教师队三批共119人，除极个别老师因为身体原因提前返回上海以外，都坚持完成了两年的援藏任务。从总体上看，上海援藏老师都把支援西藏师范学院的建设当作光荣的政治使命，能够忠于职守，敬业奉献，为人师表，言传身教，在工作中传播友谊，给当地老师和学生留下了良好的印象，成为西藏师范学院广大师生的良师益友。

当时西藏的生活条件是非常艰苦的，高寒缺氧自不必说，物质匮乏，离开学校食堂就买不到食品。供电、供水、燃料都没有保证，要到拉萨河取水担水，点着蜡烛备课、工作。师生还要自己种菜、劈柴、运粮、盖房子。每年都有助农收麦子、挖水渠，以及不定期下厂、下乡开门办学等以参加生产劳动为主要内容的安排。上海援藏老师克服了所有困难，经受住了高原气候、生活艰苦的考验。特别是下乡开门办学，农村牧区更加艰苦，海拔也比拉萨高，但援藏老师没有一个人推脱，和当地师生同吃、同住、同劳动，还要完成教学和社会工作的任务。尤其是一些相对年长体弱的老师乐观、坚强地面对困难、克服困难的表现让我们感动，发自内心地尊敬、心疼。援藏老师们身份特殊却不搞特殊，和西藏师生同甘共苦、和谐交融，他们用实际行动诠释了什么是为人师表。

上海援藏老师在工作上的严谨认真，没有条件创造条件也要上的敬业态度和奉献精神渗透在援藏的全过程中，给当地师生做了很好的示范，发挥了表率作用。第一批援藏教师队到达的时候，学校没有任何艺术专业的教学设施，一台破旧的脚踏风琴是学校音乐课教学的唯一宝贝。1975年师范学院成立，招收了首批音乐、美术专业大专生。没有练功房，没有绘画教室，援藏老师就在露天地、树林里给学生上课。没有画架，没有学习用具，援藏老师就带着当地老师和学生一起制作。学生没有乐理基础、绘画基础，援藏老师不厌其烦地从头教起。大部分汉文专业学生的汉语文水平连内地初小水平都达不到，有的听汉语授课都很困难。

理科学生普遍汉语水平较低，数学基础较差，实验仪器更没见过。我们的援藏老师利用休息时间给学生从汉语拼音、四则运算补起，自己编写、刻印讲义，及时分析情况、研究对策，想方设法让学生学进去、跟上来。第二批援藏老师赶上师范学院首届学生的教育实习，为了让学生能够走上中小学的讲台，顺利完成实习任务，他们深入浅出地讲解教材分析方法，以身示范，传授课堂教学各个环节的要领，反反复复地帮助学生修改教案，不厌其烦地指导学生试讲，有的学生甚至不止三遍五遍，终于把学生“扶”上了讲台。

援藏老师不仅很好地完成了分内的教学工作，还发挥专业特长做了很多对学校、对社会有益的事情。比如：擅长写作的老师为《西藏日报》《西藏文艺》等报刊撰稿；搞马列理论的老师结合西藏实际撰写理论文章，给本校师生和外单位开设理论学习讲座；艺术专业的老师组织师生创作排练，配合完成自治区有关部门的宣传任务，参加西藏广播电台的宣传演出等；理科的老师为学校研制太阳灶，为以后的教学采集标本，在学校施工建设中发挥指导作用。第一批援藏教师队的老大（年龄最大）、上海交通大学的周仁老师擅长书法，他为我们师生自己修建的校园小桥题写了名字“五七桥”，那浑厚苍劲的字体至今仍留在西藏大学河坝林校区的校园里，令我印象深刻。他还为罗布林卡和一些其他单位题写牌匾，大概都是无偿服务。还有第二批援藏教师、华东师范大学的体育老师吴在田，担任体育教研组组长尽职尽责，不仅课上得好，还开展课余活动培养学生体育特长，更是把学校田径运动会组织得非常严谨、有声有色。他编写刻印的《西藏师范学院田径运动会秩序册》简直称得上是艺术品。不仅是吴在田老师，上海高校援藏教师队的几位体育老师都为西藏自治区、拉萨市的各类体育赛事发挥了自己的专长和指导作用，赢得好评。因为接触面有限，肯定还有很多老师的事迹不为我所知，难免挂一漏万。援藏老师们的课外实践活动给了我很深刻的启示，就是作为一名高校教师，除了教书还应该具有和专业有关的技能和研究能力、协调能力，这样才能发挥更大的作用。在西藏师资紧缺的情况下，这点尤为重要。

上海援藏老师在两年援藏工作和生活中与当地师生结下了深厚的友谊。当地青年教师在业务上、思想上有什么问题都会向援藏老师请教，援藏老师也会给他们提出很好的建议。学生生病了，援藏老师都会尽最大能力关心。有的亲自送学生去医院，给学生做饭吃，甚至把自己都舍不得吃的上海食品给学生吃。援藏老师回到上海以后，很多还和当地老师、学生保持着联系。我们的师生到上海进修、就医，上海援藏老师关心、看望，帮助解决困难。上海老师有什么需要，我们当地师生也会尽心尽力去办。有的援藏老师年纪大了不便进藏，让自己的儿女、挚友替他们到西藏拜访当年的同事学生、看看工作过的地方，表达他们对西藏师范学院、对同甘共苦的老朋友的思念之情。“岁寒知松柏，患难见真情”，上海高校援藏教师和西藏师范学院师生在艰苦年代建立起来的友谊深深地印刻在大家的心里。现在，我们都已是年逾古稀的老人，当年的学生也都退休了，但我们依然相互思念着、牵挂着，通过网络平台续写着我们的友谊。

我和次旺俊美与上海高校援藏老师的不解情缘

我和次旺俊美是北京师范大学1970届毕业生，1972年自愿要求到西藏工作，被安排到西藏师范学校。我是学中文的，被派到汉文教研组；他是教育系学习学校管理的，被派到藏文教研组。因为我编写汉文、汉语拼音、藏文三对照教材的需要，次旺俊美被借调到汉文教研组。所以，第一批上海高校援藏教师队到来的时候，我们都是汉文教研组的青年教师。1975年西藏师范学院成立，政治语文系设有艺术专业，次旺俊美被调整到文艺教研组。这样我们就有了结识两个教研组的援藏老师、向他们请教学习的机会。我们虽然毕业于北京师范大学，但是入校第二年“文革”开始，我们失掉了很多课堂学习的宝贵机会。向援藏老师请教，得到他们的指导，我们是真心实意、如饥似渴。我们也如愿以偿地得到了两个教研组援藏老师甚至更多的援藏老师的关心、爱护、指导和鼓励。援藏老师对我们政治上关心爱护，业务上悉心指导，生活上给予关爱，他们既是指导老师，又是知心朋友。我们和上海援藏老师一起工作的6年是我们从教之路上非常重要的时期。

因为是“文革”期间的高校毕业生，加上家庭方面的原因，我和次旺俊美在政治上、业务上都有些缺少自信，也遇到过一些不公的对待。援藏老师到来以后，给了我们足够的尊重，鼓励我们大胆工作，让我们很受感动。我永远忘不了第二批援藏教师、上海师范大学的张玉瓖老师和我的一次谈话。张老师兼任我们教研组党支部副书记，她业务能力很强，做事干练，讲话有主见也有分寸，我非常尊重、钦佩她。记得是1978年四五月份的一天，张老师找我单独谈话。她说：“你大学一年级就交了入党申请书，到现在十几年了，你是怎么想的，说说吧。”我缺少思想准备，但是出于对张老师的尊重和信任，就把心里的话都倒了出来。当时我觉得这辈子入党是没有希望了，但是我喜欢教师这个职业，学生也很欢迎我上课，我努力做一个对得起学生、对得起国家培养的好老师就行了。张老师说现在和前些年不一样了，党组织不会把任何一位要求入党又符合条件的同志拒之门外。你不要有思想包袱，写一份思想汇报吧，谈谈对党的认识，对加入组织的想法，也做个自我分析，谈谈打算怎么去努力。我觉得这是党组织对我的关心，我不能拒绝，就认真地写了一份思想汇报。很快，张老师又找我谈话，肯定了我的汇报，让我填写入党志愿书。我简直不敢相信，跟张老师说：“我愿意接受组织的考验，现在还不够条件吧？”张老师说：“你已经经受了那么多年的考验，我们党支部经过认真分析，认为你基本具备了预备党员的条件，有缺点以后努力克服，抓紧填吧！”1978年6月10日，汉文教研组党支部召开了全体党员大会，通过了接收我为中共预备党员的决议。党员同志们充分肯定了我的优点和长处，也指出了缺点，提出了希望。入党的愿望实现了，不仅让我卸掉了压在心里多年的包袱，也让次旺俊美受到极大的鼓舞。我的入党让他看到党的不唯成分、重在本人政治表现的政策又回来了，他很快向党组织递交了入党申请书。1980年7月19日，次旺俊美也加入了中国共产党。我的第一入党介绍人是张玉瓖老师，第二介绍人是南京师范大学毕业进藏的张晓明老师。因为1980年7月上海高校援藏教师队已经撤离，次旺俊美就选择了一位本校老同志和东北师范大学的援藏老师作他的入党介绍人。

我们两人在业务上也都得到了上海援藏老师的悉心指导和鼓励。文艺教研组的上海援藏老师都很喜欢次旺俊美。第一批教师队的林克铭老师、第二批教师队的石林和陈幼福老师都认为次旺俊美会好几种乐器，有一定的乐理基础，又兼通汉藏双语，到上海音乐学院进修一下回来可以发挥很大的作用。汉文专业的张玉瓖老师帮助次旺俊美修改过一篇散文，也看过他写的小诗。她和高天如等老师认为次旺俊美有很高的汉藏双语水平和文化素养，在《西藏文艺》创刊号上发表了散文、诗歌等三篇作品，如果进修文艺理论，回来可以给汉文、艺术两个专业的学生上文艺理论课，经过一定时间的准备，还可以挖掘藏族文化资源，开设藏族文学专题课。我们权衡了上海老师的建议，选择到复旦大学中文系进修文艺理论。次旺俊美于1978年至1980年初在复旦大学进修一年半时间，他选修了和文艺理论相关的课程，还积极参加复旦大学的学术研讨活动，补上了文学理论的基础，开阔了眼界，思路得到启发。回到西藏以后，又到云南大学参加了我国民间文学泰斗钟敬文先生举办的“民间文学短期培训班”，学习了少数民族文学的理论和研究方法。他于1982年为汉文专业本科班开设了藏族文学专题课，经过修改完善，为1983届本科班开设了藏族文学课。从此这门课程进入西藏师范学院汉语言文学专业的课程计划，成为必修课。他的课受到汉、藏族学生的极大欢迎，一些包括援藏老师在内的没课的老师也去旁听。次旺俊美从教育系学校管理专业的毕业生走上文学之路，成为藏族文学教师，后来又成为藏学专家，离不开上海援藏老师的指导和复旦大学的培养啊！

我本是中文系毕业生，从事汉语文教学是对口的。在上海援藏老师到来以后，我们教研组让每位老师都确定专业方向，大家一致认为我的普通话很标准，让我教现代汉语，当时除了我以外其他老师讲课也确实都带有方言口音，我就欣然接受了。第一批上海援藏老师没有搞语言的。第二批的高天如老师是复旦大学中文系从事语言研究的专家。高老师像带徒弟一样地指导我，给我开了从语言学理论、语言学史、古代汉语、现代汉语、现代汉语各要素研究的书籍目录。我在教学、自学中遇到问题向高老师请教，高老师都会给我讲解。高老师是第二批教师队的副队长，兼任政治语文系党总支副书记，也担任一定的教学工作，他抽出宝贵的时间指导我真是难能可贵。在汉文教研组的当地老师都已经轮过一遍进修之后，1982年9月我终于得到去复旦大学进修的机会。在进修一年的时间里，高老师也一直关心我，帮助我解决学习、生活上的困难。我在复旦大学系统学习了指导老师金路的现代汉语课，还选修了几门研究生的语言学课程，老师们对理论和知识的驾驭及各有特色的教学方法对我大有启发，我重新撰写了现代汉语讲稿，回校后教学水平大有提升。因为是带着教学和管理工作中的很多问题去进修的，所以我不光是听课、参加教研室活动，而且还听了很多讲座，甚至观摩学生会组织的活动。虽然我当时年近中年，已是两个孩子的母亲，但在复旦大学校园里我好像又回到了学生时代，贪婪地享受着大学校园里的一切。在进修期间我还得到了复旦大学援藏老师董荣华、葛乃福、张国樑、徐天德、胡金星、曹振威以及上海教育学院的黄宏真、冯钧国等老师的关心和帮助。一年的进修增加了我搞好教学、做好工作的底气和信心，我会永远感谢当时的对口支援高校——复旦大学以及援藏老师们对我的关心和培养！

说起上海援藏老师和我们的友谊，有几件事情真是刻骨铭心。1975年是我和次旺俊美经历了最多困难的一年，说是“至暗时刻”也不为过。为了不给父母增加负担，也不让他们担心，我瞒着父母在拉萨冒险生下了第二个儿子。因为缺氧，孩子不足月，一出生就被下了病危通知。我的心脏、血压也不正常。次旺俊美的父亲于1975年1月因病住进西藏军区总医院，在我生产不到一个月的时候，刚满五十岁的公公不幸去世了。次旺俊美是长子，面对父亲的突然离世和承受不了致命打击的母亲，简直不知所措。加上月子里的我和虚弱的孩子真是让他心急如焚。幸亏有不少亲友帮忙，次旺俊美总算把父亲的遗骨用柴木火化了。悲伤、焦急、劳累，次旺俊美右眼的麦粒肿（睑腺炎）严重溃疡，他戴着眼罩带病去上课。可是祸不单行，到了2月，留在我父母身边的大儿子又被确诊为败血症，还下了病危通知书。当时我公公婆婆的工资冻结，每个月只有200元生活费。我们俩的一半工资寄给了我家里。真有天要灭我、走投无路的感觉。我佩服次旺俊美的坚毅果敢，他说："救孩子要靠医院，我想办法去借钱寄给家里。母亲身体不好，你和小儿子都这么虚弱，我们谁也走不了，再难我们也要挺住！"两个刚刚走上工作岗位、在高原开启生活之路的年轻人，多么需要安慰和鼓励啊！可是，他家和学校只有一墙之隔，却没有人跨过那堵矮墙过来探望。就像寒夜里总能找到火种，我们还是看到了希望、感觉到了温暖。是上海援藏老师把我父亲的加急电

⊙ 1977年夏，上海音乐学院援藏老师和上音赴藏慰问的王秀云老师在次旺俊美、张廷芳家中合影。前排左起：石林、作者、王秀云、林克铭；后排左起：陈幼福、次旺俊美

报送到了家里，劝我们不要太着急，保重身体。华东师范大学的叶澜、李惠芬老师到家里看望我和孩子。李惠芬老师说："这里买不到毛线，你如果有毛线的话，我就给小宝宝织件毛衣吧。"李老师织的毛衣穿在我小儿子身上，看到的人都夸奖织得漂亮。我们汉文教研组三批共18位援藏老师，文艺教研组的林克铭、石林、陈幼福等老师都到我家做过客。我们和上海援藏老师成了非常亲密的朋友，不少人一直保持着联系。

1997年7月，我到上海开会，次旺俊美当时在陕西咸阳的西藏民族学院工作，他利用暑假飞到上海，我们一起拜访了阔别十几年的援藏老师。复旦大学、华东师范大学安排我们和三批援藏老师隆重见面，让我们介绍西藏大学的建设发展情况，会后大家共进午餐，畅叙友情。很多援藏老师激动地说："你们二位来了给我们创造了见面的机会，不然我们各忙各的很难相见，希望你们以后常来啊！"其他学校的援藏老师自发地约在一起和我们交谈。石林老师在上海音乐学院留学生楼帮我们安排了住宿，可林克铭老师坚持让次旺俊美住到他的家里，让我住到王丽华老师家。他说这样不仅节省费用，还可以多交流好好叙旧。最难得的是，我的入党介绍人张玉瓖老师刚巧从澳大利亚回国办事，上海师范大学、上海音乐学院的几位老师一起接待了我们。大家回忆在西藏共同办学的日子，畅谈当年的学生现在都在哪里、在做什么……每一次聚会都有说不完的话，每一次相逢都是那么难舍难分。1997年的上海之行让我们重温了和上海援藏老师的珍贵友谊，也让分居两地的我们非常有意义地度过了银婚纪念。

由于我和次旺俊美都有文艺体育爱好，我们还接触了其他援藏老师。比如，次旺俊美和第一批援藏的孙玉和老师、沈荣渭老师是非常要好的球友。我有幸和上海音乐学院的石林、陈幼福老师一起排练、同台演出。我和复旦大学的童彭庆老师、纪如曼老师、季云飞老师、华东师范大学的冯显成老师曾经到林芝下乡开门办学三个多月，朝夕相处，同吃、同住、同劳动。在我上山砍柴回来不慎摔伤的时候，几位上海老师热情地关心我，小纪老师更是体贴照顾我。几位援藏老师发明的糌粑新吃法表现了他们的乐观精神，让我意想不到。小纪老师不怕困难、敢于挑战的

⊙ 1997年7月次旺俊美、张廷芳专程去上海看望援藏老师，在复旦大学和部分援藏老师合影

⊙ 1997年7月次旺俊美、张廷芳专程去上海看望援藏老师，在华东师范大学和部分援藏老师合影

精神给我留下很深的印象。我觉得，只要有心学习，随时随地都可以向上海援藏老师学到东西。

我和次旺俊美相约一定要再去上海看望援藏老师，因为工作繁忙一直难以成行。他去世之前还和孩子说：“我想和妈妈一起去上海看来实现不了了，你们以后要帮助妈妈实现。”现在次旺俊美和好几位援藏老师都永远离开了我们，但是上海高校援藏老师对西藏高等教育事业的贡献、援藏老师和我们之间的深厚友谊永远留在了我们的心里。这一生有上海援藏老师这样的老师朋友，足矣！

⊙ 1976年3月作者和上海高校援藏教师队第一批老师在林芝下乡时合影。前排左一纪如曼、左三张廷芳，后排左一冯显诚、左三童彭庆

⊙ 1976年6月 西藏师院汉文教研组欢送第一批上海援藏老师在师院校门前合影
左起一排：李雁辉、拉巴、李惠芬、卓玛次仁、张廷芳、胡阿萍；二排：娄文礼、和绍勋、贡觉旺杰、旦巴次仁、孙楚荣；三排：朱新华、董荣华、次旺俊美、次仁甲措、王纪人

⊙ 1978年7月2日西藏师院汉文教研组欢送第二批上海援藏老师在罗布林卡合影
前排左起：熊玉鹏、和绍勋（纳西族）、高天如、朱新华、次仁甲措（藏族）、韩志宁；后排左起：张玉壤、张晓明、黄宏真、张廷芳、李雁辉

⊙ 1980年6月西藏师院汉文教研室欢送第三批上海援藏老师在布达拉宫广场合影，照片中还有四位吉林省高校援藏教师和一位天津援藏教师。前排C位是上海师范大学援藏老师刘小湘，时任汉文教研室主任。后排右三是四平师范学院文艺理论教授毛贵廷，接替刘小湘工作。后排右四是上海教育学院冯钧国，右五是华东师范大学刘芳，右六是复旦大学徐天德

作者简介：张廷芳，女，汉族，1946年生，北京市人。1970年毕业于北京师范大学中文系。1972年自愿到西藏工作。先后在西藏自治区师范学校、西藏师范学院、西藏大学任教。曾任教研室主任、系主任、教务处长、西藏大学副校长等职。曾获全国教育系统“巾帼建功”标兵、西藏自治区“三八”红旗手、宝钢教育基金优秀教师、全国全民国防教育先进个人等荣誉称号。

第二编

峥嵘岁月

CHAPTER

2

首批援藏教师风采集锦

⊙ 进藏途中——火车上的联欢会

⊙ 进藏途中，援藏教师们在火车的餐车里用餐

⊙ 进藏路上，火车穿过河西走廊，在一个车站停留间隙，援藏教师们朝气蓬勃地做广播操

⊙ 1974年7月进藏路上，首批上海师范大学（五校合并时的名称）援藏教师和拉巴平措游览莫高窟。前排左起：恽才兴、陈家森、沈明刚、娄文礼、拉巴平措、王纪人；中排左起：杨国芳、李惠芬、韩玉莲、赵继芬、叶澜、吴贤忠、李巨廉、孙玉和；后排左起：马文驹、孙楚荣、张世正、皮耐安、冯显诚

⊙ 进藏路上，华东师范大学、上海师范学院老师和拉巴平措（后排中）在柴达木盆地留影

⊙ 进藏路上，援藏教师乘坐的汽车行进在通天河大桥

⊙ 途经当金山口，上海师范大学（五校合并时的名称）团队留影。从左到右，第一排：林武忠、冯显成、拉巴平措、施根法、沈荣渭、马文驹、孙楚荣、娄文礼；第二排：恽才兴、皮耐安、赵继芬、韩玉莲、叶澜、李惠芬、杨国芳、张世正；第三排：陈信漪、吴贤忠、沈明刚、孙玉和、王纪人、陈家森、李巨廉

⊙ 在柴达木盆地察尔汗盐池留影，自左至右，前排：陈建新、柴建华、姚振中、蒋秀明、周仁、葛乃福、张南保、程斌；后排：季云飞、童彭庆、罗衿、高生辉、鲍敖法、林克铭、张立明、纪如曼、客车司机、拉巴平措、董荣华、李明忠

⊙ 1974年7月29日上海首批援藏教师到达拉萨，西藏师范学校门口师生夹道欢迎

⊙ 首批上海高校援藏教师进校时受到热烈欢迎

⊙ 西藏师范学校革委会主任汪文彬（左一）、西藏自治区教育局副局长卫璜（右一）、副主任拉巴平措（右二）同援藏教师队伍一起走进校园。左二是首批援藏教师领队李明忠，左三是援藏教师副领队吴贤忠

⊙ 在校部会议室举行简短的欢迎仪式

⊙ 时任西藏自治区党委书记任荣（中）接见领队李明忠（右）和副领队吴贤忠（左）

⊙ 西藏师范学院党委书记高传义组织援藏教师学习

⊙ 西藏师范学院的部分领导、教师和上海援藏教师在罗布林卡合影

⊙ 援藏教师在罗布林卡。自左至右，前排：蒋秀明、姚振中、程斌；后排：林克铭、周仁、高生辉、鲍敖法

⊙ 参观大昭寺，华东师范大学、上海师范学院援藏教师理科组合影。前排：恽才兴、赵继芬、韩玉莲、施根法、林武忠；后排：皮耐安、陈信漪、沈明刚、陈家森、张世正

⊙ 西藏师范学院成立大会

⊙ 西藏师范学院的文艺生活——表演革命现代京剧

⊙ 在西藏师范学院举行的一场篮球邀请赛

⊙ 1975年，拉萨河畔，上海慰问团慰问上海援藏教师，自左至右，前排：纪如曼、张立明、慰问团成员甲、慰问团成员乙、李明忠、季云飞；后排：罗衿、葛乃福、董荣华、柴建华、童彭庆、陈建新

⊙ 1975年夏拉萨河畔，上海慰问团和“上师大”（五校合并）援藏教师合影。前排左起：赵继芬、韩玉莲、叶澜、慰问团成员甲、慰问团成员乙、李惠芬、杨国芳；中排左起：马文驹、陈家森、冯显诚、孙楚荣、张世正、娄文礼、恽才兴、沈荣渭；后排左起：皮耐安、沈明刚、孙玉和、王纪人、吴贤忠、李巨廉、陈信漪

⊙ 1976年6月18日，西藏师范学院领导与即将结束援藏任务的上海首批赴藏教师临别留影

⊙ 2010年4月16日 上海首批援藏老师（部分）在上海百联购物广场合影，自左至右，前排：沈荣渭、林武忠、恽才兴、罗衿、蒋秀明、林克铭、纪如曼、张立明、杨国芳、马文驹、施根法、陈建新；后排：张世正、陈信漪、葛乃福、皮耐安、柴建华、董荣华、孙楚荣、李巨廉、姚振中、程斌、陈家森

诗四首

马文驹

志　气　昂

世界屋脊雪茫茫，
布达拉宫披银装。
喜看高原春来早，
笑迎飞雪志气昂。

⊙ 作者于布达拉宫背面留影

建师范学院

农奴翻身学文化，
师资培养本地化。
上海高校来支援，
西藏师院成立啦！

三 兄 弟

华师援藏三兄弟：
地理专家恽大哥，
中学良师施小弟，
心理学家马某人。

⊙ 从左到右：作者、施根法、恽才兴

新 征 途

骄阳红似火，
街头骑骆驼。
初游格尔木，
踏上新征途。

⊙ 作者在青海格尔木骑骆驼

作者简介：马文驹，男，生于1933年12月，籍贯广东。中共党员，毕业于北京师范大学，华东师范大学心理学系教授，普通心理学教研室主任，上海市社会心理学会副理事长。

乌发茂盛去拉萨

王纪人

年轻时总是向往走得远远的，如古人云："我欲拂衣远行。"这里的"远"不仅是空间上的，即辽远之意，也可以是时间上的，即久远。如按时空两者衡量，我只有过两次远行。其中一次在19世纪70年代中期，去西藏师范学院援教，一去两年，说好假期是不回的。

将近半个世纪前进出西藏的客运货运主要靠青藏公路，其次是川藏公路，我们走青藏线。于是带着一大包铺盖卷，先从上海坐火车到青海西宁转甘肃柳园下车，再从柳园坐长途汽车到敦煌。绕这个弯是为了在进藏前送个福利，让我们先观光名闻世界的莫高窟。这是我自出娘胎后第一次看到沙漠，也是第一次欣赏到保存在洞窟里达千年之久的佛教壁画和佛像雕塑，以及建在岩壁之上宏伟壮观、错落有致的寺庙。参观几个主要的洞窟后，来不及去鸣沙山看月牙泉，只能不舍地挥一挥手向千佛洞告别，坐原先的长途汽车去格尔木。从敦煌到格尔木要经过盐湖，车就走在结实的盐盖上，平坦光滑。那时青藏公路还不是柏油路，离开格尔木后，道路便变得坑坑洼洼了，人称搓板路。一路颠簸而行，像我只不过1米78的个头，额头就经常碰到天花板了。原来想在汽车上继续读《格萨尔王传》，只得作罢。看风景也难，车子晃得厉害，瞌睡也不大敢打。过了昆仑山口，下一站便到五道梁，进入了"生命禁区"。虽然是夏天，此地却天高地寒，长年无夏。在中国，东北漠河的冬天最冷，青海五道梁的夏天最冷，极易发生高原反应，这与其特殊的地理环境有关。民间有"进了五道梁，哭爹又叫娘”的说法，但当时大家都不知道这一说，也没有什么反应，所以既没哭爹，也不叫娘。记得第一天车一直开到沱沱河兵站才吃晚饭休息，我们发现司机们打扑克玩得很嗨很晚，难怪白天有人看到司机开车时老犯困。经一番商量，第二天坐副驾驶位子上的老师便负起“提神醒脑”的任务。一见司机犯困，赶紧递烟送糖，百般殷勤。青藏公路从格尔木到拉萨段长路漫漫，汽车就一直在青藏高原上行驶。圣湖在远远的山麓闪着蓝宝石般的光芒，神山愈高就愈神。只见山顶云雾缭绕，山体冰雪覆盖。翻越的山口则选在较低处：已过的昆仑山口4 776米，前面的唐古拉山口5 231米，念青唐古拉山口4 580米。山愈高，色彩也就愈是单调，在阴天几乎是黑白两色的世界，只有猎猎翻舞的经幡才是色彩缤纷的。车过唐古拉山口的界碑处，就从青海进入西藏了。汽车要停下加油添水，大家也要在界碑前“立此存照”。领队赶紧关照不能跳跳蹦蹦的，吓得谁也没拍成悬浮照。谁感到有高原反应，赶紧用车上预备的氧气袋吸几口。但绝大多数人未觉有何异常，毕竟都是青壮年，援藏前在上海体检结果均属“合格产品”。空气仿佛是稀薄了些，还有点彻骨的冷，但没有不适感，反倒很兴奋，仿佛人生抵达了一个新高度。安多是西藏的北大门，晚上就在这个县城食宿。第三天翻过念青唐古拉山口，在山坡上第一次见到了褐黑色牦牛和白牦牛，同时也看到了绿色的藏北草原，顿觉心旷神怡。在藏语中，念青唐古拉是灵应草原神，相传他与脚下的纳木错湖是一对夫妻。在藏文化中，神山与圣湖往往是有配偶关系的，这可能跟万物有灵的原始观念有关。车过当雄、羊八井时路况较好，就如履平地了。当时的心情至今记忆犹新，一种载欣载奔的感觉，因为辛苦的长途跋涉终将结束，目的地就在眼前，未来的两年也等在那边。

到拉萨后，来自上海各高校的40位老师就与赴拉萨中学的中学老师分道扬镳了。西藏师范学院的前身是1965年成立的西藏师范学校。要从中师升格为高师，需要有一个筹备提升的过程。我们这些来自复旦大学、上海交通大学、上海师范大学、上海体育学院、上海音乐学院、上海戏剧学院、上海教育学院等院校多个系科的支教老师，首要的任务是参与筹建西藏师范学院。想到的第一步，就是从课程设置着手，尽量向高师靠拢，让学生先接受相当于大专程度的教学内容，再向本科迈进。其次是给当地教师开些进修课，鉴于他们大多在民族学院修过专业课程，有正式的学历，进修活动主要围绕备课进行，比较实用。另外，就是增添部分教学设施，如由理工科的援藏老师规划理化实验室，并主持施工，我们文科援藏老师只能做些抛砖递瓦没有技术含量的简单劳动。待上海运来实验室的仪器设备和材料，经过理化老师手把手地教，学生就像模像样地做实验了。课堂教学也是援教的重要内容，由于学生汉语听力和口语较差，我们对藏语又一窍不通，开始交流时存在一定的语言障碍。但藏族学生也很聪明，汉文班的学生基础更好些，几个月下来就大有长进。他们对我们说的上海话也很感兴趣，在课后“阿拉、阿拉”常挂嘴边。因为藏语里就有“阿拉”的发音，“阿拉姜色”就是一首藏族民歌，意思是“请您干了这杯美酒”。藏语的谚语特别丰富，充满了智慧。如“布谷鸟爱黎明，猫头鹰盼黄昏”“人不要纠纷，树不要结疤”“心善如乳汁，言善似钥匙”。它们大多是两两对位的对偶思维。有位老师可能参透了这个规则，常常仿造一些藏式谚语说话，与学生特别有亲和力。

援藏期间的生活在当时并不以为苦，因为那时年轻又自律，现在回想起来还是有点艰苦的。我们住在两排矮平房里，每排有8间房。我在208房，同屋还有两位。屋里厢放了三张床和三张课桌椅，还有煤油炉、水桶、脸盆架和三个热水瓶。这等于回到了研究生时代，所以尚可适应。如厕要到几十步外新挖的茅坑，反正过去下乡劳动也这样。当时拉萨主要靠水力发电，冬天枯水季，电力短缺，要到下半夜才来电。晚上备课照明便用蜡烛，定量供应，一人一次燃一支，燃完再点第二支。三人三烛影影绰绰，如开烛光晚会。当地居民冬天有自备的火炉取暖，有煤用煤，无煤可用贴在外墙上晒干的牛粪饼。我们没有火炉，也无粪饼，室内已达冰点。幸好实验室有电炉，半夜来电时出一人通宵值班，烧水为各个房间充满热水瓶送温暖。睡前盐水瓶[1]里灌满热水放在被窝里，上面压一条托人从林芝毛纺厂自费买来的军毯，再冷还有发给我们的军大衣。那时几乎人人都满腔热血，足以抗住最低零下10摄氏度的严寒。

我们的援教学校虽在拉萨，有时也到外地开门办学。有一次我们与汉文班学生去山南开门办学，藏族老师也去了几位。山南地处雅鲁藏布江干流的中下游，离拉萨不远，风景甚佳。记得是秋收季节，正赶上“旺果节”。我曾亲眼看见，藏民们着盛装，打彩旗，抬着新收割的青稞，在地头转圈，游行歌唱。老人背经书，捧佛像，念念有词，想必在感谢神明的恩赐，祈祷来年风调雨顺。那时开门办学也需安排劳动，开渠挖沟有点累，干猛了会气喘吁吁，因为海拔较高，只能让大家悠着点。上课没有教室，不可能像在学校里那样按部就班地讲。正好报纸发表《念

⊙ 在山南开门办学期间，作者（前左）利用劳动休息间隙给汉文班学生讲授毛泽东的词《念奴娇·鸟儿问答》

① 上海过去有把打点滴用的盐水玻璃瓶当作热水瓶的习惯，编辑注。

奴娇·鸟儿问答》，打谷场上也正好阳光灿烂，便按自己的理解讲一遍，想不到学生对其中一句特别感兴趣，便向他们指出，在特定场合，俗语也可入诗，古已有之，但既为特例，就不宜滥用。晚上师生们宿在生产队腾出的几间空屋，一起席地而睡。早晨由藏族老师次旺俊美叫早，只见他一骨碌从被窝里出来，提着小号就跑到气温很低的室外吹起床号，天天如此。他会许多乐器，还能指挥，一人就是一支小乐队。

开门办学时常要骑马，大家个个无师自通，像个骑手，只是上下马需学生扶一把。有一次集体骑马过溪流，一位老师从马上摔下来，幸亏毫发无损。过河时马往往要低下头喝水，这时候骑马的人可能前倾侧翻。最好勒紧缰绳不让喝水，到达目的地后再让喝水。有次我把一个塞了被子的包袱放在马背上，人就直接坐在包袱上倒也很受用。快马加鞭后，包袱竟从臀下向后飞了出去，学生见到便下马捡起带走。他们从小会骑马，能不用马鞍横着骑。骑到目的地后把马交给驿站就行了，因为在前一站已付了租金。令人傲骄的是，有一次我骑了一匹马，还牵了一匹小马，赶到另外一个驿站。另一次为了改善伙食，与一位学生一人一骑上山，挑了一头正在草场上吃草的牦牛，价钱也不贵。牦牛力大无比，便由学生骑马牵回来。

开门办学联系工作需要搭顺风车，如果有女教师同行，肯定要让她们出面招手更有把握。卡车停下，女教师坐进驾驶室，我们便爬到挂车上随车翻山越岭，高处有四千多公尺。上面的风大，风景也好，张开双手仿佛一路拥抱着裸露的雪山冰川。半天内可能经历两个季节的变化或晴与雪的转换。有一次我单独外出拦车，居然很顺利，而且驾驶室靠车门还空着一个座位，坐着坐着便睡着了。后来忽然醒来，竟发现车门已弹开了，赶紧把车门关上。外面可是悬崖绝壁啊，但当时却很泰然。离开山南前，藏族教师让生产队派人背了个牛皮筏放到雅鲁藏布江的水边，让我们几个上海来的教师上筏体验一把。第一次坐牛皮筏，而且在发源于喜马拉雅山、世界上海拔最高的江上壮游一回，大家开心得很，撑起学校的旗子留了影。

有一个假期与几位老师去那曲做社会调查，副主任拉巴平措顺路同行。小旅馆里有火炉可以取暖，但燃料要自己收集。他就与我们一起去捡牛粪，还帮我们生火。通常牛粪要贴在外墙上晒干才能点燃，现在从野地里捡来的牛粪还很潮，害得他生火时被烟熏得泪流满面。我们日常步行或骑马，并无高原反应，便向副主任提出骑马往西走得更远些，立马被他否决了，那是为了我们的安全考虑。他离开后我们就吃住在一户牧民的家里，白天到所在的红旗公社找人了解情况，有同校的教师担任翻译，晚上整理材料。在乡下，喝的是酥油茶，吃的是自己捏的青稞粉加酥油的糌粑，难得也有土豆烧牛肉。这户人家的床很大，其实是土垒成的，六七个人拉开距离睡在上面可以各不相扰，真正是同吃同住了。羌塘草原牛马成群，羊也很多。对牧民来说，它们的用处都很大，而且吃的只是草。有一天我看到房东家的马整天整夜都站着，不像其他四足动物舒舒服服躺着睡，便认定马是四足动物中最劳碌的，或许还有洁癖。我过去也屡次下乡，但养马的地方很少。如果不到羌塘草原来，真的不知道马是站着睡觉的。

在拉萨时，因为学校里没有浴室，平时只能擦擦身，周日一定会去一次人民路上的浴池。浴池没有淋浴，但有浴缸，便自带高锰酸钾清洗一番。节假日会去公园或树林里过林卡。藏族人过林卡必备一个印有吉祥图案的帐篷，热水瓶里灌好酥油茶或奶茶，青稞酒也是常备的饮料。一家人或朋友们席地而坐，喝喝茶、吃吃点心、说说话、唱唱山歌，好不快活。亲情和友情就是这样维系的。我们什么也不带，其实是瞎逛。藏族人看我们一点也不像过林卡，会热情邀请去他们的帐篷里坐一回喝一杯。青稞酒其实有低到三四度，高到五十多度两种，我根本不懂，过去也不喝酒。有一次教研室集体去罗布林卡，在草地上休息时，当地教师倒青稞酒让大家喝，喝光了又拿出一瓶自制的虫草药酒分享。从不喝酒偏偏又喝了混酒的我一时兴起，提议大家跳锅庄，也就是藏族的圈圈舞，还没跳上两圈我先就晕了。

到了拉萨，谁不想去看看布达拉宫和大昭寺？但在那个特殊的年代，

⊙ 1976年6月西藏师院汉文教研组为欢送上海高校第一批援藏老师过林卡，地点在拉萨罗布林卡，当中正面对着镜头的是作者，作者右边第二人为孙楚荣老师，右边第三人为董荣华老师

它们都是不对外开放的。幸亏我们教研室有一位女教师，她丈夫是文化局的干部，就亲自陪同我们分几周挨个参观。拉萨在藏语中是圣地的意思，它摄人魂魄，让人觉得神秘，其实就在于这些伟大的古建筑和它们蕴含的宗教文化。大昭寺就在最热闹的拉萨古城中心八廓街，有许多藏族人按顺时针方向绕着转经，手里拿着转经筒，他们中有的很可能来自雪域遥远的边陲，一路跋山涉水叩着长头而来。大昭寺是藏传佛教建筑的千年经典，融合了藏、唐、尼泊尔和印度佛教寺庙的风格又独树一帜。它象征着松赞干布以来吐蕃的辉煌历史，也保留了备受藏族爱戴的文成公主留下的遗迹。寺内有长近千米的藏式壁画《文成公主进藏图》，令我们瞻仰良久，我们被这位唐代公主的坚韧不拔、伟大担当和教化精神深深打动。布达拉宫是世界上海拔最高，集宫殿、寺庙和古堡为一体的巍峨建筑，外观13层，高达200余米。旧时重大的宗教和政治仪式必在此进行，体现了政教合一的制度文化。站在顶层远眺，拉萨市尽收眼底，世界上最大最高的宫

殿广场就在脚下，万众也在脚下。建筑与威权的关系，在布达拉宫体现到极致。哲蚌寺建在西郊三面环山的山坳里，历史同样悠久，是藏传佛教规模最大，僧众曾多达一万余人的寺庙。内部群宇连接，给人以气势宏伟、肃穆森严之感，里面的铁棒喇嘛身板也很健壮。这些名胜古迹我们也仅进去过一次，其中大昭寺离学校最近，逛八廓街就会忍不住多看几眼。阳光下唐代风格的金顶闪烁，令我感到特别亲切祥和。

⊙ 一张摄于作者援藏期间的师生合影，从左到右，前排：王纪人（作者）、童彭庆；后排：季云飞、姚振中、皮耐安、化学班的藏族学生

在我们援教一年后，也即1975年，西藏师范学院正式成立。在1976年夏回沪后，又有两批上海教师先后援藏。在这期间，与我们曾在一个教研室的几位藏族教师曾先后到复旦大学中文系进修，其中次旺俊美和他夫人一起来看望过我，学校的主要负责人到上海时也来探望。同届的上海援藏老师也曾多次聚会，回忆两年援藏的难忘岁月。1985年西藏大学正式成立，次旺俊美当了首任校长，是当时中国最年轻的大学校长，时年四十。在他调任西藏民院后，他的夫人张廷芳出任副校长。2014年次旺俊美因病去世。2018年西藏大学礼堂演出《格桑花又开》的舞台剧，

讴歌同为北京师范大学校友的这对伉俪为西藏文教事业呕心沥血的感人事迹。当我想起在西藏度过的岁月时，就会想到这位当年俊朗文雅的藏族青年才俊，以及为我们生火取暖的副主任拉巴平措，他是那么淳朴和沉着。他后来担任过西藏自治区副主席，又调京任中国藏学中心总干事。次旺俊美是领主的儿子，拉巴平措是农奴的儿子，两人都为西藏文教事业和藏学做出了杰出的贡献。

在我乌发茂盛的年代，曾在拉萨河畔工作和生活过，河上有一座美丽的拉萨大桥。夏天半躺在河水里，会有许多小鱼来亲吻我的肌肤。我见过神山圣湖和巍峨的宫殿庙宇，以及藏族同胞的虔诚和淳朴。还有同样乌发茂盛的藏汉同事们，我们为了共同的目标友爱地相处，亲如手足。现在我把你们都写进这篇文章里，为了一个长久的念想。扎西德勒！

⊙ 1976年6月上海高校援藏教师队汉文教研组第一批援藏老师离藏前和部分当地教师及汉文二班全体学生合影，地点在西藏师院西校门

原载2019年2月17日、2月21日《解放日报·综合》，

2024年1月做少许文字修改，增加了照片

作者简介：王纪人，男，1940年生于上海市，中共党员。毕业于上海师范学院中文系和北京大学中国文学史研究生专业。上海师范大学二级教授、博导。1974—1976年援藏支教。中国作协会员、中国文艺理论学会顾问。2003—2013年任上海市作协副主席。曾任上海师范大学中文系主任、上海电影评论学会会长、《辞海》1999版至2019版编委、文艺理论分科主编、第八届茅盾文学奖评委。撰写和主编了多部文艺论著，获上海市首届（1979—1985年）哲学社会科学优秀论文奖、上海市第六届（1999—2001）哲学社会科学论文类二等奖、上海市育才奖、高等师范曾宪梓优秀教学奖。

难以忘却的回忆

皮耐安

那是50年前的事了，可它对我的一生影响极大，终难忘却。

1974年，我们高校老师一听到有支援西藏办高原上第一所大学的事，马上就联想到历史上文成公主进藏，促进汉藏民族团结的美传。因此，老师们都确认赴西藏援教肯定是一件值得做的大好事。

1974年的西藏，对于上海人来说，要比现在神秘得多了。到那边生活吃什么？住哪里？能否经常洗澡？那边的人会怎样对待我们？许多问题都是谜，没有人能告诉你，周围也没有人可以给你指点。因为那时我们对西藏确实了解得太少了，对不少已经援藏的人，我们也了解得太少了。就这样，我们跟着西藏派来的带领我们进藏的领导拉巴平措踏上了赴西藏援教的路程。

和吃什么相比较，缺氧引发的高原反应才是更大的问题。我们每个人无论体格健壮与否，无论年龄差别，无论性别异同，都经历了从不适应到逐步适应的痛苦过程。两年后，当我从西藏返回时，我的血红素指标居然从11.2上升到13.6。难怪返回上海后不久，我上黄山会那样健步如飞，一个人背了三个人的行李，也不觉得什么。可惜，这种能力现在已经失去了。前几年，我又上黄山，竟一点找不到当时的感觉了。

在西藏两年，产生过许许多多真实的故事，给了我很多深刻的教育。其中，共产党员的先进性教育使我终生难忘，它规范着我前进的方向。

共产党员的先进性，“平常时刻看得出，关键时刻站得出，危险时刻豁得出”。这几句话，是上海市委领导同志在保持共产党员先进性教育活动中概括出来的，却也正是援藏队伍中的共产党员的真实写照。

在西藏办高原上第一所大学，许多事都是从无到有，那是真正意义上的“创业”。就拿创办化学专业来说，必须建实验室。可除了要建房外，还必须安装供水系统、供电系统。当时整个拉萨的供水、供电都很不完备，我们教师备课都经常靠烛光照明，后来靠西藏军区的支持才有了专用的电。供水都是到河中取水，没有管道水。为了安装管道水系统，我们曾经白手起家，“没有条件创造条件也要上”，靠最原始的滑轮吊起整筒水泥粗管，打井取水。干起来后才发现，这是一个危险性很大的工作，重百斤多的水泥粗管吊起后悬在空中，需要有人冒着危险，站在下边扶正位置，才能使它们准确定位。一个人使劲推、拉，不易把握不说，动作过大，滑轮会带动简易三角木架子整体位移。施工过程中，负重较轻时就曾经发生过翻车的事，谁都清楚，在负重较大时有多大的风险。

在危险时刻，我们的党员同志挺身而出，争着要下到最危险的地方去，让其他同志后撤，以减少损失。我记得很清楚，当时是陈建新同志下到了底，罗衿同志、陈家森同志等都在第一线，包括女党员，没有一个人后退一步，真正做到了危险时刻豁得出。这口井，现在在西藏大学可能已经找不到了，现代化的实验楼也许早就代替了那口小井和我们那时用手建起的小楼，可那时共产党员的献身精神是不会被忘记的。

为了建设西藏高原上第一所大学，只要是工作需要，教师队中的共产党员就会挺身而出。有一次外出招生中，一位上海援藏老师因车祸断了锁骨，党员同志抢着报名下一次外出招生。还有一次，我们专业师生到郊区开门办学，因为集体开伙，火候一时掌握不好，对低气压认识不足，蒸出的一锅馒头像小土疙瘩，是党支部号召党员师生站在前排带头吃，一来避免浪费粮食，二来也是对后勤同志的鼓励。果然后勤同志认真总结，此后每一次都能蒸出好馒头。

由于教师少，更由于既要培养大学本科生，又要培养藏族青年教师，加上新招收的第一届大学生，各科基础知识不平衡，尤其是自然科学、数学的基础知识有缺陷，所以需要开设的课程门数很多。这样每个人就必须承担多头工作，任务十分繁重。在西藏两年支教过程中，我曾经担任过自然常识老师，让学生了解并接受空气有重量这样的基础知识，让从未见过大海的学生从牛皮筏联想到大河大海中的大船。我也曾担任过中学数学课程教师，为学生讲解因式分解和三角函数。当然，我也担任大学化学课程老师，为大学生，更为青年教师讲授无机化学、分析化学、有机化学、化工基础……我担任过班主任，培养班干部，开展班级活动。我还担任过学校女子篮球队的教练，带领学校女子篮球队夺取过全拉萨的亚军。我甚至还担任过广播员，为援藏教师们播送广播操音乐和广播稿。据我所知，我们教师队中有许多教师，除了本校的工作外，还外出给驻军部队、机关等做过许多次学术辅导报告，为教师队争取了荣誉。总之，只要工作需要，关键时刻党员同志都能站出来，在起步艰难、困难不断的情况下，保证了筹建工作顺利进行。

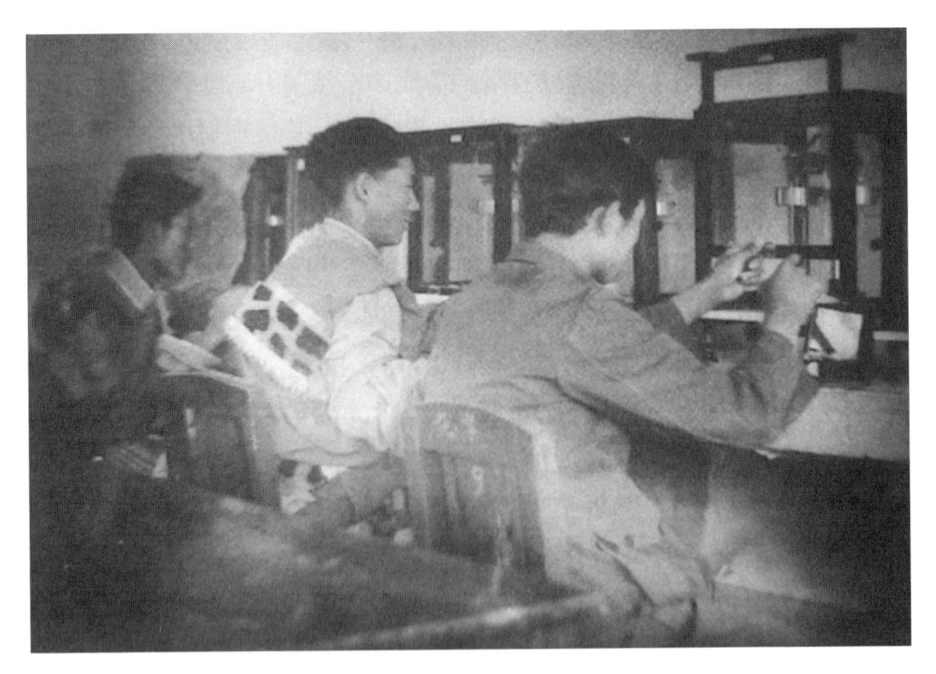

⊙ 藏族青年教师在使用天平

在平时每一天、每一节课、每一次课外活动、每一次师生接触中，教师队的党员都能以共产党员的标准严格要求自己，兢兢业业、精益求精做好自己的本职工作，以自己的模范作用影响和带动周围的师生共同进步。

平凡之处见真章，不仅表现为共产党员能把自己该做的事做好，还表现为共产党员总能克服困难，每一次都将自己的任务出色地完成。尤其表现为做好了是应当的，是组织的教育、同志们的帮助，能够清醒地摆正自己的位置，胜不骄；没有做好则能主动承担责任，再接再厉，百折不挠，认真总结教训，败不馁，最终要把任务完成好。这样的精神，这样的态度，这样的为人，群众就会看得出是共产党员所为。其本质在于共产党员有很强的党员意识，很牢固地为党的事业踏踏实实奋斗的思想认识。

可以这样来小结我在西藏的两年：我很庆幸在我刚进党的门不久，就受到这么多好党员的影响，他们用言更用行，充分地展示了共产党员的先进性，让我懂得了应当怎样去做一名真正的共产党员。

在回沪后的三十多年时间里，我越来越感到两年援藏经历是我的一笔宝贵的人生财富。在困难面前，我会发出“难道这比在西藏遇到的事更困难吗”的自问，增强战胜困难的勇气。在成功面前，我会提醒自己，要摆正自己的位置，在荣誉面前后退一步。在同志中间，我会换位思考，把维系集体的团结，发挥每个人的积极性看得很重。我想，正是由于入党初期就遇到了好的引路人，党组织的长期教育和培养，同志们、同事们的支持和宽容，我才能从一个普通党员教师走上校党委书记的领导岗位，敢于接受各种挑战，顺利地完成党交给的任务。从校党委书记岗位退下来之后，我冷静地回忆自己走过的路，更清醒地认识到两年援藏工作对我产生的影响是多么巨大，多么难忘。

⊙ 布达拉宫前留影，自左至右，前排：罗衿、皮耐安、其美罗布、大益西；后排：韩玉莲、单曲、陈建新、小益西

作者简介：皮耐安，男，生于1943年5月，江苏无锡人，中共党员。毕业于上海师范学院化学系，留校任教，教授，担任过上海师范学院党委书记、上海对外经贸学院党委书记、上海松江大学园区管委会专职常务副主任，在松江大学园区努力推动各校间优质教育资源共享。援藏时间为1974年至1976年。

第一粒扣子

皮耐安

每当读到习近平总书记关于“第一粒扣子”的精彩论述，我会常常想起两年援藏支教的许多事。

那是1974年到1976年，我有幸成为上海首批高校援藏教师队的一员，开始了永远难忘的新征程。

由于是首批，对西藏的了解很少。听接我们进藏的同志说，上海有的，拉萨都有，我就以为不用带食品和过多的日用品了。其实不是这样。那时候，在拉萨的商店里，尽管陈列的样品不少，但能买到的东西很少。来了一批猪肉罐头，挤到柜前的人，只问可以买几个，不太问价格，原因就是商品稀缺。完全不像现在这样物资丰富、物流畅达。记得那时在上海用2元人民币买的罐头，寄到拉萨的寄费就要2元5角。

行前，听说有高原反应，但毕竟想象不出那么丰富的内涵。我们从上海坐火车到甘肃柳园，然后转汽车爬山进拉萨。刚到当金山口，高原反应不只让人感觉头痛，严重的会有裂开来似的剧烈头痛，还有就是会呕吐，吃什么吐什么。许多人还可坚持，但极个别的必须吸氧。当汽车快速通过当雄时，严重的高原反应便会缓解。可在海拔3 600多米的拉萨住下来后，相当一段时间内，仍会有缺氧引起的乏力和腹泻等现象。打篮球之类的剧烈运动要等一两个月以后方可缓慢展开。

那时，没有自来水，拉萨河水冰冷彻骨。打在脸盆里，要等太阳晒一会儿才能洗脸。燃料紧缺，开水只能定量供应。在上级领导的关心下，我们教师队有了专供的电。供40人使用的开水，要有人值班，烧一个晚上，方够每人一只热水瓶的水。

但我们的使命光荣。此前西藏没有大学，高等学历人才的培养要送区外。我们的任务就是在中等师范学校的基础上创办高等学校。

为了提升办学水平，就必须对原有教师加注新的能量，例如为几位藏族教师开设无机化学、有机化学、分析化学、物理化学等基础课。而对学生，还要在提高汉语语言能力的基础上，开设代数、因式分解、几何及三角函数，为学习微积分等大学课程打基础。没有实验室，我们就自己建。盖起房子，再安装排水管、电线，还要有化学实验室专用的废气排放管道。尽管简陋，但终于有了，就如同第一粒扣子，新的阶段终于起步了。

现在的西藏大学早已不用那些东西了，代替它们的是现代化的大学设施。但不怕困难、自己动手、创造需要的种子都是由第一粒扣子种下来的。现代化的大学还要不断创新。从无到有，所需要的决心、勇气和实干精神依然是一样的。

任务重，但大家为了完成使命，都十分努力地工作。如我担任的工作就包括为老师和学生上课，内容涉及自然常识、高中阶段的代数、几何、三角函数、大学化学课中的四大化学。除此之外，我还是一个班的班主任、教师队驻地的小广播员，甚至还协助体育学院孙玉和老师充当过学校女篮教练，打出过自治区第二名的好成绩。现在回想起来，感觉那时胆真大，什么都敢做；干劲真足，什么都想干，也都干下来了。

援藏教师队个个都忙，加上物质条件有限，我们都瘦了，但大家始终感觉很充实，很团结，很愉快。在“四人帮”横行的时期，有许多老干部，敢于斗争又善于斗争。给我留下深刻印象的是悼念周总理活动。“四人帮”明令禁止集体悼念，可高书记仍然顺应民意，组织全校悼念活动。教师队旗帜鲜明，积极参加。

我们的学生，即使按照当时的标准，也不能算是高水平的，但他们是本地成长起来的新一代，他们不但适应环境，而且能满足社会进步的实际需要，他们中的许多人成长为社会栋梁，为新西藏作出了许多贡献。

使他们获得成功的有许多人，仅援藏教师，就有首批、第二批、第三批。内地许多高校都为西藏大学的发展贡献了自己的力量。去西藏前，我们真的以为自己是首批援藏，到那里后，才知道还有许多人比我们去得更早，他们吃的苦比我们多，贡献也比我们大得多，他们是比我们更前面的扣子。他们是和平解放西藏的老兵，还有许多很早进藏，并在那干了几十年的干部，我后来认识的不少前辈，例如漆世贵、杨晓渡等都有进藏工作的经历；我们当时的战友，当代文成公主式的人物张廷芳，都是我们的学习榜样，他们都是我们跟着进步的更前面的扣子。

就我本人而言，西藏两年是我入党预备期。在那里，我接触到的党员同志，个个吃苦在先，冲锋在前，尽显先锋模范作用，为我以后的成长进步、为人处世打下了坚实的烙印，正是他们为我扣好了第一粒扣子。

我在西藏吃了许多苦，以致后来无论碰到什么困难，都会觉得和那时相比又算得了什么，从而信心倍增。正是这种精神，让我战胜了留学日本时许多个第一次的考验，顺利完成了任务。也正是这种精神，帮助我克服了一个又一个困难，得到了一些进步，为国家为人民做了自己该做的工作。退休以后，回想已走过的人生道路，依然感到西藏两年的重要性，它是我步入顺畅发展的起点。

我会永远怀念那时的人和事。

援藏记事二则

冯显诚

⊙ 在格尔木召开的誓师大会上（发言人前方戴眼镜的是作者）

访才旦卓玛

“唱支山歌给党听，党的光辉照我心。”

这是藏族著名歌唱家才旦卓玛的嘹亮歌声。她是上海音乐学院毕业的藏族学生，所以，进藏后不久，我和两位上音的教师一起去拜访她。

这天，三人兴致勃勃，穿过沿河路，步入八廓街，不一会儿便到了才旦卓玛的家。她满怀喜悦地接待了我们，说正要去看望我们，我们却来了，边说边端上酥油茶。她说这几年忙于行政事务工作（她当时担任自治区文化厅负责人），所以唱歌的时间少了。我细细端详，感到她比以前苍老了一些。我们说，来西藏后感受很多，一定要为西藏的教育事业尽一点力，要把西藏当作我们的第二故乡。她听后爽朗地笑了起来，说："上海才是我真正的第二故乡，我是在那里成长起来的，感谢上海的老师们和关心我的朋友们，今天看到故乡来人感到特别亲切。"她真挚感情的流露，深深地打动了我们。

"我们很想再多听听你的歌声。"老林猛地插了一句。

"没时间，太忙了。而且也不知道有什么歌好唱。"

说了一阵，正打算离开，门外却传来俄罗斯民歌《三套车》抒情动听的美妙歌声。我走了出去，见一位青年正专注地唱着，正好著名作曲家罗念一走过来，我说："你们还唱这种歌？！"其实我心里是充满着佩服。罗念一马上过来打圆场："这首歌容易发声，年轻人喜欢用它来练练声。"我也随即表示赞同。

回家的路上，我还和音乐学院的两位同事争论，才旦卓玛究竟是做局长好还是应该继续唱歌好？争了半天，也得不出一个满意的结论。

改革开放以后，才旦卓玛又频频亮相，歌声还是那么甜美、嘹亮，人也比以前显得精神了，看到再创辉煌的她，心里觉得十分欣慰。

她那"翻身农奴把歌唱，幸福的歌声传四方"的美妙旋律在我耳边久久回荡。

赴林芝社会实践

1976年上半年，西藏师范学院安排我们政治课教研组的几位教师（还有一位语文教师）和几十名同学一起去林芝开门办学。

林芝海拔低、气候爽，山高林密，风景十分美丽。当我们的汽车进入林芝，那一片片原始森林似乎都敞开着胸怀在迎接我们。到目的地后，我美美地睡了一觉。清晨起来，吃了好几个馒头，就随着学生们上山拾柴火，不知不觉爬了好几里山路。抬头一看，“雪线”已近，密林深处，格外宁静，没有喧闹，没有繁华，一切都显得自然、和谐和秀丽。向山下望去，一排排军营（附近有一队以团为建制的驻军，常邀我们师生前去看他们放的电影），一座座民宅，错落有致，其间还夹着桃红柳绿，这和只有光秃秃的山峦的拉萨相比，真是大不一样。回来后，不少人围着我，夸我，说我气力壮，能背那么多柴火从山上走回来。我说：“是呀！我也感到惊讶。昨夜睡得那么好，今天食欲大增（在拉萨每天吃6两，今天吃了一斤多），干活、劳动浑身都带着劲。”听后，大家笑了起来。从拉萨一下子换到林芝，海拔的落差确实让人感到像是“换了人间”。对氧气的可贵，这时才真正有了深切的体会。

开门办学真正打开的是我们和藏族学生们之间的心灵之门。我们都住在一座四四方方的藏式楼房内，大家都住在二楼四周的小房间内，中间却有一块空阔的地方（也许就像汉族人的客厅）。有时要上课，大家都盘腿坐在那里，我也不例外，只比他们多一块小黑板在身边，一边写着“南昌”，一边写着“起义”，然后逐字逐句地讲解。大家平起平坐、天天照面，思想感情上的距离也就拉近了。

最让大家感到兴奋的是，三天后，我们几位上海援藏教师决定从第四天起，和学生们一样，早餐喝酥油茶、抓糌粑。这样可省去每天专为我们烧饭、炒菜、蒸馒头的一到两个劳力。我们经过一年多已基本适应酥油茶，只是每天把糌粑当饭吃还是个考验。糌粑其实就是炒青稞麦粉，粮店买来就是熟的。吃早饭时，只要烧锅开水（把砖茶放入一起烧），等到水烧沸后注入一竹筒内，再放点酥油进去一起搅拌（俗称打酥油茶）。然后，把糌粑放入一容器（碗）内，倒点酥油茶用手去糅合（俗称抓糌粑），糅成块状便可入口。只是我们糅的功夫欠佳，吃在嘴里总有些碎渣，难以吞咽。于是，我们想了个办法，碗底先放一把白砂糖，这样和糌粑糅在一起，入口时甜津津的，碎渣和砂糖混在一起，都把它当作砂糖吃了下去。学生们看见我们吃得美滋滋的，都乐呵呵地在一旁偷笑，有人伸出拇指，是在夸我们还是表示他们战胜了我们？

“你们笑什么？”我们问道。

他们说，原来在他们眼里我们是最有学问的圣人，是神，像人们对待喇嘛一样。现在看着我们喝酥油茶、抓糌粑和他们是一个样的，感到随和，感到亲近。也有同学说，以后每个礼拜还是要为我们烧顿饭、做些菜，不然对不起我们。学生们真挚的感情深深地打动了我们。还有一位聪明的学生在我耳边悄悄地说：“你们这样和毛主席当年三湾改编时，废除了军官们的四菜一汤是相似的。”我听后大吃一惊，前天讲课的内容已被他融入现实的生活中。没想到抓糌粑却把汉藏之情、师生之谊、教学之果牢牢地融在了一起。

星期天安排半天休息，于是师生们结伴出门溜达。大家沿着村前的一条路向前走去。路的一边是山（喜马拉雅山），一边是江（雅鲁藏布江），我们就在这名山大川间潇洒地走着，眼前的景色十分迷人。山上树木葱茏、林海苍茫，山连着山，绿色覆盖着绿色。山脚边那些缠绕在树身上的无名丛草，在微风中摇曳，似乎在欢迎着我们。路边，那形状各异、色彩缤纷的花朵，绽放出诱人的笑容。再向前望去，远端山顶银装素裹，像一位仙女接受洁白的哈达端坐云中。路下面的雅鲁藏布江，江面很宽，但江水清澈，偶尔出现一些落差，江水就会奔腾起来。天蓝蓝，地青青，没有农人，没有游客，更没有喧闹，静谧、幽雅、秀丽、自然，令人流连忘返。有学生说，再往前走，有个大转弯处，就是美丽的雅鲁藏布江大峡谷。是啊，越往前走越漂亮，可惜我们只有半天时间，大峡谷也只能可望而不可即。但这山川间的美景已让我们惊羡不已，刻骨难忘。

近日得知，有关部门已派出各种勘察队、调查组前往那里，一个世界顶级的开发区将在那里出现。我深深地祝愿21世纪的西藏变得更加美丽、更加繁荣、更加富饶！

作者简介： 冯显诚，男，生于1932年9月，苏州人，中共党员。华东师范大学政教系毕业，上海师范大学政教系教授，曾任党史教研室主任、上海党史学会副会长。1974年至1976年在西藏师范学院参加援藏工作。

终生难忘的岁月

——援藏支教的1974—1976年

叶　澜

人一辈子的记忆中，能留下终生难忘的事并不多。对我而言，作为上海市派出的首批援藏教师中的一员，赴藏支教的两年生活，是深深刻在脑中的两年，因为它那么新鲜、生动，有那么多的"第一次"。

⊙ 作者在西藏农牧区调查期间的存照

妈妈第一次流着泪送我去车站，看着车开走。因为她认为我是到一个"蛮荒之地"，能好好活下去，安全回来吗？但我报名的时候，怎么从来没这么想过？我被深深的母爱震撼。我将第一次整整两年离开丈夫和还在上幼儿园中班的孩子。当时似没有太多留恋，心中被将要去的神奇土地和生活的想象充满。直到在西藏快接近回来的几个月，我那么思念他们，作为妻子和母亲，"母性"第一次被援藏的日子唤醒。从此，我更爱家，更爱亲人，意识到自己已不是单身一人，而是一个家庭的妻子与母亲。这份责任，以后要多尽。我还清楚地记得两年后的同一天，火车停靠上海站的那一刻，车厢内的我们个个伸出头来寻找站台上的亲人，下面接站的亲人也在拼命寻找我们，眼中充满喜悦与渴望。

我第一次深深体会，世界上最珍贵的是家，是生你养你的故土，陪你成长的亲人和需要你尽责抚养的孩子。没有人比他们更在乎你的存在和幸福。只有长期离开了家，才更懂得家之于每个人不同生命阶段的不可取代的全面、丰富的深层价值。

我们第一批援藏教师来自各个高校，就是从华东师范大学去的人，也并不都相互认识。一上火车我们就组成了一个特殊的整体。在路上，我和几个老师一起到格尔木河的河床（正逢枯水期）去捡昆仑山上滚下来的石子。我第一次见到这么多彩和有着自然奇纹的石子，捡了又捡，挑了又挑，从此我爱上了捡卵石。至今，这些格尔木河的石子还在我的书桌上养着，陪我度过漫长的岁月，让我时时想起当时发现每一颗石子的欢乐！在此期间，我们还参观了敦煌。这些意外的收获令我惊喜不已。

坐了一周左右的长途汽车，我们终于到达拉萨，进了当年西藏师范学校的朴素校门，开始了正式的支教工作。我和其他学科的援藏教师不同的经历是：因为我的专业是教育学，恰逢西藏自治区正在迎接成立10周年的大庆，需要总结各条战线的成就和经验。于是，进藏后的第二学期，我就被借调到自治区教育部门，参加有关西藏普及教育的10年调查和总结撰写，因而有了离开拉萨到西藏其他地区看学校，与当地教育部门有关人员交流的机遇。

我到过当年西藏农业学大寨的先进单位——列麦公社，第一次学到了走山路要双手后背、稳步慢走的生活经验；看到了高原山顶上开着紫色鲜花的美景。我到过一些山村小学，除了一块旧黑板，教室里没有其他设备。孩子不多，盘腿席地而坐。上语文课，学的是毛主席语录，用的是老师读一句、孩子跟读一句的最原始的教学方法。我问老师："冬天冷，孩子们坐地上不会冻着？"老师说："每人带一块小羊毛毡，垫着即可。"然而，正是这些普通得不能再普通的老师，支撑起西藏普及义务教育的大厦，他们是无名的教育英雄，我从心底升起崇高的敬意。

在多所学校中，留给我印象最深的是一所山顶学校。他们的勤工俭学办法是：用采制当地藏草药换钱来解决办学的困难。那次访问的当晚，我就睡在这座山顶小学的草药房里，闻着浓郁的草药气息，听着室外的松涛声和山顶泉水潺潺的流淌声，进入了梦乡。这样的情景在我一生中是第一次，也是唯一的一次。

因为要到另一个学大寨的先进牧区——那曲公社做调查，我和调查组的成员一起，再一次从唐古拉山来回翻过。没想到，我这“四过唐古拉山”的“历险”事迹，竟然已成为动员第二批援藏教师的材料。有一次，我一个人睡在外出猎户的屋子里，领队教我用老猎枪顶住门，用干牛粪烧炉烤馒头。这些，如果当时不到西藏做教育调查，是我一生中无论如何也不会遭遇的又一个第一次。

十分感谢西藏师范学校给我们每一位援藏教师送了一套《马克思恩格斯选集》（四卷本），一套《列宁选集》（四卷本），加上我自己进藏时带的鲁迅文集在当时出版的所有单行本，这些成了我在西藏时阅读的精神食粮。两年里，除《列宁选集》外，我全部读了一遍，还写了读书笔记。这是宁静时光的大好精神充电。最有趣的是，当时师范学校教务处的傅老师曾悄悄地问我们：“可以买到菜谱书，你们要吗？”我还从没见过菜谱书，好奇，即买了一本。打开一看，先是插图，惊讶于菜还可以烧得这么漂亮！第一次阅读《中国菜谱》，就把我吸引了。援藏结束，回沪后的第一个春节，我第一次请父母亲到我家吃年夜饭。我照着菜谱做了几样菜，妈妈惊呆了，我竟然能烧出一桌子菜！没想到女儿去西藏两年，不但安全归来，还更会生活了！从此以后，父母健在时，只要我在沪，年夜饭都到我家吃。

还有很多的第一次：第一次看到高原的月亮那么大、那么圆；第一次强烈、直接感受到藏族同胞的友善和能歌善舞；第一次接受20世纪50年代就进藏的“老西藏”的无私帮助与指导；第一次喝酥油茶、吃糌粑；第一次在欢送会上指挥大家唱歌；第一次脸上开了“藏红花”；第一次自编讲义给藏族同学们讲教育学……

其实，两年的生活，我没“援”多少，倒是西藏赠予了我这么多宝贵的“第一次”，它们成了我生命成长中的独特组成部分，我怎么能忘记这两年的岁月？！

作者简介：叶澜，女，当代中国知名教育学家，华东师范大学终身教授。1941年生于上海，祖籍福建南安。1962年毕业于华东师范大学并留校任教。首创并持续主持中国“新基础教育”研究与“生命·实践”教育学派建设。曾任华东师范大学副校长、国务院学位评议组教育学科组成员和召集人，兼任过上海市人民政府参事、上海市社联副主席、中国教育学会副会长等。现为教育部人文社会科学重点研究基地华东师范大学基础教育改革与发展研究所名誉所长、“生命·实践”教育学研究院名誉院长。先后被评为国家突出贡献中青年专家、全国模范教师、上海市教书育人楷模等。发表论文百余篇，出版专著六本，主编丛书十余套，获得多项国家级、省部级教学科研成果一等奖。

思念

孙玉和

⊙ 进藏路上，列车停站时援藏教师们在站台上做广播体操（左二是作者）

1974年7月到1976年7月，我们响应国家号召，离开繁华的大上海，赴世界屋脊西藏高原，支援西藏文教事业建设。转眼间近半个世纪的时间过去了。

在这个不算很长的两年时间里，尽管生活艰苦、高原缺氧、气候寒冷，我们却将这次援藏视作考验磨炼自己的难得机遇，与藏族师生一起生活，一起劳动，一起学习，克服了一个又一个的困难，终于用一年的时间，在西藏师范学校的基础上，创建了世界屋脊上第一所大学——西藏师范学院，现在已发展成国家211工程重点建设大学——西藏大学，进入世界一流学科建设高校行列，我们为此感到无比骄傲和自豪。

两年时间，弹指一挥间，我们在这片高原挥洒汗水，倾情付出。西藏特殊的环境，馈赠了我们不一样的生活阅历，使我们受益终生，成为我们人生的宝贵财富。我们与藏族师生结下了深厚的友谊和感情，了解了许多藏族传统文化和风土人情，藏族同胞那种淳朴善良、吃苦耐劳、爱恨分明、能歌善舞的优良美德和品质，永远铭刻在我们的心灵深处，成为我们一生难以忘怀的宝贵精神财富。

我们也有家，家家都有本难念的经。每个援藏教师都努力克服和正确处理了来自家庭、生活、身体甚至精神等各方面的困难。我们决心完成好援藏任务，不辜负藏族同胞的希望。

虽说时空已穿越了近半个世纪，但忆往昔，一件件往事仍鲜活地展现在眼前。

初试牛刀

我是一名体育老师，专业是篮球。不知哪里走漏了风声，我刚到拉萨没几天，区政府就下令学校，借调我到自治区直属机关篮球代表队，职务是运动员兼教练。

我报到后方知，我们进藏途经柳园、敦煌、格尔木时，曾经作过短暂休整。为了活跃业余生活，增进健康，联系群众，我们临时组织了一个篮球队与当地的工人群众开展过篮球友谊赛。这一赛不得了，“上海援藏教师中有一个老师篮球打得了得”的消息不胫而走。我们还没到，消息就传到了拉萨。因此我一到，就被自治区直属机关代表队“抓”了去，因为西藏师范学校是自治区直属单位，或许这就叫“近水楼台先得月”吧。

1974年，为了欢度国庆节，同时庆祝西藏百万农奴解放15周年，自治区政府决定在国庆节期间，召开西藏自治区第一届运动会。因为是第一届，自治区政府特别重视，特别关心，比赛项目也特别齐全。我有幸在西藏高原参加了第一届西藏自治区运动会，而且是区直代表队的旗手，高举队旗走在队伍的前列，感到特别光荣和自豪。

⊙ 西藏自治区第一届运动会入场式，举旗者是作者

我报到的时候，代表队已经集中训练一段时间了，运动员绝大部分是藏族，有两个是汉族。我一到，就和他们同吃同住同训练，不久就和他们混得很熟了。晚上我协助教练制定第二天的训练计划。大家都很尊重我。那时拉萨没有室内体育馆，更没有木地板篮球场，一切训练比赛都在室外水泥篮球场或者土泥篮球场进行。如果遇到土泥篮球场那就苦了，因为表面总有一层薄薄的沙子，跑起来刹不住车，摔跤、碰撞、擦破皮肤是经常发生的，训练条件可谓艰苦简陋。但每次训练我都身先士卒，认真对待，从不偷懒，并启发和引导运动员怎么做、怎么跑。每次训练都是汗流浃背、气喘吁吁。训练结束，脸上、身上都留下了白白的一层“霜”，那是汗水蒸发后留下的一层盐碱，这在内地是少见的，因为西藏气候干燥，汗水蒸发特别快。领队、教练和运动员都十分关心我，经常嘘寒问暖，提醒我说：“孙老师，刚到西藏，身体可要当心哟！”我知道凭自己的老底子，还能应对一下。藏族运动员篮球基础不是很好，我跟他们一起训练，并不感到很吃力。

1974年9月中旬，运动会篮球项目比赛开始了。这对于我来说是个挑战，因为过去从来没有在海拔3 600多米高的地方打过球。训练虽能应对，比赛能行吗？比赛可是真刀实枪地干，能顶得住吗？开始我真还有点担惊受怕，可是哨声一响，上了球场就什么都忘了，只想着一个字——拼。结果第一场比赛，我们大获全胜。我打满全场，发挥正常，得分过半，身体也没有什么太大的异常感觉，唯独在最困难的时候，感觉汗毛竖起，毛孔放大，浑身起鸡皮疙瘩，眼睛也有点发黑，可是一咬牙也就挺过去了。初次比赛大获成功。此后的比赛我们节节胜利。虽然最后一场遗憾地输给了拉萨市代表队，我们队获得亚军，但我尽力了，每一场比赛我几乎都打满全场，深受观众的好评。

不知为什么，西藏观众特别喜欢看我打篮球。凡是有我们队的比赛，球场周围早早站满了观众，用现代话说叫粉丝吧。为了满足观众的要求，我几乎每一场比赛都打满全场。也许是因为我给他们带来了耳目一新的篮球新技术、新风格，使他们享受到了篮球运动的快乐，对我多少产生一点崇拜吧。说实在的，当时西藏篮球运动与内地相比落后了一大截。有些篮球技术在内地已经很普及，不足为奇了，可是在西藏他们就觉得很新鲜。例如我的左手勾手投篮和背后运球过人技术在他们看来就很神奇——原来篮球还可以这样玩！

⊙ 西藏军区夜间灯光球场的一场比赛，15号是作者

运动会结束后，我回到学校，很快组建了一支师生混合的校篮球代表队。课余时间训练，星期天、节假日到工厂、学校、部队

开展一些友谊比赛，满足广大藏族同胞观看篮球比赛的需求，活跃业余生活，促进篮球运动的发展。后来这支球队在拉萨成为一支小有名气的篮球队——西藏师范学院篮球队。

因地制宜

我们这批援藏教师中有3名体育老师，加上西藏师范学校的2名，体育教研室共有5名体育教师，应该说应对当时学校的体育教学和课外活动任务是没有多大问题的。

可是当时学校体育场地、器材、设备等基础设施非常简陋，唯一像样的运动场地就是两片篮球场，而且篮架陈旧，篮板也都开裂晃动了。我们利用空余时间，自己动手维修篮架、篮板，埋设单杠、双杠，架设排球网等。

⊙ 维修篮球架，站在后面的是作者

在体育教学方面，我们充分发挥教师的积极性、主动性、创造性，因地制宜，因陋就简地开设体育项目。见缝插针，凡是能利用的场地和器材都充分利用起来。总的想法就是在体育课上首先要让学生动起来，跑起来，跳起来，笑起来，在此基础上完成教学计划，达到增强体质、陶冶情操之目标。藏族学生天生丽质，活跃好动，能歌善舞，不怕吃苦。因此，我们每节体育课都上得生动活泼、有板有眼、有声有色，深受学生欢迎。

在开展课外活动方面，我们充分利用两片篮球场地，开展学生篮球比赛、排球比赛。每场比赛都吸引了不少学生到场观看，为自己的班级加油助威，从而活跃了学生的课余生活。另外，我们从学校实际条件出发，根据同学的兴趣和爱好，组织了学生篮球队、射箭队、武术队，利用课外活动时间进行训练，不断提高他们的专项技术和素质。为此我们援藏教师队中的皮耐安老师还被聘为女子篮球队的教练。篮球队经过一段时间训练后，经常“走出去”或“请进来”，与一些兄弟单位的篮球队开展友谊比赛，通过比赛交流经验，提高运动成绩，活跃课余生活，推动篮球运动的发展，深受大家的欢迎。

1975年暑假后开学，是西藏师范学院正式挂牌成立后的第一个新学年，意义特殊。为了扩大影响，增强凝聚力，鼓舞士气，贯彻德智体全面发展的教育方针，学校决定，当年秋季在校内召开西藏师范学院第一届田径运动会。毫无疑问，具体任务落到了我们体育教研室。学校没有田径场，运动会怎么开呢？每个体育老师都积极献计献策，困难再大，也要完成这个任务。经过反复讨论，现场勘查丈量，发现在学校篮球场北面的一块布满鹅卵石的空地上，勉强可以建一个田径场。可是要把这些鹅卵石清理干净，没有机械谈何容易？在学校领导的动员号召下，各个班级的学生利用课外活动时间轮流参加义务劳动。许多老师也主动加入了劳动大军。我们体育老师当然是组织者和指挥者，自始至终战斗在第一线，和同学们劳动在一起。藏族学生习惯用背篓，可能他们从小背牛粪饼背习惯了吧？不管是装还是卸，他们背上的背篓都不需要从背上放下来，一歪身体就把背篓里的沙土倒出来。就这样，他们把鹅卵石一篓一篓地背走，又从很远的地方把细土一篓一篓地背来，撒在跑道上，真有点愚公移山的精神。由于装卸时背篓不离身，每次劳动结束，他们的衣服上、头发上、脸上、脖子上，浑身上下都沾满了沙土。高原上的风很厉害，一阵风吹来，就是一个小型的沙尘暴，吹得人们眼睛里、鼻子里、耳朵里、嘴巴里都是细沙，可谓无孔不入。但是没有一个人叫苦叫累叫脏，个个都欢声笑语，歌声不断。藏族同胞这种不怕脏不怕累，吃苦耐劳的乐观精神真的让人佩服。刚铺上的细土是松软的，我们整平后洒上水，利用早操时间，发动学生排成密集的队形反复踩踏，使跑道尽量有一定的硬度。没有镇压器，我们只能用这种古老的办法。经过全校师生一段时间的辛勤劳动，一个简易的田径场终于初具规模，再衬托上用雪白的粉画上去的跑道线，格外耀眼，真是有模有样。

这年秋季，西藏师范学院第一届田径运动会，就在这样一个田径场上如期举行了。开幕式这天，田径场周围插满了彩旗，还搭起了临时主席台，主席台的红色横幅上醒目地写着“西藏师范学院第一届田径运动会”。全校学生都以班级为单位，穿着节日的盛装参加了入场式，伴随着运动员进行曲走过主席台时，他们有的迈着整齐的步伐行注目礼，有的跳起了藏族舞蹈，有的整齐地喊着“发展体育运动，增强人民体质”的口号。学校领导悉数到场，在主席台就座，党委书记高传义发表讲话。最后全校学生进行了集体广播体操表演。开幕式进行得隆重热烈。接下来进行了田径项目的各项比赛，大部分老师都参加了裁判工作。每一项比赛，同学们都积极参加，奋力拼搏，激烈争夺。观众也是呐喊助威，口号声不断。运动会开得轰轰烈烈，有声有色，热热闹闹。对于一些来自遥远农牧区的学生而言，或许他们从来没有经历过这样的运动会，感到格外新鲜、新奇、有趣。运动会开了整整一天，许多同学意犹未尽。

这次运动会尽管场地简陋，规模不大，比赛项目也不是那么多，但是能在西藏师范学院成立后的第一个学期举行，意义非凡。

她 走 了

就在离我们完成援藏任务返沪还有半年的时间，我突然收到了妻子发来的电报：“母亲病重，危在旦夕。”在那个通信还很不发达的年代，电报就是十万火急的鸡毛信。我离家的时候母亲的身体就一直不太好，收到电报，我自知母亲在世的日子不多了，怎么办呢？是回去为母亲送终尽孝，还是继续留在这里，站好最后一班岗？我沉浸在痛苦的思念和激烈的思想斗争中。

母亲是一位慈祥、善良、勤劳的农村妇女，她一生含辛茹苦生养了我们兄妹六人。三儿三女，这在农村来说是儿女双全，必有后福。可是，母亲的命运并不像算命先生说的那样，她一生坎坷，饱受风霜。早在1944年母亲就送子参军，大儿子披红戴花，骑着高头大马，光荣地参加了中国人民解放军，当时是何等风光啊！然而三年后他就壮烈牺牲在解放战争的战场上。噩耗传来，母亲撕心裂肺地哭天喊地。正当全家人还沉浸在失去亲人的巨大悲痛中时，母亲的二儿子又一病不起。贫穷落后的山东小乡村，缺医少药，病魔四个昼夜就夺去了这个十五岁少年的生命。在短短的两三年时间里，母亲接连失去两个正值青春年华的儿子，这对于母亲来说是何等的打击，又是何等的悲惨！母亲那种悲痛欲绝的样子，我至今记忆犹新，历历在目。

从此，母亲强忍悲痛，把一切爱和希望都寄托在她唯一的小儿子——我的身上。从小只要我身体一有什么风吹草动，母亲就夜不成寐，茶不思，饭不想，跑出跑进，求医问药，一次次地烧香磕头，祈求老天爷保佑，给她留下这棵独苗。夜里我从睡梦中醒来，常常看到操劳一天的母亲，独自一人坐在黯淡的油灯下，一针针一线线，为我缝补衣衫，嘴里还时不时断断续续地哼着那凄凉婉转的小调，两腮挂满泪花。1950年代，全家人还过着半年糠菜半年粮的日子，母亲却把家中的细粮全省给我吃。有时炒个鸡蛋，也让我先吃，姐姐只能在一边旁观。等到我上学，母亲怕我在学校吃不饱饭，常常省吃俭用，把从牙缝里省下来的一点干粮，挪着她那“三寸金莲”的小脚，摇摇晃晃地步行十几里路送到我的学校，给我补贴生活。可以说母亲为我付出了全部的心血和爱。

现在母亲就要离开人世了，作为她唯一的儿子，按理应该回去见上最后一面，报答母亲的养育之恩，安慰一下她那颗受伤的心，让母亲含笑九泉。这是人之常情，更何况她还是一位烈士的母亲。想到这里，我恨不得马上飞到母亲的身旁。

与此同时，上海高教局和西藏师范学院也批准我回家探亲。

但是我又想，此时此刻我已身处西藏高原，肩负着支援西藏文教事业的崇高使命，任务还没完成，现在走了算什么呢？就是走，也是千里迢迢，路程遥远。到家后也很难说就能与母亲见上一面。再看看我们亲手创办起来的西藏师范学院，是那样急需教师，藏族师生对我们又是那样信任和尊重，再比比那些早期进藏工作的汉族干部和老同志，他们几乎把一生都献给了西藏，有的甚至献出了宝贵的生命，他们也有父母。记得在援藏教师学习班上，曾传达过这样一个精神："这次援藏两年时间，一般中途不能回来，回来一名，就要在下一批援藏教师中增补一名。"下一批增补一名，这就意味着增加一个家庭的困难，组织上要做更多的工作，多麻烦啊！权衡利弊，经过激烈的思想斗争，最后我决定留下来，站好最后一班岗。

随后我又收到了妻子发来的第二封电报："母亲已去世。"这是预料之中的事了。她走了，她带着对儿子的无限想念走了。后来听妻子说，母亲弥留之际，在昏迷中始终断断续续地叫着我的乳名。

母亲去世后，因为她是烈士的母亲，县民政局派了专用灵车，把母亲的遗体送到火葬场。我在上海的工作单位——上海体育学院也派专人到家看望安抚。在妻子的精心操办下，母亲的葬礼办得得体妥当。我心中得到极大的安慰，我要继续战斗在西藏高原，认认真真站好最后一班岗，努力工作，为西藏人民多做贡献，以慰母亲在天之灵。

北上柳园

1975年暑期，我们进藏已经一年了，上海高教局派了一个慰问团进藏，来学校慰问我们首批援藏教师。慰问团看到援藏教师生活确实艰苦困难，与在上海有着天壤之别：食品缺少，吃不到新鲜蔬菜和水果；教学任务繁重，又时刻受到高原反应的威胁，身体健康都有不同程度的下降。慰问团回沪后，向上海有关部门和领导汇报这一实际情况。为了保证教师们的身体健康，圆满完成援藏任务，经领导研究，决定集中组织一批食品，支援慰问援藏教师。

在那个年代，这些食品主要是靠援藏教师家属自己购买，当然单位也有支援，无非是一些咸肉、咸鱼、脱水压缩青菜、罐头之类的放得住的食品。然后由上海市高教局统一集中，打包装箱托运。不管怎么说，这批食品代表着上海人民和援藏教师家属的一片心意和牵挂，也代表着上海领导和组织对援藏教师的关怀和支持。援藏教师听到这一消息，无不欢欣鼓舞。

食品很快就运出上海，8月底就到了甘肃柳园车站，停放在柳园西藏物资货运站。那个年代西藏还没有通火车，更没有高速公路。进藏货物全靠汽车跋山涉水地运送。原计划在国庆节前援藏教师能收到这些慰问食品，改善生活，欢度国庆。可是，由于交通不便，燃油短缺，单运输农牧物资，任务就十分紧张，我们这批援藏慰问品根本排不上号。直到元旦过后，慰问食品仍旧停放在柳园货场。元旦一过，转眼就到了春节，这批慰问品还是没有运到拉萨。怎么办呢？再拖下去就没有实际意义了。

为了让援藏教师在春节前收到慰问品，吃上亲人们送来的食品，过一个祥和快乐的春节，西藏师范学院和联络组联席会议决定，直接派专车专人北上柳园运回这批慰问品。这时离春节大约还有半个多月的时间。会议决定派我随车押运，再配上两名司机，轮流驾驶，昼夜兼行，无论如何一定要在春节前把这批慰问品运回学校，发到每个援藏教师手中。我毫不犹豫地接受了这一艰巨任务。

柳园地处甘肃省北部，距离拉萨很远。我们进藏时就是在这里下的火车，转乘汽车，翻山越岭，跨戈壁，越草原，一路颠簸了10多天（包括途中短暂休整和补给）才到达拉萨。当时正值寒冬腊月，大雪封山，进出西藏谈何容易！一般情况下这个季节是不能进出西藏的。从拉萨到柳园要穿越零下三四十度的藏北高原，翻越五六千公尺高的唐古拉山和昆仑山，还要通过那飞沙走石的柴达木盆地和河西走廊。寒冷、缺氧、高原反应，时风、时雨又时雪，无不时刻威胁着人的生命安全。来回路程充满艰险，但为了大家，我愿重走进藏路，北上柳园镇。

我们开着解放牌卡车，匆匆上路了。记得这一天，正值拉萨市民集中在市文化广场（现在叫布达拉宫广场），召开悼念敬爱的周总理的大会。我们绕过了市中心，出了拉萨城，沿着青藏公路飞驰。狭小的解放牌卡车驾驶室里，坐着三个穿着厚厚大衣的大男人，还要给驾驶员留出驾驶空间，我又是个身高1.81米的大块头，三个人将驾驶室座位挤得满满当当，动弹不得，简直像受刑。没过多久，我就开始腰酸背痛屁股痒，那种难受的滋味真是难以言表，用“煎熬”和“折磨”形容也不为过。为了宽松一点，我时常把右肩放到驾驶室窗户外，哪怕宽松一点点也好。两个司机轮流驾驶，昼夜兼行。出发的时候我们都带足了压缩饼干，军用水壶里的水也都装得满满的，饿了就啃一点压缩饼干，渴了就喝几口军用水壶里的水。可是没过多久，军用水壶里的水都冻成了冰疙瘩。我们只好停车，捡一些冰雪放到铁桶里，军用水壶也放进去，找一个避风的低洼坑，用三块石头支起铁桶，再用自带的汽油喷灯喷烧铁桶，直到冰疙瘩融化。我们吃饱喝足，再把壶灌满水，继续飞驰在白茫茫的青藏公路上。此后我再也不敢把水壶挂在驾驶室里了，而是揣在怀里。

汽车在积满白雪的青藏公路上奔驰，车轮压得冰雪嘎嘎作响。正行驶着，司机突然感觉刹车失灵，汽车失控。两位司机下车检查，说有什么地方坏了。我听不太懂，但从两位司机师傅的谈话中，我似乎觉得刹车修不好了。在这崇山峻岭的雪地里，雪花飘飘，寒风刺骨，气温零下三四十度，停车不走是死路一条。如果停车时间长一点，发动机、水箱都有被冻结的危险。到那个时候，后果不堪设想。这里前不靠村，后不着店，只有前进才有出路。两个司机师傅全凭自己的胆量和多年的驾驶经验掌控着没有刹车的汽车，在铺满积雪的山路上慢慢向前爬行，稍有不慎，就有可能滑下万丈深渊。青藏公路上车毁人亡的事是经常发生的，司机师傅开玩笑地说：“孙老师，赶快写个遗书吧，死了也有个交代。”我也笑答：“我的命就拴在你们的裤腰带上了，你们不怕死，我还怕什么？”说完大家哈哈大笑。汽车缓缓前行，直到深夜才到了一个土坯搭建的平房。平房旁边停着一辆卡车，车身上盖满了厚厚的一层雪，看来是抛锚已久，开不动了。两位司机师傅悄悄说：“我们还是去借一副刹车吧。”不一会工夫，两个司机就拆下了抛锚汽车上的刹车，装在了我们的车上。正当我疑惑不解时，两位师傅似乎看出了我的心思，于是说："在这里开车，都是这样借来借去的，反正那辆车已经抛锚了，还不知猴年马月才能再回来开呢。"在那气候恶劣的环境条件下，我还能说什么呢？

我们的汽车继续沿着青藏公路北上，因为有了刹车，速度快了许多。雪皑皑，野茫茫，高原寒，路长长，我坐在驾驶室里，听着汽车发动机的轰鸣声，伴随着窗外传来飕飕的风雪声，还有那车轮碾压着冰雪时的嘎吱嘎吱声，真像一场不协调的交响乐。我心潮起伏，思绪万千，暗暗祈祷，希望能平平安安早日完成这趟任务，也算不辱使命。

屋漏偏逢连夜雨，我们的车行驶了一段时间后，车速下降，水温升高。下车检查，原来水箱早已滴滴答答地漏水了。这时候我们已经翻过了唐古拉山，正处在昆仑山脚下。空气稀薄，风雪交加，高原反应强烈，我们的脸都变成了猪肝色。在那个时候保护机器和保护生命一样重要，我们顾不上风雪寒冷、高原反应，迅速把穿在身上的大衣脱下，盖在车头上，以防发动机和水箱冻结。随后我们立即就地取材，取冰化水，加进水箱里。还算走运，水箱漏水不十分严重，加上水又可以继续行驶了。就这样，一路上不知重复了多少次，终于翻过了昆仑山，穿越了飞沙走石的戈壁滩，到达了沙漠绿洲敦煌。

敦煌自古以来就是一片沙漠绿洲，气候赛江南，蔬菜水果样样都有，副食品非常丰富。这里有一个汽车修理厂，我们的汽车不得不开进去检修。经检查，发动机、水箱、刹车、电路都有故障，需要大修。面临春节，节前难以修好。两位司机师傅说："看来我们要在这里过年了。"听到这话，我心中有说不出的滋味。如果不是肩负押运慰问品的任务，在敦煌过个年真不错。可是现在我重任在身，不能久留，更不能在这里过年。最后我们三人商量，决定再租一辆车，我一个人跟车北上柳园。但那个季节车也不是那么好租的。在两位师傅的努力周旋下，当然也少不了一些关系和人情，三天后才好不容易找到了一辆柴油大卡车。我跟着新车继续北上，两位司机和汽车就留在敦煌过年了。

车上我和新车司机师傅说明了情况，希望师傅一定要在春节前返回到拉萨。司机师傅听后也十分同情和感动，说："只要不出意外，我尽量赶吧。"因为只有一个司机，所以不能昼夜兼行，但也是早行夜宿。困了就在车上打个盹，饿了就吃点压缩饼干，渴了就喝口冷水。虽说一路上也是遇到了许多困难和危险，但总算没有出大毛病，在司机师傅的同情和支持下，我终于在春节前三天赶到了拉萨。

当汽车开进学校大门，我的心情像久别重逢般的激动，我高喊："我终于回来了！"看到老师们高高兴兴地领到了慰问品，我感到由衷的欣慰和自豪。虽然我掉了几斤肉，吃了些苦，但觉得值。

这个春节大家过得特别开心，除了吃的东西丰富多彩，更重要的是援藏教师收到了上海人民和家人的一片真情、一份关心。

她 也 走 了

1976年6月，我们圆满完成两年援藏任务，离藏返沪。我在上海短暂停留后，就迫不及待地赶回了山东老家。家还是那个家，房还是那个房，可是母亲却永远看不见了。一进家门，展现在我眼前的是拖着病体的妻子和两个3岁、5岁的孩子，还有那白发苍苍、满脸皱褶的老父亲。由于我不在家，妻子既要照顾我年迈的父母，又要照顾两个年幼的孩子，实在是太苦太累太难为她了。再加上我母亲去世后，里里外外的后事都是她一人打理。农村办理丧事可不像城市那么简单，她身体本来就比较瘦弱，加上劳累过度，患上了心肌炎和肾盂肾炎，从此身体每况愈下。

我与妻子从小就是同村同班同学，一起读书，一起长大。算得上是青梅竹马，知根知底，情投意合。我们一直到初中毕业后才分开。她考了中专，我考上了高中。她是个中专毕业生，在当时也算得上是个小知识分子。可是结婚后，长期分居两地，我对她的照顾很有限。当时国家人力资源流动不畅，夫妻分居并不鲜见。

1978年，因教育事业发展需要，上海师范学院分院成立。该校地处上海远郊奉贤区海边，当时是一片荒草地，居住人口也很稀少。这里曾经是上海市文化五七干校。如今上海师范学院分院已发展为上海师范大学，随后上海理工大学、上海应用技术大学也陆续搬迁到这里，奉贤区成为一个名副其实的大学城。当地人也逐渐移居到此。现在这里已成为海湾旅游区，一个热闹的上海远郊小镇。

当初新成立的学校缺少大量人员。因为地处远郊，荒凉偏僻，交通不便，一般情况下，人们都不太愿意调到这里来。为了吸引人才，上海市政府特批红头文件，主要精神是：调入该校的人员，可以解决夫妻分居，家属子女户口随迁。为了回报妻子对我援藏工作的支持以及多年来对我父母和子女的照顾，我决心放弃事业基础，借远郊成立新学校的政策机会，将妻儿老小接到上海。这样既能解决夫妻分居问题，也希望有机会利用上海良好的医疗条件和生活环境给妻子好好检查一下身体，看看病，治疗休养，恢复健康，也算是回报对妻子的亏欠。经过反复思考后，我向上海体育学院递交了调动申请报告。开始学校不同意，因为我是几届毕业生中唯一留校任教的老师，工作后年年评为先进工作者，学校不舍得我走，但是经不起我软磨硬泡，最后还是放行了。

1979年春，我正式调到了上海师范学院分院。很快就拿到了上海市公安局户口迁移证明，暑假我就赶回山东老家处理搬家事宜了。回到家中，人们听说我把全家都搬到上海，十分轰动、羡慕并祝福。因为在人们的心目中，进了上海就是享大福。随后我们处理完家庭财产，告别亲朋好友众乡邻，返回上海。这里毕竟是生我养我的地方，真要完全离开，心里还真有点说不出的滋味，特别是老父亲，故土难离，眼含热泪，依依不舍，此情此景真有点离乡背井的感觉。赤日炎炎似火烧，我带着妻儿老小坐汽车，乘火车，一路风尘仆仆，终于来到了我们的第二故乡——上海师范学院分院。从此我们在这里扎下了根。开始我们住的是简易平房，烧的是煤球炉。直到1981年国庆节前，我们才搬进了学校统一建造的标准家属区。全家团团圆圆，衣食无忧，其乐融融，由衷感到生活美满幸福。

都说天有不测风云，人有旦夕祸福。刚刚团聚三年的我们，还沉浸在家庭幸福之中，天上却降下了无情剑，恩爱夫妻两分离。1982年的春节小年夜，妻子突发脑疾，急送华山医院，抢救无效离世。母亲走了，妻子急匆匆地也走了。别人家欢天喜地过节，我们全家老小痛不欲生，沉浸在深深的痛苦之中。世上还有比中年丧妻更残忍的事吗？邻居们也都潸然泪下。妻子的突然离世，导致我因支援西藏欠下妻子的“情债”，再也没有机会补偿而遗恨终生。

白茫茫大地真干净。母亲走了，妻子也走了，她和她都走了。给我留下了一双年幼的孩子、年迈的老父亲以及无限的悔恨和永远的思念。我思念勤劳、善良的母亲，思念贤惠、温柔的妻子，思念那曾经工作战斗过的雪域山城……

作者简介：孙玉和，男，1944年生，副教授。1969年毕业于上海体育学院并留校任教。1974年至1976年援藏西藏师范学院。1979年调入上海师范大学。1993年荣获上海市高校“三育人”先进个人奖。1996年至2001年公派澳门从教。

感谢西藏

孙楚荣

⊙ 作者（右）与王纪人一起在罗布林卡游览

两年的西藏生活，是我一生中最值得怀念的一段时光，也是我几回梦里寻觅的旧日记忆。重温曾经经历过的生活，再现曾经经历过的人和事，回想曾经让自己心灵震撼的情和境，它是那样的亲切，那样的历历在目，那样的动人心弦。

援藏两年，虽然物质生活是较为贫瘠的，工作环境是较为艰苦的，但同志间互助互爱，人际关系是和谐的，精神生活是丰盈的，个人的心情是舒畅的。人生的感悟，意志的磨炼，道德的升华，真知的获得，审美的感受，收获是很多的。在这里，我只想通过回忆1975年自己亲身经历的若干生活片段，抒写我的一些感受和体验，以及由此生发开来的一些想法。

1975年4月初到5月，有近两个月的时间，我和李惠芬、马文驹三人带领18位汉语毕业班的学生去曲水县进行社会实践（那时统称开门办学）。在曲水县的活动分两个阶段：第一段以教学实习为主；第二段分几个点调查采访，学习写作。当时正值西藏自治区成立10周年的前夕，《西藏日报》提供了一些选题，为调查采访确定了目标。

第一阶段是在县里办教师培训班，对县里各基层教师集中进行业务培训，记得是由文化程度较高的藏族学生上数学课，由李惠芬同志上汉语课。而各基层小学原来的教学岗位，则由我们学生下去顶班上课。有几位同学分到了县里最边远的色麦区。

四月上旬的一天，我送三位同学去色麦。该区离县城约30公里。那天我们雇了一辆马拉的平板车，带着一些简易的生活用品和教具上路，沿着拉萨河经过曲水大桥桥墩，穿过桥西的那个有几十户百姓的村庄，一路往西，是一大片荒无人烟的开阔地带。蓝色的天空飘动着朵朵白云，周边是一望无垠的黄色沙土，路似乎不是真正意义上的路，有的只是一些依稀可辨的人迹、马蹄和车辙，没有边缘。藏地四月，气温在10度左右，太阳照在背脊上暖洋洋的。除了远处蜿蜒起伏的群山，视野内空旷得一无所有。那匹拉车的马也是一匹瘦骨嶙峋的驽马。它连驾车的老乡和我们一共五个人也拉不动，至少得有一人轮流步行。学生们有学生们的话题，他们讲着我听不懂的藏语。我即使想和谁拉话也拉不上几句，只能茫顾天涯，空气里一片静谧。后来渐渐地起风了，忽见远处近处交替着出现了一种奇景：由小旋风吹动的沙土卷起一缕缕线状的烟尘直上云霄，像垂直向上的直升机的螺旋桨在半空中不停地转动，像直飞上天的飞鸟在空中翱翔。大大小小的螺旋桨此起彼伏，我的心绪也跟着激荡起来了，王维“大漠孤烟直”这一千古名句也随之从脑海中跳出，不由自主地吟出声来。这正是在课堂上难以理解得准确，在城市生活中难以体验，而这次恰从现实生活中找到了绝妙的注释，从而也找到了与学生们攀谈的话题。

我们沿途虽也经过三两个人烟稀少的小村落，但离路有一定的距离，看不真切。这样足足走了五个小时，才到色麦。临近色麦，大路由原先向西转而向北。忽然峰回路转，眼前呈现一派令人目瞪口呆的景象。但见一片狭长的峡谷里，突兀地显现出无数奇形怪状、大小不一的乱石：

有的高耸壁立，有的横卧如睡，有的歪歪斜斜，有的方方正正，有的浑圆如球，有的尖削峻峭，有的如楼似屋，有的似坦克装甲，有的似箱柜桌凳，有的如象牛骡马。满坡满谷乱石盘陀，犬牙交错，高低参差，似有一只无形的神手在山顶上驱赶着它们，似乎还在铺天盖地自上而下滚落下来，令人惊愕，令人恐惧，令人敬畏，令人赞叹，自然的威力真是无限巨大，人在自然面前实际上是很渺小的。

天工造物，伟大至极！这或许是由千百年以至亿万年前的雪崩、泥石流、山体滑坡造成的。之后我才意识到，这种自然对象的形式“无规则无限制”，正是康德美学中自然的崇高之美的核心意义。如果不是这次亲历亲见，是不会真正领悟的。

我们的目的地色麦就在这乱石嶙峋的峡谷下面。色麦是一个小型的村镇，一条横街，区级机关、商店、学校、民居都杂陈在这条人口不多的街的前后左右。区上的干部都下去抓春耕生产了，我们就直接找到区里那所唯一的公办小学，我们就在这个学校落脚。这个学校分三个年级，平时也仅有两位老师，教三四十个学生。公办教师要去区里集中培训，我们的学生就在这里代课带班。当地教师不懂汉语，我与他们谈话，得靠实习学生翻译。据说这个区文教事业十分落后，青少年入学率仅占适龄儿童的20%～30%，主要是师资缺乏。过去由喇嘛当教师，后来喇嘛被赶下了讲台，民间识字的人不多，就只能从较高年级辍学的学生中选择教师。我曾与实习学生一起访问过不远处的一所民办小学。那里有一位小教师，是个年仅16岁的女孩，就是从原来辍学的学生中选拔出来的。

比起公办小学来，民办小学的办学条件更加艰苦，学生没有一张课桌椅，都坐在泥地上听老师讲课。低年级的学生连练习簿都没有，他们练藏文写字，仅有一块长方形的木板，漆成黑色，用粉线弹成一行行横线。笔是用竹子削成的，墨水不知用什么原料做的，是一种灰色的汁水。学生写字极其用心，那位小老师来回巡看，手把手指导学生的书写，温和而略带腼腆的微笑，态度的认真令人肃然起敬。藏文是硬笔字，写了一抹，再重新写，倒是十分方便。据说那位小教师的字也是这样一笔一画训练出来的。

这次色麦之行给我留下终生难忘的深刻印象。在城市，常听说边远地区孩子失学严重，学校办学条件差，但像色麦我亲见亲闻的那种条件，还是极大地出乎想象。适龄儿童入学率低，除了缺乏教师外，最根本的原因是经济贫困，家长们希望子女早早干活挣工分，不愿送他们上学。我想，色麦有着特殊的自然景观条件，且离拉萨也还不算太远（百余公里），在如今改革开放的年代，只要修通道路，就可作为一个很有特色的旅游景点。如果这样，那里的群众就可以摆脱贫困，孩子们也都可以高高兴兴地上学了。

领导要我负责曲水县各个点的工作，我只能在各个点上轮流走走。整个教学实践阶段的工作完成得较为圆满，深得各方好评。5月中旬开始，转入第二阶段的社会调查，采写新闻报道。选题是董荣华同志从《西藏日报》接收来的。经分工，李惠芬同志带学生采访守卫曲水大桥的高炮部队，我则带五六位学生采访西藏高原的唯一渔村——茶巴朗村。

茶巴朗村位于曲水县城东面15公里左右，拉萨河南岸，是一个傍水的生产队。那天傍晚，县里派车送我们到茶巴朗村对岸。同行的有措姆、格桑多吉等五位同学。根据约定，村里一位干部模样的中年人带我们来到拉萨河边。他从树荫下扛来一艘牛皮船，推入河中，让我们乘船渡到拉萨河对岸。一艘牛皮船乘上六七个人，吃水较深，但倒也平稳。我是第一次乘牛皮船，多少有些好奇。这段拉萨河的水比拉萨市内河水清澈，河底浮游物清晰可见。刚上船时，西边的夕阳离水面约一二尺高，在水面上金光闪烁，分外耀眼。牛皮船有节奏地向对岸缓缓移动。到河中心，震撼心灵的奇观出现了：只见原先圆盘大的太阳骤然放大，分外的圆，分外的红，像火焰般熊熊燃烧。天是火红火红的，水也是火红火红的，太阳在水面上忽上忽下，一吞一吐，一会儿露出水面，一会儿被水吞没（人在船上，位置离水很近），最后终于沉入水中去了，留下水天一色的炫目的红雨，闪闪烁烁，令人目醉神迷。同学们发出欢呼，他们虽生活在西藏，也是难得一见，我更是高吟“长河落日圆”的诗句，王维的名句又一次在现实中得到印证。此等“落日水熔金”的意境是任何地方的日落无法媲美的。

由于县领导的事先招呼，调查采访工作进行得比较顺利。我们依次与村里的干部群众座谈、个别访问，了解村子这些年来生产的发展和生活的改善。他们平时中老年干农活，青壮年打鱼，各司其职，各得其所，农忙时合力干农活，生产生活蒸蒸日上。由于目标明确，领导得法，干部群众关系十分和谐。这次采访，学生措姆等为我翻译，我汇集采访资料，执笔写成《渔村新歌》一稿。这就是发表于1975年7月31日的《西藏日报》上，作为自治区成立10周年系列长篇报道的首篇《渔村新歌》的由来。可惜时隔50年，手头的剪报再也找不到了。

当年援藏是我的自觉要求，想要真心实意为西藏教育事业贡献绵薄之力。我珍惜这两年的西藏生活，把它看成我生命的中继站，坚持健康、乐观、坚韧、率真、执着的生命追求，在人生、心灵、道德、美学上汲

⊙ 西藏大学纳金校区大门

取有益的营养。这些年来，我经常梦回西藏，也真想到西藏去看看，可是由于体弱多病，未能如愿。2004年7月，女儿暑假旅游去了西藏，两次走访西藏大学，拍回了好多发生巨大变化的大学校园照片，并拜会了张廷芳副校长，这一切令我振奋！

感谢西藏！

作者简介：孙楚荣，男，生于1933年1月，浙江慈溪人，中共党员（民盟盟员）。1963年毕业于上海师范学院中文系，毕业后在上海教育学院中文系任教至退休；退休前为文艺理论教研室主任，副教授，现为华东师范大学中文系退休教师。1974—1976年以上海师范大学教师身份援藏。

一鳞半爪忆进藏

纪如曼

我大半生走南闯北，到过不少地方，最远的是大洋彼岸。如今步入晚年，回首走过的人生路，23岁赴藏援教，留给我一幅幅难忘的画面：终年不化的雪山、五彩斑斓的寺院、碧空如洗的蓝天、热力四射的阳光、活泼淳朴的藏族学生……

进藏路上遇“高反”

1974年盛夏的一天，艳阳普照。上海火车站广场上，一簇簇人围成圈交谈着，时不时由谈话圈转成一字排开的队形拍照留念。我在其中的一群人中，两手捧着一个篮球大的红绣球，贴在前胸，这绣球表明了我今天的主角身份。为送我去援藏，我所在的复旦大学哲学系领导都出动了。上海高教局领导罗毅、教育局局长刘芳、复旦大学党委书记侯赞民前来送行，与复旦大学赴藏的11位老师合影。不一会儿，火车载着首批85名意气风发的高校老师和中学老师驶离了上海站。

我们进藏的路线是从上海坐火车到甘肃柳园，再从柳园乘汽车经青海格尔木到拉萨。柳园是通往新疆、青海的交通枢纽，但它只是一个戈壁小镇。从柳园站下来，满目所见皆黄色：黄色的云、黄色的地、黄色的房，这里，大自然的调色盘中遗漏了绿色，唐代边塞诗人岑参的诗句“平沙莽莽黄入天”、王之涣的“春风不度玉门关”，是对这个地区的贴切写照。柳园干旱少雨，年降雨量才几十毫米，怪不得当地人对我们说，

⊙ 出发日，上海火车站广场，上海市教育局局长刘芳（左一）和复旦大学党委书记侯赞民（右一）与复旦大学援藏教师话别，中间捧花的是作者

这儿七十年没下过雨。在惊愕中，来自温润多雨地区的我们中，有人开始流鼻血。

我们在柳园等候托运的仪器设备到达后，就换乘汽车向拉萨进发。格尔木是青藏高原的北大门，是解放后为服务青藏线和进藏人员建立起来的城市，它和柳园一样，也建在戈壁滩上，因而也十分干燥，海拔还比柳园抬升了大约一千米，达到2 780米。如果说，在平均海拔1 779米的柳园，我们队伍中的个别人只是流点鼻血，那么到了格尔木，高原反应这只“老虎”就真的发威了。带队领导决定给我们每个人进行一次体检，几位在上海出发前体检过关的老师，在这里就检出了问题。复旦大学张南保老师的心脏查出了毛病，童彭庆老师的血压超出正常值，但他俩均表示不打退堂鼓。到西藏后，张南保老师的心脏病仍不见好转，无奈在几个月后返回上海。童彭庆老师的高血压成了常态，但他坚持到两年援藏任务结束。长期的高血压侵害了他的心脏血管，若干年后他在上海突发心肌梗死，幸亏家人送医及时，救回一命。

⊙ 进藏途中，作者（站立者）在格尔木的誓师会上表决心

那时的我，还没有出现高反，压根儿不知道高反是怎么回事。谁知在接下去的进藏路上，我作为队伍中最年轻的一员，却成了大学组高反较为严重的人之一。

在越过海拔4 767米的昆仑山口时，我的肠胃开始不适，肚子突然疼痛难受，内急变得无可忍受。我请司机停车让我下车。由于半路停车，并无解手的好去处，我急忙从公路另一侧往下走，躲到一块大石头背后就地解手。谁知完事后，我竟站不起来，车上同事等得着急，怕我发生昏厥，派人来查看。三位男老师向我走来，把我拽起来，架着我回到车上。我心想他们一定看到了我身底下的那一坨，惴惴不安。多年后，每每想到在那特殊环境下发生的尴尬事，就会忍俊不禁。

在沱沱河住宿的那个夜晚，我头痛欲裂，整晚辗转反侧，想起了《西游记》中孙悟空被唐僧念了紧箍咒后，头上的紧箍越收越紧，痛得双手抱头，在地上打滚的故事情节，原来吴承恩写这一段并非凭空想象，生活中高原反应确有这种情况。早上起床后，同房间同行的女同胞们都在诉说自己昨夜今晨如何头痛欲裂，原来每个人都做了一回被唐僧修理的孙悟空。

从青藏公路进藏，最大的挑战是翻越海拔5 231米的唐古拉山口，这对长期生活在上海的人来说，是一道险关。想不到“屋漏偏逢连夜雨”，我们的车就在唐古拉山上停下了，原来有一段路难以驾驶，司机让我们都下车，减少车辆载重，以便他把车开过去。就在大家下车之际，我已不知不觉陷入昏迷之中。后来我耳边隐约听到许多人急切的呼唤声，我努力睁眼，然而眼睛像被胶水粘住，就是睁不开。又听到一个声音在喊：“快给她接氧气！”不一会儿，我感到眼睛可以睁开了。我睁开双眼，眼前围着许多人，有个声音说：“她眼睛睁开了！她一睁眼就笑了！”我像沉沉地睡了一觉，做了一个梦，原来我因缺氧失去了知觉。

大学组的罗衿老师高原反应比我严重得多，他嘴唇发紫，说不出话，眼珠像冻住了，居然不转。情况有些危急，领导决定用一路随行的带有氧气设备的吉普车提前把罗老师送到拉萨。

之后的行程海拔逐渐下降，映入眼帘的是一望无垠的藏北草原，蓝天上飘浮着积雪般的白云，远处群山影影绰绰，掩映在苍茫之中，马、牛、羊点缀在绿草如茵的草原上，悠闲地散步、吃草、休憩，一顶顶帐篷像一座座谷仓坐落在广袤的原野上，一幅天高地远的美丽画卷在眼前展开。经受过高原反应洗礼的我，感觉身体越来越轻松。到拉萨后，再也没有发生过引起严重不适的高原反应。

西藏师范学校大门外，学校组织了隆重的夹道欢迎仪式。我们在学校领导、师生的笑脸和掌声中，迈步到达了我们此行的目的地——西藏师范学校，开始两年别样的生活。

在藏生活

我们住进了西藏师范学校为我们新建的平房。平房建在学校最里端，离拉萨河百米之遥。白墙蓝顶，前后两排，分割成十几间房间，每间房间二十来平方。室内墙壁刷白，地是毛坯，没有厨卫设施，每人一张床、一张写字台是标配。对此大家都有思想准备，当时西藏的经济发展在全国殿后，学校已经尽力了，大家都高高兴兴地打开行李箱，拾掇这个新家。

上海方面想得周到，为我们采购了一批煤油炉，每个房间领到一个。原来设想可以用煤油炉烧点热水，擦擦身子或煮个面条什么的，没想到拉萨根本买不到煤油，这样一来，煤油炉就无法使用。领队李明忠不知通过什么路子，认识一位公家单位的司机。别以为司机人微言轻，当时的西藏，别的产业不发达，汽车运输行业却很发达，你想啊，当时西藏不通铁路，生产、生活两方面的物资，全靠汽车一车车从内地往西藏拉，所以汽车司机这个行业最庞大。司机手中握着一项“大权”，就是掌握着一定数量的汽油。他们开车到处跑，汽油跑完了就加，没有人限制他加多少，也没有人质疑他用多少油是合理的。这位司机开着他的“高头大马”卡车来到西藏师范学校，慷慨地卸下一桶汽油送给李明忠，临走还拍着胸脯说，等你们用完这桶油，再送一桶来。李明忠欣喜若狂，通知我们每个房间去领汽油。每个人的心情都像丰收季分到粮食一般喜悦。有了汽油，煤油炉就能正常使用，至少女同志晚间洗洗弄弄的热水解决了。原本为了照顾女同志晚间用水，陈家森等理科男老师贴心地从实验室弄一些热水给我们送来，现在我们可以在自己的房间随用随烧了。

一日三餐，我们在学校的教职工食堂打饭。我们的伙食供应是有标准的，别的我不清楚，只知每人每月三斤猪肉。猪肉不是西藏本地产的，所以没有新鲜肉，只有清一色的腊肉，都是四川等地进来的。到藏头半年，还能在菜碗里看见腊肉片；半年后，腊肉断供，改成每人每月3个500克的猪肉罐头。500克的猪肉罐头并非肉的净重，而是肉和汤汁加在一起的重量。厨师习惯把肉罐头往菜里一倒，罐头肉和蔬菜融为了一体，肥肉化成了油，瘦肉则化成牙签粗细的丝，这是我们肉眼能见的肉。后一年半都是吃这种罐头里的肉，没有正儿八经地吃过块状、片状、哪怕条状的肉。

那两年在西藏，没见到绿色蔬菜，也没见哪儿有卖，八廓街只见小商贩卖奶酪，没有上海人熟悉的菜市场。据说拉萨地区只有解放军农场种绿叶菜，自给自足。我们顿顿吃的就一种菜——上海人称“卷心菜”，当地人起了个好听的名字叫“莲花白”。我们的厨师烧的是川味菜，他用红辣椒、花椒爆炒莲花白。辣椒辣也就算了，花椒麻真不敢恭维，麻得舌头直打卷，嘴里留下久久排解不掉的苦涩，因此我每次吃莲花白，都小心翼翼地把长得像麝香保心丸的花椒一粒一粒地挑出来。

莲花白被我们戏称为“脸发白”，意思是：看见它，脸就吓白；吃多了，脸就苍白。一年后，上海慰问团进藏慰问，了解到援藏教师食物匮乏，回沪后作了汇报，市高教局组织家属采购了一些干货托运来藏，大家趁这个机会改善了一下伙食。但包裹的容量毕竟有限，改善伙食只能是杯水车薪。

我父亲联系上他革命时期的战友李本善，当时李叔叔在拉萨担任市委书记，后来担任过自治区人民政府副主席兼秘书长。他1956年进藏，家属没有随行，身边只有一个有点孩子气还有点小任性的年轻警卫员，一直到1986年离休，在藏工作几十年，把自己火红的年华都献给了西藏的发展事业。他带信让我去他的住地，他住的地方仅有两间房，他住里间，警卫员住外间，家具简单、生活清寒。当他得知我吃不到绿叶菜时，就把自己分得的一份青菜和鸡蛋（大约两三斤青菜、十来个鸡蛋）给我带走。我拗不过他，就拿回来了。我和张立明住一间房，组成一个临时的家，有好吃的东西一起分享，我俩看到久违的“上海青”都视如珍宝。张立明秀出她的厨艺，用煤油炉每天烧一小锅青菜蛋汤，那几天我们暂时告别了莲花白。两年中，我接受李叔叔馈赠的青菜鸡蛋大约有两三次，每次都和第一次差不多的量，在西藏物资供应匮乏的年代，他省下自己的“口粮”给我吃，让我感动又不安。李叔叔2004年离世，这消息我事后才获悉，我为自己再无机会当面向他表示感谢而懊悔不已。

那两年，不同于全国其他省会城市，拉萨电力供应短缺，发电量只能保证医院手术室和一些特殊单位用电，因此我们房间的灯是“聋子的耳朵——摆设”，晚上备课靠点蜡烛。一天深夜，我们偶尔按一下开关，灯亮了，惊喜不已，这才发现，到夜深人静、万家入梦时分，供电所会轮流向不同区域送电。自从发现这个秘密后，每天深夜，我们都盼着灯亮，就像偏僻农村的村民盼着通电，看到灯亮，会兴奋地大叫:“灯亮了！灯亮了！”

⊙ 拉萨河边洗衣衫，左为张立明，右为作者

培养藏族政史人才

我们这批赴藏老师中，有四名政治教师、两名历史教师。我们建立了一个“政史教研组”，政史的含义是政治和历史。教研组长是童彭庆老师，我是政史专业支部书记。除了上海援藏教师外，还有本校政治课教师卢铭全和汪孝若两位精兵强将。卢老师是我们教研组的副组长，彝族人，长得黝黑瘦小。他健谈好客，家就在西藏师范学校大门外不远处的拉萨市广播站院内，我们每次去他家做客，他总是拿出香喷喷的奶茶招待。他在西藏师范学校工作时间最长，观点最接地气。汪老师是江苏南通人，上海华东师范大学历史系毕业生，瘦高个，白皙脸，深框眼镜，长相斯文。他见多识广，头脑聪明，常来我们处聊天，谈资甚广。我们

建立的专业叫“政史专业”，有一个几十个学生的班级。我们的学生是西藏师范学校的中专生，清一色藏族，他们大多只学了两年的藏语和汉语。如何因材施教，让他们听懂政史课，把他们培养成政史方面的师资，是我们反复思考和讨论的问题。

我们从三方面入手建设政史专业：一是制定教学大纲。二是思考课怎么上得深入浅出、通俗易懂，让学生感兴趣，听得懂。三是编写各门课的讲义和教材。教研组经过充分酝酿和讨论后，各门课老师分头行动。

冯显诚老师是中共党史专家，他上课很有自信心，学生也最爱听。经常看到他把书本、讲义夹在腋窝下，一手握个茶杯，另一手夹支烟，面带笑容和从容，向教室走去。他用生动的故事串起课程内容，学生听他的课兴趣盎然。

一年后，西藏师范学校升级为西藏师范学院，学校从本校中师科毕业班选拔了几个学生留校，分到政史教研组，他们中有尼顿、江洋和次仁卓玛，都是本分、忠厚的人。他们跟着我们学习进修。又过了一年，我们援藏期满，返回上海。不久后，江洋和次仁卓玛被派到复旦大学或华东师范大学学习进修，我们在上海又见面了。我把她俩接到家中做客，还合影留念。这以后没有再联系，最近从张廷芳老师那里得知，他们几个后来都在学校从事行政管理工作。

联络组

首批高校援藏教师队有40人，同批赴藏的首批中学援藏教师队有45人，这两支人数众多、来自不同学校、承担重要援藏任务的队伍怎么加强队伍的自身建设？上海市政府教育部门采取了设立联络组的管理方法，在赴藏的大学组和中学组各设一个联络组，每个联络组由5人组成：组长1人，副组长1人，组员3人，名单是出发前定下的。

首批大学联络组的组长是李明忠，副组长是吴贤忠。组员有陈家森、蒋秀明，我也是其中之一。

联络组主要发挥了以下几方面的作用。

一是队伍内部管理的组织。联络组的工作主要是对援藏教师队伍的管理，涵盖思想政治、组织纪律、民族政策等方方面面。它不是党支部，因为抵藏后，援藏教师中的党员纳入当地党组织的系统中；但在某些方面，又起到类似党支部的作用，比如研讨援藏教师队伍的政治思想工作，组织援藏教师学习党和国家新的大政方针，召开民主生活会等。总之，它是一个加强援藏教师队伍建设，解决援藏教师队伍中出现的各种问题，对援藏教师进行内部管理的领导小组。

组长李明忠赴藏前是复旦大学数学系党总支副书记，是一名经验丰富的中层政工干部。关注援藏教师队伍的思想作风、组织纪律，对不良倾向保持高度的敏锐性，做事雷厉风行，把问题解决在“苗子”阶段，是他的工作特点。他是领队，深知这支队伍能否胜利完成两年援藏任务，为后面两批援藏队做出表率，关系重大，因此他经常召集联络组成员开会，提出他所看到、听到、想到的援藏教师中存在的问题，让我们一起研究解决方法。他采取的方法主要是召开民主生活会，把援藏教师按学科分成若干学习讨论组，联络组成员分散到各个小组中，传达联络组的会议精神，发动各小组的援藏教师讨论队伍目前存在的问题，开展批评与自我批评。李明忠领队常抓不懈的问题主要是这么几个：其一是工作干劲，他对援藏教师中出现的松垮、懒散风气提出批评，以此保持援藏教师始终如一的旺盛工作热情和干劲；其二是组织纪律，他要求援藏教师不得擅自离开拉萨，出于教学原因，经过学校批准的除外。离校外出（在拉萨市范围内）时间长的要请假或告知有关人员；其三是上海援藏教师与当地教师的关系、汉藏关系。他要求援藏教师与当地教师建立和谐的工作关系，适当保持距离，注意民族政策，杜绝庸俗关系。

在联络组的严格管理下，首批援藏教师队伍总体状况良好。但留下一件憾事：首批援藏教师除了有些专业开门办学去过某个西藏农村以外，没有到过拉萨以外的地方看看。等到西藏通上火车，去西藏旅游不再是千难万险，人已经老弱多病，去不了了。

二是上下沟通协调的桥梁。40人组成的上海首批援藏教师队，是一支筹建西藏师范学院的生力军。西藏师范学校和西藏师范学院的领导对上海援藏教师非常尊重，邀请联络组组长李明忠和副组长吴贤忠列席党政领导班子绝大部分的会议。常见他俩满面笑容去参会，又如沐春风般回来。他们把在会议上听到的学校领导的指示精神、工作部署向全体援藏教师传达，让援藏教师准确地踩着学校的工作节奏开展工作；同时又把上海援藏教师对筹建和建设西藏师范学院的期望和建议带到学校领导班子会上，让学校领导及时了解援藏教师的想法，更好地发挥上海援藏教师的作用。首批援藏教师中的理科教师个个是劳模，他们每天废寝忘食地泡在实验室里，以实验室为家，想要将筹建和建设师范学院的工作进展得更快一些，因此经常对专业建设和实验室建设提出一些建设性意见。李、吴二位把这些金点子带到学校领导班子会上，促进了西藏师范学院的筹建和建设工作。

三是大学组和中学组联系的纽带。上海首批大学和中学两个联络组各自在自己的援藏教师队伍中开展工作。李明忠既是大学联络组组长，又是大学组和中学组的总领队，他保持与中学联络组组长的沟通和交流。李明忠还经常向上海市高教局和教育局汇报大学援藏教师队和中学援藏教师队的情况，让上海市教育部门的领导及时掌握上海援藏老师的动态，研究指导，总结经验，以利于改进今后的援藏工作。

两年援藏生活已过去半个世纪，每当我在视频中看到西藏大学气势恢宏的校区，恍如隔世。知否？知否？那里的教室、学生宿舍曾是一间间土房；大礼堂土坯垒墙，没安门窗，四面透风，空空荡荡。1975年7月16日，西藏第一所大学——西藏师范学院成立大会就在那个毛坯礼堂举行。10年后，这所大学成长为一所综合性大学，它的名字叫“西藏大学”。

历史车轮滚滚向前，拉萨早已旧貌换新颜。值得欣慰的是，在创业维艰的岁月，我曾在那里工作过两年。

作者简介：纪如曼，女，生于1951年8月，籍贯江苏淮阴，1972年入党，毕业于复旦大学哲学系，留校任教。1974年至1976年援藏。1985年赴美留学，获博士学位。回国后任教于上海工商外国语学院，曾任学科带头人、副系主任、副教授。

林芝办学片段

纪如曼

1974年7月至1976年7月，我参加上海援藏教师队，奔赴地处拉萨的西藏师范学院工作。两年的西藏经历，是我一生中最奇特、最难忘的岁月；而这两年中，又数林芝办学的生活最丰富多彩，最深刻难忘。

当院领导批准我们政史教研组的请求报告，将政史班的学生拉到林芝开门办学时，我们几位上海援藏教师都欣喜若狂，终于能够走出拉萨，深入西藏的农牧区，实地了解西藏的风土人情和藏族同胞的真实生活了。这真是盼望已久和千载难逢的机会。

一头死牦牛是我们的全部菜肴

我们的队伍刚在林芝帮纳村安顿下来没几天，副食品的问题就立刻有了着落。村民们给我们送来一头刚刚死去的牦牛，价格一百多元人民币。这头死牦牛成了我们下乡期间的全部肉食。

这头牦牛怎么死的？它的肉能不能吃啊？这个事关食品安全的问题，当时只是在我们几个上海老师的脑子里一掠而过。看到藏族学生毫不在乎的神情，我们很快就将这些疑虑打消，还是“入乡随俗”吧。

同学们兴致勃勃，麻利地支起了炉灶。接着有的用木制的长筒打酥油茶，有的切牦牛肉并烧煮，一派忙碌和热气腾腾的景象。不一会儿，开饭了。主食是酥油茶、糌粑，副食是牦牛肉。酥油茶是用牛奶里提炼出来的油脂和砖茶水、食盐融合在一起的饮品，被藏族人视为最高级、最营养、最好吃的食品和过上好日子的标志，我却无福消受。我从小就对牛奶味反感，而酥油茶的气味比牛奶强烈一百倍，我只要一闻到它，就恶心想吐，避之唯恐不及，因此我只好拒绝酥油茶，用白开水拌糌粑吃，就像小时候用开水把炒面粉冲成糊状那种吃法。同学们热情地端来一碗牦牛肉，我接过一看，还带着血；尝了一口，肉半生不熟，根本咬不动。“这肉没煮熟也没煮烂”，我对学生说。“高原的肉都煮不烂，因为水到89度就开了呀。况且，半生不熟才好吃呢！”同学们回答。我恍然大悟。看来这几个月，我唯一的食物就只能是糌粑了。

上山背柴

开门办学，不比在校园，老师的工作就是上课，学生的任务就是学习。来到乡下，解决生活问题成了不可不做的事。除要忙一日三餐外，还得自己解决燃料问题。我们用的燃料是柴火，我们必须上山砍柴，并将柴薪背回驻地。

烧饭的事已经被学生包了，因此上山砍柴背柴，我们几位汉族老师说什么也要去。上山前，学生提醒我们，一定要喝酥油茶，因为那玩意儿既有营养又耐饥。可是我还是无法忍受酥油茶的味道，就用白开水冲糌粑垫肚，随学生们上山了。

沿着小径向上走，虽然气喘吁吁，大汗淋漓，可是林芝原始森林的美丽风光却尽收眼底。郁郁葱葱的树木、奇峰怪石、蓝天白云，每一处都是绝佳的风景画。与内地的旅游胜地相比，这儿的景色纯粹是大自然本身的神奇，是没被人践踏和触碰过的人间仙境。一草一木都透出静谧、和谐、大气、粗犷的自然美。记得在美国时，和几位中国来的画家聊天，我问他们，中国最吸引他们画画的地方在哪儿？他们都不假思索地回答：“西藏。”我又问：“为什么？”他们答：“因为西藏的风光是没有被污染的最纯粹的自然美。”

到了目的地，藏族学生抡起斧头，砍下许多枯枝，然后捆成几捆，

⊙ 作者在林芝开门办学期间上山背柴

将其中的一捆放到我的肩上。我却站不起来，试了几次还是不行。后来在学生的帮助下，终于站了起来，但感到两腿发软，我咬紧牙关往山下走。俗话说“路遥知马力”，我早上吃的那点“白开水和糌粑”早已消耗殆尽，而喝了酥油茶的藏族学生，却个个精神抖擞。随着路程增加，我两腿发颤，眼睛发黑，我对自己说：“一定要坚持到底。”谢绝了一路上陪伴我的学生要帮我背柴的好意，最终将那一捆柴火背回了住地。

骑　马

身着藏服，脚蹬皮靴，扬鞭策马驰骋在原野，是我们来林芝的一大心愿。感谢林芝的藏族乡亲，使我们这一梦想成真。

晴空万里的一天，村民们牵来一匹高头大马，让我们过把瘾。当我们为自己没有骑马经验而忐忑不安时，牵马的藏族老乡安慰我们说：“这匹马性情最老实，绝对不会有事的。”

轮到我骑马，这才发现骑马并不如想象中那么浪漫，它不是享受，而是一种“折磨”。首先，登上马背就不是一件容易的事。马背很高，没

⊙ 作者穿藏服，骑藏马

有经过骑马训练的人不靠他人帮助，不靠物体增加自己的高度，是跨不上马背的。我是在村民的帮助下，站在路边一块大石头上，才翻上马背。

马儿开始四脚有序悠悠前行，我嫌不过瘾，轻抽一下马鞭，让马跑起来。谁知它一跑，我的臀部颠得疼痛难熬。我强忍疼痛，并且做出潇洒姿势拍照。骑了几里路后，我折回原地，跨下马鞍，这才发现我两条大腿内侧的肌肉无比酸痛，腿站不直，走路“罗圈腿”，行走很困难。原来马背很宽，骑上去后双腿大幅度张开，加上颠簸，像在练“八字开”功。虽然臀部和胯部的酸痛持续了一周才消失，但我还是为在林芝骑马的经历感到十分幸运。

只有一间教室的小学

碧空如洗的一天，我们参观了当地一间小学，之所以称那所小学为“一间”，是因为那所小学的全部“家当”就是一间土坯教室。教室泥土铺地，泥土垒墙，一些破旧斑驳的课桌、条凳错落地摆放着，前方墙上挂着一块黑板。这是我见过的最简陋、最袖珍的小学。兴许那天是周末，教室里只见桌凳不见人。在好奇心的驱使下，我向引导我们参观的村民问道：“这所小学只有一个班级？”他答：“不，不，有四个班级呢，一个班级就是一个年级。”“四个年级？”我很惊讶。“都在这间教室上课？”“是的，在不同时段上课。”他耐心解释。“四个年级都是同一个老师教?”我又问。“是的。”“每个年级的课程怎么区分呢?”我穷追不舍。由于我不懂藏语，无法就藏语课（相当于内地的语文课）怎么分级提问，就问数学课怎么分级。那人坦然回答:“数学课吗?一年级学加法，二年级学减法，三年级学乘法，四年级学除法。”噢，这所小学数学课的教学计划倒是十分简单明了。

这么一个像是废弃防御工事的土建筑小学，给了我强烈的心灵冲击，让我看到西藏广大农牧区与上海这样的沿海地区基础教育资源的巨大落差。硬件差距大是一方面，更主要的是师资缺乏，那儿一个老师要承担一所小学的全部课程，这在当时的西藏农村是常态。即便在那儿念完小学四年级，未必就能达到沿海、内地同年级水平。那次参观使我了解到培养千千万万藏族中小学教师的重要性和紧迫性，理解了为什么党和国家要从教育资源相对发达的大城市选派教师到西藏，帮助西藏建立高等师范学校和综合性大学，为的就是培养更多、更高层次的师资力量，让基础教育和高等教育的光芒普照西藏的村村寨寨。

林芝办学那段美好有趣的生活，深深地扎根于我的心田，成为我生命中不可磨灭的记忆。

进藏两年终生难忘

李明忠

⊙ 赴藏当日，在火车站前，复旦大学党委副书记王零（前排右三）和数学系的同志与作者（前排右四）及其爱人王奇璋、子女合影留念

1974年7月，我们根据国务院的指示，志愿参加上海市第一批高校援藏教师队，有四十名来自复旦大学、上海交通大学、华东师范大学、上海师范大学、上海戏剧学院、上海音乐学院、上海体育学院的教师，经过体检和领导批准，到西藏自治区拉萨市，在原有的一所中专学校的

基础上筹建西藏师范学院（现改名为西藏大学），为培养少数民族教师、发展西藏的教育事业贡献力量。我们都毅然决然地暂别自己的爱人、子女以及原来所在的系和教研室，连续在西藏工作两年不回家。

我们肩负着上海人民的重托，还携带各有关高校赠送的物理、化学、地理、数学等各学科的仪器设备、图书资料和文体用品，在时任西藏师范学校党组副书记拉巴平措同志的带领下，从上海乘火车直达甘肃柳园，再改乘大客车，途经青海格尔木，越过昆仑山，翻过海拔五千多米的唐古拉山口，行程五千多公里。沿途大家努力克服高原反应和路途颠簸的疲劳，才到达拉萨市。在师范学校门口，我们受到了学校领导和师生排长队热烈欢迎，盛况空前，令人感动。

当时西藏自治区的党委书记任荣同志还亲切接见作为领队的我和副领队吴贤忠，并嘱我们转达他对全体援藏教师的问候。

稍休整后，我们立即把带去的仪器资料卸下来，便开始了着手筹建实验室和资料室的工作，并开始各学科的教学工作。理科教师在筹建理化实验室中，在寒冷结冰的冬天挖深井取水以解决实验室之需，同时利用高原阳光充足的条件建造太阳灶以提高水温，供生活之用。

经过一年筹备，西藏师范学院正式成立，开始向全自治区招生，当时设置的专业有汉语文、藏语文、政治、历史、地理、数学、物理、化学、生物、艺术和公共体育等。

我们一切工作都是在西藏师范学院党委的统一领导下进行的。自治区党委还派了高传义同志任师范学院党委书记，师范学校原来的领导汪文彬、拉巴平措同志为副书记，我们的主要任务是直接负责教学工作，培养当地教师。我也为当地数学教师讲授高等数学以提高他们的业务水平。数学组原来的骨干教师大罗桑朗杰和傅炳伦不仅勤奋好学，而且对我们非常友好，我们之间的合作是非常愉快的。我作为领队，一方面参加学院领导班子研究工作，沟通协调上下之间、汉藏教师之间的关系；另一方面负责我们援藏教师队伍的内部管理工作。由于我们这些教师大多已进入中年，家中有爱人和子女，家属也分担了不少困难。大家不因个人困难而动摇支边的决心，都努力为增进民族团结和发展西藏教育事业而拼搏，在自己的工作岗位上尽职尽力，出色完成了任务，受到学院领导和师生的普遍好评。

1959年之前的西藏，仍然是典型的封建农奴制社会。1959年后，虽然初步建立了社会主义制度，但生产力仍非常低下，文化教育仍非常落后，翻身农奴的物质生活和文化教育还需要经过大量艰苦的努力才能得到改善和提高。当时的西藏地区没有一所大学，只有设在陕西咸阳的西藏民族学院。当时成立的西藏师范学院就要从全自治区着手培养师资，所以我们还要到全区各地去了解当时教师队伍的现状，以便选拔教师到西藏师范学院学习，甚至还要选拔一些藏族中青年教师到几所选派援藏教师的上海高校进修深造。为此我同三位教师由大罗桑朗杰同志带队到靠近喜马拉雅山的山南地区实地考察。这任务是相当艰苦的，一路上我们骑马跋山涉水来到了人烟稀少，连电灯都没有的乡村进行调查访问。有的地方连小公路都没有，马不能骑，只好让马走在用大树干作路基、用竹木铺设的危险小道上，人跟随其后，一不小心，人和马都要翻到雅鲁藏布江的急流中去。我现在回想起这些，仍心有余悸。

⊙ 作者在山南地区喜马拉雅山附近的山村进行教育调查

在拉萨期间我们组织参观了名胜古迹布达拉宫和大昭寺。在大昭寺我们参观了文成公主的行宫，唐朝文成公主远嫁松赞干布到了西藏，在西藏同胞中传为千古佳话。她为西藏少数民族带去了汉族的深情厚谊，还为繁荣西藏的文化、艺术，发展西藏的农业和手工业做出了积极的贡献。在西藏我们有机会对此进行实地考察，从中更体会到汉藏民族是一家，西藏是祖国领土不可分割的一部分。祖国的统一昌盛是任何民族分裂分子和帝国主义所破坏不了的。

1976年5月，我奉命提前两个月返回上海，向上海市政府和有关高校领导汇报首批援藏任务完成的情况，协助组织第二批援藏教师队伍，以便按时做好两批队伍的交接工作。到7月中旬，我们首批援藏教师也全部顺利地返回上海。

在西藏两年的时间并不长，但所经历的变化和感受终生难忘。改革开放后的西藏，展现出一派生机和活力。当年我们进藏主要靠公路交通，而今铁路已建到拉萨，一个更加崭新的现代化的西藏出现在世人面前。衷心祝愿西藏的未来更加美好灿烂！

作者简介：李明忠，男，1935年1月生，福建省福州市人。上海复旦大学数学系毕业后留校任教。1974—1976年赴西藏师范学院，任上海市首批高校和首批中学援藏教师队总领队。历任复旦大学教务处处长、上海市高等教育局副局长、上海大学副校长。教授、博士生导师。科研成果荣获国家教委科技进步奖二等奖和三等奖，名列由美国出版的《世界数学家名人录》，享受国务院颁发的有突出贡献专家的政府特殊津贴。

终生难忘的教育

吴贤忠

⊙ 首批援藏教师迈步走在夹道欢迎的师生队伍中，前排从左至右是汪文彬、李明忠、作者、西藏自治区教育局卫璜

在西藏工作两年，的确遇到很多艰辛和困难，但也受到了在内地工作无法得到的教育。

中国是个多民族的国家，汉藏两族都有悠久的历史，留下很多民族团结的佳话。文成公主在大昭寺的供奉及民间的种种美丽传说，是汉藏同胞对汉藏团结的回忆和企求。在西藏工作所到之处，我们都受到西藏领导、教师、学生和老乡的热情关照和相待。五十年仍历历在目，构成我一生中美好的回忆。但我感到最终生难忘的是，西藏的历史给我上了一堂深刻的马克思主义基本理论教育和验证课。

西藏由于特殊的历史条件，直到平叛前仍是一个比较典型的封建农奴制社会。这种社会制度对我来说过去只是在典籍中见到过描述，是那么遥远和不清楚。1974年我们去西藏时，西藏已经是一个社会主义制度的社会，但生产力的发展，尤其是人们意识形态的转变不可能像社会制度革命性转变那样在短时期内完成。封建农奴制度的残迹、翻身农奴对在旧制度下的苦难记忆犹新，这对一个搞马克思主义社会经济理论的工作者来说是难得的历史化石。尤其是西藏农奴制度罪行展览会以及一些对旧制度的调查报告，十分详尽地描述了封建农奴制度各个方面令人触目惊心、无法忘怀的事实。而这些在寺庙的壁画中和翻身农奴亲口的控诉中得到确实的印证。

封建农奴制度对农奴来说是那么残酷，各种苦役几乎榨干了他们的每一块肌肉和筋骨，农奴的物质生活比牲口好不了多少，在精神生活方面没有人格尊严，思想受到很多束缚。世间一切不公平、不合理均被说成是天意而不可违背，只能忍受。这种落后的、腐朽的封建农奴制和上层建筑，严重阻碍了西藏人口和农牧业的发展。而基本上停滞的生产力又成为凝固不变的生产关系——封建农奴制的基础。那些农奴主们未必知道马克思主义的生产力、生产关系、经济基础、上层建筑之间的关系和原理，未必知道历史的发展规律，但出于阶级利益，他们知道要维护这种社会制度，就要千方百计地使社会各个方面固化、止步不前，否则旧制度的基础就会动摇。这与中国封建王朝十分强调祖训、祖制，慈禧太后反对维新，把维新运动掐死在襁褓中是一样的道理。这些用血写成的历史证明了马克思主义基本原理的不可抗拒性，是人类历史发展的真理。

现在有些人还想在西藏恢复封建农奴制度，这是白日做梦。他们以为的天堂已经一去不复返了。生产力的发展是日积月累的，它又是不可

⊙ 西藏自治区教育局副局长卫璜（左三）和西藏师范学校革委会主任汪文斌（左一）、副主任拉巴平措（二排中）、洛桑达瓦（二排左）、刘竞业（二排右）带领我们参观西藏师范学校美丽的校园，前排左二李明忠、右一为作者

逆转的。生产力的蓬勃发展已为社会主义的新西藏浇筑起一个坚不可摧的基础。

作者简介：吴贤忠，男，1932年4月生于上海。中国人民大学工业经济学本科、经济学研究生毕业。中共党员，先后任华东师范大学政治教育系政治经济学教研室主任、副系主任，副教授。1974—1976年援藏，任援藏教师队副领队。曾任中共上海市委教卫党校常务副校长、中华职教社上海分社常务副主任、上海职教社理论研究委员会主任、上海职教社社务委员会顾问、上海市经济学会理事、上海市世界经济学会理事。

一段值得回忆的岁月

张立明

⊙ 市高教局领导罗毅（前排左五）、市教育局领导刘芳（前排左四）与复旦大学校领导在上海火车站欢送复旦大学首批援藏教师，前排左三为作者

1974年，当我接到通知要去西藏拉萨与西藏师范学校的教师一起筹建西藏第一所大学——西藏师范学院的时候，心情又是激动又是担心：激动的是我能在有生之年作为第一批赴藏大学教师的一员去西藏，为西藏的教育事业做一点贡献；担心的是，我不懂藏文，能否把知识教给那

些孩子？我的身体是否能适应那样的气候？我的孩子刚刚4岁，还在生着猩红热，我丈夫能支持我去吗？他挑得起这个家庭的担子吗？其实这些担心都是多余的，西藏师范学校党组副书记、革委会副主任拉巴平措同志，是一位具有奉献精神的藏族青年男子，将带我们40位大学教师进藏。他告诉我们，在西藏师范学校的预科学习后，藏族学生基本能听懂汉语，我们可以用汉语给他们上课。当然，两年中大家也可以学一点藏语。西藏师范学校海拔3 650米，氧气比较稀薄，但大部分人还是可以适应的。只是我们要从上海坐火车到甘肃柳园，再坐汽车沿着青藏公路到达拉萨，在路上要经过海拔5 200多米的唐古拉山口，这是对大家身体的考验，但我们只要能调整好，应该是没有问题的。家中这一头，我丈夫没有反对，反而积极地为我准备，孩子的事他来解决。就这样，我们上海40位大学老师，分别来自复旦大学、上海交通大学、华东师范大学、上海师范大学、上海音乐学院、上海体育学院、上海戏剧学院，肩负着上海人民的期望，跟着拉巴平措同志踏上了进藏的路程。

我们队伍中有7位女同志，与她们一交流，她们家里或多或少都有些困难。而且有的老师，如华东师范大学的韩玉莲、赵继芬老师年龄比我大，身体还不一定有我好，但个个都是抱着为西藏的教育事业做一点贡献的想法进藏的。因为我们听说西藏当时的教育十分落后，没有自己的大学，大学生都是由在内地的西藏民族学院培养，人数很少，因此西藏中学的师资奇缺，有些地方一所小学只有一两个老师，三年级的学生还得为二年级学生上课，我们去筹建一所师范学院，以后这所学校培养出的师资，就能解决广大中小学的师资问题。

告别了上海，一路上我们唱着歌互相鼓励，很快就到了柳园。这是一个炎热的夏天，住进旅馆后大家都迫不及待地找水洗脸和擦身，不一会儿我们发现旅馆中的水没有了。此时，拉巴平措同志告诉我们：“柳园是一个缺水的城市，每天不得不从百里之外拉一火车皮的水供应这个城市，城市中的居民用水很省，洗脸后的水洗脚，洗脚后的水再洗衣服……”我们大多数人没有到过西北，不了解这地方缺水。此后，我们就不敢如此大手大脚地用水了。

我们坐汽车从柳园到拉萨，路边的树木很少。一般是到一个兵站就住宿，第二天启程。

格尔木是青海省的大城市，我们在那儿休整了一下，参观了边上的盐湖。格尔木有一些树木，这是人们在那儿种了很多次，最后才成活了一些。过了格尔木，地势渐渐高起来。我们向唐古拉山挺进，翻过唐古拉山就进入了西藏自治区。这是进藏的必经之路。当年文成公主进藏，至唐古拉山，把很多物品留在那儿。进入唐古拉山后，我们有不少人开始头痛，出现了高原反应。拉巴平措同志告诉我们动作一定要慢，因为这里的氧气少，剧烈运动是很危险的。到了唐古拉山上，几乎所有的人都发生了高原反应，不少人吸起了车上准备的氧气，我算是比较轻的，但头痛得很厉害，脚很软，如同刚刚生完大病一样，胃口几乎没有了。队里的同志互相帮助和鼓励，过了唐古拉山和那曲，地势渐渐低下来，此时我们看到了水、草地、牛羊，一片美丽的景象，我们全欢呼起来，知道我们已经快要到达目的地拉萨了。尽管西藏师范学校所在的位置海拔有3 650米，但大部分人都恢复了正常。

到了西藏师范学校，西藏自治区教育局的领导、校领导、全校师生都在欢迎我们，一排新的平房是为我们准备的，又干净又明亮。拉萨河就在我们平房的前面大约100米，我和复旦大学哲学系的纪如曼分在一个房间，小纪是我们40人中年龄最小的。每天我们到拉萨河去挑水，我们在河里洗衣服。拉萨河水真清，一眼可看到河底。在刚到西藏的几天中，自治区领导多次接见我们，我们观看了藏族学生的精彩的舞蹈和唱歌表演，还参观了布达拉宫和大昭寺，使我们对西藏的

⊙ 作者在西藏支教

历史、文化有了十分深的印象。大昭寺中的壁画十分精细，描述了当年文成公主进藏的情况，这一幅幅壁画叙述着一个个故事，表现藏族人民的聪明才智。

我被分到了物理组。物理组有4位援藏的老师，加上师范学校的几位老师，组成了一个教研组。因为原师范学校没有物理专业，当地老师是刚留校的学生。华东师范大学的陈家森老师是我们物理组的组长。物理对于藏族学生来说是十分神秘的，我们开始用的教材是上海中学的物理教材，从力学到电学，一点一点地给他们上课。藏族学生的预科训练给我们教学带来了很多方便，虽然有许多新名词他们是第一次听到，但是他们很快就能把力学和拖拉机、汽车和机械联系起来了，把电学和电灯、无线电联系起来了。在西藏师范学校的校园里有电灯，这是用水力发电的，但冬天水少，电力供应也就相应减少了，所以，电对于学生来讲并不陌生。

⊙ 与物理专业藏族师生在布达拉宫前合影，前排中为作者

半导体收音机很多学生都有，他们用收音机收听北京的新闻和其他节目，我们也尽量把他们了解的东西和物理教学结合起来。我原来是物理系无线电专业的，学生们和我熟了，在课余时间有个学生问我："老师，我的半导体收音机坏了，你能不能帮我修一下？""当然可以"，我回答。开始我发现有些半导体收音机断线了，我很快将它焊好了。但有些收音机可能是元件坏了，怎么办呢？在物理组讨论时，我把学生的这些情况提出来。我们为实验室的建设带来了不少元器件，是否可以动用一部分？因为在西藏没有地方修收音机，此事很快就得到了教研组长的认可。顿时我修收音机的任务就加重了很多，每天都送来不少坏的收音机，我们一直修到很晚。当看到同学们高高兴兴地拿着修好的收音机回去，我们心中是十分高兴的。

学校造了新房子，需要拉电线安装电灯，我们物理组一商量，感到这是学生进行实践的好机会。我们一边教课一边组织他们去拉电线，安装新房子里的电灯。通过实践，学生都得到了锻炼。我们虽然会一些电工，但爬电线杆这样的事还是第一次，因此我们老师也同样得到了锻炼。

拉萨的电力不足，常常停电，但是西藏的阳光很强，物理组讨论是否可以利用太阳能来烧水，因此我们就试验做太阳灶。通过一个多月的工作，一个太阳灶在校园里建起来了。每天在阳光最烈的时候，我们就为大家多烧几次水。利用太阳能烧水在当时也是一项新技术，我们的教学联系西藏的实际，做了我们以前没有做过的事，我们的业务能力由此得到了提高。

很快我们和原西藏师范学校的师生建立了十分深厚的友谊，物理、化学的实验室和教研组都建立起来了。经过一年的努力，1975年，西藏高原上的第一所大学——西藏师范学院成立了，我们第一批援藏老师参与了开创性的工作，这是大家共同努力的结果。至1976年，我们完成了两年援藏的工作，依依不舍地离开了那里，回到了上海。这是我一生中最难忘的经历，虽然五十年过去了，我无论在上海，还是在美国和日本进行国际合作交流时，每当和我的学生与朋友谈起在西藏工作的这一段

⊙ 首次乘牛皮筏，左一为作者

经历，总是十分自豪。而他们也都为我能有这一段经历而十分羡慕。在我的推荐下，我的美国导师Rewey Liu教授游览了西藏。

西藏师范学院从成立至今，过去了五十年，如今已发展成西藏大学，想必现在变得十分美丽，为西藏人民培养了很多人才。我们每个人都很想再回去看看，但是我们中间多数人的年龄已超过了80岁，年龄最小的纪如曼老师也超过70岁了，身体是否能像以前那样经得住考验呢？我们只能把这个美好的愿望压在心里，让我们的下一代去实现。相信将来的西藏会建设得更加美好。

作者简介： 张立明，女，生于1943年2月，浙江临海人，中共党员。1965年毕业于复旦大学物理系无线电专业并留校工作，2009年在复旦大学信息学院电子工程系退休，教授，博士生导师。1974—1976年援藏，在西藏师范学院工作。1986—1988年作为访问学者在美国圣母大学计算机和电子系工作，1996年作为高访学者在德国慕尼黑工作半年，主要研究人工神经网络和图像识别，出版著作4本、发表论文数百篇。2001—2008年任亚太地区神经信息处理学会理事。

忆难忘的援藏两年

张世正

1974年夏天，上海市各高校应国务院派遣援藏教师队的要求，组织了一支由高校教师组成的教师队，帮助建设西藏师范学院。另一支由中学教师组成的教师队帮助建设拉萨中学。当时我响应号召，怀着一颗报效祖国、建设边疆和对西藏的好奇之心报名参加高校教师队。那时我儿子只有14个月大，但在家庭的鼎力支持和自己的努力争取下，成为光荣的高校第一批援藏教师队的成员。

⊙ 参观敦煌莫高窟，从左到右：陈家森、作者、皮耐安、孙玉和

为了让我们能逐步适应西藏的高原气候，组织上决定从青海走青藏公路进入西藏。时间虽然比较长，但能确保绝大部分教师顺利进入西藏。从上海出发，坐火车先到甘肃省的柳园，一路上领略了西北的大好河山。看到祁连山脉下一个个“扇积面”，第一次听到华东师范大学地理系恽才兴老师给我们讲扇积面的形成，看得我们心旷神怡。柳园这个地方很干燥，我和不少老师一样都

出了鼻血。那里水非常宝贵，每天限量限时供应。第二天改乘大客车从柳园出发，车子很快就进入一望无际的沙漠，突然在我们面前出现了一片绿洲，感觉非常神奇，那就是有名的月牙湖。我们参观了敦煌石窟，看到唐代和魏晋年代的古老壁画（当时还没有很好的修缮），领略了祖国悠久的历史和灿烂的文化。

在青海省的格尔木，教师队停留了大约四五天。当地医院为我们教师队的每个成员检查身体，看有没有什么不适应的状况。记得有一位复旦大学的老师心脏扩大，进入西藏后不久不得不返回上海。幸运的是其他老师都被批准进藏。从格尔木出发到拉萨，全程乘坐大客车。青藏公路不像川藏公路，没有崇山峻岭、秀美翠绿的景色。全程在高原和山口间通行，道路是平而不坦。基本上都是“搓板路”，颠簸得十分厉害，有时后排座位上的人会因为车子跳动，而被抛到车子的“天花板”上。但是有一段路，车子突然变得非常平稳，司机告诉我们车子是开在盐湖上，这条路是用盐卤浇灌而成的。这里的盐够我们全国人民食用上千年。车子在盐湖上开了有半天。车子还开过一个“硼砂湖”。那里一望无际，满是雪白雪白的硼砂。但是大部分的路还是“搓板路”，车子到拉萨时，车轮上的防震钢板竟然断了好几根。

⊙ 在唐古拉山口合影，从左到右：作者、皮耐安、陈家森

一路上要依次经过好几个山口，如当金山口、昆仑山口、念青唐古拉山口，其中最高的是唐古拉山口。大客车司机特别关照说：“你们下车看看可以，但千万不要激动，不能乱蹦乱跳，不能高声喧哗，因为缺氧会造成伤害。”我们还是禁不住激动的心情，在各个山口下车拍照留念。在唐古拉山口下车只能穿着厚厚的棉军大衣，在一片茫茫的

雪地上留影，自我感觉十分威武帅气。

晚上的住宿都是在兵站，是解放军修建青藏公路时一路上建立的住宿站点，十分简陋，但很温馨。都知道进藏会有高原反应，记得那一夜是在当雄兵站过夜，也不记得为什么都说今晚高原反应会特别厉害，可能是海拔高度的关系吧。那一晚我头痛得特别厉害，而且几乎所有的老师都说自己头痛得厉害。第二天一早，我带着头痛上了大客车。说来十分奇怪，车子一开动，就不再痛了。好多老师也不痛了，或者大大减轻了。进入拉萨前的最后一站是在羊八井。那时就已经知道羊八井的地热非常有价值。目前羊八井不仅是温泉旅游胜地，而且也是我国最大的地热发电站所在地。

1974年7月底，教师队在当地师生的夹道欢迎下进入西藏师范学校

⊙ 布达拉宫山脚下，物理班全体师生合影留念

的大院，这里将是世界屋脊上的第一所高等学府，是高原未来人民教师的摇篮。我被分配在物理教研组，四位上海援藏教师，三位藏族教师和一位藏族班主任组成一个组。当时招收的是一个物理专业班。学生年龄很小，基本上都是翻身农奴和贫苦市民的子女。他们都学过汉语，因此我们能够顺利地用普通话进行教学。

西藏是一个从封建农奴制社会直接跨入社会主义社会的地区，我们参观了农奴翻身解放展览馆，看到奴隶主为镇压农奴而使用的各种各样残酷的刑具，让人触目惊心。我们也参加了西藏自治区成立10周年的庆祝活动，师生们为庆祝自己的节日在罗布林卡通宵达旦地唱歌跳舞，这一切都坚定了我们为建设美好西藏和为西藏人民教育事业做出贡献的决心。

从筹备到建成是一个白手起家的过程。就以物理学科来说，连个实验室都没有。当我们收到从上海运来的物理实验器材以后，立刻着手建设了物理实验室。虽然很简陋，但可以进行基本的物理实验教学。学校的校舍也不够，师生们就自己动手盖房。记得当时有一堵墙砌得不够垂直，我们坚决把它推倒重来。现在这栋校舍估计已经不复存在，抑或已经变成现代化校舍了，但那段艰苦奋斗的历程却深深地印在自己的脑海中。大约是第二年吧，学校终于脱掉了“筹备”这个帽子，顺利召开西藏师范学院成立大会。

拉萨地处高原，当时能源十分缺乏。当地的牧民主要还是依靠收集牛粪来烧火做饭。学校也只能得到拉萨市政府有限的水力发电的电力。到了冬天，同学们连喝水都成问题。但高原的太阳十分明亮，而且经常是晴空万里。我们教师队伍中的理工科老师就提出制造太阳能热水器，简称太阳灶，解决冬天师生们喝水的问题。说干就干，当时我们和拉萨汽车厂联系，帮助解决器材和电焊的问题，为西藏师范学院建造了一个容积大约为60～70个热水瓶水量的太阳灶。太阳灶的主体是一个可以转动的、由小块平面镜拼接而成的抛物面，面积大约三四十平方米。抛物面聚焦线上放一个长长的方形水箱。抛物面必须对准太阳，使阳光正好聚焦在水箱上。太阳灶建成以后，就由师生们轮流值班，转动太阳灶，确保阳光聚焦在水箱上，三个小时左右烧开一箱水，天气好的时候一天可以烧两箱。不仅基本解决师生们喝水的问题，有些女同学还能用热水洗洗头。

⊙ 在拉萨汽车修理厂，援藏教师在建造太阳灶的抛物反射镜面

当年西藏师范学院物理专业的教学水平还只能从实际出发，因地制宜，只相当于上海市高中物理略深一点的水平。当时，拖拉机是重要的教学内容。我曾学习驾驶丰收35拖拉机，是有驾照的驾驶员，对拖拉机保养也比较熟悉。在拉萨就以手扶拖拉机作为重要的教学内容，也算因地制宜开展教学的创造吧。记得当时在一个公社开门办学，公社里有一台“千里马”轮式拖拉机发动不了了。我带领学生进行拆卸，对气门和活塞进行研磨。经过我们的修理，拖拉机居然能够开动了，虽然没有最终修复。但这次实践使学生理论联系实际，感受到了学习的乐趣。

藏族是一个能歌善舞的民族，我所教学的物理班学生年龄都很小，对我们老师的感情淳朴、真诚，非常可爱。学生们最开心的事就是编排和演出歌舞节目。为了排练舞蹈，总是让我请当时的年轻教师次旺俊美（后为西藏大学校长）做舞蹈教练，次旺俊美只要有空，很乐意来帮助同学，深受物理班同学的爱戴。次旺俊美的夫人张廷芳是北京人（后为西藏大学副校长）。次旺俊美和张廷芳都是北京师范大学毕业，两人结为伉俪，奔赴西藏。我们戏称“古有文成公主，今有张廷芳”。在西藏两年深深体会到汉藏是一家，西藏是中国不可分割的一部分。

⊙ 物理班舞蹈队合影。后排正中高者为次旺俊美，右边戴眼镜者为作者，左边是物理班的班主任（藏族），其他人均为舞蹈队队员

作者简介：张世正，男，生于1941年10月，毕业于上海师范学院，中共党员，在上海师范大学工作直至退休，职称教授。于1974年至1976年援藏。

情系拉萨万里行

杨国芳

2024年是上海市首批（1974—1976年）教师援藏五十周年纪念。当我打开当年援藏时的影集，首页最大的一张是我和华东师范大学同寝室好友叶澜、李惠芬的合影，我的眼光突然凝住了，对已病逝的小李表达深深的哀悼。

⊙ 1975年7月10日，上海慰问团到达拉萨，战友喜读慰问信。左起李惠芬、叶澜、作者

40名来自上海7所大学的战友们亲切熟悉的面容，朝夕相处共同生活艰苦奋斗的经历和友谊，一件件、一桩桩涌现在我的脑海，久久不能平静。一直以来，我认为这支由中青年教师组成的首批援藏教师队伍是最棒的。当听说要组织援藏教师队的时候，我们积极报名，通过一道道选拔，最后组合成这支队伍。队伍成员在学校中是业务骨干，在家庭中是上有老下有小的当家人，即将面临海拔三千米以上、缺氧、语言不通、生活差异大的困难，在设施简陋、教学设备等条件基本空白的情况下，完成筹建西藏高原第一所大学的任务。我们每个援藏教师都无条件地听从党的召唤，迎难而上，知难而进。在党的关怀下，在家属的积极支持下，坚定乐观地接受了挑战，甘愿为西藏文教事业的发展尽心尽力打基础、做贡献。

在进藏路上

为了使我们能安全、顺利、健康地到达目的地——拉萨，西藏师范学校领导非常重视，特派党委副书记拉巴平措同志万里迢迢专程来上海迎接我们，并派出最有经验的司机到柳园来接我们进藏。

记得每到一个住宿点，我们这些“上海鸭子”喜欢用水来洗洗擦擦，拉巴平措同志总要关照大家“宁脏勿病”。过海拔最高的唐古拉山口时，他采用心理战术，给我们讲西藏的历史和风情，以分散我们的注意力，打消我们紧张的情绪，我们深深感受到拉巴平措同志的负责精神。

过了唐古拉山口，自以为进藏的关口已过，胜利的感觉油然升起。没想到在安多过夜的那个晚上，我感受到了强烈的高原反应。安多的自然条件很差，我整夜不能入睡，心跳加快，心好像要从胸口跳出来，呼吸困难，头胀头痛，好像快要窒息了。队里的其他同志也都有不同程度的反应。早饭后，我们赶快离开了安多。

一次中午，快到雁石坪时突然闹肚子，我们几个女同志赶紧下车，躲在右边的山背后拉肚子，拉出来的全是绿色的大便，据说这也是高原反应的表现。我们在雁石坪匆匆忙忙吃完了午饭。司机说：“这儿不宜停留，赶快离开。”经过连续两次高原反应的折腾，我的体力消耗较大。

当车子开到拉萨市近郊时，我们看到蓝蓝的天空，绿绿的草地，成群的牛羊和簇拥的帐篷，听到了远处不时传来的藏族姑娘那清澈甜美的歌声，那是一幅多么难忘的美丽动人的画卷啊！

住在羊八井的那个晚上，因这里的气候等自然条件较好，我们睡得很熟。一个晚上连外面下大雨、半夜有住宿的人进来都全然不知。这为我们第二天开进拉萨创造了条件，起码不会让欢迎我们的师生看到我们疲惫不堪的脸和萎靡不振的样子。

进藏路上，长时间的路途颠簸，时重时轻的高原反应，吃不好、睡不好，确实很辛苦。我经历了身体、精神、意志的考验，得到了完成使命的信心和力量。一路上同志们互相关心、帮助、鼓励，每个人的心都热乎乎的，令我难以忘怀。

奋斗与生活

我们的新家就在拉萨河畔两排新建的平房中，学校在林卡里，校舍很简单。学校的领导一方面创造条件让我们好好休息，以适应高原环境；另一方面组织我们参观了布达拉宫、大昭寺。这些建筑非常有特色，地域感很强，色彩绚丽，里面的佛像、灵塔以及栩栩如生的壁画，出自藏族劳动人民的双手，是劳动人民智慧的结晶。

而八廓街“人间地狱——廓子夏”的展览，展现给我们的是另一个世界，站笼、剥皮、挖眼珠等刑罚，以及墙上一条条长短不一的刻线，记载着西藏封建农奴制社会惨无人道的历史，劳动人民在那人间地狱里过着牛马不如的生活。

西藏的过去和现在简直是两重天。如今，站起来的西藏人民在党和自治区政府领导下，和全国人民一样，享受着当家作主的权利。随着经济建设的发展，人民生活水平的不断提高，他们需要文化、教育、科技，向现代化发展。

活生生的教育，更加激励我们要建设好西藏的文教事业，援藏的使命感、光荣感，“起趁鸡声舞一回”的感触油然升起，我决心在援藏中做出更多贡献。

藏族学生很喜欢体育，这儿的体育设施、器材和资料相比其他专业要略微好些，问题是如何从地区、学校、学生的实际出发，建立一整套从大纲、教材、教学计划到教案的教务文档。通过教学，在实践中摸索，我们和当地老师共同完成了这项任务。

在实施过程中，我们重点抓好课堂教学质量，包括合理科学地组织好每一堂课。通过正确的示范、讲解，调动学生的积极性等，使学生的体能得到全面的发展和提高。另外，组织好学生课外活动，也是我们的任务之一。根据青年人的生理、心理特点和爱好，我们组织了武术、篮球、足球、乒乓球队，这部分主要是加强管理，建立制度。

一开始，语言障碍导致援藏教师队面临教学上的困难。相对来说，体育课可以通过肢体语言克服沟通的困难。随着时间的推移，我们基本解决了语言障碍问题。在高原上体育课，与在上海上课相比要吃力些，但没有进藏前想得那么可怕，只要注意课后的调节就问题不大。

难忘的友情

这儿的学生都是住校的。在接触中，藏族学生给我的印象是：质朴、热情、勇敢，重感情，动手能力很强。在藏期间，我遇见了几件令我难以忘怀的事情。

到拉萨后的第二天早晨，打开房门时，见几个藏族学生站在门口，说是来帮我们打水的。我感到既激动，又十分好奇，心想唐古拉山口都过来了，难道自己还不能到河边去打水吗？在他们的坚持下，我就跟着他们去了。站在河边，看着河水起伏的波澜，觉得头有点发昏，好像要被卷进水中，这下我才真正明白了同学们的用心良苦，并由衷地感受到同学们的一片深情厚谊。

1975年五四青年节那天，学校组织登山，我也报名参加，并在同学们的保护下登上了朋巴日峰的山顶。站在红旗下，我高兴得情不自禁举手欢呼："胜利啦！"早就听说过"上山容易下山难"。不错，下山时老觉得腿使不上劲，往下看时很怕，尤其在山路较陡峭又缺少草皮等落脚点的地方，脚便发软。是同学们站在我面前用他们的脚顶住我的脚，让我一步一步下山来，在我最困难的时候帮助我，给我勇气和安全感，一群多么可亲可爱的学生啊！

在开门办学中有一次，我和几个同学外出，走着走着，突然走到一处，右边是悬崖峭壁，左边是一块大石头，石头上部三分之一处靠近悬崖，其间是1米多宽，长约2米，上面结着冰的路，如果脚一滑，就会掉进万丈深渊，粉身碎骨。前面的几个同学已经过去了，我却不敢迈步。同学们一下子就明白了，只听他们用藏语在商量什么，不一会，他们从附近捧来了干草和泥，撒在冰路上，然后，把我夹在中间，鼓励我不要怕。那些聪明灵活机智的学生心灵深处渗透着爱。我说：“今天我宣布，你们都是我的救命恩人。”大家乐极了。

⊙ 作者在达芝县开门办学留影

回家与怀念

两年的援藏时间很快就要过去，即将回到上海固然很高兴，可回想两年期间，在西藏师范学院领导和师生们的关怀帮助下，我们适应了环

⊙ 1975年9月9日，在罗布林卡与藏族同胞同庆自治区成立10周年

境，健康地生活着，愉快地工作着，学会了喝酥油茶，学会了骑马，和藏族同胞一起过节，耍林卡。这一切的一切是那么的幸福，只有走进西藏的人才能享受得到啊！

分别的时刻到了，大家的心情都很沉重。同学们含泪相送，好心酸。这时，一位男同学捧了一只热水瓶，里面装满用鸡蛋和酥油打的茶，送给我们喝。他说："这茶好，我妈妈坐月子时就吃这个。"此情此景，胜似雅鲁藏布江之情深、珠穆朗玛峰之义重，我真想把他紧紧拥抱。

带着藏族同胞的深情厚谊，我回到了上海。见爱人瘦了，两年在家又当爹又当妈，患了植物性神经系统紊乱症。为了给儿子治疗哮喘性支气管炎，须定期送医院打吊针。女儿也学会了当家，有一次车祸，被撞倒在马路边，被人送回家。可他们为了使我能在西藏安心工作，每次来信总是报喜不报忧。感谢家人的支持，他们真的辛苦了。但我们没有丝毫的怨言，没有一点遗憾，能为西藏教育事业发展出点微薄之力，值得！

弹指一挥间，五十年过去了，我们老了，我们当年的学生，料想已事业有成。西藏师范学院一定有了更好的发展。我永远怀念曾经在那儿奋斗过的地方和我们与藏族学生的友谊。

作者简介：杨国芳，女，生于1934年10月，江苏常州人，中共党员，就读上海体育学院体操专业，毕业后留校，副教授，艺术体操国家级裁判，1974年至1976年援藏。

赴藏点滴回忆

沈明刚

⊙ 1976年《人民日报》记者来采访，为我们数学组藏汉教师备课留影。左起：林武忠、大罗桑朗杰、陈信漪、作者、王克俭、周仁

1974年5月，国务院为支援西藏地区发展教育事业，要求上海、北京、天津等地选派教师援藏。复旦大学、上海交通大学、华东师范大学等7所高校派出40人援藏，筹建西藏师范学院。另有上海市各中学派出40人去拉萨中学等学校支援。要求分三期轮换，每期两年，没有休假。

⊙ 住一个宿舍的我们仨在雪山上合影，从左到右：林武忠、作者、陈信漪

当时上海师范大学处在五校合并期间，老师们响应国家的号召，克服家庭困难，纷纷报名去西藏。我们数学系首批援藏教师确定为陈信漪、林武忠和我三人。

时任西藏师范学校副主任拉巴平措亲自到上海接我们去拉萨，7月13日从上海出发，坐火车到甘肃柳园，再坐汽车经敦煌到格尔木，经过几天高原适应性休整，再坐汽车到达拉萨市，来到西藏师范学校。

我们来到的西藏师范学校是一所中等师范学校，当时首批援藏教师的任务是要将它升级为高等学校——西藏师范学院，任务很艰巨。首先我们要适应学校的生活环境：在高原上水的沸点是89度，生活用水要到拉萨河边取，厕所是草棚的，晚间常点蜡烛。好在大家在进藏前已经做好思想准备，在学校领导与汉藏师生们的关心帮助下，我们自力更生，挖井取水，建太阳灶烧开水，大家慢慢地适应了当地的生活。

西藏师范学校数学教研组藏族教师较多，大罗桑朗杰是组长。上海教师去后顶替了他们中一部分人的教学任务，让他们安心到上海的大学进修数学专业。我们几个上海援藏教师的分工是：陈信漪老师协助教研组长大罗桑朗杰制定数学专业建设规划、数学教师队伍规划和各种管理规章制度，并给藏族教师讲课；林武忠老师负责给青年教师培训班讲课，制定数学与实践相结合的项目方案；我顶替数学班的班主任以及承担一些教学任务。我给藏族学生上的第一课，用的是带上海口音的普通话，课后问学生们能否听懂，他们说能听懂，我非常高兴。原来这些孩子们从小接触很多汉人，所以藏汉两语都没有问题。我记得自己写过一份《测量》讲义，自己刻蜡纸印刷的。

1975年秋，在汉藏师生艰苦奋斗、共同努力下，教育部批准了西藏

⊙ 我们与组长大罗桑朗杰的合影，从左到右：林武忠、陈信漪、作者、大罗桑朗杰

⊙ 数学班学生与任课老师在布达拉宫前合影

师范学院成立，这是西藏本土第一所大学，我们的愿望实现了，大家兴高采烈地庆祝。

⊙ 西藏师范学院挂牌了，数学组的全体汉藏老师在校门口合影。前排左一林武忠，左四作者，右二陈信漪，右一大罗桑朗杰

每天清晨北京时间7点，拉萨的天才蒙蒙亮，我就要到数学班的教室去辅导学生。简陋的教室，窗户挡不住寒风，寒气透入肌体。1975年初春，我患病了，发着高烧，晚上睡不着，十几天后开始咯血，透视后发现肺部有一个鸭蛋大的阴影，诊断下来是得了球状肺炎。医生给我用了大量青霉素针剂，让我卧床休息。领导非常关心，特批了奶粉给我，室友陈信漪老师、林武忠老师照顾我，帮我顶课。我的学生常来探望，送来酥油茶。很快我就基本康复了，领导与师生的关怀与友情令我终生难忘。

在西藏工作的两年，我看到了藏族老师的热情好客、刻苦钻研的精神，藏族学员憨厚淳朴、克服困难、认真学习、艰苦奋斗的精神；看到了早期进藏干部默默无闻、远离家乡、踏踏实实、勤恳工作的精神；看到了我们的援藏教师响应国家号召，克服家庭困难，兢兢业业、艰苦创业的精神。我还要感谢留守家属对援藏的支持，感谢在沪老师们对我们家属的照顾与关心。

让奉献精神发扬光大。美丽西藏，今生难忘!

作者简介：沈明刚，男，1943年5月生，浙江慈溪人，中共党员，毕业于上海师范学院数学系本科，上海师范大学数学系副教授，1974—1976年援藏。

难忘的经历

沈荣渭

岁月如歌，光阴似箭，我转眼已经步入古稀之年，回首往事，历历在目。1974年7月至1976年7月到西藏拉萨工作的两年，确实是我最难忘怀的经历。

1974年7月，按照国务院的要求，上海市组织了首批高校教师队，赴西藏拉萨筹建西藏高原上第一所大学——西藏师范学院（即现在的西藏大学）。当时的选拔条件是十分严格的：政治思想觉悟高、业务拔尖能力强、身体健康能够适应高原缺氧环境、连续两年不休假。真正是百里挑一。我幸运地被选中。在李明忠、吴贤忠两位领队的带领下，全队战友们共同奋斗，胜利完成任务，我深感自豪。

在拉萨工作的两年，我们的学生全部都是翻身农奴的子女，他们热爱祖国，热爱中国共产党，热爱人民解放军，非常珍惜学习机会，读书非常勤奋刻苦，对老师十分尊敬爱戴，同学之间也十分团结友爱。我教他们中华武术，基本功教学是十分艰苦的。藏族同学做“手倒立”，一个个坚持到两只手都支撑不住，头快碰地面了，还是坚持着不肯停下来，非要我一个个拉下来不可。学习“二起脚”“旋风脚”，既快又好，真令人快慰。藏族学生是我从教以来遇到的最好的学生。比我在日本、美国、澳大利亚、马来西亚和泰国所教过的学生更优秀。1975年10月，在开门办学时，我的右脚骨折住院治疗，学生多吉天天护理我，比亲人还要亲。同学们的家长更是轮流来医院送牛骨头汤、奶茶、鸡蛋。当时在拉萨根本买不到鸡蛋，他们自家养的鸡生下蛋，自己不吃送给老师吃，真是比亲人还要亲。我的腿居然奇迹般地60天就能下地走路了，80天就能上体育课了。这么好的学生，这么好的家长，这么好的藏族同胞是我一生中永志不忘的亲人。1976年7月，我们离开拉萨那天，我们的汽车被送别的同学们拦住了。同学们实在舍不得我们走，很多同学含着眼泪对我说："沈老师，你一定要申请再来，我们永远欢迎您！"我们的汽车久久不能开动。我真的多次写申请报告，要求再次去西藏工作，可惜这些申请却石沉大海，至今我仍感到遗憾。

我们在西藏时正值自治区成立10周年。我们援藏教师队伍中年龄最大的是上海交通大学的周仁同志，"老大"是大家对他的昵称。他的书法特别好，布达拉宫整修时，"老大"被文化局邀请去为布达拉宫写碑文，他写的石碑至今留在布达拉宫的正门口。当时西藏师范学院的校牌也是周仁同志写的。这些墨宝或许会留存下来，见证历史。我们的好战友周仁同志虽然已经逝世，但是他和我们一起为西藏师范学院的创建所做出

⊙ 西藏师范学院校门的中文校牌是上海首批援藏老师周仁所书

的贡献是永远难忘的。

我报名去西藏工作两年时，母亲已70多岁，身患肺癌。她深情地对我说："你们体育系98位教师只有你一人身体合格，你应该去，我到火车站为你送行，两年后我再到火车站接你。"这种鼓励和支持对我绝对重要。当时我的两个孩子都小，爱人身体很弱，我丈母娘对我说："你安心去，家里的事我帮你。"两位母亲都支持，使我坚定从容、全身心地为西藏人民服务。

记得一天拉巴平措副主任和李明忠领队陪着一位路透社记者来采访我，问我说："有人说藏族学生不聪明，你的看法如何？"我请他看我上课。同学们打少林拳，打太极拳，做"跳马"，动作舒展剽悍，灵活勇猛，协调一致，连绵不断，腾飞自如。下课后记者说："我一切都明白了，藏族学生和所有的中国学生一样勇敢、聪明。藏族也是中华民族大家庭中出色的一员。谢谢你让我看到了这一切，我已经拍摄了全过程。"这是一次感人的难忘的采访。

作者简介：沈荣渭，男，生于1937年9月，浙江余姚人，中共党员。毕业于浙江师范学院。上海师范大学体育系副教授，曾任系主任。国家级优秀武术裁判员。1974—1976年援藏。

进藏援教　育才炼人

陈家森

1974年，我们响应党中央、国务院和周恩来总理的号召来到西藏，参与筹建西藏师范学院的工作。我们物理教研组共有四位教师，分别来自上海交通大学、复旦大学、上海师范大学和华东师范大学。虽然我们在进藏前互不熟识，但责任感、事业心和共同的目标把我们紧紧相连，工作实践使我们在日后成为亲密无间的好朋友。

⊙ 作者于1975年在开门办学期间参加劳动

在两年工作期间，我们几乎没有一天是在深夜12点以前就寝的。我们群策群力、勇挑重担、废寝忘食，有勇有谋地克服了种种困难。在原本只有上海高小水平的中专学校里建成了初具规模的物理教研室，并动手建立了能满足演示及大部分普通物理实验的小型实验室。我们根据藏族学生的特点，充分利用直观教具，一丝不苟地详尽备课，手把手地进行辅导，教师平均每周的授课时数达18学时之多，因而深受藏族师生的爱戴。我们不仅为培养藏族学生付出了我们全部的努力，而且还为培养藏族的青年教师而呕心沥血。

此外，我们与数学教研室的援藏教师一起设计制造了可向我们全体

⊙ 物理组上海援藏教师合影，左起：蒋秀明、张世正、作者、张立明

援藏教师及部分学生提供热水的中型太阳灶。我们还发挥各人的特长，集体编写了满足培训拉萨地区供电所电工人才的培训计划和教材，并身体力行地进行培训。为了满足我们的工作需要，学校在冬天枯水期引来了一条几千瓦的专用输电线，不仅保证了理化实验室从事实验教学的用电需要，还解决了晚间教师备课和学生学习的照明用电。我们还集思广益，利用学校拥有的一台手扶拖拉机，进行拆装分析研究，为学生及学校周边地区的农牧民开办正确使用拖拉机及简单维修的培训班，深受学员们的欢迎。我们怀着对藏族同胞的兄弟情谊，利用休息时间无偿地为学校及附近居民修理了数以百计的半导体收音机（这些收音机是中央政府在西藏自治区成立10周年期间馈赠给藏族同胞的礼品，因长期连续使用，出现了不同程度的故障）。

两年的时间是短暂的，但给我们留下的回忆是永恒的。我们的劳动换来了当地师生们对我们的尊重和爱戴。记得我们有的教师由于过度疲劳、抵抗力下降而出现高烧、全身乏力时，藏族师生们在课余轮流守护在我们的床边，还不时送上一碗碗温暖人心的糖水（当时白糖在当地都是定量供应的，而且量很少）和珍稀的水果（西藏冬天气温极低，基本上不产水果，在市场上也很少供应，这些都是学生的家长到内地出差随身带回几个给自己的孩子品尝的）。尤其令人难忘的是，我们期满返沪时，班上每位学生拿出他们数量不多的零花钱，买了当时十分“豪华”的纪念笔记本，在扉页上用汉语写下了祝福、感谢、期盼和决心的话语，赠送给我们每一位教师。更让我们欣慰的是，其中不少当年的年轻教师和学生后来成为各级学校的业务骨干，有的还成为校系各级领导。这两年也使我们每个人得到了很大的长进，不仅有助于我们树立共产主义人生观，而且磨炼了我们刻苦钻研、勇于创新、团结同志的精神。我们回沪后在各自的工作岗位上都做出了大小不等的成绩，个个都成为本学科的学科带头人，承担了国家、省市各级下达的科研任务，分别兼任了校、系各级的行政工作。在科研、教学及社会工作中获得了国家、省市及校级的各种奖励，得到各级领导及群众的好评。

两年的援藏工作，对我们而言是太值得了！

作者简介：陈家森，男，生于1935年11月，浙江镇海人，中共党员。毕业于华东师范大学物理系，教授，曾任华东师范大学物理系生物物理研究室主任、物理系副系主任、华东师范大学国际交流处处长。曾获上海市科技进步二等奖一项、上海市劳动模范集体称号，享受国务院特殊津贴。于1974—1976年赴西藏师范学院工作。

岁月流逝　感怀常在

罗　衿

1974年我们进藏时都还是中青年，现在成了奔“八”、奔“九”甚至“90后”的老人了。虽然50年过去了，但许多感人的场面总是深深印在我的脑海中。

当领导宣读了国务院关于上海援建西藏师范学院的文件后，复旦大学教师纷纷报名，我是写了三次申请才获准的。后来知道，上海交通大学、华东师范大学、上海音乐学院、上海戏剧学院也都如此。大家图的不是加薪升官，组织上也没有向去的人许诺回来增加几级工资，安排什么官职，我们也压根儿没去想这些。不少人倒是对困难“隐瞒”不报，积极报名。例如化学组陈建新老师，当时家有老母，又有两个年幼的女儿；皮耐安老师是新婚不久就走的。这些老师支边的真心实意令我感动，他们只想为藏族同胞多做实事，为建设边疆多出一份力。

在进藏路上，我给大家添了麻烦。在沱沱河、五道梁一带，我的高原反应就开始爆发了，心跳极快，严重失眠。到了唐古拉山口，我嘴唇发紫，不能说话。同志们慌了手脚，把我转移到了救护车上吸氧气，还派柴建华老师陪我坐救护车先去拉萨。到了拉萨市郊区，西藏师范学院的领导乘了该校唯一的一辆汽车——运柴火、食品的大卡车来迎接我们两人。我一进校门就受到师生夹道欢迎，学生们还跳起了舞蹈，使我感动得热泪盈眶。学校还为我做了病号饭，晚上领导、医生几次来看望，这些更使我下决心要好好干，报答领导和藏族师生对我的关心和尊重。

我们筹建的西藏师范学院（即现在的西藏大学），没有任何化学实验的基础，给我们的只有一幢平房。在韩玉莲、皮耐安、陈建新老师和藏族师生共同努力下，我们自己做实验台、试剂柜，自己安装供电系统。没有自来水，就自己挖井，建高位槽，装自来水管，用潜水泵将井水抽入高位槽，然后流向各供水点，不仅解决了实验用水，还为师生日常用水提供了方便，不必再去拉萨河挑水了。

为了培养化学班藏族学生和青年教师，韩玉莲、皮耐安、陈建新等老师绞尽脑汁，从教材选用到实验准备，手把手教他们化学实验的基本操作。从烧制蒸馏水、配置化学试剂溶液到校正仪器样样都干。两年中，我们与藏族师生建立了深厚感情。1976年回沪时，大家依依不舍，挥泪相别。这两年师生团结，汉藏团结，自力更生、艰苦奋斗的创业精神是多么可贵。每当我走进复旦大学现代化的实验大楼时，感慨万千，心想现在条件好多了，但艰苦创业的精神还是需要的。将国家的资金用在刀刃上，让边疆少数民族地区教育更快跟上该有多好呀！

作者简介：罗衿，男，1932年12月生于浙江省遂昌县。1957年1月加入中国共产党，1960年2月毕业于复旦大学化学系，留校工作。复旦大学原离退休党总支副书记，高级工程师（副教授级），中国老教授协会会员。1974年7月至1976年8月援藏，时任西藏师范学院数理系化学教研室主任和化学班党支部书记。

此生无悔去西藏

罗　衿

⊙ 西藏自治区党委第一书记任荣亲临西藏师范学院视察化学实验室

1974年四五月间，上海市决定由复旦大学、上海交通大学、华东师范大学等7所高校组织三批援藏教师队，每批两年，用六年建成、建好西藏师范学院。复旦大学教师纷纷报名。我先后三次递申请，终于获批。首批援藏教师共40名，领队是复旦大学数学系党总支副书记李明忠老师。

满怀豪情进西藏

1974年7月13日上午，我们告别上海，在欢送的锣鼓声中、亲人告别声中乘火车西行，于三天后到达甘肃柳园车站。柳园地处沙漠地带，与新疆接壤，据说已80多年没有下过雨，这里的生活用水是火车从100公里外拉来的，定量供水，洗了脸后留下洗脚。柳园是个中转站，我们下车后，就去帮忙将大件行李和各校援藏的图书资料和仪器设备搬运到西藏派来的大卡车上，教师们不顾天气干燥酷热和旅途疲劳，毅然当起了搬运工，个个忙得汗流浃背。

自治区政府关心援藏教师，派了西藏师范学校副书记拉巴平措同志到上海迎接，带领我们进藏，还派了大客车、大卡车、小吉普救护车来柳园接运。休息了一天，次日驱车去沙漠中的绿洲敦煌，参观了世界闻名的莫高窟千佛洞。从敦煌出发进入青海省境内，穿过柴达木盆地和察尔汗盐湖到达青海省第二大城市格尔木。这里有西藏自治区接待站，海拔3 000米左右，领导让我们在此休整5天，适应一下高原生活，再检查一下身体，不适宜者返回。领导还向我们交代注意事项：到拉萨后不许到拉萨河洗澡、游泳；初到拉萨时不要跑步、打球，做剧烈运动。从格尔木出发，沿文成公主进藏路线向拉萨进发。当时青藏公路坑坑洼洼，号称“搓板路”，颠簸得很厉害，车外茫茫一片，每90公里有一个兵站，负责来往人员的食宿、加油、加水。地势越走越高，几天里经过纳赤台、不冻泉、沱沱河、通天河、跨越唐古拉山口就到西藏。我们进藏后一路下行，在安多、羊八井各住一宿，于7月29日到达拉萨，在十多公里外看到布达拉宫雄伟的身影时，车内一片惊呼声。在西藏师范学校门口，我们受到师生夹道欢迎，令人激动不已。这次行程经过多个省份，跨过昆仑山和唐古拉山两大山口，历时17天，路程之远，路途之艰辛，都是我们有生以来第一次经受到的。本着响应党与政府号召，支援西藏文教建设，增进汉藏民族团结的初心，我们克服了重重困难，终于到达目的地。

白手起家建专业

西藏师范学院原来没有化学、物理专业。学校交给我们一座100多平方米新平房，墙是土坯砖砌的，屋顶是铁皮盖的，里面空空如也，没有家具，没有供电供水系统。

援藏教师队中有4名化学老师：韩玉莲、皮耐安、陈建新和我。师范学校从藏语教研室调来一位青年教师单曲和五位刚留校的毕业生，期望上海援教老师通过六年传帮带将他们培养成化学老师。

⊙ 在化学实验室前，自左至右：韩玉莲、作者、皮耐安、陈建新

第一步要建立化学实验室，我们一起做实验台、天平台、药品室、试剂架，拉接电线，布局照明、仪器设备用的电源插座，建起供电系统。实验要有自来水系统，但西藏师范学校没有供水系统，没有管工师傅，

师生员工用水都是到附近拉萨河中肩挑手拎取水。我们只好自力更生，土法上马。我们挖井，搭架，用滑轮将大口径的水泥管吊入井内，管与管之间用水泥封接，这时需要人到井下摆准位置和封接，但万一吊车失事，在下面的人会十分危险。此时陈建新老师毅然跳下，担当重任，负责吊装的老师也十分小心谨慎，竖井装好，大家才松了口气。井造好了，再建高位槽，先搭建水塔架，将两个大铁皮桶并联焊接成槽罐，用抽水泵将水抽到高位槽，这样实验室各用水点都有了自来水。当时没有塑料水管，只有铁锌合金自来水管，实验室的水管系统也是我们自己采购，攻螺丝、接管都是我们自己干的。因我在国权路化学系办的石油化工厂劳动过一年多，学会的管工技术派上了用场。水井造好还方便了师生用水，得到大家称赞。

实验室初步建成后，我们就开始给藏族青年教师上基础化学课，使用援建的仪器设备，如电光分析天平、紫外分光光度计等，配合上课做些化学实验。

⊙ 韩玉莲老师在指导藏族青年教师做化学实验

经过一年多努力，1975年，西藏师范学院正式成立。任荣同志等还视察了化学实验室。西藏师范学院招收了首批学生，化学专业开办了首个化学班，学生与教师合建一个党支部，由我担任化学专业党支部书记兼教研室主任。

化学专业班学生全是藏族，他们是农奴的后代，勤奋学习，非常尊重老师。上海教师授课，藏族老师辅导，由多才多艺的青年教师皮耐安任班主任。1976年7月期满，首批上海援藏教师完成任务后，告别藏族师生返回上海，我因要与第二批老师交接，于8月中旬返沪。

感谢援藏对我的锻炼与教育

两年西藏生活，时间短暂，教育深刻，终生难忘。那时大家不怕艰苦纷纷报名，压根不讲条件，不问回来后工资加多少，职位升多少，只想能被批准。领导只说原来工资由上海发，地区差价（上海市8类，西藏11类）由西藏支付，我的地区差是32元，明白这点后，就没再想什么。只想平叛后西藏农奴在政治上翻了身，但在经济上文化上还没有真正翻身，需要沿海发达的地方去支援帮助；国家培养了我们这么多年，想想来复旦大学读书时，家中只给我一条小棉被，是学校给我助学金、棉垫被，冬天看我衣服单薄就给我买来棉衣棉裤，我不好好工作怎能对得起党和国家？对得起复旦大学？所以一心想不能错过这次机会，要到西藏去。

1975年，我们化学班到拉萨市郊农村开门办学，推广使用腐植酸农肥，看到农民的住房是干打垒的土墙，顶上用树干密密排列，再铺上树枝干草，再用泥巴封顶。我曾去拜访支部书记家，看到他家的桌子和凳子都是泥土塑造，墙面被烟熏得乌黑。我当时感到一阵心酸，藏族同胞只有经济发展了，才能改善生活，党的扶贫政策多么切合边疆少数民族需要。

在拉萨菜场看到卖菜妇女，一堆萝卜一角钱，他们不会用秤也不会找钱，学生告诉我们，农牧区这样的人更多，他们用土特产与汉族人交换肥皂和解放鞋。看到这些，我感到办西藏师范学院培养藏族教师，进行扫盲、普及义务教育是多好的一件事。西藏师范学院的学生免费教育，免费食宿，还每月发生活费、零用钱，床上用品、衣服也是国家提供。我们支援西藏文教建设有保护边疆、巩固国防的重大意义。

两年中我经历了艰苦生活磨炼。进藏路上，在沱沱河、不冻泉那一带，我就开始出现头痛、睡不着觉、乏力的高原反应。到了唐古拉山口，我嘴唇发紫，说不出话。大家惊慌，立即将我转到吉普车上吸氧，还派了柴建华老师照顾我。到了拉萨，我虽然基本恢复了正常，但早搏、血色素升高、腹泻一直存在，对当地饮食也不太习惯。我一般吃面粉，蔬菜基本上是土豆和卷心菜，这些我都能对付。两年中，我与藏族同胞结下了深厚友谊，临别时依依不舍，回沪后我们还推荐2名西藏师范学院的老师到复旦大学化学系、华东师范大学化学系进修，并常去看他们。20世纪90年代，当得知化学班学生小卓嘎的女儿在上海某中学藏族班读书，我和陈建新还一起去看望她，送去女孩子爱吃的食品。

总之，我感到自己选择援藏是对的，做了一件一生中最有意义的事。即使我两年在外发生了家庭分裂，带给我莫大的痛苦，我也从不后悔。

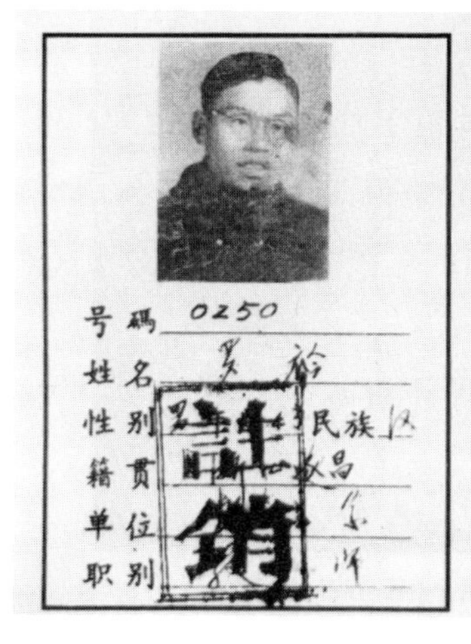

号码 0250
姓名
性别　　民族
籍贯
单位
职别

注意事项
一、此证严禁转借他人使用。
二、此证应妥为保存，如有遗失，必[illegible]立即报[illegible]备查。
三、[illegible]证涂改无效。
四、如调动[illegible]应将此证[illegible]缴
西藏师范学院
一九　年　月　日填发

⊙ 作者一直珍藏着的西藏师范学院工作证

难忘的回忆

恽才兴

⊙ 西藏师范学院校景远眺

常言道，人生犹如漫长的旅程。在一个人的人生道路上，总有使人难忘的美好回忆。1974年7月至1976年7月两年中，我作为上海市首批援藏教师队的一员，参与筹建西藏师范学院（现已扩建为西藏大学）的经历，便是我一生中值得自豪的事情。在西藏师范学院建校50周年之际，我把这段美好的回忆留给献身西部建设的人们，以资相互勉励。

满怀豪情进西藏

记得1974年7月13日清晨，我们85位上海首批赴拉萨的大、中学校援藏老师受上海人民的委托，在欢送的锣鼓声中乘火车徐徐离开上海北站西行，踏上漫漫进藏路，途经多个省份，历时17天，有领略丝绸之路风情、重踏文成公主进藏艰辛路之感，可谓是一路风尘，一路歌吟，以下几首诗抒发了当年开发西部、建设边疆的豪情。

颂河西走廊（写于1974年7月15日）

千里戈壁滩，阳光灿烂。
红日化冰川，饮水思源。
望长城内外，绿洲耀眼。
听赴藏战友，歌声震天。
西北大动脉[①]，血液更新。
古代丝绸路，今换新颜。

⊙ 进藏途中经过戈壁滩

① 西北大动脉指青海、新疆油气田开发。

过柴达木盆地
（写于1974年7月20日）

一日行程过千里，
横跨柴达木盆地。
祖国宝藏遍地见，
盐湖泽国披新衣[1]。

⊙ 作者在察尔汗盐湖

站在昆仑山口（写于1974年7月24日）

昆仑绵延银蛇舞，文教战士上新途。
世界屋脊连天接，青藏高原盖新宇。

⊙ 远眺昆仑山

① 盐湖指格尔木—小柴旦之间的察尔汗盐湖。

翻越唐古拉山（写于1974年7月27日）

过世界屋脊高槛，越觉天地运转。
站万里长江源头，更爱祖国河山。
祝援藏教师雄心，争挑建设重担。
愿西南边疆如画，风迎红旗招展。

⊙ 唐古拉山麓冰川湖

赞藏北草原（写于1974年7月28日）

绿色地毯半天盖，白点黑斑图案美[1]。
藏北草原牛羊肥，翻身农奴笑颜开。

① 白点指羊群，黑斑指牦牛群。

⊙ 藏北草原夏天牧场

穿羊八井峡谷（写于1974年7月29日）

急流奔腾峡谷穿，万里长征到高原。
英雄儿女四海志，劈山开路闯难关。

⊙ 拉萨市郊羊八井峡谷出口

拉萨河畔建校忙

西藏是国内外探险家、科学工作者和旅行家共同向往的地方，我这次进藏不是以地理科学工作者的身份赴藏考察，而是作为一名普通援藏教师，和诸位战友共同承担西藏师范学院的筹建工作。在西藏工作两年中，我除了获得首批援藏教师这个光荣称号外，还接受了“工程师”的雅名，这个雅名由下列事例作为支撑：

⊙ 在拉萨河畔指导学生进行测量，左一为作者

第一，建校初期，西藏师范学院校园建设规划需要一张大比例尺的地图，我进藏不到1个月，就利用自己原有的测量制图知识主动承担了校园地图的测绘任务，并在实际工作中训练藏族学员掌握测量工作要领。

第二，西藏师范学院校园是一座美丽的林卡，林卡中有一条小河，师生们从生活区到教学区上课必须通过小河的河滩，如遇上雨季河水上涨，就得绕道。为此，学校决定在这条小河中段架一座桥。我有幸承担了这座桥涵设计、施工组织任务。材料就地取材，采用鹅卵石，教师、学生为施工队伍。由于是自己动手，这座桥取名为“五七桥”。

第三，西藏师范学院是在西藏师范学校（中专）基础上建成，当时学生人数及教学条件与大专院校的要求相差甚远。我当时因建造“五七桥”获得“工程师”的美名，为此学校又将建造学生宿舍的任务（两幢

⊙“五七桥”竣工前留影

⊙ 学生宿舍正在施工中

共16间）交给我组织指挥。我凭借父兄曾是泥水匠的感性认识及自己在水利工地实践经验，与师生们一起从平整地基，放样挂线到砌墙上梁，还真像一名建筑工程师呢！

第四，当年援藏时，我们从上海携带一批图书资料和教学仪器设备到拉萨，但学校缺少放置图书的书架和仪器的桌椅，我又当上了电焊工、木工和钳工，用业余时间赶做了以角铁为骨架、木条为面料的书架和仪

⊙ 业余当钳工赶制书架，左为作者，右为施根法

⊙ 拉萨河畔春耕忙，右为作者

器标本架。

我所承担的援藏主要任务为筹建生物地理专业，这个学科的教学实践活动主要在野外，我们以开门办学的形式带领师生奔赴拉萨市郊72公里处的色拉寺山谷安营扎寨。在短短两个月与藏族群众同吃、同住、同劳动过程中，磨炼了自己艰苦奋斗的意志。住狭小的藏房，在海拔4 200 ～ 4 700米山坡上砍柴、拣牛粪，与藏族群众一起筑路、耕地、积肥、开沟筑渠、播种除草，真正体验了西部少数民族的艰苦奋斗精神。这种精神至今仍激励着我对科学事业孜孜不倦地追求。

从1975年西藏师范学院成立至2024年将近50年，在这50年中，改革开放的春风已将祖国的大地又一次唤醒，在东部地区社会经济高速发展的同时，西部建设的节奏正在加快，当年进藏时的公路交通，而今已被现代化铁路所替代。

祝东、西部地区同步建设奔小康！

愿边疆的文化教育事业永放光芒！

作者简介：恽才兴，男，生于1935年6月，毕业于华东师范大学地理系，中共党员，华东师范大学终身教授，曾任河口海岸研究所副所长、河口海岸动力沉积和动力地貌综合国家重点实验室主任，博士生导师，享受国务院特殊津贴专家，著名河口海岸动力地貌及海洋遥感专家。1974—1976年援藏。

道碴碎石那两年

姚振中

师生携行去援藏

1974年初夏，国务院下达任务，要上海高校派两名美术老师去西藏援教两年。当时上海一所美术院校都没有，于是这任务便落实到上海戏剧学院。上戏有舞台美术系，并且已经开始恢复专业教学活动。这事到了舞美系，它被表述得更具操作性了：舞美系需要一中年一青年两名美术老师搭配组合去西藏援教两年。作为一名才留校任教不久的青年教师，是当时舞美系四个青年教师中唯一的一名党员，且本人已于同年春顺利完成了婚姻大事。其他三位均单身，还正处于谈婚论嫁的最后冲刺档口，"秃子脑瓜上的老白虱"这不明摆着非我莫属？我也没啥好多想的，回去和新婚妻子商量并得到她认可，第二天便主动报了名。另一个响应召唤的是高生辉老师。他大我十三四岁。说起来还真有缘，我进上戏上大一时，就是高老师教我们班的绘画基础课。早在20世纪50年代，高生辉老师作为中央美术学院的一名高材生被分配到上戏，此后一直担任舞美系绘画基础课的教学工作。多年来，他教学认真，业务娴熟。在舞美系学生心目中，高老师总是耐心细致，循循善诱，课堂之外更是和蔼可亲。总之，与高老师相处，他随和，学生得益多多又放松。我们两人性相近，习相和，都好静不爱动，为人处世皆避离极端偏激。除饮食爱好上略有不同，多年来彼此关系一向不错。此次师生组合配成一对，双方都觉得好得没法再好。得知我们去西藏的具体任务是帮助当地创办高等美术班。

专业美术起步，无非是素描、色彩打基础之类的课程。有高老师同行，实在没有什么需要操心的事了。

西行去西藏，整个路程全部加起来据说万里有余。事先谁都没想到，此行一路过去真的好远好远。我们从上海出发，先是乘火车一路向西，在甘肃靠近敦煌的柳园站下火车换乘长途大巴，由此开始90度转弯再一直向南，几乎一条直线横穿整个青海省。过青海的前一段路程，基本上是戈壁、荒漠、盐湖。连续好几个大白天，路上不见一个人影。偶然与对向行驶来的一辆卡车交会，耳朵才听得呼啦一声，没一两分钟双方便各自消失在茫茫荒野之中。记得在此程的三四天里，每天清晨，外面天还没大亮，我们就赶紧起床，匆匆洗漱完，喝碗粥，啃两三口馒头便上路。中途在某个交通站简单吃顿午餐又马上再出发。车一直不停地开呀开，有两次晚上一直开到天墨墨黑，才终于又到某个交通站下车。匆匆吃完饭就马上进屋，抓紧休息。就这样，一直到了青海省腹地的格尔木，才终于可以歇歇脚了。在格尔木，我们就地休整了三天，以使身体逐步适应高原缺氧环境。在我们过宿的西藏自治区驻格办事处招待所的大门口，我和高老师拍了一张合影。后来这张照片被刊印在上海戏剧学院1945—2015大事记《年轮》的第141页上，原件已被收入上戏档案室保存。最近，在翻阅所有老照片时发现，它竟是我和高老师俩唯一一张师生合影。今天再看它一眼，睹物思故人，顿时增添了不少新的慨叹。

⊙ 作者与高生辉老师（右）摄于青海格尔木（1974年7月）

我们大部队从青海格尔木出发，再继续向南翻越昆仑山脉。那是进藏途中最为艰难的一段路，前后约四天的车程。于我而言，它也是我未曾经历过的“惊魂一刻”。此“一刻”非瞬间的一刻，而是整整两天两夜。这两天两夜我们将要翻越终年积雪的昆仑山，就是说，已身在高原上，再往更高处攀爬的那段路。至今我清楚地记得，在一个叫“五道梁”的地方，我身体的高原反应开始厉害起来了。关于此五道梁，有民谣云“一到五道梁，生死两茫茫。到过五道梁，哭爹又喊娘”。又到了一个名为“沱沱河”（当时戏称“头疼河”）的交通站，我们必须在那里过一宿。那天夜里约子夜时分，像是突然有人紧紧捂住我鼻子，似乎一下觉得一丝气都透不过来了。我赶紧张开嘴，不停地大口吸气，吐气，吸气，吐气……刹那间，眼前闪过曾在纪录片上看过的中国登山队登顶珠峰，我一下子明白了大抵就是这么回事吧？那天后半夜，我不敢再躺下睡了。此时屋内屋外均黑灯瞎火的，即使你喊别人过来，也不可能帮你解决任何问题。于是，我干脆从床上坐起来，紧靠着床背板不停地喘大气。此后，前后差不多有两天两夜均不思茶饭，头脑始终如注铅般昏昏沉沉。为写此篇回忆文，我上百度查了查当年所经各主要站点的海拔高度，用括号分别将之注明：纳赤台（3 600米）、五道梁（4 633米），长江源头沱沱河（4 700米），雁石坪（3 244米）、通天河（3 196米）。汽车翻过昆仑山脉的唐古拉山口（5 231米）之后，便开始一点点往下走。一直过了藏北的安多之后，大巴再往下行驶至那曲（4 450米）。当海拔高度降至四千米以下，一切又都平复如初了，好像之前什么事都没发生过似的。紧接着，我们的长途大巴就在无边无际的藏北大草原上继续行驶着。在这一程路上，车停任何一处，几乎都是360度旋转一眼看不到边的大草原。过了羊八井（4 300米），大巴终于开进拉萨城（3 650米）了，雄伟壮观的布达拉宫、大昭寺，满大街行人男女老少幼，皆穿戴西藏民族服饰，眼前五色缤纷，目不暇接。哇！妥妥的曼妙境域，清纯一色的异域风情。一句话，大开眼界了！

在一张空白的纸上“落笔起稿”

我们的目的地是地处拉萨主城区东郊，紧靠拉萨大桥，被称作“河坝林”的地方。当时，那是一所中专层次的西藏师范学校。在一片高耸茂密的白杨树林里，间或有几座老旧藏房，老旧藏房的东侧，便是专为我们上海援藏教师新盖的两排集体宿舍。给我们音、美文艺班预留的教室也像是新的。我们去了美术班的教室，门窗齐全；开门一看，里头干净敞亮却空空如也。别说黑板、课桌椅，连只小板凳儿也没有。

既是教室，课桌座椅总应该有的。后来解决的办法是：我带几名学生去了拉萨北郊的机械大修厂，用手推车拉回来一批长长短短的三角铁。运回学校后，计算好课桌和座椅的长、宽、高尺寸，再自己动手用钢锯将三角铁锯成不同长短的铁条。接下来，就要把这些长长短短的三角铁条焊接成课桌和椅子的框架了。虽然学校里有电焊的工具，但电焊是门带电操作的技术活儿，我们没干过。赶巧的是，学校汪副校长的大儿子暑假从内地来拉萨看望他爸，小汪说他做过电焊工，当即自告奋勇过来给我们当技术指导，做示范。多亏校领导的关心和支持，后来又指派几个工友师傅，帮我们一起制作桌椅，终于解决了美术班没有桌椅的问题。

我们美术班草创期所遇到的窘境，很快也传到拉萨的几个自治区文艺院团。一天，西藏藏剧团的领导主动带来口信，他们团的舞美队原打算自己培训几个年轻的美工，已预制了一批像模像样的三脚画架，眼下他们暂不使用，可以借过来先满足我们的需求。后来，是他们把那批现成的画架送上门来的，还是由我们学生用手推车从藏剧团拉回来的，记不清了。藏剧团的领导及时帮我们解决了一个紧迫的难题，此举确实让我们感激不已。我挺佩服他们的远见卓识。仅一年半之后，经由西藏自治区文化和旅游厅（局）与上戏校方商洽，西藏藏剧团将他们三名小青年如愿送进上戏舞美系进修。这是后话，按下暂不详表。

总之，20世纪70年代中，雪域高原上第一届专业文艺班，可以说就是在一张空白的纸上“落笔起稿”。当时音乐班正式开张，尚有一架旧钢琴和几把二胡，而首届美术班真的是“零起步”，真正是从无到有，开天辟地。

卡加村里故事多

在那个年代，物资短缺资金少是普遍存在的困境。我们美术教学不可或缺的专业教具以及相关的图书画册几乎都是空白。那时，所有应有课程皆选无可选，学生们只能用一支铅笔加几张纸，以画速写为主。不过话说回来，速写看似简单，倒也确实是美术入门不可或缺的实训内容之一。这是因为，画速写特别有利于培养初学者细致观察生活的习惯，有利于锻炼他们敏锐抓住并简洁表达形象特征的能力。另外，当时最行之有效的教学方式就是把专业课时集中起来，走出校园，下乡、下生活去。当时的时兴语叫开门办学。记得那两年间，我们去农牧区下生活先后有好多次，其中两三次明确以思想教育和参加劳动锻炼为主。而1975年3月至6月去墨竹工卡县卡加村的一次农村基层下生活，则是美术班单独安排的专业教学活动，前后时间较长，故事也多。

卡加村不算小，位于一个不高的斜山坡上，距通往拉藏县的主干公路也不远。在卡加村，我们住在卡加村小学腾出的两间空房子里，地上铺了几块说是从附近喇嘛庙里拖过来的破旧羊毛地毡。在卡加村画速写，上有山坡下有河谷溪水，可入画的素材实在太多了。用大块大块石头砌起像古城堡似的村寨、民居农舍，包括坛坛罐罐的日常生活器具——这些都是静止的对象，初学者画速写不难上手。

⊙ 卡加村村民日常家用陶器三种

还有随处可见的村民，以及马匹、牦牛等——这些多少为活动形态，速写画好它们也不容易，必须眼到、手到，多画多练才成气候。至于当地的村民，无论老、幼、姑娘、小伙儿，个个形象生动，特征鲜明，且都非常乐意做模特儿让你画，或坐或站，时间或短或长，从不抱怨。总之，在卡加村画速写根本不愁找不到作画的对象和题材。每天，同学们或一人独行或三两作伴，四处转悠，到处画速写。我们在那里三个多月，既没有固定的起居和上下课的时限，每日的作业量也没有死板的数量规定。老师、学生皆大欢喜，个个舒展放松得很。

⊙ 田头席地而坐的村民班鸠

⊙ 卡加村可爱的小姑娘

⊙ 卡加村的姑娘在观看高老师作画

然而，身心情绪放飞之时，物质生活方面却遇到诸多困难。譬如，每次下生活，我们锅碗瓢勺自不待言，连油盐酱醋主副食蔬菜也必须备足带齐，因为下生活期间一日三餐均需自炊。在卡加村的每一天，我们总得有一人留守在家，做饭做菜。偶尔，我们高老师也乐意留下帮帮厨。不几天，值守的同学报告后勤库存告急，说从学校带下来的米面主食尚有盈余，可白菜萝卜等蔬菜快见底了。咋办？一山区农村来的同学提议，可就地采摘一种野菜来食，以解一时燃眉之急。于是我们决定放假一天，大家外出四处寻觅那种野菜。它是生长在石缝里一种茎叶长满刺毛的绿色植物。那位学生事前叮嘱，万不能用手直接拔取采摘，得用两根折断的树枝，像使筷子似的，小心翼翼将它们一棵棵从石缝地皮里慢慢抠挖出来才行。回到住处，仍依那个同学介绍的烹饪法，用开水焯它一两分钟，捞起来加点盐即可食。品尝一下，鲜嫩可口，原先满茎叶可怖的刺毛一点不碍事，味道竟和菠菜相差无几。

不像现在，那个年代环保意识普遍淡漠，也不懂应该保护野生动物。一天，又一同学提议我们可以尝试野猎一次，以改善一下日复一日单调至极的伙食。他早就观察到附近半山高坡上方有一巨大的山洞，每天早晨有数百只野鸽从山洞飞出，傍晚时分它们又成群结队飞回那个山洞里过夜。于是在一个伸手不见五指，天墨墨黑的夜晚，全班同学全体出动，我也跟着去了。心想，要是真能收获三两只野鸽回来，届时我和老高也伸筷子夹两块鸽子肉岂不更顺理成章？我们每人手持一根长长的树枝干条出发了，悄无声息地爬摸到那高坡上的山洞口。原来预想，届时大家统一听一声号令，布置好的七八根棍棒一起使劲向空中挥舞，届时总能击中几只野鸽下来。然而，我们精心策划的那次夜袭却以完败而收场。事情是这样的，在我们的偷袭部署尚未完全就位时，一同学黑暗里意外踩空一脚，那一点点声响竟一下子惊起洞中所有的野鸽，噼噼啪啪往洞外飞去，刹那间只听见呼啦啦一片呼啸声从头顶上掠过。说时迟那时快，六七个同学迅疾作出反应，紧抡起手中的树条干枝，管它三七二十一噼里啪啦胡乱往空中挥打。没想到，只听得“哎哟”一声，一阵乱棒飞舞非但没打中一只野鸽，要命的是，反倒把同行的一个高个儿同学的脑袋打了一大包。若干年后，这位同学留校任教并成为艺术系的教授，后来又成了西藏大学仅有的两个国家级重点学科之一的学科带头人。他在退休之后还继续担任西藏自治区美术家协会常务副主席。五十年前，曾在墨竹工卡县卡加村的一天夜里，他头上遭冤打一棒，那情节想必今天还记得。

有困难依靠群众、依靠组织，是我们一贯的信条和传统。有一天，我们打听到卡加村党支书的住处，由班长扎西次仁当藏语翻译[①]，我们径

① 扎西次仁，男，纳西族，云南丽江人。中共党员。1957年生于西藏林芝察隅县。1978年从西藏师范学院美术班毕业后留校任教。先后担任西藏师范学院美术教研室主任，西藏大学艺术系副主任、主任，西藏大学党委组织部部长兼人事处处长，西藏大学党办、校办主任。2007年起曾先后任西藏民族学院副院长、党委副书记、院长。西藏民族大学首任校长。退休前任西藏自治区人大教科文卫委员会副主任委员。

自摸上门去向他求助，希望他能帮助解决蔬菜断档之忧。当村支书明白我们的来意，当即回应说："行的，我自家后院里还有些土豆，分一些拿去就是。"我们向他深表感谢并当场付给他钱。事后又一想，我们还可以给村里做点义务宣传什么的，那么我们就在卡加村靠近公路的一房屋墙面上写条宣传大标语吧。很快，村里派人在那面高墙旁帮我们搭好梯架，一名同学爬上去，用极其标准的印刷体藏文工工整整书写了"农业学大寨"一排大字。这条时尚醒目的大标语，似乎给古老的小山村增添了一丝新气象。

即使去基层下生活，结合我们自己的专业所长，似乎还可以做点更有意义的事情。记得那次一到卡加村，我们就先做过一次访贫问苦。我们在村里采访了一位六十多岁的老妈妈卓嘎，据说她是该村典型的一位翻身农奴。我们去了她的住处，外面看，像是用随手捡来大小不一的石块堆垒起来的一个小棚棚。进去再看，昏暗的屋内竟没一件可称为家具的陈设。目睹老妈妈的贫穷状况，我不免大吃一惊。过去书本上描写家中贫困，有"家徒四壁"一说，而眼前的卓嘎家居然连一面平整像样的墙壁都没有。由此我想，西藏农奴在民主改革前的生活一定是牛马猪狗不如，惨不忍睹。

⊙ 翻身农奴阿妈卓嘎

卓嘎阿妈也许知道我们到她家采访还要画她本人，那天她一身的穿戴着装倒是相当齐整、洁净。后来，就是以那次家访为原始素材，以这位翻身农奴老阿妈为原型，由我执笔画了一套"翻身农奴获解放"的家史组画。组画由五六幅水粉画构成，几张画的主体人物一以贯之。因为是新旧社会比照，每幅画的情境选择、构图安排及色彩色调配置均须有鲜明对比和变化（后来其中一幅好像还被《西藏日报》选中并刊载）。创作这套组画的用意有二：一是主题先行，契合时势；二是借此让学生直观认识速写、素描与色彩画的区别所在。后来依同学的建议，这套组画还被弄到田间地头，别开生面地举办了一次乡村户外展示。那天，正在田间劳作的村民纷纷围拢过来观看，有蹲的、站的，用手指指画画议论的，现场气氛一时很是热闹。由于担心摊在地上的画稿随时有可能被大风刮走，几个村民还跟同学们一起捡来大大小小的石块，小心翼翼压住摊在地面上的每幅画的边缘。当时现场的情境远比摊在地上的那几张画作更让人感动。记得那天我还掏出相机拍过照，后来忘了那几张照片放哪儿去了。这回因写这篇回忆文，我在家里翻箱倒柜四处寻找，仍没找到。

师生进京看美展

在雪域高原开设高等教育层次的音乐、美术专业班实属一次艰难创业。一切刚起步，方方面面的粗糙与简陋比比皆是。那时我们一心所系，唯尽力去做我们该做能做的便是，别的也没啥更多的念想。然而，我们才进校不过两个多月，却意外迎来一个特大惊喜。那是我们第一次走出校园去农村基层体验生活（据说村庄附近还有达赖的母亲曾居住过的一座庄园），一到村里指定的住处放下铺盖卷儿，头件事是跟村里小孩上山拾“柴火”——山坡荒野上星星点点散落的牛粪，牦牛刚拉下的、半干不湿的、干的都有，我们跟着村里小孩学着专捡那些彻底被晒透风干的牛粪。它一点不臭，分量轻得像纸，这便是我们每天烧水做饭的上等可燃物。一天下午，一老师心急火燎跑过来告知，我和高老师得马上收拾行李，明天一早提前回拉萨。到了拉萨的学校又被告知，再挑选一名学生跟随我俩一起去北京观摩全国美展。哇！一个从天而降炸雷般的惊喜！后来被选中的学生名叫桑曲，来自藏北牧区普通牧民的家庭。你想想，一个翻身农牧民的孩子，生平第一次走出帐篷千里迢迢来到美丽首府拉萨城，这已经是他本人他全家，乃至四邻八乡的，无论谁连做梦都想不到的大喜事。他前脚刚踏进大学校园，紧跟着又要随老师一起去祖国神圣首都北京了，这一连串连蹦带跳的非常规“三级跳远”，岂不更像一步登上天！对此，学生高兴，我们俩当然也高兴。我们想，要是在上海滩，那里美术工作者一堆一茬地成百乃至上千，还是由单位给你车旅、住宿、盘缠一揽子全包让你去北京看次画展，全上海有几人能获此殊荣？如此天大好事，倘若在上海哪会摊到我们这两个普普通通的教书匠头上？

我们仨从拉萨出发，从贡嘎机场登机先飞成都。乘飞机，别说桑曲，高老师和我也是平生第一回，那可是20世纪70年代的事呀！上了飞机从舷窗往外看，西藏高原沧海般茫茫一片，上面飘浮着一朵朵白云。此时白云在飞，我们师生仨的心也跟着云儿飞呀飞……到了成都，同其他自治区直属文化单位的六七位美术工作者汇合后，再一起换乘火车直往首都北京。初相识的那几个美术同行多为四川人，于是，我们在车厢里川味儿十足地侃大山，个个火力全开，大家前仰后合地笑个不停。总之，我们一路上个个乐不可支，却唯有一人独坐车窗边，似凝视窗外飞快掠过的山山水水，又像是陷入沉思久久发呆，那是桑曲。关于他，下面将有单独一节，细说这位美术班学生极不寻常的人生。

到了北京，我们首先去中国美术馆观看全国美展。实在地说，1974年秋的那次全国美展并没给人留下多少深刻的印象。为写这篇短文，前两天我特地上网查阅了一下当年的相关资料，国内的美术史家对之早有简洁的客观评说，此不赘述。在北京逗留一周左右，除了看美展，我们还顺便去了天安门广场，畅游了颐和园、八达岭长城、王府井等诸多景区景点。可以说北京那一周多，我们天天兴高采烈，个个乐开怀。

我是1944年生人，整三十那年四月在上海结的婚。两个多月后，暂别妻子远赴西藏热土。这事当时我爱人单位也都很快知晓。原先大家都说好的：西藏援教两年，两年无休。我们到拉萨才两个月左右，竟有机会去北京出次公差。不知哪天，“新郎”要去北京出差这桩事，她单位领导亦有耳闻。一天，单位领导找她问过实情后对她说：“给你一次探亲假吧，你赶快准备一下也去趟北京。你姐不也家住北京？食宿你自理，往返火车票回来报销。”哎呀！好一位通人性达情理的单位头头。像如此既把握原则又特能通融的基层领导，恐怕在今天也是可遇而不可求的吧？于是，1974年秋去北京的那次出差，于我个人而言，又美上添美地成了一次“鹊桥会”。此后很长一段时间，我每每在美丽的拉萨河畔散步，或在河坝林高高的白杨树下徜徉，一想起那次北京之行便情不自禁一个人偷着乐。

犟牛脾气的好学生桑曲

随我们一起进京看美展的学生桑曲，是个来自藏北牧区的学生，身材高大，体格壮实，平时少言寡语。他原来是西藏师范学校藏文班的学生，1975年7月西藏师范学院成立，他才正式转入首届专业美术班。起初我以为他话少是汉语说不太好，后来发现，少言寡语更多源自他的天性。与其他同学显著不同的是，他学习特别刻苦勤奋，画起画来就像犟牛犁地般投入。比如一幅画别人早画完了，他却常常画了擦，擦了再画。不单单是要让老师认可，还要竭力画得和其他同学不完全一个样才收手罢休。毕竟我们和首届美术班学生相处的时间才短短两年，当初对他的印象也说不出更多。我们首批上海援藏教师队是1976年初夏回沪的。两年后，西藏师范学院

⊙ 学生桑曲（后排中最高者）

首届美术班7名学生毕业（原8名学生有一人中途转至音乐班），听说桑曲分得最好，他被分配到拉萨中学担任美术老师。

1989年6月，我通过了国家教委的外语考试，以访问学者的身份去日本大阪艺术大学演剧学科（戏剧系）进修。访学后半段，因被该校聘为“非常勤讲师”（出国时，国内本人职称为讲师），担任该系舞美专业班一个学年的基础课教学而延后三个月回国。在将近两年的那段时间，我绝大部分时间待在该校的图书馆。一次，我在全开放式书库偶然看到一本画册，厚厚的书脊上醒目的四个日文片假名字符“チベット”（西藏）。我急忙从书架上抽出打开一看，是国内出版的一部精美装帧的日文版图书，内容是全面介绍西藏自民主改革以来，特别是改革开放后，社会经济与文化建设各领域发展变化的概况。其中关于西藏音乐、美术等艺术事业发展的部分，竟有单独一页介绍西藏新生代画家。我仔细一看，照片上的面孔好熟，嘿，是桑曲！没错，照片下方日文注解写着“西藏青年画家桑曲”。好一个犟牛脾气的桑曲，才三十刚出头的他，已经是西藏美术界标杆性的人物！真有出息！

后来得知，几乎在我在日进修的同时，桑曲从拉萨中学被调回母校任教。西藏师范学院在1985年已扩建为西藏大学。迄今为止，它是西藏本地唯一一所综合性大学，音乐、美术是学校最具特色的专业之一。说起来，桑曲一路走来，他的时运实在是相当顺达，步步稳稳地到位呀：从藏北牧区帐篷到自治区首府的大学校门；当年美术班的学生还没选拔悉数到齐，他就先被选中跟着老师去了一趟首都北京；大学毕业后就业的工作单位是全西藏顶尖的拉萨中学。之后，通过他自己数年的勤奋和持续不断地探索，一定是有不少上佳的美术作品问世，并得到社会认可与好评，桑曲已经成了新时期西藏美术界标杆性人物。紧跟着，踌躇满志的他又幸蒙伯乐青睐，把他从拉萨中学调回西藏大学——一个更能发挥与施展才华的更大平台。后来，扎西拉（扎西次仁藏语昵称）偕夫人专程来沪观看上博一国外名作藏画展，一天他夫妇俩来我家做客，又一次久别重逢不免回首往事，闲聊中自然提到桑曲。扎西拉告知，当年将桑曲调回母校任教一事，全靠时任西藏大学首任校长才曲拉[①]的鼎力相助。

然而，自古苍天妒英才。桑曲于1999年突然因病离世，那年他才四十刚出头呀。真可惜，那么一个土生土长的优秀的美术人才，他走得太早了。倘若今天他还在，相信他一定还会有更多更好的美术作品问世，也相信他会为西藏培养出很多像他一样土生土长的优秀美术人才。

难忘的1975

我们进藏的第二年——1975年，是非同寻常的一年，是具有特殊意义的一年。那年七月，在美丽拉萨河畔，“西藏师范学校”的老校牌被摘下，换上了扩建改制后西藏师范学院的新校牌。更重要的一件事是，那年的9月9日是西藏自治区成立10周年纪念日。

那一年，第一届大专革命文艺班（音乐、美术专业）32名学员也陆续到齐了。他们分别来自那曲、日喀则、林芝、山南、昌都……雪域高原的四面八方，最远的来自西藏西南边陲的察隅和祖国西北边陲的阿里。说起来，全院当时已设有理、工、文、体、艺等几大门类计十多个专业班，唯独我们美术班最特殊——一个专业班配两名上海援藏教师，全班一共才8名藏族学生。想当初，偌大一个美丽校园里，我们静谧固守一隅，多少显得有点孤寂。然而，自从那年夏天开始，整个校园变得更加热闹，更加充满朝气活力则是毋庸置疑的了。

一天，《西藏日报》社、自治区人民出版社，还有西藏展览馆的几个

① 才曲拉，次旺俊美的藏语昵称。次旺俊美，藏族，中共党员。1945年生于西藏拉萨。1970年毕业于北京师范大学教育系。1972年起先后在西藏师范学校、西藏师范学院、西藏大学任教。曾任西藏师范学院政语系副主任、主任。1985年2月起，曾任西藏大学党委副书记、西藏大学首任校长。1992年调任西藏民族学院党委副书记、院长。1998年，任西藏社科院党委副书记、院长。2006年10月退休。同年2月起，任西藏自治区贝叶经保护工作领导小组办公室主任、课题组负责人。2013年完成西藏贝叶经保护工作阶段性任务，荣获西藏贝叶经保护工作突出贡献个人奖。2014年12月5日因病去世，时年69岁。

⊙ 1975年夏，西藏师范学院首届文艺班师生合影。本地教师3人：强巴曲吉（后排中），达勇（二排左5），王丽华（前排右4）。上海援藏教师4人：林克铭（二排右1），高生辉（后排左3），鲍敖法（后排右1），姚振中（二排左1）

同志来我们学校。有几位此前半年多就面熟，是那次同去北京观摩全国美展时相遇相识的同行。为迎接自治区成立10周年的纪念活动，按上级布置的任务，他们逐个访问拉萨各有关单位，发动在拉萨所有的美术工作者都来创作主题性美术作品，以庆祝自治区成立10周年。另外，和全国其他省市一样，拉萨也要建立省级综合性的西藏展览馆。而作为展览馆的基础陈列，反映西藏自和平解放以来社会政治、经济、文化各领域所发生的巨大变化，除了大量的图片资料和文字解说，相关主题性美术作品也必不可少。经多方商谈的结果是，高生辉老师应邀为西藏展览馆创作一幅“翻身农奴获解放”的主题性油画。另外，高老师那年还应本院校领导请求，为刚落成的学院大礼堂绘制了一张大幅油画毛主席肖像。应出版社、《西藏日报》社的邀约，我参加主题性宣传画的创作任务。说起来，水粉画特别是水粉风景，一向是上戏舞美系的优势之一。后来我完成的这幅宣传画，画面主体人物自然是工、农、兵三人，其中一妇女一身藏族服饰。工农兵三人身后有穿一身白衣大褂的（医生护士）、戴眼镜的（教师等知识分子）、开拖拉机的（藏族农牧民兄弟）……这些人物形象统一构成画面的前景。中景区为一大片广阔无垠的田野和草原，画面纵深处是白雪皑皑连绵起伏的高原群山。总之，画面最前方身着民族服饰的人物形象入时又入流，连同背景衬托以及画面下方汉藏文并排的大标题“热烈庆祝西藏自治区成立十周年”的喜庆主题一目了然。然而以今天的眼光看，人物形象不过是套路性的视觉符号而已。从绘画技巧看，画得也不咋样。相比前景的人物造型，画面纵深处的草原、雪山等背景画得比较得心应手，但是也远不能和当初我们在进藏途中所目睹的自然景观相提并论。甚至可以这么说吧，凭本人很有限的绘画本事，这辈子也画不出当年曾令我魂魄震颤的那些心理图像。

⊙ 作者（立者）与西藏师范学院首届美术班部分学生合影（1975年夏）

记得那也是一次从农村下生活乘大巴回学校，车驶过拉萨大桥进入主城区，沿马路和街道的建筑物和一些民居院墙上，贴上了好多彩色印刷品，仔细一看，正是此前我画的那幅“热烈庆祝西藏自治区成立十周年”的水粉宣传画。说起来，本人自十五岁起进科班开始学画，本人的画作被批量印制、被社会所认可，这是有生以来的第一次。

值得一提的是，在这幅宣传画的右下方所标明的作者署名为“西藏师范学院美术班”。这是当初交稿时就谈妥的，倘若画稿最后被选中录用，不论纸媒发表还是印制发行，作者署名就如此标注。因此，完全可以猜想，1975年秋，随着这幅主题性宣传画在全西藏的城乡和广大农牧区到处张贴（同时《西藏日报》也在显著位置予以彩版刊发），它也会由邮政系统发行传播至全国各地。那么，有心人看它一眼，无疑便在第一时间获得了一个重要信息——雪域高原上也有了一个培养高等美术专业人才的基地。

这一年，我还接受自治区歌舞团的邀约，去他们舞美队帮忙画了两块舞台布景。确切地说，是解放军文工团为庆贺西藏自治区成立十周年，歌舞剧《沂蒙颂》剧组专程来拉萨为西藏军民慰问演出。因成都与拉萨两地间交通运输还很困难，大型舞台布景的运送更是艰难。于是，他们与拉萨本地的专业对口单位——自治区歌舞团商洽，请该团舞美队协助，在拉萨当地绘制部分大幅面的硬景片。由此次机缘，我和高老师便结识了拉萨舞美领域的领军人物诸韬老师。诸老师于20世纪60年代初从中央戏剧学院舞美系毕业，毕业后被分配至西藏自治区歌舞团工作，有将近二十年舞美设计与制作的资历。他业务娴熟，人品又好，也是拉萨整个美术界德高望重的前辈。只因工作繁多，任务急，他一人忙不过来，这才请我们前去帮忙。记得那次由我绘制两块硬景片，其中是一块有三四米宽、一人高左右的巨大的石崖，体量较大，要求立体感画得更强些。其实，有了哪怕最粗简的绘景小样作参考，画起来也并不难。不过，即便是同一块景片，平常日光条件下的视觉效果与演出时舞台照明下的实际效果，二者并不完全是一回事。这一点，记得早在学校课堂里，绘景老师就多次给我们提醒过。故1975年偶然的一次帮忙，将课堂所学技能实际运用于演出舞台，于本人而言那也是生平第一次。

有一说一，那年本人当过一回“负面教员”，这件糗事也令人难忘。

事情是这样的，前面提到，那年9月9日是西藏自治区成立10周年纪念日。9月5日，时任国务院副总理华国锋率中央慰问团乘专机从北京来到拉萨。在此前一天，上上下下层层布置传达，要求拉萨各单位人员和市民群众于次日上午分别去指定地点集合，列队欢迎从贡嘎机场乘车前来的中央慰问团。我们学院当然也非常重视，上自校长书记，下至各班级的每个同学，明确要求应出尽出，不得无故缺席。然而那天我早晨起床后发现，同寝室的老高和音乐老师老鲍两人床上都空的，出门再一看，两排宿舍均空寂无一丝声息。我拍一记脑袋猛然醒悟过来，糟了，误事了！我咋犯浑睡过了头呐？蹊跷的是，那天后来碰到的老师和学生居然无一人提及此事。事后想想，这件事无论如何我总得有个交代，更何况，此前一天正是我本人亲口向文艺组两个班学生传达布置的工作。于是，第二天我临时召集音、美两个班的三十几名学生开了次简短的班会。我向同学们说明原委，虽然不是本人故意犯错，但是要求同学们做的首先自己没做好，恳请同学原谅我自己做得太拉垮、太糟糕。自己有了过错，面对学生，当老师的应该是这个态度才对。教师不单是“传道、授业、解惑”那六个字，今天我仍然这么认为。

别了，河坝林！

又过了一年。1976年7月，我们结束两年的援藏要回上海了。

然而，这年一开头就很不幸。1月8日，全国各族人民敬爱的周恩来总理逝世。那天，是我们又一次去农村基层下生活，在一小学校的操场上，我们文艺班全体师生自动集合，将国旗降为半旗，大家低头三鞠躬，为敬爱的周恩来总理逝世静默，致哀。

快到与西藏与拉萨说再见的时候了。离别前的一天，师范学院的校领导召集我们全体上海援藏教师开了次座谈会。那天，小小的会议室里，三四十位上海教师围坐一大圈。座谈会上，学院一把手老高（当时我们称他“高主任”）代表师范学院领导班子首先发言，他充分肯定了我们两年来的辛勤工作，深切感谢我们对西藏师范学院各学科、各专业建设所做出的宝贵贡献。他这番话，可以视为常规性的、礼节性的表述。然而接下去，他的语调低沉了些，语速也慢了下来。他说："希望大家回到内地，回到上海之后，把你们在西藏所看到的那些还比较落后，还远不及内地，远不及你们上海的一些地方，别说得太多，尽量说少一点吧。"最后他又语重心长补了一句："这就拜托在座的各位老师了。"这位由十八军转业到地方的老干部，在我们印象中，他从来没一点儿架子。平时一向具有军人硬朗气质，说话都很干脆利索。唯独他那天发言的后半截，意思大家自然都明白，只是他掏心窝子的那几句话，以及那不比往常的语调，让在场的我们听了不知怎么说才好。特别是我。我呀，我这人自青少年时代起，凡大庭广众场合就不爱多抛头露面，一般开会也很少发言。可是那天我却一反常态，紧跟着高主任的发言，我带头猛地举起右臂高呼："向西藏人民学习！""向西藏人民致敬！"这一举动当时连我自己都觉得唐突，觉得不可思议。到底是何原因使我如此亢奋？我敢发誓，当时本人绝非突然心血来潮的"即兴表演"。我也不是仅就高主任末尾那两句话而作出肯定与否的慷慨回应。在我们即将告别工作了两年的西藏师范学院，即将告别拉萨返回上海之际，要是说，此刻我的内心洋溢着满满的幸福感而激动万分，或者说，两年来我收获满满一大箩筐而兴奋不已，不，那绝对是太过夸张，不实事求是。不过，接过高主任的话茬，确实我自己也有满肚子的心里话想尽情吐诉一番。而在那个场合，要是本人也滔滔不绝地跟着发表一大通"临别感言"，显然既不得体也不合时宜。不过，话说回来，在五十年前的那个时刻，那个场合，要我明明白白地说出个所以然，老实说，当时的我，既没有足够深度的独立思考力，也不具备由岁月长久洗刷而沉积下来的精神潜能。然而，整整半个世纪过去了，恰逢写此回忆文的机会，我便仔细再想一想当年心情怎么会是那样的激动？是那样的不能自已？

说起来，我本人以及其他任何一位上海援藏教师，在西藏师范学院工作的那两年间，好像并没有因为想获得来自上级领导或别的什么人的认可、表扬或者赞赏（哪怕仅仅口头上的），才促使我们去做这个，做那个。但是，从纯粹感性层面而言，那两年，我确实真切地体会到内心久违的平静；感到自己内心确实比较充盈、充实；也真切地享受到了长久未曾有过的自信和自尊。这就是在那个特定的场合，在那瞬间一刻，驱使我情不自禁地要激情感谢西藏和西藏人民的缘由之所在。总而言之，内心的平静、充实，自信与自尊，我期待它们的到来已经很久很久了。

要离别西藏师范学院，离别拉萨了。自1974年起，连续两年的秋天我们都是在拉萨度过的。呵，秋天，那是拉萨一年中最美最迷人的季节。尤其难忘拉萨河畔的河坝林校园，一棵棵白杨树一根根树枝上吊的、挂的，还有飘落满地或聚拢或散开的，到处是白杨树褐黄色的秋叶。那段时节，一片明晃晃金秋色彩把四周简直浸染个透。那高高耸立的白杨树，一枝枝金色树梢直指湛蓝湛蓝的天空。那树梢与树梢的尖尖上不一会儿飘过一朵白云，两朵，过会儿又飘过来一朵。在拉萨的那两个秋天，我根本无须走出校园寻觅别的什么取景地。就在我们身处其间的河坝林，随便找个角落蹲下，都能随心所欲地画我的水粉风景写生了。两次金色之秋，我都应时打开画夹，铺开画纸，忙不迭地用画笔记录下迷醉我心田的河坝林。

1976年7月，我们上海高校首批援藏教师队顺利完成两年的支教任务，除5人需再留守一段时间，以与即将到来的第二批援藏教师完成工作交接，其余共33人的大部队告别拉萨，仍按当年进藏路线折返回沪。这一程要再过一次藏北大草原，再翻越一次昆仑山脉，再经过一次从唐古拉山口至沱沱河那最难走的一程。也许两年来身体已适应了高原缺氧环境，好像没再遭遇当年的那个“惊魂一刻”。之后，再过青海格尔木以北，那漫无边际的荒原、戈壁滩。这又一段三四天的路程，仍有当年进藏时“路漫漫其修远兮”之慨叹。

在甘肃的柳园，我们换乘开往上海的直快列车。一上火车，个个归心似箭。早前，本人已从家书中获知两则好消息：一、因复任上戏领导班子的费瑛书记亲自干预，我们的“新房”已由原先上戏校园最冷僻的“西伯利亚一角”（今图书馆背后夹弄方位），改换至学校游泳池旁的筒子楼（它几经修缮改建，后以吴老院长之名将其命名为“仞之楼”）；二、之前曾因患心脏病住院治疗的老父亲得到及时救治，已基本康复并重返工作单位正常上班。安稳躺在一路东行的卧铺车厢里，本人此时念想最靠前的有二：一是久别即将重逢的妻子；二是学院延安路校门西侧百多米，紧靠镇宁路口有爿小小的点心店，店面坐南朝北，店里卖的阳春面八分钱一碗。那碗清汤面上飘几圈猪油油花，再撒上一小把细细的葱末，面的卖相一般，味道实在好透好透！在返沪的火车上大伙儿谈笑不止，有人听闻上海那阵子竟有一些市民不吃鸡，说是怕得癌。此话立刻引来多人回应："他们不吃，拿来我们吃，我们不怕。"

情未了，因缘赓续再相见

按原先拟定的回忆文基本框架，这一节叙述从1976年7月起，我们回到上海之后所涉及的一些往事。从前后时空转换而言，时分两大截，地分东西两大块。但是，这两个时空又是相互穿插交织，彼此难分难解。而将二者紧紧串接在一起的便是这四个字："西藏情结"。

1976年初夏回沪，我做的第一件事是只身一人去了趟天津。

我回沪不久，唐山大地震发生了。仅半个多月前，上戏派出的第二批援藏支教两人之一的朱彰老师，他夫妻两地分居十余年，包括两个女儿在内的全部家属、家眷此时全在天津。学校领导表示，得有人尽快去趟天津，以使刚刚抵达拉萨的朱彰老师放心。其时，学校暑假将结束，新学期即将开学，我一时还没其他工作安排，便主动向舞美系领导表示，还是让我去一趟天津吧。人同心，心同理。这个“理”便是我刚从西藏回来，更能体会到天际边上人，对地震灾害中遭罪受难的家人的揪心牵挂之念。再说，朱彰老师跟我也熟得很，记得两年前我和高生辉老师离沪去援藏，他还特意去上海北站为我俩送行。定好行程日期，我肩扛学校准备好的一卷油毛毡，或许到天津那边临时搭建地震棚会应急派上用处，或许这类紧急救助物资那边有钱还不一定就能买得到。我乘上北行的火车，到了天津站下车，顺利摸到朱彰老师家的准确地址。一路所经过的街区，全坍塌的、半坍塌的房屋都历历在目，宛如刚刚发生了一场毁灭性的残酷战争。到朱彰老师家，一眼看到他的夫人、女儿都安好，我这就放下悬在心上的一块石头。可惜当时不像今天通信这么发达，否则当场一条微信一段短视频，就能实时让远在拉萨的朱彰老师也放下心来。

两年后，倪、朱二位老师结束两年援藏支教也回到上海。依照原先的约定，既然朱彰老师家眷的户口不可能调进上海，那学校就得答应让他调往天津。实际上，要朱彰老师离开学习、工作了二十多年的上戏，也是一样的难以割舍。因为上海这边有他最熟悉和热爱的工作、事业，以及平时话谈得拢的朋友、同事。人呐，一生中有时偏偏就遇上两头难，两头都难以割舍的事。还真有啊。

1976年底，西藏自治区歌舞团、自治区话剧团、自治区藏剧团共派出7名青年来到上戏舞美系，后来又插进一名新疆伊犁过来的哈萨克族学生，8名学员组成上戏舞美系第二届藏美班。这是一个很特殊的“小微型”专业班，在上海戏剧学院校史上既空前恐怕也是绝后的。一个仅8名学生组成的小得不能再小的舞美班，在其学习后半程还要再分为舞台灯光、舞台布景、舞台道具三个不同的专业方向。在完成既定的全部专业教程毕业后，他们均返回西藏原派出单位工作。以上这些专业设置与教程安排，完全是根据西藏自治区文化艺术事业发展需要，根据自治区那几个文艺院团基于实际工作需求而量身定制的。我和高生辉老师于1976年底又一起接手了此届藏美班的教学任务。在完成前一阶段的基础课教学后，高老师改接他班基础课教学工作。我则一竿子插到底，直至这届藏美班于1980年夏毕业离沪返藏。自然，因为该班在其后半程还有三个专业方向的不同分野，其后必须还有舞台灯光、舞台道具等方面的专业教师的介入。总之，这第二届藏美班学生人数仅8名，而前前后后为该班所配备的专业教师人数之多，超越常规，这在上海戏剧学院建校

⊙ 上海戏剧学院院、系领导及部分任课教师与即将毕业的第二届藏美班学生合影（1980年夏）

以来的历史上可谓绝无仅有的一个特例。

以下几件事，且作提纲式简略记述。

第一，在高老师的晚年，在他多年卧床不起的那段日子里，原西藏师范学院首届美术班的扎西次仁和上戏第二届藏美班的次仁多吉[①]两位西藏学生，先后专程前往高老师的住处亲切探望他们的恩师。高老师的孝顺好闺女，多次提及他爸爸虽一生蹉跎唏嘘，但在其晚年却深感欣慰。使高老师晚年内心极为充盈和喜乐的重要缘由之一，是他曾热忱教导过的西藏学生对他的亲切关心与慰问。应该说，他们彼此始终珍视这份深厚真挚的师生情谊。

第二，2015年12月，上海戏剧学院举办建校70周年校庆。作为那年校庆的重要活动之一，在小剧场前厅举办了第二届藏美班学员次仁多

① 次仁多吉，男，藏族，1949年生于拉萨，1977—1980年在上海戏剧学院第二届藏美班学习，1984—1986年在北京中央美术学院油画系进修。西藏自治区歌舞团国家一级舞美设计师。1987年获西藏自治区首届珠穆朗玛文学艺术奖。曾任西藏自治区美术家协会副主席，西藏油画学会副主席，西藏自治区政协委员。

吉《踏歌雪域高原》个人油画展。原上戏党委书记戴平教授、原舞美系主任周本义教授，以及当年曾担任各专业教学的部分教师出席了此次画展的开幕式。

⊙ 作者与次仁多吉夫妇（右1和右2）摄于上戏校园（2015年12月）

第三，2017年5月26日，在上海戏剧学院图书馆一楼展厅，举办了由上海戏剧学院、西藏自治区文化和旅游厅、上海市民宗委主办，由西藏自治区群艺馆（自治区非遗保护中心）、上海戏剧学院统战部、戏剧博物馆承办的“西藏面具艺术展”。上海市民宗委副主任杜宇平、西藏自治区文化和旅游厅党组成员、副厅长桑布，上海戏剧学院党委副书记胡敏、副院长张伟令、西藏自治区群艺馆副馆长央金卓嘎等领导出席当日开幕

⊙《西藏面具艺术展》海报

式。上海戏剧学院副院长张伟令为西藏自治区级非遗传承人、上戏第二届藏美班学员江央益西颁发西藏面具收藏证书。由我担任此次展示活动的总策划、海报设计，以及全部展板的文字编辑与平面设计。

第四，2018年7月29日，为纪念西藏大学首届文艺班毕业40周年，该班音乐、美术两班师生在西藏大学河坝林老校区聚会。事后出版了纪念画册，画册的正文首页“西藏大学革命文艺班师生名录”有专列一行上海援藏美术与音乐教师共9人，其中上海戏剧学院教师5人：高生辉、姚振中、倪荣泉、朱彰、李志舆。上海音乐学院教师4人：林克铭、鲍敖法、石林、陈幼福。

第五，2020年7月22日，高生辉老师在家安详离世。享年88岁。在学院为高生辉老师举办的遗体告别仪式上，上戏离退休办负责人王芳老师代为宣读了由第二届藏美班学员次仁多吉代表该班全体同学发来的微信唁函。其末尾一句：“为敬爱的高生辉老师，献上我们心中的洁白的哈达。”

写到这里，想起一个电视台主持人说的一段话，原话记不太准，大意是：大时代里的小人物个个都有不寻常的一段故事。歌曲《祖国不会忘记》开头两句：“在茫茫的人海里我是哪一个？在奔腾的浪花里我是哪一朵？”这首歌深情、真挚，它能在我们每一位上海援藏教师的心里激起共鸣。

结　语

先说一下写这篇回忆文的缘起。

三个多月前，原上海高校首批援藏教师队联络组成员之一的纪如曼老师在微信群告知，明年就是我们援藏支教五十周年了。他们已联络了第二批、第三批高校援藏的几个人，想编一本上海高校援藏教师回忆录，时间跨度从1974年到1980年。她反复动员大家，凡是还能动笔写写的，将自己的亲身经历和感想写出来，大家努力再作一次“文字性”的贡献。

她还说，文字长短均可，写什么，怎么写，都由各人自己定。这两句话一下让我多了份理解，也减少了不少心理压力。最后她又补了一句："现在剩下的已经没多少人了。"正是她这句话，一下子又激活了我已呈退行性衰变的大脑神经元。

决定写，首先题目咋起呢？想来想去，是这样的吧：向前飞快奔驰的时代列车，列车下铺设的钢轨伸向远方，钢轨底下是千千万万根枕木，千千万万根枕木底下是道碴。道碴，或曰道砟，就是铁路路基最下方铺设的那厚厚一层碎石子儿。我们，不正是它们吗？我要动笔写的，无非是五十年前那两年零零碎碎的一些历史片段。于是，此篇回忆文的标题就定为"道碴碎石那两年"。

时光就像把锋利的杀猪刀，它那个快哟简直没法说。一转眼，半个世纪过去了。一转眼，当年才三十岁的青年，如今早过古稀，已届耄耋。本人退休已快二十年。近几年来，家里客厅中央竖立的大画架早成摆设。腰椎毛病、眼睛老花加白内障，阅读、写东西，以及本来就不多的轻简家务活儿年年做减法。所幸的是，日常生活起居尚能自理，记忆、思维活动啥的似乎也还行。平素空暇时间里较多的便是静下来一个人听听音乐，尤其喜欢西藏题材的歌曲。才旦老师的自不待言，李娜的《青藏高原》、韩红的《天路》、朱哲琴的《阿姐鼓》等。当然，还有被誉为"汉藏和声第一人"著名作曲家罗念一的许多西藏歌曲。

写到这里，电脑桌面"审阅"栏显示，此篇回忆的文字数已从最初计划的两三千字扩展至现在将近两万字了。就此打住收笔，可以交稿了。

我即收起键盘，关电脑，随即打开我的手机收藏，再倾心欣赏一遍今年5月24日，在北京的中央音乐学院纪念罗念一作品音乐会上的压轴节目男女声二重唱《美丽的西藏，可爱的家乡》：

草原上升起红太阳，

雪山、草原放光芒。

牛羊肥壮，遍地青稞香，

啊！美丽的家乡，啊！

可爱的西藏。

……

作者简介：姚振中，男，中共党员。1944年6月生于江苏南通，1963年进入上海戏剧学院舞台美术系学习。1972年留校任教。1974—1976年援藏支教，任西藏师范学院文艺专业负责人。1983年任上海戏剧学院舞美系讲师，1986年任上海戏剧学院舞美系副主任。1989—1991年赴日本大阪艺术大学访学，并于演剧学科兼任讲师。1991—1993年任上海戏剧学院舞美系副教授，主任、党总支书记。1994年起，任上海戏剧学院学报《戏剧艺术》副主编至退休。

高生辉墨竹工卡县卡加村速写作品选

高生辉

高生辉（1932年11月—2020年7月），山东淄博人。1955年毕业于北京中央美术学院，同年被分配至上海戏剧学院，在上戏舞台美术系一直担任绘画基础课的教学工作。长期以来，他工作兢兢业业、任劳任怨，深得学生和同事们的尊重。1974年7月至1976年7月，高生辉老师参加上海市高校援藏教师队，曾为创办西藏师范学院首届美术班，培养雪域高原上第一批新生代的美术人才呕心沥血，做出了杰出的贡献。

高生辉老师本来就具备扎实深厚的美术功底，尤其是他的素描和速写方面的专业素养，广受学生及同事们的好评。特别是他的人物速写，往往仅以简洁而流畅的线条和少量的暗部皴擦，就敏捷生动地抓住对象的形象特征，乃至对象的气韵神采都能惟妙惟肖地跃然于画面上。在西藏师范学院首届美术班的草创时期，美术专业教学不仅要克服物质条件极度匮乏方面的困难，同时，面对“零基础”学生，高老师正好充分发挥了他在素描速写方面的独特优势，给予学生耐心细致，循循善诱的指导。在此过程中，作为最简明也是最有效的现场教学活动，高老师也画了大量的示范性速写。这里仅选编了他于1974年3月至6月间，在墨竹工卡县卡加村下生活期间的部分速写作品。

——首批上海戏剧学院援藏教师　姚振中

⊙ 我们师生在卡加村小学校里的临时住所

⊙ 名叫白卓的放猪女孩

⊙ 卡加村村民布穷拉

⊙ 女村民古吉

⊙ 牦牛

⊙ 男孩洛桑平措

⊙ 性格开朗的果果

⊙ 从拉萨到巴洛村来买马的多吉

⊙ 卡加村速写

⊙ 女村民贡觉卓玛

⊙ 山村女教师巴鲁

⊙ 记录下次仁的服饰面料与色彩

⊙ 女孩格益卓玛

⊙ 背小孩的阿吉

⊙ 坐着的古吉

⊙ 山坡上的卡加村

⊙ 村民巴卢

难忘拉萨

柴建华

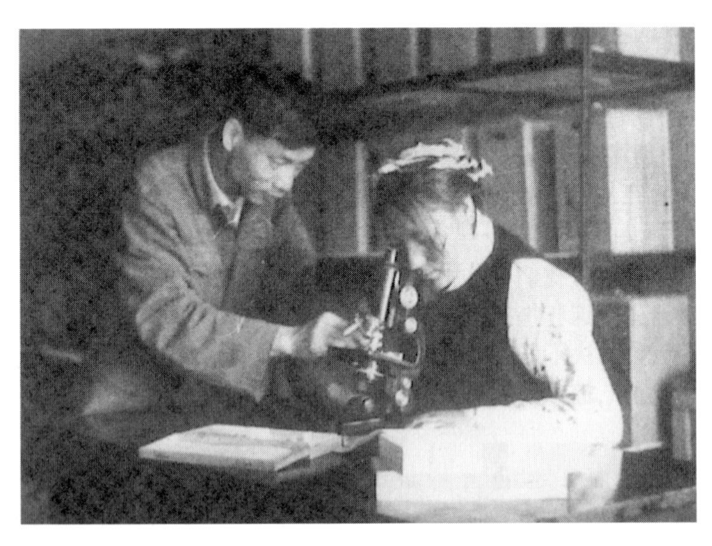

⊙ 作者（左）指导学生使用显微镜

1974年，国务院要求上海派40名大学教师去西藏援建一所大学。能够为发展边疆的教育事业出力，这真是一个好机会。

当时，西藏是一个神秘的地方，很少有人去过那里。虽然我们对西藏不算了解，但以前报纸上有过不少报道。解放前那里是一个封建农奴制社会，一个落后的地方。我们能做些什么呢？“无论做什么都好”，我心想，揣着一颗为西藏人民做些实事的心登上了去甘肃柳园的列车。经过三天四夜的行程到达柳园，再乘了五天汽车经过敦煌、格尔木，越过唐古拉山口，经那曲到达拉萨。

一路上汽车开过的公路全是沙土路，有时还有沟壕拦路。为了我们的汽车能够开过去，我们只有用双手捧土填沟。汽车行驶在祖国的辽阔大地上，经过的沙漠地带几乎看不到绿色。当我们看到沙漠中的绿洲时心情特别兴奋。我们的汽车经过敦煌时停留了一天，参观了久已闻名的敦煌石窟，我们为有悠久历史的古代文明而骄傲，为我们的祖先给世界所做的贡献而自豪，同时也为我们曾经落后而受到帝国主义列强的侵略和掠夺而悲痛。使祖国强盛应该是我们和我们下一代人的光荣职责，教育应该是首先要加强的，这是我们义不容辞的职责。

⊙ 1974年7月进藏途中，敦煌莫高窟，复旦大学援藏教师合影。前排自左至右：季云飞、李明忠、罗衿、拉巴平措、纪如曼、张立明，后排自左至右：葛乃福、董荣华、童彭庆、张南保、陈建新、作者

我们去拉萨创建大学，但当时学生的知识水平与其他省市比还有不小差距，实际上真的是从中学知识教起的。我是学生物化学的，并多年从事医学遗传学研究，我知道这些在西藏的新大学里暂时还用不上，只能教授一些更初等的知识。所幸的是，我们的学生都能听懂汉语，我们可以用汉语进行教学，这给我们增加了很多信心。

在拉萨的两年里，我教过人体解剖学、生理卫生课、物理学和农业机械课。我们针对学生已有的实际知识情况进行教学，决不好高骛远。在生理卫生课中，我讲解了基本的人体解剖学知识、简单的生理学知识和卫生常识。同时，我还给同学开了初等物理学课和拖拉机结构与驾驶课。我并没有学过拖拉机，但是由于需要向同学教授拖拉机的结构、原理和驾驶技术，我就边学边教，因为所教的一些基本知识，大学物理课

⊙ 拖拉机驾驶课教学实践，讲课者是作者

中有，我是熟悉的，而且我在大学期间参加过课余摩托车运动队，这也给了我一些方便。

当时，在拉萨有一个汽车大修厂，那里有一个当时叫作“七·二一大学”的学校，实际上就是工人业余学校。他们需要一些与汽车有关的基本知识。我被派去给工人上课，我只学过物理学，汽车的理论知识并没有学过，为了教学需要，我也是边学边教了。我为他们讲解了汽车的基本结构原理、汽车电气知识，还帮助他们修复了一台机床。这台机床是从上海买来的，由于长途运输颠簸，运到拉萨就已经损坏了。我检查后发现只是线路损坏，于是依照电路图把已经断掉的线路重新连接好，这台机床就很快修复了。说实在话，如果机床真的是机械的损伤，我也是无能为力的。下课后，他们教我学习开汽车，那是我第一次开汽车，印象很深刻。我与那里的师傅成了好朋友，他们回内地探亲时还来上海看过我。

⊙ 作者（右二）在拉萨汽车大修厂“七·二一大学”帮助修理机床

在当时，由于学生人数并不是很多，我们带去的仪器并没有全部发挥作用。相信随后它们还能继续发挥作用。这些仪器实际上也都是我们平时教学所使用的。

我们带领同学到林芝山上采集当地植物并制作标本，用于植物学教学；还到江孜帮助那里举办了一次畜牧兽医学习班。下课后他们教我们骑马。与那里的汉族和藏族同胞一起工作和生活是很愉快的。

拉萨的海拔3 650米，气压低，氧含量少，水89度就烧开了，煮面条也需要高压锅。平时走路要慢慢走，走快了就会气喘。记得有一次百米跑比赛我花了16秒才跑到终点。我们当时的实验室和住房都是铁皮房顶，风大时房顶会被掀动作响。冬天没有取暖设备，洗衣服只有到拉萨河去，洗几下就需要暖暖手再继续。很少有新鲜蔬菜吃，最常吃的就是包心菜，因为它易于保存，那里叫作“莲花白”，有人戏称为“脸发白”。我们还从上海带去了一点脱水蔬菜和罐头食品。生活上是要比在上海苦一些，但是大家心情上一直是很愉快的。我们都知道西藏从前是一个封建农奴制社会，解放后农奴在政治上翻了身，可是在经济上、文化上与国内先进地区相比还有不小的差距，我们能有机会为此做出一点贡献，是我们一生的骄傲和快乐，也是一种幸福。

西藏的老师、领导、同学和我们都相处得非常好，我们学会了喝酥油茶，吃糌粑，也学说一些藏语，还学跳踢踏舞。同学们的好学与老师们的合作给我们留下了深刻的印象。虽然我们离开拉萨已经五十年了，但是这一切仍经常被想起。西藏大学的新貌，更使我们感到欣慰、自豪和满足。

很高兴看到西藏大学现在已经建设成一所集多种学科院系的“211”综合性重点大学，可喜可贺，为西藏人民祝福，祝西藏大学越办越好，为西藏的开发和建设培养出更多有用的人才！多年来复旦大学生命科学学院与西藏大学一直保持着很好的合作，希望这个合作继续发扬光大，为建设世界一流大学，发展西藏经济文化事业做出更大的贡献。

作者简介：柴建华，男，生于1932年11月，山东省济南市人，中共党员。复旦大学生物系生物化学专业毕业。复旦大学遗传学研究所分子生物学与分子医学遗传学教授，持续得到国家“863”“973”和国家自然科学基金等的支持，长期从事人类染色体和基因结构、与人类某些疾病相关的基因变异研究。作为国际人类基因组组织（HUGO）成员和该组织染色体协会与基因组数据库编委参与国际人类基因组研究，发表论文180余篇，曾获国家教委和卫生部等二、三等奖6项，培养硕士和博士70余人。1974—1976年支援西藏师范学院建设。

生命不息追求不止

程　斌

光阴似箭，我们第一批援藏教师进藏已经50年了。两年的时间是短暂的，但对我却有着极不平凡的意义。进军西藏的解放军的光辉形象和伟大事迹，无时无刻不在鼓舞着我，让我时刻提醒自己要“生命不息，追求不止”。

⊙ 西藏师范学院内，作者（左）与好友蒋秀明在看书学习

那是一段多么美好的时光啊！我们年轻，我们是那样的豪情满怀，意气风发！我的日记里记录了1974年7月24日在青海格尔木的日子，上午当地驻军首长张主任给我们做报告讲述“解放军建设格尔木艰苦奋斗的历程”，下午召开动员誓师会，同志们都摩拳擦掌，斗志昂扬。各小组的代表都表了决心。我们还创作了《决心诗》，由周仁老师在会上朗诵。诗是这样写的：

脚踩昆仑走高原，唐古拉山亦等闲。
战士昂首信步过，喜望拉萨笑开颜。

为了相互激励，顺利通过昆仑山和唐古拉山口，胜利到拉萨，我根据上午的报告写成了一首诗，由上海戏剧学院的姚振中老师在会上朗诵。

人定能胜天

昔日戈壁滩，茫茫漫天边。
雁过声凄恻，百里无人烟。

解放军到此，是在五三年。
响应党号召，定叫绿洲现。

发扬好传统，艰苦来创业。
四顶帐篷始，新城亲手建。

困难千万重，革命意志坚。
挖沙三尺多，肥土出地面。

盖房又筑路，煤矿也找见。
种菜又栽树，沙原面貌变。

建筑一排排，大路射天边。
马群遍草地，树木连成片。

各行各业旺，人口成万添。
迎送来藏者，建设多贡献。

物资运输忙，车辆万万千。
时过十几年，人间奇迹现。

喜看格尔木，战士斗志添。
朝阳胸中装，人定能胜天。

学习解放军，边疆红心炼。
为建新西藏，愿将青春献。

上面只是记载了我们进藏途中一天的点滴，但也可略见当时我们一群年轻人的精神风貌。西藏拉萨两年的生活是终生难忘的，它会鼓舞我生命不息，追求不止，做一个无愧于到过世界屋脊的人。

作者简介：程斌，男，生于1938年11月，中共党员，从上海交通大学造船系毕业后留校，在船舶设计与制造教研室任教，副教授，1974—1976年为上海高校首批援藏教师。

难忘的西藏岁月

葛乃福

⊙ 1974年7月援藏出发时，复旦大学校系领导与作者及其母亲、爱人、大女儿等合影留念

谊醇青稞酒，情浓酥油茶。1974年7月，复旦大学十多位教师和上海其他高校首批援藏教师共40位，登上了西行列车。难忘的两年西藏生活真有说不完的话，道不完的情。

五 七 桥

为了在原西藏师范学校的基础上早日建成西藏师范学院，上海高校首批援藏教师积极性很高，浑身好像有使不完的劲儿。理科的老师建太阳灶，解决燃料的问题；建实验室，解决理论联系实际的问题。我作为一个文科教师能做些什么呢？正在这样想的时候，领导交给我一个任务，和恽才兴等几位老师带领汉语班的藏族同学修建“五七桥”。

当时的情景，恽才兴老师在《难忘的回忆》一文中是这样叙述的：“西藏师范学院校园内有美丽的林卡，林卡中有一条小河，师生们从生活区到教学区上课必须通过小河的河滩，如遇上雨季河水上涨就得绕道。为此，学校决定在这条小河中段架一座桥。我有幸承担了这座桥的设计、施工组织任务。材料就地取材，采用鹅卵石，教师学生为施工队伍。由于是自己动手，这座桥取名为‘五七桥’。”诚如恽才兴老师所说，这座桥是由他设计并担任施工指导的，具体施工是由我所带的班级担任。我们这个班共有三十多位同学，其中有爱好体育、身强力壮的男同学，也有积极性虽高，但体力一般的女同学，但是他们在造桥劳动中都表现出色。即使忙得汗流浃背，学生们依旧歌声不断，劳动热情高涨。他们用背筐将拉萨河畔的鹅卵石一筐又一筐地从较远的地方背回工地，然后用水泥、黄沙搅拌，按要求运往规定的地方。许多同学肩头的棉衣都被背筐的带子磨破了，露出棉絮，不少同学由于握锹时用力过猛，他们的虎口都被磨出了血泡。也有个别同学因为劳累感到身体不适，但是他们提出“轻伤不下战场”的口号，仍坚持参加劳动。恽才兴老师不时地提醒我，要关照同学休息。然而，无论你怎样劝说，他们都不听。

这一幕幕场景深深地感动了大家，也感动了我。在这样的情况下，由我执笔创作了长篇朗诵诗《五七桥之歌》。同学白天劳动，晚间在教室里排练。由于同学有劳动的切身感受，所以排练得很顺利，有的同学还能将其中的主要部分大段大段地背出来。记得在竣工的庆祝会上，同学们排列在“五七桥”三个红色大字闪闪发光的桥上，向全校师生朗诵了他们用汗水写成的集体创作《五七桥之歌》。

⊙“五七桥”竣工后留影，自左至右：杨国芳、程斌、恽才兴、葛乃福

山南办学

在西藏，开门办学要比内地困难得多，其困难表现在山区的路不大好走。去山南办学先是坐汽车，然后就是坐牛皮筏过渡口。坐车比较爽快，除了坐人外还可以将行李、锅碗瓢盆全装在车上。坐牛皮筏就不行了，装得少，行得慢，弄得不好还会导致锅和盆等炊具漂走。好在有藏族师生的帮助，他们在这方面有着丰富的经验。记得那时我们住在一个小山村。那里有个小卖部，这给我们补充生活用品提供了方便。

开门办学除了结合农村的情况给学生上些课外，再就是帮群众修水渠。先谈上课。上课没有教室，没有凳子，没有讲台，怎么个上法？那就只好因陋就简了。记得我们当时上课是一身棉军装，空柏油桶就权当讲台。同学用一张报纸在地上一铺，就席地而坐。不知哪位有心人在上课时为我拍了张照片。然后我将照片寄到上海，学校将照片陈列在校门口的橱窗里，凡看过的人都称赞道：“在西藏的锻炼就是不一样，真有点

⊙ 山南开门办学路上坐牛皮筏横渡雅鲁藏布江

延安的艰苦朴素的作风哩。”

再说办学，山南的海拔要比拉萨的海拔高，单靠吃蔬菜不行，我们就商量买一头牦牛来改善生活。当时我们和次旺俊美老师就去找该队的支书，请他批条子。我们四处找支书，支书就在我们住处不远的地方天天参加积肥劳动。和普通百姓穿一样的衣服，态度和蔼可亲。支书了解情况后，先是有点为难，后来还是答应了。从此同学劳动更有劲了，劳动时的歌声也格外嘹亮了。当时曾表扬过一批各方面都表现好的同学，记得他们当中有次仁、丹增、伍金、白拉和仓木琼等同学。为了落实这件事，我曾多次骑马到队部联系，路程大约有十公里。在上海，只是在漕河泾的康健园里见到过骑马，到西藏能够亲自骑马，那就别提有多高兴了。那里的马壮实、温顺，虽然没有金镫银鞍，但打扮得漂漂亮亮。赶路心急起来，就在马背上抽上几鞭子，但是马仍然跑不快。于是我就想抽与不抽反正马都跑不快，那么就不抽吧。不抽鞭子，马儿反而跑得快起来了。我渐渐悟出个道理，你善待它，它就善待你。骑马的人只管赶路，不管路好不好走，将路不好走的怨气出在马身上，真是冤枉了可爱的生灵。

招生时发生的车祸

要教学，首先要编一本适合藏族学生的好教材。一抵拉萨，领导就交给我这样一个任务。可是没有多久，领导就嘱我去日喀则招生。我当然是服从分配。心想，日喀则是后藏的中心，那里有扎什伦布寺，能够去那里看看也是机会难得。抵达日喀则招待所，见被招来的同学早已等在那里了，一共有十多位，他们都盼望能早点去学校报到，听那口气，许多同学还是第一次去拉萨呢。于是我就找日喀则教育局的领导商量，一问巧得很，那位领导毕业于复旦大学，先分在北京粮食部，后支边至日喀则。他乡遇校友，那位领导很是高兴，很快就落实了送同学去拉萨的车辆，再三再四地对我说："开车的那位藏族司机是老劳模，安全得很。"我听后也就放心了。早晨天上还亮着星星，我们就上路了。到九点钟光景，我们停车用了早餐。再上路时，就出了车祸，汽车向右侧倾斜，翻在山坡的梯田里。幸亏路过的解放军司机帮助，将我们救至附近的村庄，那里有山东省援藏医疗队。多数同学是轻伤，经包扎后无大问题，有位女同学要截去一条腿，被很快送到拉萨抢救。我因右边锁骨骨折，也被送往拉萨的西藏军区总医院。

俗话说，一方有难，八方支援。上海高校援藏教师和西藏师范学校的领导与藏族师生知道我受伤的消息后，都非常关心，并且送来了慰问品。有送鸡蛋的，有送蹄髈的，也有送苹果、奶粉的。我沉浸在友情和关怀的海洋之中。西藏军区总医院的医生护士们也非常尽职，嘱我定期去检查，并开了鱼肝油丸等药品以助尽快康复。我被他们这种对同志像春天般温暖的热忱感动得热泪盈眶。在赴西藏前，年迈的慈母很不放心，我受伤的消息当然要瞒住她老人家。而她老人家在上海因急性盲肠炎住院开刀，也对我封锁了消息。我敬爱的母亲就是这样的人，一旦她想通了，就坚决支持她的儿子安心地在西藏工作。我们彼此相瞒不让对方担心烦心的做法，曾在拉萨和上海两地被传为美谈。尽管我对车祸一事不负有责任，但这不幸的事凑巧被我碰上了，我至今仍感到对不起受伤、致残的藏族同学。

我们上海高校首批援藏教师都有一个美好愿望，就是能够再去西藏看看那里的巨大变化和曾经结下深情厚谊的师生，于是我写了一首诗《忆西藏》，以表达我们此时此刻的心情：

静夜犹闻流水声，拉萨河畔有亲人。
何时再饮青稞酒？雪域情怀似海深。

此文曾以《难忘援藏岁月》为题刊载于上海《档案春秋》2007年第5期，并被北京《文学故事报》2007年第23期转载。

作者简介：葛乃福，男，生于1940年3月，江苏省江都人，中共党员。毕业于复旦大学中文系，留校任教，现为教授，上海市作家协会会员。1974—1976年在西藏师范学院工作。曾任复旦大学中文系写作教研室主任、韩国全南大学客座教授。曾获1991—1992年度复旦大学本科生教学二等奖、1999年上海市育才奖。撰有（含合著）多本文学著作、诗集和数十篇散文。

附：葛乃福援藏创作并发表的五篇作品

喜丰收（歌词）

无边的麦海翻金浪哎，
沉甸甸的麦穗飘清香哎，
翻身农奴挥舞银镰，
格桑拉吔，

欢天喜地迎丰收，
你追我赶收割忙。

你追我赶收割忙，
好像在麦海乘风破浪，
丰收全靠毛主席哟，
指引我们向前方，向前方！

金灿灿的麦海浪接浪，
化作喜报千万张。
喜报喜报快快飞，快快飞，
格桑拉！
献给敬爱的毛主席，
献给党！

原载1976年版《毛主席光辉照西藏》一书

藏族女教师

伟大的北京，
我们为您歌唱，
您是各族人民的心脏。
每当我们想起北京，
欢乐的歌声格外嘹亮；
每当我们想起北京，
浑身就有力量！

藏族女教师格桑最爱唱这首歌了。

她高高的个子，发辫用红丝绿线编起，盘在头上，明亮的眼睛放射着喜悦的光芒。

她今天下午刚从春光公社开门办学回来，正好赶上这喜庆的时刻，顾不得休息，立刻参加了今晚的集会。

第一面五星红旗在天安门广场升起的那一年，她出生了。二十五年来，在毛泽东思想指引下，我们的祖国变化多大啊！可格桑的变化也不小。

格桑家祖祖辈辈没有一个识字的。不识字，在旧社会该要吃多大的苦！就说她的父亲吧，领主曾逼他当藏兵，他不干。可当领主知道他不识字，便写了一张纸条，叫他带到拉萨，一到拉萨就被抓了当兵，不久被折磨死了。母亲拉扯着五个孩子，艰难度日。到民主改革时，领主又逼死她家四口人，格桑和她哥哥好不容易流浪乞讨熬到了头，终于盼来那东方的红日。

现在，她哥哥在部队，当了理论辅导员；她成了一名光荣的人民教师。是谁使她翻身解放？是谁给了她知识文化？是毛主席！是中国共产党！

格桑虽然在集会会场里，可心儿早已飞向北京。回想起1971年秋天，她放下锄头，背起了书包，踏上了去首都的旅途。虽然人还在奔驰前进的列车车厢里，她却已经看到雄伟的天安门城楼！她那在领主带血的皮鞭下也从不掉一滴泪的眼眶，此时却成了欢乐的喷泉，直弄得周围的旅客急忙问她："姑娘，你可是想念你那美丽富饶的家乡？"格桑直摇头。最后，大家才发现她手上拿着一本画报，毛主席正在天安门城楼上向她招手哩！周围的旅客叮嘱她："见了毛主席可别把该讲的知心话儿都给忘了！"

雄鹰展开翅膀，再高的雪山也能飞过。格桑在三年的大学生活中，踢开拦路虎，迎着困难上，胜利地完成了学习任务，并加入了中国共产党。每逢节假日，她总要到天安门广场去看看，从那里吸取革命的力量。

格桑毕业后回到拉萨，如今在西藏师范学院任教。她英姿飒爽，容光焕发，像鼓满强劲东风的征帆，更加快了前进的步伐……

原载1975年2月2日《西藏日报》

藏族女歌手

也许是去过西藏的原因吧，我对西藏民歌抱有一种特殊的爱好。这倒并不完全是因为它有独特的民族曲调和流畅奔放的旋律，而是因为歌声里洋溢着对党、对毛主席、对社会主义祖国海一般深的感情。这些歌与其说是从嗓子里唱出来的，不如说是从火热的心坎里情不自禁地涌出来的。

今天当我打开收音机收听音乐节目时，一支熟悉的曲调叩着我的心扉，那圆润的声音多么像我们的白玛呀。嗯，是她，一定是她！我高兴得几乎跳起来。我和着节拍跟着歌唱，那洪亮而悠扬的歌声仿佛使我重返世界屋脊，回到了我日夜思念的藏族同胞中间……

我清晰地记得白玛的模样：她颀长的个子，黑里透红的皮肤，丰腴的脸庞上长着一双挺神气的眼睛，发辫用红丝绿线编起，盘在头上，显得朴实、明朗而富有青春活力。

白玛是格桑公社有名的民歌手。格桑花开千万朵，没有白玛会唱的歌儿多。据说有个来整理民歌的人就听她整整唱了一个星期。过后问她唱完了没有？她指着门外喷绿吐翠的田野，笑了笑说："唱完'苦歌'唱'甜歌'，一唱就是几背篓。幸福的日子刚开头，我唱歌也刚开了个头呢。"那个整理民歌的人连连点头称是。

我认识白玛是去年和文艺班同学到格桑公社开门办学的时候。记得下乡的那天，当我们摆好渡向格桑公社走去的时候，路过一座大山，抬头望，只见山腰云雾缭绕，山鹰盘旋。

"辛—苦—了！"同学们挥舞着手臂，大声地向山上打着招呼。"欢迎！欢迎！热烈欢迎！"山上的社员齐声喊道。寥寥数语，顿作股股暖流涌遍我们每个人的全身，我们一下子忘掉了自己是置身于深山峡谷，仿佛像来到家乡一样，倍感亲切。这时从云中飘来一阵动人的歌声：

白鹤展开了翅膀哎，

飞到了偏僻的山乡；
学大寨的红旗亮哎，
社员们心里真欢畅。

歌声拂去了我们旅途的辛劳，歌声给我们以极大的鼓舞，我思忖着："这云中的歌手是谁呢？她唱得多好啊！"

说来凑巧，我们到的翌日，公社就召开了赛歌会。社员们像过节一样排着队，举着红旗，吹着唢呐，弹着六弦琴，从四面八方向公社所在地汇集。较远的生产队的社员还骑着马儿赶来呢。

赛歌场地设在公社前的广场上，蓝天白云作幕，土墩墩作台，手推车搁了块木板，上面放着广播电唱扩音三用机，红旗在四周哗啦啦地飘，赛歌会的横幅系在树丫上。赛歌开始了，有队与队赛的，也有个人与个人赛的，瘪了嘴的老阿妈和幼儿园的小朋友都争先恐后地登上了赛歌台。歌声激越昂扬，彼伏此起，唱出了心声，赛出了干劲，我们沉浸在歌的海洋之中。

台上出现穿着镶边的玫瑰红藏袍的白玛，脸上涂的那层淡淡的油彩更使她神采奕奕，远远看去真像一朵腾空而起的彩云。她一口气唱了好几支歌。她的歌声是那样富有魅力，声声系着社员们的心，句句说出了社员们想说的话。每唱完一支歌，掌声和欢呼声响成一片，大家像喝着香喷喷的青稞酒一样，越品越有味道。在大家的要求下，白玛继续唱道：

过去我们苦难多，
歌声迸发万丈火；
共产党来了幸福多，
歌声倾泻流成河。
……

不需再问，上次我们路过工地，那唱歌的准是她。

散会后，我打算请白玛来跟同学们座谈。可是听同学说，她卸好妆，一溜烟就不见了，大概是去修渠工地了。我忙追上几步，望着她远去的背影，后悔事先没有和她约好。

格桑公社坐落在山坳里。举目四瞩，群峰逶迤，山峦起伏。要在这里修一条长达二十多公里的格桑水渠，从邻县把银子般的河水牵来，免不了要和山打交道。那山尽是大青石，石块和石块抱成一团，龇牙咧嘴，好像在向我们示威似的。没有干多长一会儿，我们抡锤挥锹的手就打起了血泡。我想，要是在这时候有谁自告奋勇地出来唱一支歌，鼓鼓大伙儿的干劲，该有多好啊！没等我想完，一阵歌声已飞进了我的心窝：

大寨红花高原开，
山河面貌天天改，
擒龙自有英雄胆，
汗水换得幸福来。

歌声在蓝天飞翔，在山谷回响，把人们的心儿激荡，大伙儿干得更欢了。霎时，叮当的锤声，嘹亮的歌声，撕天裂地的开山炮声，汇成了劳动的新乐章。

我抬头循声望去，只见白玛锹柄劲舞，红扑扑的脸上挂着晶莹的汗珠，洁白的牙齿微露在外面。她笑得是那样的甜。

突击队长平措同志赞美地看着白玛说："白玛劳动起来，总是像不知道什么是累似的。"他告诉我，上次抗旱，她夜以继日地背水浇田，肩膀磨破了，脚底起了泡，但仍然腿不停，歌不断，她还经常教业余文艺宣传队队员们唱歌呢。

要教歌就要识简谱，就要会乐器，这对白玛来说，困难确实不少。党支书西洛鼓励她说："要说山高是真的，爬不上去是假的；要说水险是真的，游不过去是假的。好好干吧！"白玛含着激动的泪花向党支部保证说："山里人走路，决不怕石头多；艄公行船，何惧风浪大？请相信，我一定能够克服困难。"从此白玛一有空就勤学苦练，有时候通宵不眠，窗口的灯彻夜醒着。

这时，不知从什么角落里刮来一股风，说什么"藏文字母都不认识几个，还学什么多、来、米、发！""手风琴不是羊皮风箱，肚子里没有点墨水是不行的。"面对冷风，我们的白玛像青冈树一样挺拔，像雪山一样屹立着。

平措说到这里，白玛从门外进来，她那清澈明亮的眼睛放射出喜悦的光芒，身上的围裙像五彩缤纷的晚霞。

"平措叔，明天我就要到拉萨报到去了，听说要参加庆祝自治区成立十周年的演出活动。"白玛脸上堆满笑容。

"白玛！真叫人高兴啊，快喝下这杯新酿的青稞酒吧。"平措朝木碗里倒着青稞酒，激动得不知道说什么才好。

我和同学们连忙和白玛握手表示祝贺。

"去吧，骑上我们公社最好的骏马去吧。"从门外挤进来的党支书西洛与藏民们异口同声地叮嘱着，他们轮流把白玛的手拉住，紧紧地贴在自己的前额上。

白玛激动地望着墙上的毛主席像，像沐浴着灿烂阳光的雪莲。她怎么也抑制不住那翻江倒海般的激情，放开歌喉尽情地唱了起来：

雪山哎，
披着和煦春光；
江水哎，
翻腾金波银浪。
翻身农奴心花怒放，
载歌载舞喜气洋洋。

原载1978年第2期《少年文艺》

游西藏大昭寺

在去西藏的路上，我就听到过不少关于文成公主和大昭寺的传说。

公元641年，唐太宗把文成公主嫁给松赞干布。从长安（今西安市）向拉萨进发，沿途崇山峻岭，道路坎坷不平，再加上带去的嫁妆又很多，所以到青海的纳赤台这个地方就走不动了。为了能轻装前进，文成公主决定将已成为累赘的嫁妆丢掉一些，纳赤台因而得名，它是藏语“橱柜”的意思。抵拉萨后，我抽空去观瞻了塑有文成公主金像的大昭寺。大昭寺藏语称卓拉康，意思是三宝佛殿。由于旧社会每年藏历正月在这里举行传昭大会，所以一般称它为大昭寺。

大昭寺是一座两层楼的平顶建筑，坐落在现在拉萨市的东面，那里是拉萨旧城的中心。大昭寺占地达两万平方米。传说它是松赞干布特为文成公主修建，由文成公主亲自设计的。在建筑结构上采用了梁架、斗拱、藻井等内地建筑形式，具有唐代的大杈梁等建筑特色，充分显示了汉藏两族劳动人民高超的建筑艺术。

松赞干布佛堂是大昭寺内最著名的佛堂之一。佛堂内保存着完好的松赞干布和文成公主塑像以及他们用过的炉灶。

讲解员同志的介绍仿佛把我们带到了公元七世纪的长安。634年，松赞干布派使者带着礼品到唐朝，请求许婚。640年，他再次派大相禄东赞为使官，以黄金五千两及珍宝数百件为聘礼，请求许婚。当时到唐朝来要求许婚的各国使者络绎不绝，究竟让文成公主嫁给谁呢？唐太宗实在为难，后来终于想出一个办法。

唐太宗拿一只像核桃般的木球对使者们说：“诸位谁能把丝线从这只木球的小孔里穿过去，我就答应那位使者的许婚要求。”起先大家都认为这件事轻而易举，后来他们仔细看了那只特制的木球，都抓耳挠腮地感到很棘手，因为木球里的小孔弯弯曲曲，谁也不知道它究竟拐了多少道弯，丝线又怎么能从小孔里穿得过去呢？使者们回到长安的豪华住所，一个个都急得像热锅上的蚂蚁，吃不下饭，睡不好觉。

第二天，木球穿线的“考试”开始了，有人在木球小孔的一端把线头塞进去，在小孔的另一端拼命地用嘴吸气，结果弄得筋疲力尽，急得头上滚下了豆大的汗珠，还是无济于事。因为线头是不会在球里面自动拐弯的呀！下面轮到西藏来的使者禄东赞了。他不慌不忙地从怀里掏出一个小盒子，将盒子里的一只蚂蚁倒在手心里。接着他把丝线系在蚂蚁的腿上，再让它爬进木球的小孔里去，又在木球小孔的另一端放了块用糌粑做的香喷喷的食品。蚂蚁带着丝线在球里钻来钻去，大约过了点完半支香的时间，终于从放着香喷喷食品的一头钻了出来。当禄东赞把穿着丝线的木球送到唐太宗手里的时候，唐太宗用惊异的目光看着这位智慧过人的使者，答应让文成公主嫁到西藏，并令江夏王李道宗一路护送。

眼前的两尊塑像把我从遐想中拽回现实。特别是文成公主的塑像更深深地吸引了我们。她微笑地望着我们，好像在期待我们为增进汉藏民族间的友谊做出新贡献。紧挨着文成公主塑像的是松赞干布的塑像。他的像也塑造得很逼真。

当我走出这座修缮一新的全国重点文物保护单位时，讲解员同志叫我们慢点登车，她说:“你们还没有参观完呢!”她指着大昭寺门前的唐蕃会盟碑、劝人恤出痘碑和唐柳，向我们一一作了介绍。唐蕃会盟碑，又称长庆会盟碑，823年立，碑文的内容是唐蕃双方保证互不侵犯。它是祖国汉藏两族关系的最确凿、最有力的历史物证。劝人恤出痘碑是清朝乾隆时期驻藏大臣和琳劝导藏民种痘防疫而立的石碑。唐柳，又称公主柳，相传在大昭寺建成时，是由文成公主亲手种在寺前的。据讲解员同志介绍，这棵唐柳至今仍枝盛叶茂。面对着这棵树干粗硕的唐柳，我在想，尽管它终有生命停止的那一天，但汉藏民族在很早前就结下的友好情谊，却是千秋万代源远流长的。

原载1997年12月17日香港《大公报》

一个援藏教师的心声——《呀拉索》

远在高原的同学呵呀拉索，
东海之滨的该拉[①]呵呀拉索。
望见日出想念你们呵呀拉索，
何时可乘高铁重欢聚呵呀拉索！

回想当年扩建校舍呵呀拉索，
兼造校园五七桥呵呀拉索。
师生们汗水齐流淌呵呀拉索，
夯声阵阵曾在心里飘呵呀拉索。

师范学院挂校牌[②]呵呀拉索，
跳起锅庄[③]心欢畅呵呀拉索。
西藏教育展翅飞翔呵呀拉索，
历史掀开新篇章呵呀拉索。

天上的白云呵呀拉索，
可以看见你们呵呀拉索。
东海之滨的该拉呵呀拉索，
好想念好想念你们呵呀拉索！

原载2023年10月出版的总第45期《紫藤》文学报

---

① 该拉，藏语为老师的意思。
② 指1975年7月16日西藏师范学院建成并隆重揭校牌仪式。
③ 锅庄是藏胞爱跳的民间舞蹈。

西藏岁月二三事

蒋秀明

⊙ 作者在布达拉宫前留影

奔 向 西 藏

1974年7月，我作为援藏教师来到西藏拉萨，筹建西藏师范学院。西藏对许多人来说是一个神秘的地方，海拔高，号称世界屋脊。高原对人会有什么影响呢？氧气不够又感觉如何呢？藏族人都能歌善舞，那里是才旦卓玛的故乡，电影里看到过，印象很深。藏族同志对我们汉族教师态度又会如何呢？糌粑、青稞酒，我们能适应吗？我们当时年轻气盛，虽有疑惑，但似乎有一股勇往直前的闯劲，抱着尽量为藏族教育事业做贡献的热情奔向了西藏。虽然知道条件十分艰苦，困难不少，但人家可以去，我们为什么不能去呢？

经过一路奔波，我们抵达拉萨。当时的拉萨有多大？我写信告诉家里，大致上与上海江湾五角场差不多大。为什么拿五角场作比，原因是我刚从复旦大学毕业。在复旦大学读书时，逛商场最多的就是五角场。现在想想这个比方不确切。事实上，拉萨的历史、文化底蕴远远超过五角场。拉萨的布达拉宫、大昭寺，世界闻名。就是哲蚌寺，也是闻名遐迩的大寺。即便是老城八廓街，虽然多数是土屋，却也是历史的见证，藏文化的积淀。

⊙ 进藏途中观景，戴墨镜、手指前方的为作者

吃糌粑的学问

西藏两年的生活给我留下了极其深刻的印象，值得回忆的太多太多。那时，盛行开门办学，西藏师范学院虽然刚建立，学员又全是来自西藏的藏族学员，但毕竟是在首府拉萨，同样要贯彻中央的教育方针，开门办学，即带学生到农牧区去。我和几位老师一起带着物理班的几十名藏族学生来到山南地区。那里是农区，大家住在一起，自己做饭。由于绝大多数学生是藏族，我们几位援藏老师没有条件开“汉灶”，也和同学一起喝酥油茶，手抓糌粑。糌粑是藏族的主食，有点像汉族吃的炒面粉，先将青稞炒熟，再磨成粉末。我们习惯用水把糌粑调成糊状再吃。同学们看在眼里，起初没有讲什么，但过了几天，同学们对我说：“老师，你们这样吃，吃不多的，过不了多久，肚子会饿的，还怎么参加劳动呢？”

⊙ 忙中抽空学一点——物理班学生在物理实验室学习

开门办学白天要参加劳动，晚上有时参加社员学习，此时我们要带上藏族学生当翻译。藏族学生吃糌粑是“干吃”，先用手抓一把糌粑放在木碗里，倒上很少的酥油茶，有时就用茶水，用手挤成团后吃下去。我是学物理的，想一想，道理很简单：糌粑调成糊状吃，由于糌粑在体外已吸水膨胀，所以无法多吃；糌粑干吃后喝水，会让糌粑在体内膨胀，自然可多食耐饥。我渐渐地学会了学生吃糌粑的方法。

老马真的识途

在山南开门办学期间，有件往事终生难忘，现在回想起来仍心有余悸。有一天，一位同学突然肚子痛。我作为带班的老师，又稍懂医学常识。肚子痛，最怕是阑尾炎。这在上海不算什么大病，送医院挂个急诊就行了，但此时此地却使我犯难了，因为我们的住处没有电话，更没有医院。我心想得赶快拿出办法，最有效的办法便是到有电话的地方给医院打个电话，联系一位医生出诊或者电话里指导一下如何救护病人。问了一下当地老乡，打电话需要到公社，骑马去也要几个小时。当地的一位老乡为我做向导，我们便各骑一匹马出发了。我不会骑马，老乡知道我骑马的水平，租给我的马是“老实马”，号称“跑不快”，但极其温顺，不会踢你，也不会把你从背上摔下来。西藏地广人稀，我跟着向导，放马奔走，说实话也分不太清哪是路，哪不是路。正如鲁迅先生所说的，地上本没有路，走的人多了，便成了路。

一路无话，向导汉语不太流利，但可以交流。去公社的路上要通过一条河。西藏的河，多数应称为溪，平时水不多，但水流甚急，水是刚刚融化的冰水，冰凉冰凉的，肯定比上海的冷饮温度要低得多。眼前这条河水面有30多米宽，还比较深。因为有的地方看不到底，向导叫我把双脚稍微抬高一点，怕湿了鞋。说实话，此时我还真有点紧张。要是掉进水里，不被淹死也会被冻死。我按向导的话做。果然，在最深的地方，水到了我抬高的脚的位置。马不是笔直过河的，而是有点曲曲折折。向导说马知道水的深浅，能走在浅的地方。

我们过了河便到了公社，打了电话，医院答应派医生来。至此，我总算尽到责任了，顿感轻松，想抓紧时间回去。向导告诉我，他要留在公社，让我一个人回去。我说不认识路。他说不要紧，马认识路。此时，我才意识到老马识途的意义。过河时，我照老办法将脚抬高，任凭马背着。此时太阳也不如来时那么明媚，水看上去更深沉。我紧张的心揪得更紧了。还好，脚湿了一点点，总算过了河。也许是坚持把脚抬高的姿势太久了，也许是骑马时间太长了，我愈发感到不对劲。

过河不久，还有一段路。我想骑得舒服一点，便下马整理马鞍子。我没有经验，又见马老实，一点防备都没有，便解开固定马鞍子的绳子。我刚拎住鞍子，想把它放正，结果马比我精灵，一溜烟跑了。我双手提

⊙ 与日俱增的汉藏情

着马鞍子，鞍子有一二十斤重，拎在手上走不多远就拎不动了。于是，我顾不得什么架子了，干脆把鞍子扛在肩上，这下可好，真正成了马鞍子骑人了。那马呢，总算还有点良心，总是与我保持二三十米的距离，我跑不动了，它也不跑了，在前面等我。开始，我还抱有一丝幻想，想快跑一段路追上去，我只要拎住绳子，就可以骑上它了。可是，我跑得快，它也跑得快，我停了，它也停了，还回过头来看我，怕我丢了。就这样快跑—停—快跑，我始终抓不到它，它也不离我而去。最终我死心了，不紧不慢地跑着。我背着马鞍子，始终跟在马的后面。快到住地时，那马兴奋得一溜烟跑回家了。我虽然狼狈不堪，但回到住处总算放心了。此时让我感动的是，班上几十名男女同学整整齐齐地站在村口，眼看太阳下山了，上海老师怎么还没有回来？他们十分不放心。同学们迎上来，帮我拎着马鞍子。当我讲明是怎么回事时，他们都开心地笑了。但不少同学埋怨向导，他是藏族，为什么让上海老师冒险？要是出了问题如何面对上海老师？话不多，却使我十分感动。藏族同学就是这样，你对他好一分，他对你好十分。

作者简介：蒋秀明，男，1941年2月生于江苏南通市，中共党员，毕业于复旦大学物理系，在上海交通大学任教，教授，曾任上海交通大学党委副书记、上海农学院党委书记，第一批上海高校援藏教师。

上海市高校首批援藏教师名单

复旦大学：

纪如曼（女）　张立明（女）　张南保　李明忠　陈建新

罗　衿　季云飞　柴建华　葛乃福　董荣华　童彭庆

华东师范大学：

马文驹　叶　澜（女）　孙楚荣　李巨廉　李惠芬（女）

吴贤忠　陈信漪　陈家森　林武忠　恽才兴　赵继芬（女）

施根法（向东中学）　韩玉莲（女）

上海师范大学：

王纪人　皮耐安　冯显诚　张世正　沈明刚　沈荣渭　娄文礼

上海交通大学：

周　仁　程　斌　蒋秀明

上海音乐学院：

林克铭　鲍敖法

上海戏剧学院：

姚振中　高生辉

上海体育学院：

孙玉和　杨国芳（女）

第二批援藏教师风采集锦

进 藏 路

⊙ 1976年6月29日，上海第二批援藏教师从各校出发前往上海火车站，这是复旦大学热烈的欢送场面

⊙ 戴红花的是胡金星老师

⊙ 复旦大学生物系的欢送场面

⊙ 复旦大学领导到车站送行

⊙ 上海戏剧学院老师倪荣泉和家人

⊙ 列车从上海北站出发

⊙ 我们坐上了从上海出发到甘肃柳园的列车

⊙ 途经西安火车站

⊙ 1976年7月1日武威车站，老师们在做早操

⊙ 1976年7月2日，柳园火车站，老师们纷纷留影
这是一个没有水的车站，水要从173公里外的地方运过来

⊙ 途经敦煌，参观莫高窟，部分老师合影

⊙ 洞窟前部分老师留影

⊙ 部分老师崖边留影（1）

⊙ 朱立三老师莫高窟留影

⊙ 部分老师崖边留影（2）

⊙ 部分老师崖边留影（3）

⊙ 上海戏剧学院李志舆、朱彰、倪荣泉老师

⊙ 月牙泉，复旦大学全体老师合影
前排左起：华宣积、计荣才、马士明、张美玉、杨瑞蓉、顾孝仪
后排左起：沈大棱、胡金星、高天如、张文治、朱彬湧、张戎舟、严存生、张国樑

⊙ 石林、陈幼福、李志舆和朱彰老师

⊙ 张玉壤、徐承波、黄宏真、张美玉、杨瑞蓉

⊙ 在格尔木休整，参观当地蒙古包

⊙ 体验草原生活

⊙ 格尔木休整参观当地蒙古包

⊙ 刘必虎老师（左四）等在昆仑山口

⊙ 吴在田老师与高荣发老师在雁石坪合影

⊙ 大巴在泥泞不堪的道路上行驶，有时我们不得不下车步行，徒步跋涉

[illegible]暴风[illegible]雪花，[illegible]"昆仑山上雪花飘"的诗[illegible]大家[illegible]，不一会儿，[illegible]。[illegible]谱曲，[illegible]大家听，歌词是：昆仑山上雪花飘，[illegible]，一路歌声一路笑，进藏教师[illegible]。歌曲[illegible]，[illegible]4800M[illegible]

1976.7.11. 星期日 晴。[illegible]唐古拉山口[illegible]

[illegible]

[illegible]4800—4900M，[illegible]

[illegible]进入唐古拉山区。

[illegible]

[illegible]150里左右。

[illegible]5000M[illegible]，[illegible]4800M，[illegible]

M以上，不敢[illegible]。

1976.7.10. 星期六 晴 昆仑山口暴风雪

[illegible]一排。

⊙ 吴在田的日记记录了青藏公路上我们的经历

⊙ 唐古拉山口停车休息观光

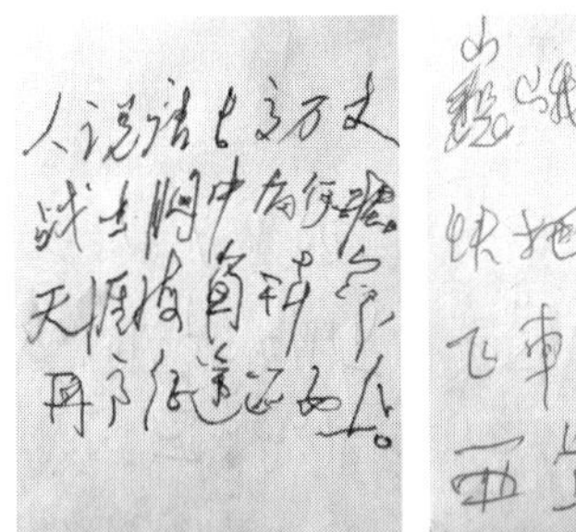

⊙ 老师们在颠簸缺氧的车上创作的诗歌

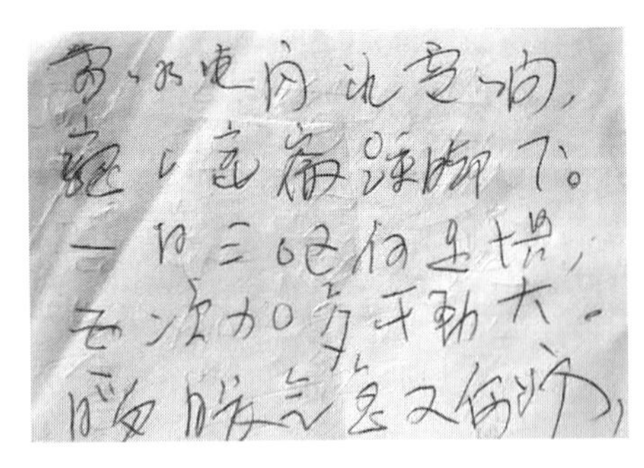

⊙ 可以想象车上多艰苦

⊙ 马洪林、徐承波、熊玉鹏、邱怀德和黄锡霖

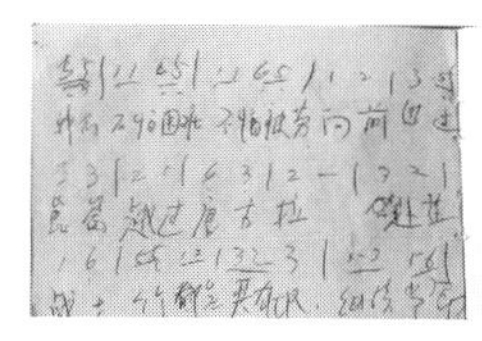

⊙ 进藏路上创作的歌曲

⊙ 看着此生难得的美景：远处的藏羚羊

⊙ 援藏老师保存的唐古拉山口稀有的植物标本

⊙ 唐古拉山口标志石碑

⊙ 1976年7月11日，二号车老师在唐古拉山口，时值盛夏，老师们都穿了军大衣，仍然难敌高寒缺氧
蹲者左起：陈家森、何应灿、黄宏真、马洪林、罗纪盛、熊玉鹏
站立者左起：黄锡霖、林自德、盛嗣清、张锡岑、戴宗恒、徐剑清、徐承波、吴在田、张玉壤、高荣发、王仁义、周延昆、邱怀德、段训礼、石林、陈幼福

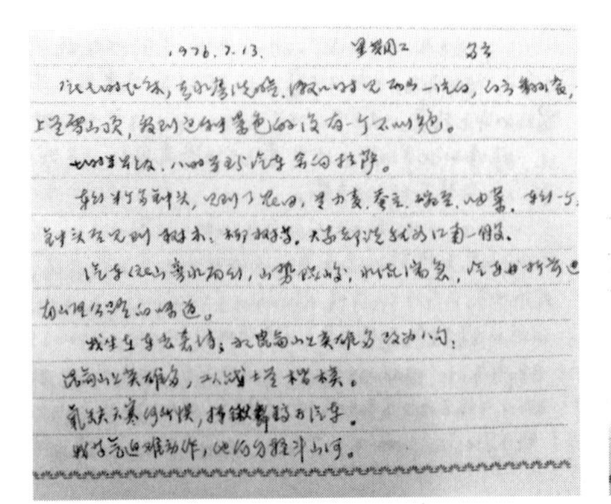

⊙ 吴在田日记（1976年7月13日）

⊙ 1976年7月13日第二批援藏教师胜利到达西藏拉萨
吴在田老师记载的大巴到达拉萨受到西藏师范学院领导和师生代表热烈欢迎的场面

⊙ 时任党委书记高传义

⊙ 可爱的藏族学生

⊙ 领队张锡岑

⊙ 副领队高天如

1976-1978 第二批上海高校援藏教师名单

张锡岑	政治	华东师大
高天如	汉语文	复旦大学
何应灿	政治	华东师大
盛世清	政治	华东师大
张玉瓘	汉语文	上海师大
黄宏真	汉语文	上海教院
朱彬湧	图书馆	复旦大学
张国樑	新闻	复旦大学
胡金星	政治	复旦大学
马洪林	历史	上海师大
林自德	汉语文	上海师大
熊玉鹏	汉语文	华东师大
石林	艺术	上海音院
李志舆	艺术	上海戏院
陈幼福	艺术	上海音院

倪荣泉	艺术	上海戏院
朱彰	艺术	上海戏院
高荣发	体育	上海体院
吴在田	体育	华东师大
黄玉良	体育	上海体院
华宣积	数学	复旦大学
张汉正	数学	上海交大
王仁义	数学	华东师大
李锦涛	数学	上海交大
周延昆	数学	华东师大
徐剑清	数学	上海师大
计荣才	物理	复旦大学
段训礼	物理	华东师大
朱立三	物理	上海交大
刘必虎	物理	华东师大

陈锦文	物理	上海交大
张美玉	物理	复旦大学
邱怀德	化学	华东师大
徐承波	化学	华东师大
马士明	化学	复旦大学
顾孝仪	化学	复旦大学
严存生	政治	复旦大学
张戎舟	政治	复旦大学
罗纪盛	生物	华东师大
施承樑	生物	上海师大
戴宗恒	心理	华东师大
杨瑞蓉	生物	复旦大学
黄锡霖	地理	华东师大
沈大棱	生物	复旦大学
张文治	生物	复旦大学

⊙ 第二批援藏教师名单

到拉萨

来到拉萨后，学校首先安排大家休整并参观拉萨市内的名胜古迹。

⊙ 永远的布达拉宫情结

⊙ 复旦大学老师参观布达拉宫

⊙ 部分老师在布达拉宫的合影

⊙ 布达拉宫顶部

⊙ 部分老师在大昭寺合影，右四为施承樑老师

⊙ 大昭寺，艺术院校的老师

⊙ 大昭寺顶部，前左二为黄玉良老师

⊙ 哲蚌寺，1976年7月21日

⊙ 罗布林卡

⊙ 罗布林卡

⊙ 罗布林卡

⊙ 罗布林卡，左三李锦涛，右一张汉正

⊙ 布达拉宫后公园，左一陈锦文老师

师 生 情

在西藏师范学院的两年，我们上海教师队的全体老师付出了辛勤的汗水，在艰苦的条件下自编教材、认真备课、教学相长，取得了学生和当地领导、老师的信任。

⊙ 261号校徽拥有者吴在田和学校的奖状

⊙ 教师们在宿舍认真备课

⊙ 1978年2月汉语文专业师生集体照

⊙ 西藏师范学院汉语专业班在布达宫前合影

⊙ 汉语文专业学生在学校大礼堂前合影

⊙ 在次旺俊美家中喝酥油茶

⊙ 部分老师与学生在布达拉宫前

⊙ 与次旺俊美的孩子在一起

⊙ 校园里

⊙ 数学专业全体汉藏老师

⊙ 部分上海老师与藏族学生在布达拉宫前

⊙ 数学组全体老师在罗布林卡

⊙ 部分老师与藏族学生在布达拉宫前

⊙ 在藏族老师家中做客

⊙ 数学组老师在罗布林卡

⊙ 数学组上海老师泛舟解放公园

⊙ 与数学组藏族老师在一起

⊙ 王仁义老师与学生扎西顿珠似兄弟

⊙ 王仁义与当地教师

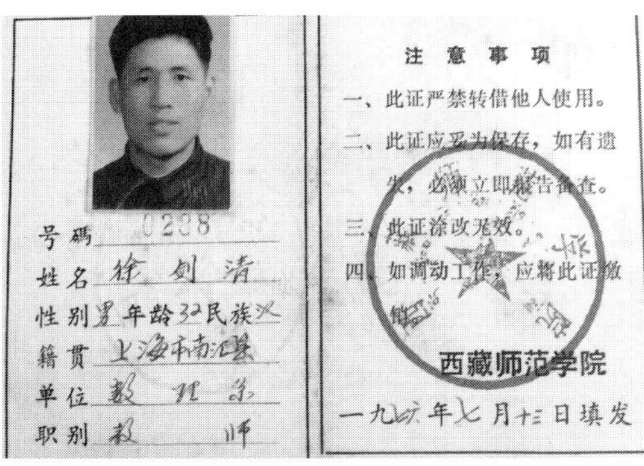

号码 0238
姓名 徐剑清
性别 男 年龄 32 民族 汉
籍贯 上海市南汇县
单位 数理系
职别 教师

注意事项

一、此证严禁转借他人使用。
二、此证应妥为保存，如有遗失，必须立即报告备查。
三、此证涂改无效。
四、如调动工作，应将此证缴

西藏师范学院
一九[illegible]年七月十三日填发

⊙ 西藏师范学院发给我们的工作证

⊙ 物理专业老师与学生在布达拉宫前（1）

⊙ 物理专业老师与学生在布达拉宫前（2）

⊙ 物理专业老师与学生在布达拉宫前（3）

⊙ 物理专业老师与学生在布达拉宫前（4）

⊙ 张美玉和张玉兰在布达拉宫

⊙ 物理专业老师与学生在劳动人民文化宫前（1）

⊙ 物理专业老师与学生在劳动人民文化宫前（2）

⊙ 化学专业部分藏汉老师在布达拉宫后山合影，左二为单曲老师

⊙ 农基（生物、地理等学科）专业师生合影

⊙ 农基专业教师在学校留影

⊙ 农基专业教师游罗布林卡与当地藏民合影

⊙ 艺术专业陈幼福老师与次旺俊美、张廷芳夫妇

⊙ 艺术专业朱彰（援藏教师的老大）与学生在一起

⊙ 艺术专业师生在学校大礼堂前合影

⊙ 艺术专业石林老师对艺术班学生演出前讲话

⊙ 艺术专业陈幼福与藏族孩子

⊙ 艺术专业倪荣泉与熊玉鹏老师等在拉萨

⊙ 艺术专业倪荣泉、马洪林老师与藏族学生一起

⊙ 1977年1月15日，体育组教师在西藏师范学院校门留影
前排左起：高荣发、贡觉班措、索郎卓玛、欧珠平措；后排左起：李大明、吴在田、王云田、黄玉良

⊙ 1978年6月22日，体育组全体教师同体育班同学（西藏历史上第一批本地培养的体育专业师资）合影

⊙ 1977年1月16日，体育组教师合影

⊙ 体育组高荣发、黄玉良、欧珠平措及吴在田等在布达拉宫合影

⊙ 1978年6月22日，体育组全体教师同体育班同学（西藏历史上第一批本地培养的体育专业师资）合影

⊙ 1977年8月12日，党委书记高传义（后排左四）同吴在田老师指导的院男子篮球队合影

⊙ 胡金星老师（后排左二）带领的学生在交通学校实习与该校老师合影
到各地社会调查、开门办学、招生等，拍摄了不少珍贵的照片

⊙ 马洪林老师等在江孜进行社会调查

⊙ 张锡岑等老师在日喀则带领学生实习

⊙ 张锡岑等老师在日喀则带领学生实习

⊙ 去山南地区开门办学

⊙ 去当雄进行水利测量工作

⊙ 倪荣泉老师在当雄开门办学

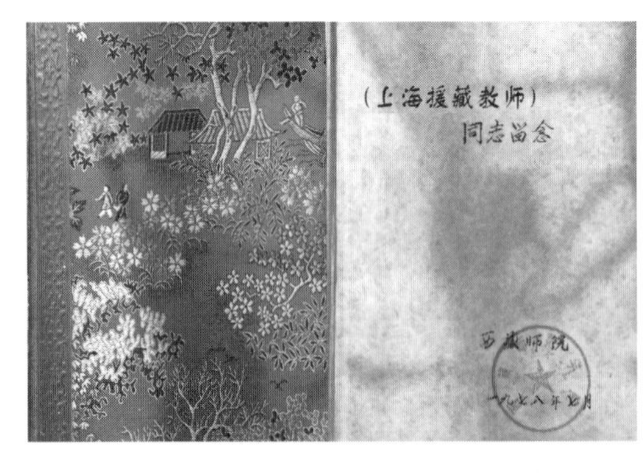

⊙ 西藏师范学院送给每位老师的纪念品

⊙ 西藏师范学院师生送给上海援藏教师的哈达

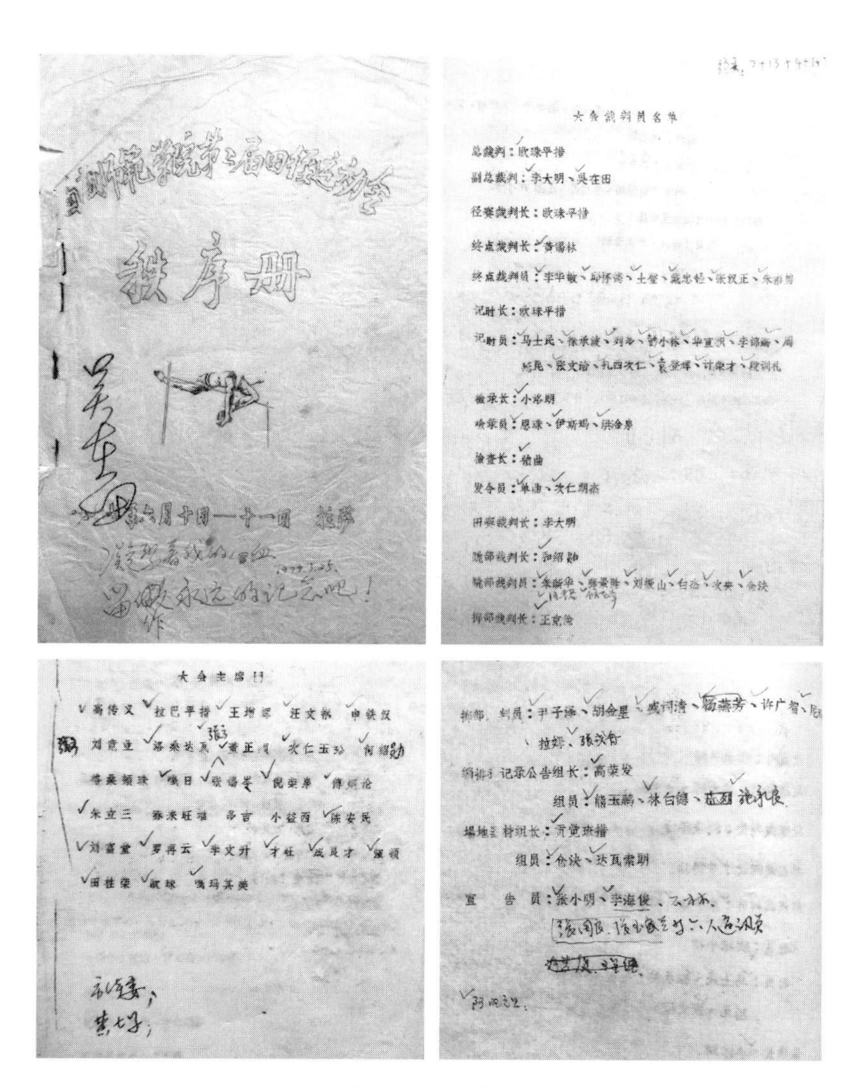
西藏师范学院第二届田径运动会

秩序册

六月十日—十一日　拉萨

大会主席团

高传文　拉巴平措　王增晖　汪文彬　申铁汉

刘意亚　洛桑达瓦　萧正鸿　次仁玉珍　何绍勋

洛桑顿珠　嘎日　张倡荃　倪荣彦　傅炳伦

朱立三　洛米旺堆　多吉　小益西　陈安民

刘嘉堂　罗再云　李文升　才旺　成见才　强顿

田桂荣　欧珠　嘎玛其美

大会裁判员名单

总裁判：欧珠平措

副总裁判：李大明、吴在田

径赛裁判长：欧珠平措

终点裁判长：黄锡林

终点裁判员：李华敏、邱怀诗、土登、戴忠轻、张汉正、朱彤剑

记时长：欧珠平措

记时员：马士民、徐承波、刘冬、曾小林、华宣识、李锦瑜、周绍民、张文裕、扎西次仁、袁荣辉、计荣才、段训礼

检录长：小洛明

检录员：恩珠、伊斯玛、洪渝彦

检查长：德曲

发令员：单油、次仁朗杰

田赛裁判长：李大明

跳部裁判长：何绍勋

跳部裁判员：朱鹤华、蒋荣胜、刘振山、白公、次央、仓决

掷部裁判长：王宽沧

掷部裁判员：尹子泽、胡金星、戚问清、杨燕芳、许广智、尼……、拉姆、张汉甫

记录公告组长：高荣发

组员：熊玉鹏、林台德、施孔良

场地器材组长：贡觉班措

组员：仓决、达瓦索朗

宣告员：张小明、李海俊

⊙ 1977年6月10—11日，西藏师范学院举行第二届校运动会，吴在田老师参与组织了那次大会，这是他保存的珍贵资料《西藏师范学院第二届田径运动会秩序册》

雪 域 缘

⊙ 西藏师范学院大礼堂前的那口大钟为我们发出上课的信号

⊙ 我们在宿舍前学习

⊙ 复旦大学的两朵小花太有才了

⊙ 解放公园，张美玉、张玉兰和朱立三老师

⊙ 上海师范大学领导给援藏教师的慰问信

⊙ 我们那个年代的特征

⊙ 布达拉宫情结让我们每位援藏教师心心相印，留下身影

⊙ 永远的布达拉宫，复旦大学老师合影

⊙ 化学组老师邱怀德、顾孝义、马士明和徐承波

⊙ 张文治老师

⊙ 吴在田、高荣发与黄玉良老师

⊙ 杨瑞蓉、黄宏真和张玉壤

⊙ 陈锦文、张美玉老师

⊙ 沈大棱、张文治和黄锡霖

⊙ 张文治、沈大棱和杨瑞蓉在大昭寺

⊙ 拉萨大桥旁与藏族群众打招呼

⊙ 老师们喜欢在拉萨河畔欣赏美景

⊙ 张汉正与王仁义似乎在规划未来

⊙ 张玉瓖老师赤脚在清澈见底的拉萨河里洗衣服

⊙ 罗布林卡，真正的围棋

⊙ 罗布林卡，倪荣泉老师等在游览

⊙ 五一节，与藏族学生一起过林卡

⊙ 这几位在看什么？

⊙ 汉语组老师罗布林卡过林卡

⊙ 汉语组老师罗布林卡过林卡

⊙ 他们比较奢华，还有桌子！

⊙ 倪荣泉老师与吴在田老师

⊙ 罗布林卡，穿上藏装留个影

⊙ 艰苦生活：沈大棱老师在拉萨河边挑水

⊙ 也有休闲时刻

⊙ 1978年5月1日罗布林卡

⊙ 次旺俊美家小楼前张玉瓖、黄宏真与张廷芳老师合影

⊙ 上图：倪荣泉老师在八廓街。下图：他为西藏师范学院幼儿园的孩子们拍摄的照片

再见了，西藏师范学院！再见了，古城拉萨！

1978年7月全体老师从进藏路线原路返回，从柳园到上海的火车因兰州大桥维修绕道内蒙古经北京回到上海。

⊙ 我们在藏工作时的拉萨大桥

⊙ 吴在田老师在返沪途经莫高窟留影

⊙ 火车载着援藏教师返回上海

⊙ 20世纪80年代西藏师范学院的学生次仁巴（中）来上海出差看望曾经给他上过课的两位上海老师沈明刚（右），徐剑清（左）合影

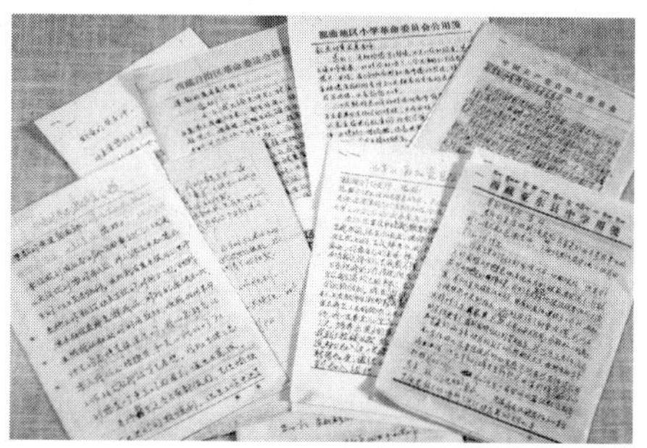

⊙ 援藏教师回沪后收到的西藏学生来信

⊙ 两代情，1997年徐剑清老师的女儿在拉萨看望昔日朋友大罗桑朗杰时，在其家中与大罗桑朗杰及其女儿合影留念

⊙ 原西藏师范学院教师、后任西藏大学副校长、全国政协委员大罗桑朗杰来上海看望第一、第二批援藏教师

⊙ 2010年夏天熊玉鹏老师重返拉萨，受到次旺俊美、张廷芳夫妇的热情款待

⊙ 自从我们返沪后，大罗桑朗杰多次来上海，看望援藏教师。这是大罗桑朗杰与华宣积老师合影留念，他们曾经长期共同研究课题

⊙ 当年革命文艺班的藏族艺苗，特意到上海音乐学院拜访石林教授，敬献哈达表深情。这是在教室拍摄的照片

⊙ 当年的学生把“革命文艺班”学生庆祝毕业35周年的合影照片送给陈幼福老师留作纪念

⊙ 徐承波、黄锡霖、何应灿、胡金星、华宣积和徐剑清参加上海援藏联谊会组织的活动

⊙ 2015年6月复旦大学援藏教师聚会叙旧

⊙ 2016年3月19日，上海第二批高校援藏教师在复旦大学光华楼举行庆祝援藏40周年大会，26位老师出席

⊙ 2022年7月9日，西藏师范学院77届数学1班庆祝毕业45周年，学生和原任课老师举行了一场别开生面的视频会议。会议由主持人洛桑晋美的女儿巴桑吉宗主持，学生代表次仁巴发表感言，上海老师悉数发言，西藏大学原副校长大罗桑朗杰出席并发表了“我们无愧于时代”的讲话

⊙ 2024年5月12日，西藏师范学院77届数学专业毕业生次仁杰布携夫人途径上海，在中共一大会址与上海援藏数学老师沈明刚、徐剑清、王仁义见面并敬献哈达

⊙ 次仁杰布和三位老师在参观中共一大纪念馆时合影

上海高校第二批教师援藏梗概

华宣积　计荣才

1976年6月29日，上海第二批赴西藏师范学院教师从老北站出发，7月13日抵达西藏师范学院，一路上的情形在沈大棱、刘必虎等老师的文章中有详细的叙述。进藏后，援藏教师克服高原反应等不适，立即投入紧张的教学工作中。第二批援藏教师在藏两年中，西藏师范学院第一届和第二届三年制学生毕业；第一届四年制本科生入学。这是学校历史上的两件大事。

西藏师范学院成立于1975年，由第一批援藏教师参与创建。当时只有政语系和数理系。政语系下设藏语文、汉语文、政治和文艺等专业，数理系下设数学、物理、化学和农业基础等专业，另有体育等公共教研组。

我们在院党委领导下，和全校师生一起，做好日常教学工作同时，根据一切为了学生的理念，开展了多方面的工作。

第一，调查拉萨和日喀则教育现状。我们的学生毕业后到各地工作，将会面临哪些困难和问题？我们还要为他们做点什么准备？我们参加了学校组织的调研。调研小组的组成各有不同。有的是师生结合，有的由各族教师组成。我们走访了日喀则地区的教育局和许多中小学，并与两区中学的援藏上海老师和辽宁老师深入交流。

第二，编写教材，包括双语教材。由于教学需要，我们编写了一些讲义或补充材料，自己刻写、油印和装订。经过调研，我们发现，即将毕业的学生基本上能适应他们的工作，但他们在教学时，要把各专业的有关词汇用藏文表达，还有一定的困难。因此，学校组织力量编写双语教材。学校领导充分发挥藏族教师的作用，让他们承担了大量的翻译工作，同时，在教学上注意这些名词的翻译，使学生能用双语掌握专业知识。

第三，安排毕业实习。师范院校的毕业班学生都要到中学去实习一段时间，才能较快地适应中学的教学任务。为此，我们在学校统一安排下联系西藏各地区的中学，带学生到中学去实习。在当地学校教师的帮助下，我们顺利地完成了任务。学生对实习效果感到满意，信心十足地走上工作岗位。

第四，提高现有师资质量。学院教师中，有不少是原来的中等师范学校留下的，还有从内地大学主动报名到西藏工作的工农兵学员。为使他们更好地担任师范学院的工作，学校一方面加大选送青年教师到内地大学进修的力度；另一方面要求我们帮他们进行培训和辅导。

第五，实验室和图书室建设。在第一批教师的工作基础上，我们对各专业的实验室进行了改造，使它更好地为教学服务。我们这批援藏教师中有一位从复旦大学图书馆来的老师，从事图书管理十多年。他与几位原来的老师一起，把图书资料（包括原有的和我们带去的）全部整理和编目，向全校师生员工提供服务。

第六，参加自治区1977年招生工作。1977年底，全国恢复高考。我们在自治区党委和政府领导下，参加了1977年高考命题、改卷和招生工作。命题前我们到七一农场等知青点了解情况，使工作顺利完成。录取学生时，有些教师还深入农牧区面试学生。体育教研组通过1977年招生，从1978年开始，培养西藏本地第一批体育师资专业班学生。

西藏师范学院领导对我们的关心和爱护，当地老师对我们的尊重和友谊，我们都铭记在心，不能忘怀。学校召开师生大会表彰了我们中间的不少老师，授予他们西藏师范学院优秀教师称号，这是对我们工作的肯定和鼓励。为了改善我们的伙食，学校组织力量到农牧区去购买活牦牛、整只羊和大米；到林芝去运回苹果等水果。为了抵御严寒，学校在每个教研组办公室装火炉和通风设施，供应煤炭生火。当地老师热情邀请我们到他们家做客，取出青稞酒和酥油茶招待我们。每逢节假日，他们带上青稞酒、酥油茶和糕点与我们一起“耍林卡”、游公园，丰富了我们的业余生活。下面两件事值得记录下来。

第一件事是体教组黄玉良老师患了急性胰腺炎，学校马上联系拉萨市人民医院进行急救。学校一方面组织全校师生准备献血，安排陪护；另一方面联系航空部门及黄老师家属，送黄老师回沪治疗。这时，许多汉藏师生参加了验血，最后确定了几位同去的青年教师献血。等黄老师病情稳定后，立刻由上海师范大学派干部和校医陪同家属护送他回上海治疗，黄老师终于转危为安。

第二件事是数学组张汉正老师，因严重缺氧，头发几乎落尽。他去看了藏医。医生开出方子：用茅台酒浸虫草，擦头部使其长发。这两样都是难以买到的物品。数理系党总支书记洛桑达瓦得知消息后，立刻联系拉萨商务局领导，说明情况，请他们特批16元虫草1斤，8元1瓶的茅台酒2瓶，虽然没能扭转张老师脱发的局面，但西藏师范学院领导对援藏老师的关怀让我们深受感动。所幸张老师援藏结束回到上海后，脱掉的毛发又重新长了出来。

作者简介：

华宣积，男，1939年生，浙江宁海人。中共党员。1961年毕业于复旦大学数学系，留校工作。教授，享受国务院特殊津贴专家。1986年全国教育系统劳动模范。长期从事基础课教学，并兼任系行政或党务工作。援藏期间担任西藏师范学院数学教研室主任。参加并完成《船体数学放样》等10个课题。1977年、1978年、1985年分别获全国科学大会奖（合作）和国家优秀教学成果一、二等奖（合作）以及多项省部级奖。

计荣才，男，1947年1月生于上海，中共党员。毕业于复旦大学物理系，1976—1978年作为第二批援藏教师在西藏师范学院数理系物理专业任教。回沪后在复旦大学物理系从事教学和科研工作，曾获教育委员会科学技术进步奖二等奖。1988年到武警上海消防总队教导大队工作，任教研室主任，大校军衔。

情寄西藏

黄宏真

⊙ 汉语文组老师（2016年拍摄）左起：熊玉鹏、高天如、黄宏真

接棒第一批援藏教师队，送走汉语文专业首批毕业生

第二批教师队汉语文教研组共有6人：高天如、张玉瓖、熊玉鹏、林自德、张国樑和我。高天如担任政语系党总支副书记并执教语言学概论课，张玉瓖担任汉语文专业党支部副书记并执教文学概论课，熊玉鹏

执教外国文学课，我和张国樑、林自德分别担任汉语文班一、二、三班班主任，并分工执教现当代文学、现代汉语、写作和教材教法等几门课，还兼任其他专业的汉语文公共课。

在拉萨期间，我们和西藏师范学院的和绍勋、次旺俊美、张廷芳、李雁辉、次仁甲措、杜宗和、朱新华、胡阿萍、薛景胜、韩志宁、张晓明等老师和睦相处，同心协力，克服困难，完成教学任务。我们于1978年7月送走了西藏师范学院汉语文专业第一批大专毕业生。他们大都回到家乡，被分配到日喀则、山南、林芝、昌都、那曲、阿里、拉萨等地担任小学教师，有的坚持进修提高水平到中学任教，有的成为政府机关干部，也有的当了西藏人民广播电台播音员。学生们在各自的岗位上为西藏文化教育事业发展做出了贡献。

回顾两年的教学工作，有困难，有曲折，有收获。

首要的困难是学生的汉语文水平问题。虽然大部分同学已在西藏民族学院学习7年，在西藏师范学院也学习了2年，但他们的阅读面不广，知识储备不足，文字表达能力不高，实际水平与师范学院汉语文专业的要求还有距离。为此，我们的教学在第一批援藏教师已打下的基础上，参照内地师范大学中文系的课程设置和教材，适当降低标准。我们还根据藏区教育事业的需求和学生实际水平，编写补充教材，自选自编自刻自印讲义。学校在初创阶段，图书资料尚不完备，当时通信还不发达，给编教材带来很多困难，工作量较大，都被大家一一克服。

为了提高学生读写能力，同事们还利用课余时间为有需要的学生补课。学生也都努力补缺，记得有次补课时，一位女同学生病发烧，也不愿休息，一直坚持到上完课。

1976年8月25日，我和张玉瓖带汉语文一班学生到拉萨市郊农场参加秋收，打土坯、搭帐篷、砍柴、收割青稞、自己开伙烧饭，藏族学生能吃苦，独立生活能力很强。相比之下，我们这些老师倒笨手笨脚。学生教会我们许多劳动技能，如何割青稞、如何搭建做饭的灶头等。我们也见识了藏族农民独特的收割方法。内地稻麦收割后要摊在打谷场碾压脱粒。我们所在的农场没有平整的地块，割下的青稞摊在哪儿脱粒？有位同学见有牧民赶着一群羊经过，上前与牧民商量后把那群羊借来，赶着羊群在清除杂草的地上跑了几十圈，在羊蹄密集的踩踏下，一片平整的打谷场就出现在眼前。近年在新闻中看到，如今西藏青稞收割早已实现机械化，但47年前所见的传统方式还历历在目。有天晚上大雨，听说拉萨河发大水，我和张老师担心另一半学生住的小帐篷被大雨冲垮，便拿着手电筒去查看。结果我们在大雨中迷了路，没找到那拨同学住处，幸亏第二天得知他们安然无恙。

这次下乡与学生同吃同住，师生建立了较为亲密的关系，消除了陌生感。回校后，常有学生到宿舍找我们谈心，或带着学习中的问题来求教，或对老师的教学方法提出意见和建议。课堂学习渐渐走上正轨。

从农场回校不到一月，又接校部通知，到当雄开门办学，参加社会实践。能去牧区见识“风吹草低见牛羊”的草原风光，是我来西藏的一个梦想，心里暗暗高兴。转而一想，我班学生大都来自农牧区，他们不乏农村生活体验，缺少的是接触现代工业生产的机会。于是我几次到教务部门提出我的看法。终于，我班学生获准去军区汽车修配厂开门办学。我们事先去军修厂向厂领导汇报并商讨教学计划，厂方做了周到的安排。同学们报到第一天，正副厂长、党支部书记、生产股长都与学生见了面，介绍军修厂情况，对学生提出要求。从11月15日到12月15日，这些在农牧区出生长大的孩子，在军修厂见识了工业生产流程，跟着老工人学习一些基本操作技能。军修厂的很多工人和干部都是当年十八军进藏转业后留下来的，他们热爱这块土地，十分敬业，有的老师傅冬天离不开床头的氧气瓶，依然坚守岗位。他们向学生介绍了在拉萨白手起家办厂的艰苦创业历程，语重心长地对学生说：“没有党和毛主席，我们不可能来西藏；没有民主改革，你们也不可能上大学。你们要好好学习，为西藏更美好的明天做贡献。”在军修厂进行了为期一个月的社会实践后，学生们更珍惜来之不易的学习机会，变得更刻苦、更自觉，进步也更快了。

⊙ 汉语文专业一班师生合影，第三排左一为作者

1977年10月，我与朱新华老师带领十多个学生与物理专业师生同去林芝八一中学教学实习。八一镇有驻军家属和内迁工厂，因而八一中学汉族学生较多。我们的学生虽然在出发前已做了充分准备，但给汉族中学生上汉语文课，心理压力较大。我们鼓励学生树立自信，帮助他们认真备课，教案一改再改，试讲一遍又一遍，仔细审看他们批改的作业，终于顺利完成实习任务，获得八一中学师生好评。我们的学生也在教学实践中领悟到，只有努力提高基础知识、练好基本功，才有可能成为合格的教师。

在艰苦环境得到磨炼，在付出中提升自我

从海拔4米左右的上海突然到海拔近4千米的拉萨生活，同事们都不

习惯缺氧的高原环境，天天头晕脑胀，吃不下睡不好，几个月后才慢慢适应。

我们在西藏师范学院的生活采用供给制，粮油菜都由食堂统一管理，大伙儿吃食堂，只有春节发几斤面粉大米和几两油给个人开伙。食堂炊事员多为四川人，烧菜非辣即麻，不合我们的生活习惯。为了保障营养与健康，大家想方设法改善伙食。家属在上海千方百计购买当时还稀缺的各种鱼肉罐头、肉松、虾皮、蔬菜干、麦乳精等食品托人带到拉萨。在拉萨结识的当地朋友有时会帮我们搞到一些汽油烧饭用。胡金星的家人还寄来了蔬菜种子，把宿舍前空地开垦成菜园，撒上菜籽，覆盖塑料布，在太阳照射下，菜种不久就发芽、出苗、长大。点燃汽油炉子烧一锅热水（高原缺氧，烧水达不到沸点），放进几勺罐头肉，撒一把绿油油的鸡毛菜叶子，便是有荤有素的美味汤，就着食堂买回的馒头米饭，也很享受。

有时候当地教师邀请我们到家里打牙祭，张廷芳给我们做的北京打卤面，李雁辉老师烧的湖南菜，次仁加措家的甜奶茶与风干牛肉，我至今记忆犹新。

高寒气候给我们的健康也带来一些问题。

我年轻时生过两次肺病，虽早已痊愈，但呼吸道较脆弱，常发慢性咳嗽。离开上海前正值我咳嗽发作，为了乘长途车不影响他人，也为了平安过唐古拉山，我母亲用小火炒了些川贝，研磨成冰糖川贝粉装在小瓶子里，让我一路含服，果然派上大用处。过唐古拉山前后那几夜，我都是吞一口川贝粉睡安稳觉的。车过唐古拉山垭口时，同志们激情澎湃，抢过我的小记事本写了许多抒发豪情的短诗，我用沙哑的喉咙念出来互相鼓舞，也得力于川贝粉缓解了咳嗽。

张玉瓖曾两次晕倒在课堂上，还不许我们告诉她家人。拉萨医院医生诊断她是缺铁性贫血，她爱人老吕得知后，托人加工了好几斤菠菜干寄到拉萨。有一次我去拉萨医院就医，发现血小板减少，远在河南的外婆听说后，托回乡探亲的军区汽修厂老师傅给我带了一大包花生衣，说是有助于增加血小板数量。

我在拉萨最后半年内分泌失调。回沪后，老中医把脉，说我因高寒地区生活引起“上实下虚，命门火衰”，给我调理半年又服用一剂冬膏滋补药才好转。

我们能安心在西藏工作也离不开原单位领导及同事的关心和家人的支持。进藏时，我爱人还在福建工程兵部队服役，每年只有十二天探亲假，孩子送全托幼儿园，节假日由我父母接回家照料。两年间，常有基层领导和同事到我家探望，并写信把我父母及孩子的状况转告我。有一次，我母亲回乡探望我外婆，她自己病倒在乡下，生命垂危。母亲所在单位派两名干部陪同我父亲到河南南阳把她接回上海治疗。直到我完成任务回到家，父母才把此事告诉我。我非常感谢深明大义的双亲对我援藏工作的理解和支持。

有付出，更有收获。报名援藏两年，我曾自以为有觉悟，甚至有点自豪。但看到长期坚持在西藏工作的同事们的奉献，便很惭愧了。

汉语文组组长兼党支部书记和绍勋老师来自云南，1967年于中央民院藏文专业本科毕业就到西藏自治区师范学校任教，是元老级人物。和老师工作勤恳，任劳任怨，勇于承担责任，为人谦和。和老师的家属在云南丽江，他一人住在简易平房里，生活极其俭朴。据说他1982年调回云南时，抱着宿舍门前一棵树不舍地哭了。和老师带走的只是一个木箱，名副其实的两袖清风。

李雁辉老师初中毕业从湖南乘大卡车进藏，在西藏地方干部学校结业后遇上西藏叛乱，突击学习藏语，在险恶的环境下到农村参加平叛和民主改革，三人同行才可出门，但她不畏艰险。到师范学院汉语文组后虚心学习提高业务水平。谈及她进藏后的经历，她总是笑眯眯地说：“当时没觉得苦。”李老师的丈夫老王是西藏自治区文管会主任，他夫妇俩多次邀请我们到罗布林卡草坪聚餐耍林卡。

次旺俊美和张廷芳夫妇的奉献精神和崇高品格，给我们最多感动。他们1970年毕业于北京师范大学，1972年分配时双双进藏，从师范专科学校到师范学院乃至西藏大学，为汉语文专业的创办、发展、健全做了大量开创性的工作。当时学生水平尚不足以学习大学课程，他们就补充内地中学教学内容给学生补缺，编写适合学生水平的汉语文教材。张廷芳编选教材，次旺俊美将教材译为藏文，辅以大量练习，对学生加强读写训练。他们组织水平参差的教师，健全了每周一次的教研组集体备课活动，从推广汉语拼音方案、写字规范化到如何备课写教案，共同提高教学水平。课程设置、教材编写、课外练习的配置，从无到有。随着学校发展扩大，次旺俊美出任西藏大学首任校长，张廷芳后来也担任了藏大副校长。次旺俊美夫妇从青年到中年再到老年，无怨无悔地献身于西藏教育事业，又虚怀若谷，从不居功自傲。

一批批年轻教师也为汉语文教研组注入了新的活力。如朱新华、胡阿萍等“藏二代”，张晓明、薛景胜、韩志宁等带着户口自愿进藏的内地大学毕业生，以及西藏师范学院毕业留校的次仁甲措，工作都兢兢业业，逐渐成长为骨干教师。

当年在西藏师范学院流传一种说法，当地教师是“永久牌”，我们援藏教师是“飞鸽牌”。虽说这是玩笑话，但也反映了实情。与他们相比，我们这点付出真算不了什么。西藏军区汽车修配厂一位十八军转业干部对我说，他们当年是一声令下就出发了，哪有什么体检，过雪山走一段爬一段，很多战士适应不了高寒气候牺牲在进藏路上。厂长说：“你们进藏前经过严格体检，一路有专车接送，有医生陪同。等于到西藏来出一次差。西藏需要人，你们能来就好。”有了对比，才有自省，我意识到自身的差距，从而严格要求自己，去除浮夸，踏踏实实做好教学工作，为培养西藏教育人才略尽绵薄之力。

两年西藏缘　一生雪域情

两年时间是短暂的，但与西藏师范学院教师和学生结下的友谊却是长远的。

告别拉萨的前几天，学生纷纷来到我们宿舍帮助收拾行李打包，赠送临别礼物，有哈达，有牦牛尾巴，有照片，更多人送笔记本，扉页写着“民族不同阶级亲，语言不同心连心”的心愿。多年以来，有一个画面时常在我脑海里闪回：平时看上去有点怕羞的穷巴同学没有送小礼物，而是来到我们宿舍，不声不响地找出我们的几个烧饭锅子，抱到院子里一堆黄沙旁，蹲在地上抓起一把把黄沙来回擦拭，直到把几个已黑乎乎的铝锅擦得明明亮亮……此情此景，这种独特的告别方式，在我心底激起的感受，无法用任何语言表达。

回沪后，我经常收到同学来信，或讲述他们的工作情况，或谈谈工作中遇到的困难，或报告自己进修提高取得的成绩，也有委托我们替他们买书的。从来往信件中得知了他们毕业后在继续学习，不断进步，有的还获得到内地进修机会。

分配到那曲的白拉在艰苦的藏北努力工作，第一批被评为小学高级教师，还当了自治区人大代表。那位不声不响帮我们擦锅子的穷巴同学被分配到贫困的南木林县，当了六年小学教师，工作踏实能吃苦，被提拔为县团委副书记、副县长，还曾被派到海拔五千多米更贫困更艰苦的边境县任职，后来又当过林芝地区公安处党委书记，始终服从分配，任劳任怨，家有困难也不提出，最后才因家人身体不好回到家乡日喀则地区担任统战部部长、自治区统战部副部长。回到阿里当教师的阿旺次仁工作出色，被推选为阿里地区人大副秘书长，还曾被选派到中央党校进修学习。分配到自治区教育厅工作的丹增朗杰同学，曾下放到条件差的那曲当副专员，又升任西藏自治区民族宗教事务委员会主任，有两次给我打电话都是他下沉到寺庙处理民族事务问题时打来的，说他已多日没空回家。丹增还曾担任过日喀则地区党委书记、自治区人大常委会副主任、党组副书记。他还积极筹建了西藏自治区民族团结发展促进协会，推动各级领导向企业家投资，倡导企业与民间组织做公益，为促进各族团结和帮助企业发展做了大量工作，可惜他刚满六十岁就去世了。次仁多吉同学一贯好学习爱钻研，常写信跟我讨论教学问题，不断提高教学水平，在那曲工作到退休并获中学高级教师待遇，担任地区教委主任后还关心帮助遇到困难的老同学。但长期在气候恶劣的藏北工作，影响了他的健康。他不仅患有缺氧造成的脑缺血、肝肾等疾病，而且曾因双腿静脉曲张到上海华山医院手术治疗。退休后，他搬到医疗条件较好的拉萨生活。2020年教师节，他在给我的微信中赋诗与我共勉："教书育人献终身，育得桃李满天下。授予明灯永照亮，人生坎坷化坦途。"遗憾的是，次仁多吉还是不久前因病去世了。分配到不同地区的汉语文班同学走上社会后，都在工作中磨炼成长成熟，成为推动西藏社会发展进步的重要生力军。

两年相处，我们与西藏师范学院本地教师结下深厚友谊。汉语文专业党支部书记和绍勋老师在工作中尊重援藏教师，十分关心我们生活和工作中的困难，随时解决。他的孩子出生时，他因为工作忙没能及时回去。当他终于请假回家探亲时，我买来藏产毛线，在张玉瓖指导下织了件红毛衣，让他带回家作为给小宝宝的见面礼，寄托我们的感谢和情谊。

回沪后西藏师范学院的教师也一直与我们保持友好来往。李雁辉、胡阿萍来上海进修，都到过我家。张廷芳老师来上海进修或是出差，都与我们约见，并带来珍贵的礼物。有一次她特地去八角街专卖店买了最好的藏香送给我们，我把藏香分放在书橱里，已搬过几次家，经历了不知多少个黄梅天，书橱里的书都没有发霉生蛀虫。有时静坐看书，点燃一支藏香，闻着那奇妙的香味，就会回忆起那段难忘的岁月。

随着近几年通信的发展，张廷芳、葛乃福和我都加入了汉语文一班的微信群，更便捷地了解同学们的近况。学生们都已退休，在条件艰苦的藏北牧区和阿里等地工作的同学退休后，也都享受到自治区对教师购房的优惠政策，在拉萨买房定居，安享退休生活。他们的子女都已成才，有的还来内地学习，第三代也有了更好的学习环境。常看到同学们发布在群里的聚会歌舞耍林卡以及西藏新风貌的照片、视频，从他们的生活状态感受到了西藏的巨变。我们都特别高兴，为我们能参与培养这批优秀的教师而自豪。

2022年春，上海发生了新冠疫情。远在拉萨的同学看到消息都发信来问候。4月21日，我突然收到从西藏人民广播电台退休的央珍同学来信及转账9 500元，说是汉语文一班十三位同学的集资，叫我把钱转交葛乃福、叶澜、杨国芳等教过他们班的老师。信中写道："请转告各位老师，远在世界屋脊上的学生关心着您们的安危，疫情无情人有情，我们时刻为您们加油、祈祷！愿各位老师健康、长寿！"读着同学们暖心的话语，我的眼眶湿润了。与葛乃福等老师商量后，我们退回了捐款，收下了这份沉甸甸的心意。同学们执意要给，是张廷芳老师给同学们写长信劝说，他们才收回。同样，2023年夏秋之间西藏出现疫情，有同学给葛老师写信说生活不成问题，她家冰箱储备了充足的食品，但时间久了有点烦闷。葛老师立马写信给我，约我一同在微信群鼓励同学们要有信心战胜疫情。

教师队的藏友们牵挂着西藏，西藏也记挂着我们。虽然我们只做了一点点工作，但是我们有共同的情怀：两年西藏缘，一生雪域情。

作者简介：黄宏真，女，生于1942年11月，祖籍河南新野。1963年于上海教育学院中文系毕业，留校任教至退休，曾获上海市育才奖，参与创办《中文自修》，副编审。1976—1978年赴西藏师范学院任教。

我对赴藏援教动力的沉思

胡金星

⊙ 胡金星（中），副研究馆员，于复旦大学国际关系与公共事务学院

我于1976年7月至1978年8月参加第二批赴藏援教西藏师范学院（现西藏大学，以下简称师院）。这批援藏教师有45人，其中我校14人，由上海市组织。组织活动轰轰烈烈，仅欢送就有系、校、市的分别欢送，和出发日的共同欢送。

不少人认为我援藏两年，工资、职称肯定各上一级。其实那时不会有这方面的奖励，但依然有足够动力使我泪别亲友、师生，踏上莽莽天路。这些动力：一是报国之志。我家曾经很贫困，幸有困难补助，才得以“高龄”上学，并从小学到大学几乎都免费。国家雪中送炭，我报恩之念，报国之志油然而生。二是相互信任。共产党信任接纳我，国家和学校信任培养我，老师们信任支持我，家人们信任帮助我；我信任组织、老师、家人。真诚的相互信任，形成一种无形的力量，促使我不甘落后，不敢辜负组织、老师和家人的希望和期待。三是农民气质。我从七岁开始就以“小农民”身份，和哥哥、妹妹参加互助合作。四年级时和哥哥、妹妹踏水车（传统的人力抽水工具），承包三亩多地的水稻灌溉任务。上学期间的节假日必在地里干活。1966年高中毕业回乡后成为正式农民。在农村，什么农活都干过，什么苦都吃过，不少风险也经历过，练就了勤俭朴实、善良坦率、懂得投桃报李的品质；磨炼了不畏艰难困苦的意志。这些品质和意志成为我攻坚克难的支柱。四是责任担当。大学毕业分配时，家乡一意要我回县工作。在分配方案已确定的情况下，学校和国际政治系领导仍然千方百计把我留下，让我当上了梦寐以求的人民教师。当时我就立誓：一定为学校尽心尽责尽义务，急学校所急，行学校所需，为学校增光添彩，绝不有辱学校、有辱榜样力量。我的老师童彭庆，克服超龄和家里三个孩子年幼的种种困难，毅然参加了第一批赴藏援教队伍。他以亲身体验鼓励我放心前行。他爱人不愧经历过上甘岭战役，素有牺牲精神，积极支持童老师，勇担全部家务。他们是我和我家的榜样、力量源泉。

在各种动力的综合作用下，我激情燃烧，欣然报名，攻坚克难，以义制利，顽强坚持，心甘情愿做好各项援教工作。

第一，欣然报名。援藏教师须有系统知识、专业素养、科学头脑、民族平等团结观念、高尚人格、蓬勃朝气，我深知自己的业务水平和教学经历不符合要求，故最初没有报名，但经领导和老师的热情鼓励，在全校动员大会上欣然登台报名，表示自己虽然没有上过课，没有教学经验，但政治表现、自身修养、身体素质等条件符合要求，且有报恩之心、奋进之劲、不怕艰难困苦的精神和义务责任担当，相信自己能胜任工作，请求学校挑选。

第二，寻求家人支持。因为各种原因，家人们没有第一时间得知我报名的事，也都没有思想准备。我母亲一直多病，怕我照顾不上。爱人难产，身体虚弱未完全康复；工作单位又离我家十几里路，没有公交，只有羊肠小道，带个三个多月的小孩，不知如何是好？她俩成天流泪，卧床不起。但我相信我的家人会通情达理，顾全大局，于是先请妹妹帮忙，她完全接受后，劝我爱人和母亲放心。然后请求岳父母协助，他们表示不能拖后腿，娘俩平时可住他们那里。最后母亲不反对，爱人表示不会阻止我的正当决定，只是担心我身体不支，她不能送行。我泪如泉涌，深深感谢。

第三，以诚求信。到师院后我时刻提醒自己是大复旦里的小人物，没有任何骄傲的资本，必须谨慎，以诚求信。经过努力，赢得领导、学生、老师和同事们的信任，建立了和谐平等关系。我和自治区文教局局长多吉只有一面之交，但他只要遇见我，就会停车打招呼，甚至让我乘坐他的专车，令我感慨万分。师院一把手，受师生十分敬重的高主任，见我总是笑容可掬、关心体贴。总支书记老董，几乎天天和我们在一起，或嘘寒问暖，或讲述他们艰苦奋斗的故事，或打牌，或让我理发，没有任何架子。他们都是老干部，时刻洋溢着为汉藏团结平等，不惜牺牲的“老西藏精神”。我们政史组的老师，无论什么民族，来自哪个学校，虽然对某些问题的看法有时不尽一致，但从来不影响相互间的信任。当地老师，都与我相敬相助，在我回沪之后，还带来青稞和酥油茶，有的还来复旦大学或我家看望我。我们同吃、同住、同办公于一室的三位，支部书记张戎舟大度、宽容、民主，有事总和大家商量；老教师严存生，经验丰富，总能指教我们；我总是挑水，打饭，弄汽油，多做“家务”，大家从不为生活琐事闹矛盾。

第四，攻坚克难。在藏生活上的最大困难是饮食不习惯。主食藏面馒头我吃了不舒服，最后怎么也吃不下；菜里的花椒、辣椒、胡椒让我心焦；莲花白吃得“脸发白”，体重一度从104斤下降到92斤。但前有动力，后有誓言，自己心甘情愿，因此苦中作乐，例如把馒头切片放在电炉上烤，将麻辣菜用开水冲洗再加工，把从家乡带来的青菜籽培育出鸡毛菜，让同伴们品尝，逢年过节充当厨师，为大家烧几个家乡菜，平时给大家理理发，这些都受到同伴们好评。乐从苦得，生活被忙碌与称赞充实，虽辛苦些，但快乐与喜悦油然而生。家人们来信必问在藏生活如何，我的回复始终是乐而不是苦。其实他们亦然，承受着许多困难，对我总是报喜不报忧，只是经常称赞和感谢我的老师颜声毅和倪世雄不怕路遥，或每月把我的工资送到我家，或专程去看望我爱人、小孩。为表示我在藏生活轻松愉快，感激家人的支持帮助，我买了许多西藏毛线，并为我爱人打了一件针法新颖的毛衣捎回家，大家都很欣慰。

教学中的最大困难是资料缺乏、知识欠缺和能力不足。师院图书馆因全面建设、整理，两年不曾开放；系里没有资料室，没有报刊；因供电不正常，广播也很难听到。我虽带了些资料，但少有党史和藏族学生喜闻乐见的西藏故事等。本想结合中共党史教学，调查研究中共组织在西藏的产生和执政，以及西藏政教关系，因条件所限，没能如愿以偿。我们教学一方面靠现有教材，仔细研究，力求融会贯通，表述通俗。另一方面靠请教。一是请教当地老师，他们对西藏的政治、宗教比较熟悉，其中一位是很早进藏并扎根的彝族老教师，教学经验丰富，乐于指导；一位是能看懂布达拉宫内藏经的少数藏族同胞之一，讲解西藏宗教和风俗习惯别有风味。他们的指教，使自己充实不少。二是请教上海老教师的教学经验，他们都会热情赐教，但婉拒听课。我就找机会在教室外聆听、观摩。他们的循循善诱、细细分析、逻辑推理等都对我很有启发。

第五，以义制利。这里的义利是指援藏报恩的大义和自己丧失进修机会等小利。1977—1978年是国家启动改革之时，学校恢复高考制度，并采取各种措施提升在校青年教师的业务水平，复旦大学留校的工农兵学员几乎全部“回炉”进修。这是英明决策，对我极为必要，因为我的国际政治专业学习底子薄，援教的中共党史课程教学并非国际政治系教师承担，回复旦大学国际政治系后，须另开他课。怎么办？以义制利，坚持做好眼前的援教工作，绝不三心二意。

感动使我忘却记忆的枯竭，响应征文活动，开动老旧的机器，沉思当时赴藏援教的动力，重温初心，写下这段有点枯燥的回忆短文，以补援教结束回校时应有的小结与汇报。

作者简介：胡金星，男，1946年4月生，上海南汇人。中共党员，毕业、工作于复旦大学国际政治系，副研究馆员。1976—1978年援教西藏师范学院政史组，曾被评为该院优秀教师。

革命文艺班

陈幼福

⊙ 左起：李志舆、作者、石林摄于2016年援藏教师聚会

西藏师范学院革命文艺班是1975年招生的。西藏师范学院1975年7月成立，当时有两个系：政治语文系和数理系，文艺教研组隶属于政语系。

革命文艺班的生源，一是从本校学生中选拔出10人（音乐、美术各5人），二是从西藏民族学院调整过来的部分学生，三是昌都、那曲、当雄及部队选送的工农兵学员（部分有学籍，部分是进修性质）。

这批学生中出了一些出类拔萃的人才。比如美朗多吉来自昌都，是西藏著名作曲家、国家一级作曲家、西藏文联副主席，在全国广泛流传的《慈祥的母亲》《向往神鹰》《康巴汉子》《阿妈的酥油灯》《心中的昌都》等都是他的作品。1976年，昌都文工团把初露才华的美朗多吉派到西藏师范学院学习。经过一番考察后，上海戏剧学院援藏教师、著名导演李志舆见到这个14岁的孩子来上文艺专业，就笑着对他说："美朗多吉，我发现你乐感很好，你转学乐器怎么样？"于是美朗多吉学起了二胡。1985年他毕业于上海音乐学院。

⊙ 文艺班送别我们回沪时依依不舍的场景，靠前人群中间最小的是美朗多吉，他后来成为西藏著名作曲家

当时文艺班有个进修生觉嘎，来自当雄草原，经过多年的刻苦努力，成为第一位藏族音乐学博士后，现任西藏大学艺术学院院长。

扎西次仁是学美术的学生，1978年毕业留校工作，经过进修提高成为业务骨干。扎西次仁担任过艺术学院院长、藏大校办主任，后来任西藏民族大学党委副书记、校长，退休前是西藏自治区人大教科文卫委员会副主任委员。

⊙ 作者（后左二）与学生在一起

⊙ 文艺班演出归来，后面车上站立者为作者

⊙ 文艺班师生在当雄牧区教学实践

⊙ 文艺班部分学生

⊙ 文艺班演出，中间扬琴演奏者是次旺俊美（西藏师院教师，1985年任西藏大学首任校长），大提琴演奏（右二）为作者

我在西藏工作、生活的两年，感受很深，有下面几点感悟。

一、生活条件虽艰苦，但西藏是中华文化的一片艺术圣地，我作为一个艺术教育的老师必须去“朝圣”，充实自己的人文修养。

二、藏族是个能歌善舞的民族，我们的学生具有天然的优势，这种悟性在于我们让其掌握了一些基本技能后，他们很快就能畅游于艺术的海洋中。虽然当年有些学生还不识简谱，不会拿画笔，听汉语都有困难，但援藏老师和当地老师密切配合，因地制宜，因人施教，为西藏师范学院艺术专业的创建和藏族文艺人才的培养做了一些开拓和引领的工作。

三、我在两年的工作和生活中结识了王丽华、次旺俊美、张廷芳、强曲等几位本院老师及后来留校任教的学生朋友，友情常在。

西藏，我的第二故乡，天美，山美，人更美!

⊙ 西藏大学革命文艺班学生毕业四十周年纪念合影（2018年）

本文的一些资料取自张廷芳老师提供的革命文艺班毕业40周年纪念册

作者简介：陈幼福，男，1941年8月出生，上海人。中共党员。1965年毕业于上海音乐学院民族音乐系，留校任教，副教授。曾担任上海音乐学院附中党总支书记，上海音乐学院院长助理及民族音乐系党总支书记、副主任等职。1976—1978年支教于西藏师范学院文艺班。

我们的回忆

华宣积　王仁义　徐剑清

⊙ 自左至右：王仁义、华宣积、徐剑清于2016年复旦大学光华楼

我们三人都是1976—1978年赴西藏师范学院数理系数学专业支教的上海教师。两年的援藏生涯终生难忘，我们愿将仍留存在脑海里的记忆写出来，了却我们的一桩心愿。

1977年西藏高考小故事

1977年全国恢复高考。全国各地570多万青年从工厂、农村、学校、矿山、军营和知青点走进了考场，其中23.7万人迈进了梦寐以求的大学校园。

那年11月，西藏自治区召开高校招生工作会议后，全区迅速行动起来。西藏师范学院（西藏大学前身）的上海高校第二批援藏教师都参加了或多或少的工作——宣传、辅导、了解考生情况、命题、阅卷和招生等。三个月不到的时间里，发生了许多值得回忆的故事。我是一名数学教师，只知道一点与数学组有关的事。时过40多年，许多事的记忆都模糊了，但有件事我却印象深刻，始终难忘。

在招生工作接近尾声时，自治区招生办送来了西藏师范学院可录取的名单，要学校确认。数学专业有40名学生，其中有一名藏族学生叫格桑尼玛，成绩很好。这次高考命题，分别出了初中卷和高中卷，考生可以任选。格桑尼玛成绩虽好，但他考的是初中卷。他进校后能与其他考高中卷的学生一起上课吗？如果不能，就必须为他一人单独授课，这是很难办到的事。如果不录取他，又是不公平的。怎么办？为了了解格桑尼玛的真实数学水平，就需要对他是否具备高中数学基础进行摸底。

格桑尼玛的工作单位在那曲的一个煤矿，通信极不方便。让地区招生办去了解的话，可能会被耽搁。开学在即，耽搁不起啊！这时，数学组的支部书记，来自上海师范大学的徐剑清老师自告奋勇，为了这位藏族学生，他说应该马上出发去那个煤矿了解情况。他决定自己去。在场的老师开始是一惊，接下来是担忧。那曲地于藏北高原，比拉萨海拔要高，更缺氧，更寒冷。他一人去会碰到多少困难？当时数学组要承担3个本专业班级的数学课以及全校公共数学课，人手很紧。这些徐老师当然知道，但他更知道支部书记的责任。最后他决定去，他一面上报院领导批准，一面做出发准备。他带了一张高中卷和简单的行李，第二天就出发去了那曲。几天后，徐老师带着疲惫的身子笑容满面地回来了。格桑尼玛不仅能做高中卷，而且分数很高，他以优异的考试成绩被学院录取。

40位学生编成一个班，叫“82数学班”，其中38位是汉族学生，他们中有干部家属、职工子弟、上山下乡知青，一位是回族学生索玛尼，还有一位就是藏族学生格桑尼玛。

事实证明，我们当年录取格桑尼玛是做了一回伯乐。格桑尼玛成了西藏师范学院毕业生中的佼佼者。2005年出版的《西藏自治区志·教育志》记录了格桑尼玛后来的轨迹：1982年于西藏师范学院数理系数学专业本科毕业，留校任教。历任西藏师范学院数学教研室副主任、副系主任、系主任、副教授，1990年任中国数学学会理事、西藏数学学会副理事长。1994年任西藏农牧学院副院长，1998—2000年任西藏民族学院党委书记。1998—2003年任全国政协委员。此后还担任过西藏自治区教育厅副厅长等职务。（本文作者：华宣积）

援藏经历是我人生的宝贵财富

1976年7月，华东师范大学（当时为合并的上海师范大学）数学系周延昆、徐剑清和我三人随上海市高校第二批援藏教师队赴西藏师范学院（现西藏大学）任教两年。时间虽然过去四十多年，然而当时的许多工作生活情景仍然历历在目，难以忘怀。

当时我们是从上海火车北站登上火车，经过70多小时的旅程，到达甘肃柳园站，再转乘客车继续前行。车子一路上沿着青藏公路颠簸起伏，越过了巍峨的昆仑山脉，跨过了长江源头沱沱河上的小木桥，翻过了终年积雪的唐古拉山口，大家克服了缺氧劳累不适等困难，经过十多天才到达拉萨，受到西藏师范学院全体师生的热烈欢迎。

在西藏师范学院工作期间，我们三位教师住在一间二十余平方米的平房里，每人拥有一张单人床和一张用来备课和批改作业的书桌。厕所是一个需露天走几十米小路的小棚棚。住地没有自来水，平时洗漱、洗衣等生活用水需要用水桶从深井里拎上来或直接从拉萨河挑来。经常停电，晚上通常是点蜡烛备课批改作业。拉萨海拔高，气压低，水烧到89摄氏度就开了，所以我们平时用餐的主食馒头时常有小半个是半生不熟的。由于缺氧，稍微运动就会感到胸闷头痛。但援藏教师仍以饱满的精神状态，克服各种困难，投入工作。

在西藏师范学院工作期间，除担任大学课程的教学外，培养提高当地教师的教学业务能力也是一项重要任务。我们都承担了繁重的教学工作，每个人每学期均需承担多门课程的教学任务，许多老师还兼任行政党务工作。这样就能使各专业的当地骨干教师有机会选派到内地高校进修学习。华东师范大学数学系就接纳了大罗桑朗杰、次仁曲珍等藏族老师。同时，对没有机会到内地进修的当地教师，援藏教师还要为他们开设各类专业提高进修课程。这些措施有效提高了当地教师的教学水平和能力。

回顾两年的援藏工作，我们不仅为西藏高等教育事业做出了一份奉献，援藏经历也丰富了我们的阅历，更是一笔宝贵的人生财富。大家还体验了美丽西藏的雪山和蓝天，感受到了兄弟民族的善良质朴性格，收获了藏族师生满满的尊重和友谊。在西藏工作期间，我们与藏族老师真诚相待，团结互助，还经常应邀到他们家中做客，品尝醇香的酥油茶和甜美的青稞酒，与藏族师生结下了深厚的民族情谊。我至今还与西藏大学的几位藏族老师保持联系。（本文作者：王仁义）

往事追忆

在进藏途中，我们经过柳园。柳园缺水，出奇地缺水。水是从173公里外的一个什么地方用火车运来的。柳园的水贵如油，举个例子，我们洗脸后的水不舍得浪费，但又没有别的用途，就把洗脸水倒在宿舍的床底下，房间里不是水泥地，而是泥土，半盆水倒下去，顷刻之间没了，还湿润了干燥的房间。不过也有一些矛盾，上海人是“水鸭子”，喜欢干净，到哪里都要洗头洗澡，洗澡不够，还想洗头。当地工作人员总是劝告我们别洗头了。柳园海拔不算高，但我已经开始有些头痛，好在睡一晚后基本好转。

为了快速通过无人区，驾驶员凌晨四点钟就带我们在崎岖不平的青藏公路上狂奔，直到晚上八点才进旅店休息，第二天照常。我们不解地问驾驶员：“为什么要这样？”他的回答是：“为了你们少受点罪，在这里多待一天痛苦更多。”我们终于理解了驾驶员的苦心，我们还真是受够了。当时没有高速公路，道路崎岖不平，有时还要在山涧河道里淌过，车况也差，都是硬板凳，尤其坐在后排，一天颠簸十多个小时，能不累？能没有高原反应？

我佩服驾驶员，那是一位四十来岁的内地驾驶员，我说：“你一定身体很好，长年累月在青藏公路上开车，身体不好哪行啊？”出乎我的意料，他回答：“血压40～60。”我惊呆了，这么低的血压怎么还开车呀？！我担心我们车辆的安全，万一驾驶员有什么情况呢？但转念一想，高原上最忌血压高，他血压低，到了高原增高一点岂不正好？我在心里安慰自己。

我在进藏后扛过一次米。1976年冬天的一天，我正在教室里上课，突然数理系总支书记洛桑达瓦推开教室门，示意我到门口说话。他告诉我食堂没米煮饭了，必须马上去拉米，实际是希望我跟车去粮库拉米。当时我惊呆了，怎么会有这种事情？但老书记的语气使我不得不马上去（老书记也真有眼力，换上别的老师恐怕大多不行），我一面安排学生自习，一面立即跟车出去。

到了粮库，需要跟车人员做搬运工，把一袋袋200斤的大米从粮库扛到卡车上。跟车的一共三个人，扛还是不扛？我立刻想到在平原地区干这个活都有难度，不仅需要体力还需要技术。况且现在是高原地区，我犹豫了。但想到今天领导要我跟车就是要做这件事，好在我在上海参加劳动时干过这活（第一次扛包时一般会因为米袋放得太靠近颈部而掉包，大多数人都会这样），而且我到高原差不多半年，有点适应能力。我仔细默念扛包的要领，把米袋竖放在肩膀的外侧，中部靠在头上（这样头部、颈部、米袋底部形成一个相对稳定的小三角形，若靠内侧必定掉包无疑）扛起包子慢慢起步，居然还行。这样扛了好几包终于完成了任务，我长吁了一口气，无比欣慰。

也是在1976年冬天，上海高校慰问团前来拉萨慰问我们援藏教师。正好慰问团团长跟我爱人比较熟悉，他问有什么少量私人物品需要携带，我爱人别出心裁，说托带两斤青菜。当时青菜在上海也是稀罕货，带到拉萨更是奢侈品。当慰问团把青菜送到我手中时，我异常激动，可是一下子又犯难了：不好意思独吞。正好此时有几位年轻教师参与了无偿献血，就凭这个理由，我把一半青菜分给了他们，另一半就在我们自己房间享用了。把新鲜青菜从上海带到世界屋脊拉萨，这简直是一个奇闻。

下乡劳动是接触西藏社会的好机会，我亲眼看到西藏的青稞长得简直像芦苇，收割时不是“割青稞”，而是“砍青稞”。我在劳动中与学生同吃同住，对学生有了进一步的了解。西藏的学生非常淳朴，师生之间建立了亲密的感情。有一件事令我印象深刻。西藏多山，岩石间有好多蜥蜴（四脚蛇），听说这东西能治病，学生就对我说他们去抓来给我。我觉得做这事情不仅有危险，而且这动物可能是保护性动物，所以没有同意，但学生的情谊我是领了。

我和大罗桑朗杰相处仅半年，他给我留下了极为深刻的印象。他的年龄比我略小，聪明好学，性格温文儒雅，是藏族教师中的佼佼者。当时校内流行这样一个说法：“文有次旺俊美，理有大罗桑朗杰”，后来的事实印证了这个说法。

有一次我和大罗桑朗杰去拉萨郊外尼木县进行教育情况的社会调查，班车在悬崖绝壁公路上行驶，我从未见过这样的情景，坐在车子后排侧向看窗外，不见公路，只见深山峡谷，班车好像不在公路上行驶而是悬在空中，我下意识地在座位上向靠山壁的方向移动。大罗朗看出我有点害怕，笑着稳定我的情绪。以后在回忆往事时常把这件事作为“笑料”。

由此我体会到为什么进藏时领导安排我们走气候条件恶劣但相对平坦的青藏公路，而不走气候条件好但在悬崖绝壁中穿越的川藏公路。（本文作者：徐剑清）

作者简介：

华宣积：简介见本书第285页。

王仁义，男，生于1950年11月，浙江常山人。中共党员。毕业于华东师范大学数学系，留校工作。副研究员。曾任华东师范大学人事处副处长、党委统战部部长及网络教育学院书记等职。于1976—1978年赴西藏师范学院工作。

徐剑清，男，1945年1月出生，上海南汇人。中共党员。1965年毕业于上海师范学院数学系，留校任教。1972年起，从事计算机软件教学，副教授，曾任计算机应用教研室主任，兼任数学系党总支副书记。1976—1978年任西藏师范学院数理系数学专业教师，兼任党支部书记。

情怀雪域　终生难忘

刘必虎

⊙ 物理组援藏教师，自左至右：张美玉、刘必虎、计荣才

1976—1978年，我曾作为华东师范大学物理系的第二批援藏教师赴西藏师范学院援教两年。至今虽时隔40多年，但西藏情缘终生难忘，有些情景仍恍如昨日。

前　奏

1974年，国务院要求上海派出高校教师支持西藏自治区政府建立西藏师范学院。1974年7月，由复旦大学、上海交通大学、上海师范大学（1972年华东师范大学、上海师范学院、上海体育学院、上海教育学院及上海第二教育学院合并后的名称）、上海戏剧学院、上海音乐学院等高校共40人组成了第一批援藏教师队奔赴西藏拉萨，帮助筹建西藏高原上第一所大学——西藏师范学院（即现在的西藏大学）。当时，我系的陈家森老师与其他高校的老师组成了物理教研组，他们以改造客观世界的同时改造自己主观世界的精神面貌，不顾生活艰苦，不断解决工作中的各种难题，连续工作两年（中间不回沪休假）。

经过当地领导、汉藏师生及上海高校援藏教师的努力，1975年7月中旬，西藏师范学院正式成立。上海援藏的第二批教师中有数学、物理、化学、生物、地理、教育、音乐、戏剧、美术、汉语及体育等专业的师资。此时物理专业有两个班：74年招的物理（1）班和75年招的物理（2）班。物理组老师用从华东师范大学物理系带去的仪器材料建起了能满足演示及部分普通物理实验的小型实验室。

两年时间的艰辛劳动得到了师院领导及师生员工的尊重和爱戴，1976年6月底，第一批援藏教师圆满完成了预定任务，班师回沪。

进藏之路

1976年6月29日，我们上海上述高校的第二批援藏教师共45人，从上海北站乘52次列车，告别了家人及欢送的人群，满怀豪情奔赴西藏拉萨。

第三天凌晨，我们到达甘肃柳园车站。下车后，第一批援藏教师已在等候我们，向我们介绍了西藏师院的情况。隔天，送走第一批教师返沪，我们坐两辆老旧的大巴沿青藏公路向西藏进发，行驶在海拔3 000～4 000米左右的高原上，沿路经敦煌、青海格尔木等地。从不冻泉到五道梁这一段，大家的高原反应很厉害，人人脸色发白，心慌欲吐。大家把沱沱河叫作头痛河。约一周时间，我们到达海拔5 231米的唐古拉山口，我感觉高原反应反而有所减轻，可能是逐渐适应了。大家下车拍照留念，寒风不时袭来，但阻挡不了教师们的昂扬激情，好几位老师都赋诗抒怀，我也写了一首五言绝句以记趣：

风雪炼红心，暴雨洗征尘；
脚踩唐古拉，昂首抒豪情！

过了唐古拉山口就是藏北的畜牧地区了，我们又坐了一天多车，经过安多、那曲抵达海拔约4 000米的羊八井。这里气候好，感觉比前面舒服多了。沿路是豪放粗犷的美景，蓝天白云，放眼远眺唯有跌宕起伏、白雪皑皑的群山，眼前绿草如茵，点缀其间的是白色的羊群和悠闲的黑色牦牛。牧民看到我们的车队，高兴地跳起舞来，以示欢迎。真是：

草茂人烟多，牛羊满山坡；
纵目青翠色，充耳欢乐歌！

欢抵拉萨

翌日，我们向拉萨进发，大家欣喜不已。汽车依山傍水而行，一个多小时后到了拉萨西郊的堆龙德庆县。西藏师院的领导在这里迎接我们，互致问候后一同驱车驶向师院。到了学院门口，掌声、口号声、锣鼓声响成一片，大家精神振奋，在师院师生热烈的夹道欢迎中走进会议室，举行了隆重而热情洋溢的欢迎仪式。

这里没有高楼，教工房间是三排土木结构的一层平房，约20间。每间房住三个人，床、椅等生活设施齐全，还有一个可供烧菜的煤油炉。室外有公共厕所。我们下午整理行李和房间，晚饭后早早地就寝了。

拉萨海拔约3 600米，地势平坦，四周群山环抱，拉萨河在山脚下流过。西藏师院校园环境幽静，树木多，宽阔的拉萨河把学校与近处的山峦隔开，拉萨河大桥的引桥紧挨着学校的围墙。大桥壮观秀丽，河水是由高山上的积雪融化后形成的，冰冷刺骨，水流湍急，漩涡多，即使夏天也不适宜游泳和久立水中，否则容易抽筋。这里的夏天比上海舒服，平时要穿棉毛衫裤，晚上出门要披棉大衣，午睡时要盖被子。

不日，全院召开了庆祝西藏师范学院成立一周年大会。未隔几天，自治区党委书记任荣、天宝等领导接见了上海援藏教师队。天宝讲话勉励大家为发展西藏文教事业做出贡献。

一天后，师院数理系党总支书记兼数理系主任洛桑达瓦介绍全系情况并公布各教研组名单，我们物理教研组有6人：上海交通大学朱立三（兼数理系党总支副书记）和陈锦文，复旦大学计荣才（党支部书记）和张美玉（党支部副书记），华东师范大学刘必虎（教研组长）和段训礼（现已回江西九江），还有一位藏族教师大扎西（懂汉语，藏文水平很高，教物理较困难，之后便调到藏文教研组）。随后我们教研组讨论了教学安排和分工，准备开学上课。

教 学 工 作

在校内教学方面，根据教研组的安排，我和计荣才老师负责物理（1）班的物理教学，张美玉和陈锦文老师负责物理（2）班的物理教学，朱立三老师负责机械制图课和其他专业的普通物理课，段训礼老师先到拉萨汽车大修厂开门办学，半年后回师院参加本专业的教学活动。

对物理（1）班和物理（2）班的课堂教学要求通俗易懂，力求使学生理解。教材是《大学物理（工科）》及部分自编的补充讲义。实验教学是先演示，然后学生动手操作，自编实验讲义，不断充实实验内容，涉及力学、电学、光学和电工学等基础部分。每次实验要求量不在多，而是要真正理解会做。记得有一个插曲，在1976年8月初，伊朗的巴列维公主要来师院参观。院领导要我们让她看看学生做实验，于是我们全组教师出动，指导学生操作信号发生器和示波器，反复训练，确保客人来参观时看到示波器上显示的各种波形。正当学生们穿着鲜艳的藏族服装坐在实验室里操作时，突然接到通知，告知客人有事不来师院了。这虽有点遗憾，但大家感到这次真刀真枪的实际操练是很有收获的。

1977年7月起，陆续来了几位来自内地高校的毕业生充实到我们物理教研组。他们是张峰慧（山西榆次市晋中师专毕业）、张玉兰（辽宁大学毕业）、冯某某（辽宁大学毕业）、赵春华（南京师范学院毕业）和周国瑾（1978年春天来自贵州）。这些青年教师先担任班主任和教学辅助工作，辅导学生课后作业、随堂听课、帮助指导学生实验等，以后逐步担任数学和物理的教学工作。另外，由我负责他们自身的业务进修提高，每周上半天的电学、电工及无线电课程，自编讲义。

藏族学生虽原来基础较差，图书资料又少，学习条件不能满足要求，但他们学习努力认真，进步很快，毕业时能基本掌握这些学过的知识。

西藏师院是三年制。当时西藏各地急需有一定专业知识，会汉、藏两种语言文字的藏族和汉族的干部和教师。1977年夏天，物理（1）班毕业。

1977年10月，国务院宣布恢复高考。当年冬天，西藏自治区同全国一样组织了“文革”后的第一次高考。我们参加了这次高考的命题、阅卷和录取工作。1978年春天（过了春节）我们物理专业迎来了1977年高考恢复后经考试录取的汉族班，学生都是满怀豪情申请来建设新西藏的内地知识青年。他们文化水平参差不齐，多数为初中毕业，学习热情非常高。这个班的物理和数学的教学工作分别由段训礼、计荣才和我担任。

在藏期间，每年8月底到9月中旬，我们全组师生都有一次下乡学农劳动，去拉萨西郊农村收割青稞，约三周时间。第一次是1976年，有两个班的学生；第二次是1977年，只有物理（2）班一个班的学生。师生们的劳动热情很高，藏族学生很能干，割青稞的效率比我高得多，要学习他们的劳动技能和高昂的精神面貌。当时，我们都睡在牛棚里铺上青稞秆的草铺上，吃和住都比较艰苦。我们看到了当地农民的生产方式和生活状况，自然条件很差，青稞田都紧靠在河流的边上，这样取水比较方便。和藏族学生在一起劳动的三周中，我们对彼此生活习惯的了解更深入了，也更亲近了。例如，一位学生曾对我说："老师，你们为什么要把牦牛肉烧熟了吃呢？这样吃不香。"原来，藏族同胞们一般是把新鲜牦牛肉挂着风干。要吃时，只要用佩在身上的藏刀割下一块放在嘴里就是了。学生们说，这样吃很香！

1977年8月，计荣才老师和我带领物理（2）班全班去拉萨机械修配厂学工，约三周时间，主要是修电动机。学生们在工人师傅的指导下拆马达，绕线圈，按修理工序学习操作，每周还有两个半天的课。我结合这里的实际讲解电动机原理和修理知识。师生仍住在学院，去厂里来回都是走路，午饭在工厂里搭伙。大家学工的积极性都很高，认为学到了实际知识，提高了动手能力，学生们的劳动态度和操作技能也得到了工人师傅的赞许。最后大家满载收获，高高兴兴地告别了实习工厂。

物理（2）班于1977年10月份开始教学实习，前后五十多天。全班分成几个小组去不同的实习地区：计荣才老师带队去拉萨中学，张美玉和陈锦文老师带队去日喀则地区的中学，段训礼和张玉兰老师带队去山南地区的中学，我和张峰慧老师带队去林芝八一镇的八一中学。每个地区都有十几个实习学生。这些地区除了我们物理专业的实习学生外，还有西藏师院其他专业的实习学生及指导教师。

我们队坐大客车从拉萨到林芝要翻过几座山脉，山路陡峭，上下盘旋，很艰险。有时伴有雨雪，很窄的路面上还有冰碴，特别是在两车交会时总让人提心吊胆，倘若刹车失灵就要闯祸了。记得我坐在车窗边往下看时，有一次竟看到下面的山沟里有一辆摔坏的车辆，真让人唏嘘惊骇！后来听说，解放西藏，18军从四川向拉萨进发时，就有很多指战员为修筑公路而牺牲在进军路上。可以想象，现在修筑从拉萨到林芝的高铁，该有多么艰难啊！我国的基建真了不起！

林芝地区平均海拔3 000米，其行署所在地八一镇只有2 800米，这里森林覆盖面积大，气候湿润，温度适宜，人称“西藏的江南”。

到八一中学后，学生们的教育实习是教初中物理。前半段时间实习学生随堂听课，同时为后半段真刀实枪走上讲台讲课做准备。我帮助他们分析教材，搞懂教材中每节课的知识难点和重点，编写教案，听他们试讲。正式上课时我也随堂听课，检查审阅他们批改的作业。实习生之间也互相听课，课后参加评议。指导实习的这几个星期，大家过得非常充实，时间不多的业余生活也很有趣味，如相约去森林里采蘑菇等，情趣盎然。

1977年11月下旬，教育实习工作顺利结束。除了实习生的自我小结，还有原班级物理老师的评语。我们得到了他们的赞誉，大家心情愉悦地启程返回拉萨。

其 他 工 作

除了本职教学工作，大家还利用自己的专业知识为西藏的建设事业贡献力量。例如：朱立三和陈锦文两位老师是机械专业的，每到收割季节（约8月底到9月中旬），他们就在拉萨西郊农村帮助农民开收割机收割青稞麦，师院里的发电机也由他们维护。计荣才、张美玉、段训礼和我原来对电子电路接触较多，在新建学生宿舍及扩建物理实验室时，我们不但自己动手安装电气线路，还指导学生对供电线路的设计和布线进行具体操作，以此提高他们的实际动手能力。实验室供电及整个师院的输电线路如果出现故障，一般都由我们物理组负责解决。我们排除了多起室内室外线路故障及输配电隐患。

1976年10月，张美玉老师参加数学组华宣积老师牵头组织的测量工作。她不顾寒冷、缺氧与疲劳，奔赴当雄县帮助水利局测量水文，哪里需要就奔向哪里，及时解决他们的困难。我还去附近的上海援藏医疗队帮助修复了几台有电路故障的医疗器具。在这两年中，各位老师可谓八仙过海，各显神通。我们全力以赴建设新西藏，取得了令人喜悦的成果。

凯 旋 回 沪

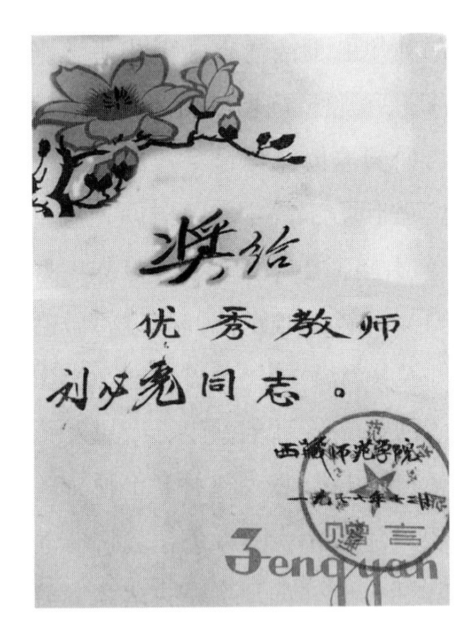

⊙ 作者获评西藏师范学院优秀教师的奖状

1978年6月，物理（2）班毕业。两年间，西藏师院前后有两届物理专业约九十名学生毕业。这些毕业生由于有较好的藏文和汉文基础，又有一定的专业知识，很多后来都成了西藏文教岗位和行政干部队伍的重要力量。我们的工作得到了西藏师院领导和师生的赞誉，我和其他多人被评为优秀教师并收到了纪念品，大家顺利完成了两年支援西藏教育事业的任务。返沪前，许多在校学生纷纷赶来道别，班级代表向我们赠送纪念品，惜别之情溢于言表，感人的情景永驻心头。再见了，我此生中魂牵梦萦的拉萨！

从拉萨再沿青藏线驱车回到甘肃柳园时，我途中没有一点高原反应了。然后，我们从柳园坐从乌鲁木齐发出的列车回到上海。

再 续 前 缘

改革开放后，西藏各项事业快速发展。后来，据当年同去建设西藏师院的老师告知，他们曾去西藏旅游，探访了西藏师院，现在已升格为西藏大学。以前的平房早已改建成了多幢高楼，教学设施更不可同日而语，旧貌换新颜，令人耳目一新。我听后深受鼓舞，真想旧地重游，去亲自感受一番。若能在那里有幸遇上昔日的学生，那定当是“士别三日当刮目相看”了。我真有点浮想联翩了。

1996年秋天，西藏大学数理系派普次仁老师到华东师范大学进修，正巧听我的数字逻辑电路课。我与他过去从未谋面，当他向我报到，告知他是物理教研组教师后令我兴奋不已，真是缘分不浅啊！二十多年后还增添了这样一段师生情谊，能为西藏大学的发展继续贡献力量。之后，他陆续向我介绍了西藏大学的发展以及数理系的情况，我请普次仁转达我的问候，祝他们在教书育人和教学科研上取得更大的成绩。

斗转星移，一晃又过去了二十多年。遥想西藏大学又是一番喜人的新景象了。我赞美她！祝福她！

风雪高原世无双，吾辈援藏志轩昂。
珠峰刺天云皆白，浦江入海水仍黄。
亦师亦友求知切，学工学农实习忙。
同气连枝齐上阵，锦绣河山铸辉煌！

作者简介：刘必虎，男，1939年10月生于上海，祖籍江苏建湖。中共党员，教授。1965年从华东师范大学物理系毕业，留校任教。1976—1978年任西藏师范学院数理系物理专业教师，被评为优秀教师。曾任华东师范大学电子系副系主任，获华东师范大学优秀教学奖、全国高等师范学院首届曾宪梓教育基金会教师奖的三等奖、上海市教学成果奖二等奖。

雪域支教的记忆

沈大棱

⊙ 农基组教师，左起：张文治、作者、杨瑞蓉

记得那是1976年春夏之交的一天，我还在江西给知识青年上函授课，听到了上海市高教局根据国务院的文件要组织第二批教师赴藏支教的消息。西藏的高原风光、悠久历史文化与民族风情等使我早有去看看的想法。这次是国家的号召，又能为西藏的文教事业做点事，更符合我的愿望了，于是我报了个赴藏援教的名。很幸运，我被批准了！因此，我此生有一段引以为豪的西藏援教两年的经历。

第二批支教队伍的组建与赴藏的路线

上海高校第二批赴藏支教队伍共有45人，分别来自上海交通大学、华东师范大学、上海师范大学、教育学院、体育学院，音乐学院、戏剧学院与我们复旦大学等多所院校。华东师范大学与我们复旦大学老师最多，各有14名。领队是华东师范大学政治系的张锡岑老师，副领队是我们复旦大学中文系的高天如老师，高老师也是复旦大学教师的领队。

复旦大学的14名老师分别来自中文、政治、新闻、法律、数学、物理、化学、生物等系与校图书馆，其他各系是1至2名老师，我们生物系有杨瑞蓉老师、张文治老师与我3人参加。

我们第二批老师的任务是接第一批老师的班，为刚建立一年的，西藏高原有史以来的第一所高等学府西藏师范学院的建设做贡献，具体工作是开展调查研究，根据实际情况制定教学计划，编写选用当地适用教材，研究能为学生接受的教学方法进行教学，收集教学资料，建设资料室、实验室与实习基地，在我们两年工作期间培养出该院的首届师范毕业生。

1976年6月29日上午，我们在上海北站告别了各单位组织前来热烈欢送的师生与家属后，踏上了赴藏征途。经过两天三夜，于7月1日到达甘肃柳园。这时自拉萨出发返回上海的第一批支教老师已经到达那里。两批教师胜利会师，进行了工作交接和合影。我们生物系的老师还特地找老同事柴建华老师介绍他两年支教的经验以及所在学院、科系与学生的情况。

第三天，接我们的车子就送我们去参观老师们多年向往的，展现祖国古代文明与艺术高度发展的敦煌莫高窟与附近的自然风光——神奇的月牙泉。然后我们离开敦煌，汽车一直南行，越当金山、过柴达木，到达进藏路上的一座重要城市——格尔木。赴藏人员都要在那儿进行适应性的休息与身体检查。我们这队老师都顺利通过体检。我们还利用休整的时间去附近的蒙古族牧区参观访问，不少人在那儿是生平第一次骑马。

几天之后的7月9日，我们从格尔木再启程，向南越过昆仑山、穿过可可西里、渡过通天河。一路上海拔不断升高，直至翻越海拔5 231米的唐古拉山口。从格尔木开始这一段路，老师们出现了高原反应并不断加重。越过唐古拉山口向南，就是藏北草原了。一路上绿色逐渐增加，还能见到公路两旁的牛羊。但海拔仍然较高。这一路，大家的高原反应仍不见减轻，直到车经当雄羊八井时，海拔才降下来，公路两旁的树木有明显的增加，还有麦田与蔬菜等。我们感觉到空气也渐渐清新了，大家精神也好多了。我们于7月13日中午走完赴藏全程，在师范学院领导、当地老师与学生的热烈欢迎中进入校园。

高原反应与深呼吸

西藏空气稀薄，缺氧引起的高原反应如头晕、胸闷、呕吐甚至长时间的不适是新赴藏的人员要过的第一道难关。不论你年龄大小与体质强弱都会遇到，只是反应程度各人不同，适应的时间也从几天到几星期不等。

据说我们长期在低海拔生活的人，肺组织呼吸功能的利用率只有三分之一。做深呼吸是个克服高原缺氧的好办法。记得进藏途中在格尔木停留体检时，多数人血压有所升高，我在上海时收缩压仅为105左右，在格尔木测量时为120，医生鼓励说："你这是进藏标准血压。"有了医生这句话加上我平时不晕车，不晕船，我想这"标准血压"能使我从格尔木坚持到拉萨是没啥问题了。

从格尔木启程不久就要过昆仑山口了，地势升高较快，部分老师开始出现高原反应了，负责保健的老师劝他们做深呼吸以减轻缺氧反应。我还没有感到不适，心里还为自己是"进藏标准血压"而庆幸。车子向南开到一个叫沱沱河的地方，因缺氧头昏胸闷的人多了起来，我也不例外。据说这个沱沱河被以前进藏的人戏称为"头痛河"还真有点道理！

这时我也开始加入了做深呼吸的队伍。好在那天是在沱沱河沿住宿过夜的。晚饭后就休息，深呼吸做到睡着为止。

经沱沱河一晚的休息，第二天早上感觉好些了，一早未吃饭就上车赶路继续向南，路还比较平坦，开始时大家还是有说有笑的，一会儿车就经过闻名的通天河。车没停，但通过车窗能看到这长江的源头，胸闷头晕又开始了。大家说话少了，开始认真做起深呼吸。大约是上午九点，车到了一个叫雁石坪的地方，我们停车吃早饭。饭后，车子爬高往上走全程的最高一段路了，也是我高原反应最厉害的一段。出车不久胸闷头昏加剧，我就用力尽量大幅度地深呼吸，一两个小时之后，我觉得口干就喝了点随身带的冷开水，又吃了点巧克力。这下坏了，胃开始难受，恶心想呕吐。我就加大了深呼吸的强度，一旦深呼吸强度减弱一点，头痛、胃部难受又严重了，所以深呼吸一直停不下来。当时真希望车子在什么地方停一下，以便我下车把胃里的东西吐个精光，可爬坡的车子不是随意可停的。这样又折腾了约两个小时，车子到唐古拉山口，也是我们全行程的最高点，停了一下。身体好的反应小的老师下车欣赏周围的风光，反应大的人一般坐在车上，透过车窗朝外看看。我顾不得别人在做什么，赶快下车，找个路旁沟把反胃的东西全吐干净，似乎感觉好了一点，看了一眼那儿海拔高度指标，就赶快回到车子座位上继续我的深呼吸。过了唐古拉山口，是藏北草原了，地势慢慢下降，路边的草类、灌木丛与树木渐渐增加。显然，空气中的氧气浓度在增加。我曾试图减少深呼吸的强度，结果头痛胸闷就又卷土重来，只能继续认真地做深呼吸，从山口到安多，从安多到那曲直到当雄，除吃饭、喝水与睡觉之外的时间我都在做深呼吸！

直到第二天下午到达羊八井。我才发现可以不做深呼吸了。回顾从沱沱河到羊八井的行程，我是用持续不断的深呼吸来缓解因缺氧引起的高原反应的。

到达西藏师范学院之后，因为这缺氧煎熬的体验，我开始注意适应性的身体锻炼了。除每天坚持打两套简化太极拳外，还要在学院的操场里跑步，从半圈、一圈到五六圈慢慢增加。

此后两年工作中还有几次带学生外出实习与调研等机会。经过锻炼，我再也不发生什么高原反应了。自那时候开始，凡知道有亲朋好友、同事同学要去西藏，我都会告诉他们深呼吸是克服缺氧高原反应的好办法。在西藏时间长的应进行适应性锻炼，用以开发肺的另外三分之二功能。

教　　学

西藏师范学院成立之初下设两个系，分别是政语系与数理系。数理系设有数学、物理、化学与农基4个专业及教研组。我们农基（即农业基础）专业老师来源包括生物学与地理学两部分。由5名生物学科与1名地理学科的援藏老师，加上2名当地教师与1位班主任共9人组成。杨瑞蓉老师是农基专业的党支部书记，上海师范大学的施承樑老师是教研组组长，我担任教研组副组长。

农基班的学生从原师范学校的学生提升的共24名，他们有一定的文化基础，但程度差异很大。经第一批支教老师的教学，他们的基础科学文化知识程度有很大提高，普通话听说能力较强，但读与写的能力普遍不足。

我们第二批支教老师的任务是通过2年的教学，不断提升这个班的学生的基础文化科学知识，同时也要他们掌握一定生物、地理与农业基础等专业知识，以便他们毕业后，作为生物、农基或地理课程方面的师资为西藏各地的学校服务。

⊙ 作者自编自印的农基教材

在当时，我们找不到适合的教材，必须自己编写教材；又因为学校没有排版、印刷条件，为了确保学生人手一册教材，当时唯一办法是自编、自刻（蜡纸）、自画、自印与自己装订。经过半年的努力，1977年5月，由我主编主讲的一本6章176页的《农业生物学基础》讲义装订成册。

这本《农业生物学基础》作为主课教材，内容包括生命物质、生命基本单位细胞、生物结构与功能、发育与进化、选种和育种以及生物科学与高原农业关系等内容。

为了配合理论课的课堂教学，我们安排学生参加采集制作生物标本的实验课；为介绍农业技术，我们与学生一起用塑料膜修复了一个两百多平方米的废弃玻璃温室，种上了番茄与黄瓜，创建了学生实习基地，还为学校食堂和毕业晚餐等重要活动提供丰盛的新鲜果蔬。

我们还利用秋收到拉萨郊县割小麦与青稞的机会，结合生物课选育种的实习，让学生参加了收割前的大田选种工作。

我们两年援教即将结束之时，正是这个农基班学生即将完成全部课程毕业离校的时间，记得“农业生物学基础”是毕业考试的科目之一，除一位同学外其他人都顺利通过。

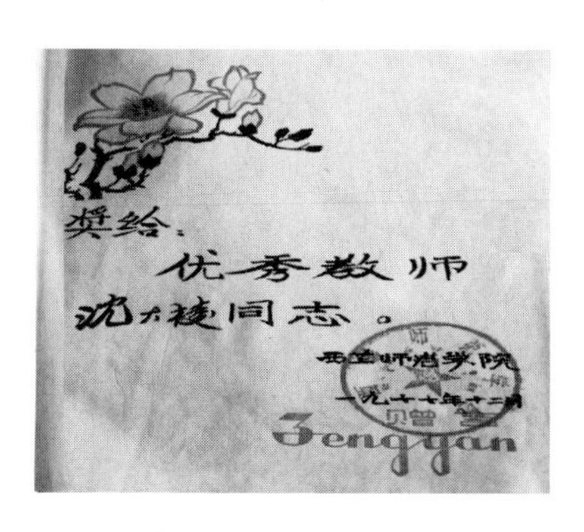

⊙ 作者在西藏师范学院获奖的证书

为了保证教学质量，自治区教育部门还专门派人来评估这批毕业生的学习成果，结果理科农基专业的24位同学中，有18位获得毕业证书，有6位为结业。一位叫次仁拉姆的学习委员就被拉萨中学招聘去担任农基（生、地）课的老师，副班长尼玛昌回到日喀则去中学任教，大多数同学回西藏各地中小学任老师。这些学生中也有当干部的，一位叫多布吉的学生在毕业之前就被自治区领导选拔去任警卫工作，几年后还成了某县的负责人。

作者简介：沈大棱，男，1941年12月出生，籍贯温州市。中共党员。毕业于复旦大学生物系，复旦大学生命科学学院教授、博导。1976—1978年援藏。曾获西藏师范学院优秀教师奖、上海市优秀教育工作者奖、上海市育才奖、上海市科学技术（自然科学）三等奖、上海高校优秀教材二等奖。

此情追忆在心田

——也谈我的西藏情

吴在田

1976年7月至1978年7月，我作为上海第二批援藏教师队的一员，同来自复旦大学、上海交通大学、上海戏剧学院、上海音乐学院和上海体育学院等院校的几位老师在位于拉萨的西藏师范学院任教。在这两年时间里，我同其他援藏老师一样，在师院党政领导的关怀下，在同师院各族师生的相处中，政治思想深受教育，业务能力获得提高，适应环境能力得到锻炼。

⊙ 作者在布达拉宫前

读马列原著受益至今

1976年8月7日，我在领到师院党委宣传部赠送给每位援藏教师的各四卷本《马克思恩格斯选集》和《列宁选集》后，在当天日记里写道：“心情可兴奋了，这是我向往已久的。”“这是最好的书，同时想到明天是我38岁生日，而这是给我生日的最好礼物。”从那天起至1977年7月17日，我主要是利用晚上特别是节、假日晚上及不上课、不工作和不劳动的时间，先后完成了对这八卷马列著作的学习。那时的师院供电有“外电”“内电”两种方式。即使这样，还是常有晚上停电或电力不足的情况，我就秉烛阅读。通过读（逐字逐句）、想（联系国家、自己思想和工作实际）、记（画警句、写旁注、记日记、做阅读笔记等）的学习方式，我加深了对马列原著的理解，受到了辩证唯物主义和历史唯物主义基本原理教育。从那以来，这些知识既指导我做人，又指导我的工作、教学和科研。

感优良作风学有榜样

1977年6月9日晚饭后，我作为体育教研组组长，正带着我组几位老师在田径场上紧张地为明天开幕的师院第二届运动会做最后准备工作，这时高传义书记前来查看准备情况，我就对他说，为了加强爱国主义教育，在运动会开幕式上应该升国旗、奏国歌。他说：“好呀！”并立即派人请来拉巴平措副院长，拉巴平措副院长当即带着几名工人师傅到院林中选了一棵树并就地加工，拖到运动场装上滑轮、牵引绳做成了旗杆，在挖好坑后把它竖起，同时国歌唱片也从院广播台送过来了。这两样工作就这么高效率地完成了。我在当天日记中感佩地写道：“这种雷厉风行作风，真让人十分痛快。”

为了搞好学生1976年的冬季晨练，我借鉴内地高校学生冬季开展象征性长跑活动的做法，提出开展拉萨—北京象征性长跑活动的建议。这条建议得到院有关领导批准，在师院形成了以班级为单位集体晨跑的热烈情景，但也出现了由于学生发病率引发的一些议论。对此，分管体育工作的王增辉副主任非常重视。他召开专门会议听取意见并作出决断与部署。我1977年1月14日写的日记有如下记录："上午在教务处开会，文、理两系各来一人，李医生亦来，王主任主持，讨论学生发病率高是否因搞象征性长跑之故，各抒己见，我亦摆事实讲道理，坦率地谈了我们的看法。最后王主任总结：象征性长跑继续搞下去，但工作加强，特别是伙食要搞好。体育、卫生部门加强体育锻炼常识的宣传；学生每晚十时半要睡觉。最后对进行迎春跑比赛也予以通过。"

⊙ 1977年8月12日，院男子篮球队合影。前排左起：索郎次旺，穷穷、边巴、桑多，后排左起：圆丁、多吉、刘贤春，穷次仁、桑曲、群增、作者

为了利用两年援教时间为西藏体育教育事业的发展多做点事情，除了抓好各种常规工作外，我产生了办体育师资班的想法，并在组内组织了多次讨论。院领导对我们的这个想法非常支持，决定把体育师资这个新专业纳入1977年的师院招生计划，先在昌都和格尔木两个地区招生，拉巴平措副主任指派我去格尔木招生。经过努力，在西藏师范学院1978年2月25日举行的新生开学典礼上，终于出现了西藏的第一批体育师资专业的学生。

艰苦生活锻炼身心

对于我们这些援藏教师来说，身心除了要经受缺氧的考验以外，还要经受艰苦生活环境的挑战：电力供应不正常不仅影响晚上学习、备课，还影响生活，如要趁电力足的夜里起来烧开水；日常用水要自己去拉萨河挑；厕所是建在宿舍外空地上的，冬天冷风从蹲坑底下吹上来令人难耐；食堂里用高压锅蒸的馒头底部常半生不熟；要趁天好、太阳高照的中午且能烧热水的日子才能洗澡。面对这些困难，想到世代生于斯、长于斯的藏族同胞，看到周围藏族师生们的乐观向上的精神面貌和“老西藏”们艰苦奋斗的身影，坚定了我们战胜考验的信心和决心，促进了我们胜利完成两年的援教任务。

原载西藏人民出版社2014年版《西藏情》续集（下）

作者简介：吴在田，男，生于1938年8月，北京市人，回族。1961年华东师范大学地理系毕业，中共党员，体育人文社会学教授。曾任西藏师范学院体育教研组组长、华东师范大学体育系副主任。

援藏诗词选

吴在田

⊙ 作者在西藏师范学院校门口

登台表决心（1976年5月18日）

于思群堂举行的全校动员大会上，从同生物系工农兵学员开门办学的马陆公社赶来的我，在登台表决心的发言中即兴吟小诗一首：

铁心赴西藏，壮志不可挡；
鲲鹏展翅飞，冰山雪海闯！

闻听批准（1976年5月29日）

闻听批准喜洋洋，首先衷心感谢党，

党既如此信任我，我绝不负党培养！
缺氧最宜促心红，风沙正好放眼量。
身轻翅健力无穷，心儿早已到西藏。

别上海（1976年6月29日）

人如潮，花如海，欢送场面感心怀。
千叮咛，万嘱咐，党的教导记心怀。
长挥手，别上海，一轮红日照心间，
千山万水从容迈！

卜算子·火车上庆“七一”有感（1976年7月1日）

滚滚铁轮奔，全靠车轮引。改地换天共产党，领导中华俊。
一站站相连，道路行无尽。攀上珠峰不自高，再向云天进！

浪淘沙·塞外新颜（1976年7月6日）

车外景连绵，塞外新颜。春风争度玉门关。渠水欢歌豆麦黍，大寨花鲜！

水绿旱沙滩，党是源泉。白杨高耸入云端，石洞佛像羞举首，换了人间！

昆仑山上英雄多（1976年7月10日）

昆仑山上英雄多，工人战士是楷模。
缺氧天寒何所惧，挥锹舞镐驾汽车。
我等气迫难动作，他们身轻斗山河。

风雪线上春常在，自有太阳暖心窝！

车越唐古拉山口恰雷声隆隆冰雹如枣口吟一首抒感（1976年7月11日）

车在云中飞，歌声压鸣雷；
任凭天地险，造化输人威！

清平乐·抵藏初感（1976年7月17日）

坡青田绿，云上雪山立。原跑牛羊人舞起，欢唱改天换地！珠峰生生不已，雅江奔流不息。今日得遂我愿，攀高越水良机！

“七·一六”登彭巴热山口占一首（1976年7月16日）

攀登高原山，步步克难艰；
不经崎岖路，焉能上云天！

水调歌头·一九七六年除夕有感（1976年12月31日）

岁岁除夕有，百感最今天。空前又恐绝后、一九七六年。红日睡巨星坠，地动山河心碎，十五月光寒。白日舞魔影，阴霾布胸间。

思今后，食不咽，夜无眠。转危为安、端赖舵手好周旋。雨过天晴眼亮，云扫日出人暖，金瓯得保全。举酒酹神州，从此更娟娟！

1977年12月下旬赴青海格尔木招生，
坐北京牌越野车奔驰于青藏高原上有感

冰山雪路太阳悬，千里奔波在高原；

美景良颜观不够，不觉缺氧与天寒！

诉衷情·我的西藏情（2015年4月19日）

昨天晚上读《西藏情续集》后，写了几句感触，因情犹未尽，再添《诉衷情·我的西藏情》一首：

当年雪域岁月稠。日夜践追求。读经典悟原理，榜样在身周。回本业，共思谋，辟新畴。此生难忘，拉萨河水，荡漾心头！

诉衷情·读《雪域情缘》纪念册有感（2016年4月14日）

当年雪域幸结缘。弹指四十年。同甘共苦二载，互勉谱新篇。好榜样，在周边，更志坚。此生难忘，拉萨河水，永灌心田！

参加上海援藏联谊会成立20周年纪念会有感（2016年10月22日）

当年雪域岁月稠，人生真意倾力求；
顺天应地苦不苦？此情至今在心头！

读张廷芳所发祝福并观今日藏大的美照，感慨万千（2016年11月4日）

有幸雪域结缘由，顺天应地心意投；
西藏师院昔甘苦，西藏大学今真牛！

七绝·读剑清老师所制西藏学生“作业”美篇有感（2020年9月4日）

读徐剑清老师《雪域风情——西藏学生“作业”展2020年8月》大

作感慨万分，勾起我对在藏两年期间受教育、获启悟的深情回忆；以及对四十余年后今日西藏新风貌的怜爱。遂先后吟小诗两首赞与抒之：

（一）

当年雪域共翩跹，相长教学自胆肝；

四十余载情不断，如今美照续新篇！

（二）

当年雪域共翩跹，天地诗情画意般，

美照如今真亮眼，人情风土更爱怜！

七绝·读王仁义老师所发援藏教师队大昭寺前集体照有感

（2020年8月20日）

当年雪域幸结缘，实意真心共克艰；

垂老如今观此照，交集百感涌心田！

对比张廷芳老师6月10日所发西藏大学老校区大门同我于1976年在西藏师院大门拍的照片有感（2021年6月11日）

两座校门景不同，令我内心百感生：
昔日藏院初建苦，今朝藏大好威风！

⊙ 左为西藏师范学院校门，右为西藏大学老校区校门

往事并不如烟（诗二首）

倪育成

有一种故乡叫他乡

一张张泛黄的照片，
迅速打开了被岁月尘封的记忆，
线索像流星一样地飞来，
穿越岁月，
让我们再回拉萨……

一步步地回望、一路路的回忆，
面对一张张再也找不到底片的照片，
回溯着我们曾经的风华正茂，
翻阅着岁月不老的凭证，
响起了我们曾经的激情如歌。
在似曾相识的碎片中，
豪迈着我们各自的青春年华，
回味着哈达圣洁的温度，
青春的意象突然被组合得如此清晰。

多少惊喜，多少意外，

让我们在“西藏师院”的怀抱中再回初心，
因为，那是我们可以让时光倒流的通行证，
因为，那是我们可以重拾激情的天堂。
那一年，
我们车马劳顿，雄关漫道，
不图虚名、不为私利，
那一年，
我们峥嵘岁月、搏击长流，
历尽苦难却初心依旧，
只为“西藏师院”能够屹立高原。

……
四十年了，
在似水流年的渡口，
在彼此与时光的对望中，
往事如烟，岁月如歌，
2016年一个春暖花开的日子，
我们宾临复旦光华楼，执手相看，
人已老、鬓已霜。
其实，衰老亦如同青春，
都是生命的礼物。
老去的只是我们的躯壳，
永远不会衰败的是我们不老的心。
回首当年岁月，
我们感恩西藏，
让我们此生没有虚度年华，
让我们彼此拥有了超越血缘的亲情。
这一张张珍藏了四十年的照片，

承载着深藏于彼此内心四十年的思念，
这思念，带着我们梦回拉萨……

岁 月 如 歌

1976年7月11日，西藏天空之下，
出现了来自上海第二批高校援藏教师的身影。
在华东师范大学张锡岑、复旦大学高天如老师的带领下，
穿越了沱沱河，
翻越了唐古拉山，
历时15天，
沿着当年“天然之路”的天路，
异常艰难地进入了西藏。

今天，
雅鲁藏布江并没有吞没他们对西藏教育事业的贡献，
黄浦江水也没有稀释掉他们当年的壮举。
四十多年之后，
这些已步入耄耋老人群体的当年英姿，
在复旦大学再现光华。
记忆让我们又回到了拉萨河畔，
再回布达拉宫巍峨壮影……
敬佩当年他们异于凡人的选择，
那些代表他们风华正茂意气风发的岁月凭证，
那些花开不败的生命礼物一一浮现：
没有了电，点燃蜡烛继续备课；
没有了水，卷起裤管到刺骨的拉萨河中挑水；
没有合适的教材，就挑灯夜战，手写油印；

电线被大风刮断，

物理专业的老师就攀上杆子去自己修理。

在聚会之时，一位老师还道出了迟到四十年的感谢，

感谢至今还流淌着各位老师在他重病期间献出的热血

……

往事并不如烟，

记忆中的一切并没有烟飞云散。

从平原到高原，

最稀缺的是氧气，

而最宝贵的是他们为我们留下的骨气。

他们燃烧自己，

点亮了西藏孩子的心灯。

让雪域和黄浦江的情深意切，

始终荡漾于拉萨河水中……

后记——念念永续的西藏情缘

岁月像激越的鼓声，把我带回1976年上海火车站锣鼓喧天欢送第二批上海高校援藏老师的场景。

那一年，我14岁，正逢青春叛逆，却要暂时告别父亲。想着当年父亲就是作为话剧《文成公主》的舞台美术设计人员，一路护送《文成公主》在各地的巡回演出，母亲生我难产的时候，他缺席了。直到我四个月大的时候，才见到父亲。而在我人生关键的叛逆期，这么重要的人生引路人却又要再一次缺席了，不禁潸然泪下。但当时热血沸腾的送别场景和上戏领导周本义老师流下的不舍的泪水，让我印象颇深，也为我这无知的少年添加了一份成长的助推剂，顿时觉得责任在肩，暗下决心，一定要好好学习，协助母亲看护好弟妹、照顾好家庭，以免父亲的远虑，让他安心地投身于支援西藏的文教事业中。

岁月自带人生密码，说来令人唏嘘，我儿子也是在14岁那年遭遇母亲病故，而我却是在45岁我父亲援藏的那个年龄，因众缘和合，才有幸前往拉萨，一探父亲当年战斗过的地方。

人的一生中会有很多东西，会在你不经意的时候早已根植心底。没有去西藏之前，拉萨的布达拉宫于我而言，只是有着淡淡的宁静的向往。只有当我站在拉萨河畔的土地上，我的心才会涌起一种对父亲深深的敬意和久违的感动。如今，我有幸捧读老师们一篇篇随着记忆翻晒出来的文章，抑制不住内心的激荡，把父辈老师们当年援藏的经历幻化成写给岁月的诗行，其中流淌着父辈老师们在拉萨河畔奉献的汗水和心血，更是饱蘸对父辈老师们的崇高敬意。

一个人的内心会有很多珍藏记忆的角落，而父亲援藏的经历已作为一种永恒的记忆藏在了我内心最纯净的地方。

作者简介：倪育成，上海高校第二批（1976—1978）援藏老师倪荣泉之子。生于1962年4月，1984年毕业于上海大学文学院社会学系。1984—1988年任上海大学文学院社会心理学老师，退休前曾任复星集团品牌总监。

作者之父倪荣泉简介：1931年9月出生，福建省泉州市人，1956年毕业于上海戏剧学院，留校任教，中共党员，曾任舞台美术系党支部书记。1962年作为话剧《文成公主》主创人员受到国家领导人接见。著有《布景技术》（合著）。1976—1978年赴西藏师范学院工作。

上海市高校第二批援藏教师名单

复旦大学：

高天如　朱彬湧　张国樑　胡金星　华宣积　计荣才　张美玉（女）

马士明　顾孝义　严存生　张戎舟　杨瑞蓉（女）　沈大棱

张文治

华东师范大学：

张锡岑　何应灿　盛嗣清　黄宏真（女）熊玉鹏　吴在田

王仁义　周延昆　段训礼　刘必虎　邱怀德　徐承波（女）

罗纪盛　戴宗恒　黄锡霖

上海师范大学：

张玉瓖（女）马洪林　徐剑清　林自德　施承樑

上海交通大学：

张汉正　李锦涛　朱立三　陈锦文

上海音乐学院：

石　林　陈幼福

上海戏剧学院：

李志舆　倪荣泉　朱　彰

上海体育学院：

高荣发　黄玉良

群　像

复旦大学（14人）

⊙ 高天如　⊙ 朱彬湧　⊙ 张国樑　⊙ 胡金星

⊙ 华宣积　⊙ 计荣才　⊙ 张美玉　⊙ 马士明

⊙ 顾孝义　⊙ 严存生　⊙ 张戎舟　⊙ 杨瑞蓉

⊙ 沈大棱　⊙ 张文治

华东师范大学（15人）

⊙ 张锡岑　⊙ 何应灿　⊙ 盛嗣清　⊙ 熊玉鹏

⊙ 吴在田　⊙ 王仁义　⊙ 周延昆　⊙ 段训礼

⊙ 刘必虎　⊙ 邱怀德　⊙ 徐承波　⊙ 罗纪盛

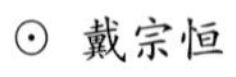

⊙ 戴宗恒　⊙ 黄锡霖　⊙ 黄宏真

上海交通大学（4人）、上海师范大学（5人）、上海戏剧学院（3人）、上海音乐学院（2人）、上海体院（2人）

⊙ 张汉正　⊙ 李锦涛　⊙ 朱立三　⊙ 陈锦文

⊙ 张玉瓖　⊙ 马洪林　⊙ 林自德　⊙ 徐剑清

⊙ 施承樑　⊙ 李志舆　⊙ 倪荣泉　⊙ 朱　彰

⊙ 石　林　⊙ 陈幼福　⊙ 高荣发　⊙ 黄玉良

难以忘却的两年援藏支教岁月

徐君毅　姚惠福

⊙ 1978年8月5日，上海火车站北站，复旦大学领导欢送13名复旦大学第三批援藏教师出发。前排左起：徐君毅、胡建栋、刘永清、韩世英、沈如松、俞景炜。后排左起援藏教师吴千红、徐天德、曹振威、姚惠福、袁成瑞（党委副书记）、李庆云（组织部部长）、姚军、姜良斌、陈根福

1978年8月5日下午，我们复旦大学第三批援藏教师与来自上海交通大学、华东师范大学、上海师范大学、上海音乐、戏剧、体育、教育学院等院校援藏教师共34人，从上海北站登上西去的列车，奔赴雪域高原，开始了终生难忘的两年援藏生涯。出发当天，烈日炎炎。复旦大学

原党委副书记袁成瑞，党委组织部部长李庆云同志及有关处室、各援藏教师所在系的领导、同事、家属和亲友冒着酷暑来到车站与大家留影、话别和送行。

我们复旦大学第三批援藏教师共13人，领队徐君毅、副领队姚惠福、曹振威，还有胡建栋、姚军、韩世英、陈根福、吴千红、刘永清、沈如松、徐天德、俞景玮、姜良斌，除胡建栋、徐君毅两人年龄在40岁开外，大多数人不满40岁，年龄最小的姜良斌仅26岁。这是一支年轻有为，朝气蓬勃的教师队伍。

弹指一挥间，从进藏支教到今天，时间已过去整整42个年头。想当年大部分教师很年轻，如今我们大多数人年过古稀，少数则进入耄耋之年，个别已作古，可谓“岁月不饶人，鬓影星星知否。”两年的援藏支教岁月在一个人的人生经历中是短暂的，但是每当大家回想起发生在那两年援藏期间的许多往事，依然魂牵梦萦，难以忘怀。

第三批援藏工作有一些不同于前两批的特点。

第一个特点是形势和政策的变化。我们第三批援藏支教时间是1978年8月至1980年7月，那是一段不寻常的岁月。1978年底，党中央召开了党的十一届三中全会，会议的中心议题是把全党工作重点转移到经济建设上来。还有一次很重要的会议是1980年3月的第一次西藏工作座谈会。这次会议召开的时间离我们援藏支教任务结束仅有4个月。它对于贯彻落实十一届三中全会精神和新时期党的民族政策具有重要意义。可以说这前后两次会议的召开为我们做好援藏支教工作指明了方向。为了进一步学习宣传贯彻落实党中央工作部署，西藏自治区党委宣传部、西藏日报和西藏人民广播电台迫切希望广大理论工作者积极参加真理标准大讨论和十一届三中全会精神的宣讲活动。他们尤其对上海高校援藏支教老师寄予厚望。在这样的背景下，政语系政史教研室俞景玮、刘永清和我毅然接受这一光荣任务，凭借具有一定的哲学人文社会科学学科知识的优势，在教学之余学文件、查文献资料、撰写理论文章。据不完全统计，在两年不到的时间里，我们或接受约稿，或主动投稿，被《西藏

⊙ 作者、俞景炜（后排右）、刘永清（前排左一）三位政史教研室援藏教师对青年教师进行辅导

日报》、西藏人民广播电台等媒体录用各类文章近二十篇，为西藏干部和群众学习贯彻党的十一届三中全会精神做出了积极贡献，我们也因此得到了学校党政领导的表扬。

第二个特点是援藏支教任务的变化。上海高校第一批援藏教师全员、全方位、全过程地参与学院的筹建工作。1975年，西藏高原上第一所高等院校——西藏师范学院成立。西藏师范学院的挂牌成立，凝聚了他们的心血。1977年下半年，党中央做出恢复高考的战略决策，第二批援藏教师又积极投入各项招生录取工作，且招收了1977级、1978级两批四年制大学生。当1978年8月，我们第三批援藏教师进入学院时，理所当然地把支教工作重心放在这批学生的培养上，让他们学到更多的专业知识和实践技能。大家克服进藏后的高原反应，迅速和当地老师一起修订专业教学计划，编写课程教学大纲，选编教材或讲义，采购仪器设备，推进实验室建设。每位教师认真备课上课。由于学院各方面办学条件较差，生源状况和内地学校不好比，困难不少，但是所有援藏支教老师在困难面前不退却，在领导的支持下，大家开动脑筋想办法，使学校教学工作很快走上正轨。数理系生物教师吴千红，充分发挥主观能动性，在教学过程中，结合西藏实际，因地制宜，因材施教，开展教学。他到藏后利用学院尚未开学的时间，于当年8月下旬带领两位教师赴林芝采集标本。1979年暑假期间又和部分师生去山南等地采集标本。他在制作标本的过程中得到了复旦大学生物系领导和同事们的支持，有些材料、工具直接来自复旦大学生物系。在两年援藏期间，吴老师和当地师生们共采集、制作各种动植物标本达三千多份，不少标本为西藏师范学院收藏，在后来的西藏大学教学科研中发挥着作用。政语系政史教研室教师曹振威主动承担1977级政治班中国近代史课教学任务，在教学的同时还组织师生们广泛收集文献资料，主持编纂三卷本中国近代史资料选编（内部出版），供全国高校选用。此资料汇编得到兄弟学校有关专家学者的肯定，在全国学术界产生一定影响。1978级汉语班写作课教师徐天德，与广大学生打成一片。他教授写作知识和技巧，训练学生写作实践，培养出一批热爱文学创作的学生，其中有很多学生投稿各种文学杂志屡被采用，个别出类拔萃的，后来还成为作家协会会员。

第三个特点是在我们第三批援藏教师支教期间，形成了由上海、吉林、天津三省市高校共同援助西藏师范学院的格局。根据国务院文件精神，上海高校从1974年起需连续选派三批教师援藏支教，每批援藏时间为两年。我们第三批援藏教师是上海高校最后一批支教队伍，应于1980年暑假完成支教任务后返沪。但就在我们援藏支教到1980年初，西藏师范学院迎来了吉林省、天津市两地高校援藏教师队。于是1980年上半年在西藏师范学院，上海、吉林、天津三省市高校援藏教师三支队伍大汇合，怀着要把西藏师范学院建设好，为西藏自治区高等教育事业发展做贡献的共同目标，在教学中取长补短，在生活上相互帮助，谱写了一曲和睦相处、增进友谊的新乐章。

1980年7月，我们完成了难以忘怀的两年援藏支教任务，如期返回复旦大学。

⊙ 1980年5月27日，西藏师范学院1982届政治班欢送上海政史援藏教师留影纪念

作者简介：

徐君毅，男，生于1938年，中共党员，复旦大学原计算机系常务副主任，教授，上海高校第三批援藏教师队领队。

姚惠福，男，生于1946年，中共党员，复旦大学原社科部党总支书记、副主任（主持工作），副教授，获上海教育系统优秀共产党员称号，上海高校第三批援藏教师。

二十世纪的烛光

李重华

⊙ 1980年5月，西藏师范学院数学班学生合影

夜，

宁静的夜，

大地在酣睡，

拉萨河水发出均匀的鼾声，

只听见无畏的勇士——小虫，
冲向烛光，
它的身躯爆发出噼啪的响声，
这也是一种献身精神，
伴随着笔尖游走纸上的沙沙声，
……
烛光影下，
一个个聚神思考的脸庞，
思索，思索，再思索，
又攻下一道数学难题，
眉宇舒展露出苹果般的笑脸。

这也是战场，
这也是战斗，
他们正在四个现代化的战场上，
发起对科学堡垒的进攻。
这些感人景象，
曾在哪儿见过似的……
想起来了，
不正是井冈山前的篝火，
延安窑洞的灯光，
换来如今灿烂似锦的生活吗？
今日的烛光，
虽然微弱、暗淡，
这将迎来明天的桃李成林。
人们常将教师比作蜡烛，
“照亮别人，燃尽了自己”，
我却喜爱蜡烛的牺牲精神，

用自身的残躯永远照亮前进的人们。

纵然蜡烛有痛苦流尽千滴泪的时刻，
但到桃李盛开百花园之际，
人们会在心中给它织最美的花环，
永远、永远地纪念。

1979年6月11日夜见西藏师范学院学生在教室晚自修有感而发

作者简介：李重华，男，生于1936年，中共党员。1959年毕业于上海交通大学，留校任教，教授。1978—1980年支教于西藏大学前身西藏师范学院，任数学教研组组长。曾担任上海交通大学高等数学教研室主任、上海东海职业技术学院副院长，是上海东海职业技术学院的创办者、投资者之一。获得全国优秀教学成果一等奖、国家教委科技成果二等奖。

高原传书

李重华

我从拉萨的西藏师范学院寄给上海家中妻子的许多信件中选择一部分，登载在我的《从教六十年耕耘不辍创业无悔》一书中。信里主要反映我对藏族同胞支教的决心和勇气，从上海到拉萨的途中见闻，从平原到高原旅途的艰辛，我在师院两年的教学和生活情况，以及师院领导对我们教学和生活的关爱，同时反映藏族同胞对党和政府的热爱之情。

⊙ 1978年8月28日作者在拉萨

家书之一（1978年8月21日）

韫兰：

你好！

我终于站在世界屋脊之上了。为什么说“终于”呢？这是因为我们经历了十三天的艰苦旅程，三天三夜的火车，十天的汽车旅程，特别是后十天很艰苦。

8月5日下午4点是我一生永远难忘的时刻，在月台上不知是哪位赴藏教师的母亲放声痛哭，接着看见许多送别丈夫的妻子也哭起来了。这时，看见你的双眼也湿润了。慧敏吃力地抱着小雁，小雁（注：小女儿雁当时实龄7岁）在向爸爸招手，她开始预感到要和爸爸作较长时间的分离，她的小眼也在哭泣；静航倚在你的身旁，也快哭出来了。看到这些情景，为了不让人看到我，强将眼泪往肚内咽。就在我写这段文字的时候，眼泪却情不自禁地掉到信纸上，我亲身体会到生离死别的“生离”难过情景。

列车开动了，一直到望不见你和孩子们，我如痴如呆地回到座位上，稍稍安定下来，意识到自己是为了百万翻身农奴服务，而暂时与妻子儿女作短时的分别。不光是我一个人，还有八十多位同志的妻子、儿女、父母在为他们的亲人送行，我不是孤立的，想到这些心情稍微平静一些。这时，我尽量在想两年之后回到上海见到亲人的喜悦、幸福情景，列车不断地奔驰，我的心情平静——不平静——平静——不平静。晚上10 : 30开始睡觉，可怎么也睡不着。直到1 : 30车子到了徐州车站，我还没睡着，过了徐州才迷迷糊糊入睡。

第二天，8月6日上午，列车行驶到河南的郑州与洛阳之间，看到这黄土高原上许多农民居住的窑洞，我想起延安窑洞的灯火，同时也想到我的祖国要发展、要前进，要摆脱贫穷落后的状况。

今天是星期日（8月20日），学校只吃两餐（上午10点一餐，下午5

点一餐）。今天上午8点起身，8点半所有赴藏教师开会，作了几条规定（纪律）：① 不许进尼泊尔商店；② 尊重藏族风俗习惯，不得杀马、驴、狗，因为驴子很便宜，3元钱一匹；③ 晚上不得到校外过夜；④ 不得私自离开拉萨市；⑤ 作风正派，学习解放军执行三大纪律八项注意。

现在给你写信是晚上11点半。上午10点半出去，下午5点回到学校，说也奇怪，下午回来之后头开始不晕了，高原反应消失了。吃完晚饭，8点学校藏族学员为我们表演了精彩的西藏歌舞，之后放映宽银幕电影《屈原》。师院这礼堂造了8年，去年刚造好，比上海交通大学礼堂还好。看完电影回到宿舍已是11点。心想一定要提笔把信写好，哪怕写一部分也是好的。

哎呀！已是晚上12点半了，一点不疲倦，但为了身体起见，暂停一笔，明天早上起来再写。

今天是8月21日（星期一），早上8点一刻起身，吃完馒头、稀饭，现在坐下来继续写信。

现在又回到旅途中来。离开上海的第三天，8月7日早上醒来已是6点，我们的列车正奔驰在甘肃。

中午12点，列车停在离兰州还有二十多公里的一个小站（叫骆驼巷）。列车在那里停了两个半小时，大家情绪非常烦躁，赴藏已经耽搁半个月，现在又不知要等多少时间了。

下午2点半，列车到了兰州。这儿气温要比西安低，要穿长袖衬衣、长裤。列车在兰州站停了两个多小时。

下午4点离开兰州，晚上10点蒙眬入睡。

第四天，8月8日，早上醒来已是6点，听人说昨晚10点左右列车通过乌鞘岭的时候，有些人感到耳膜痛，梁医生（西藏师范学院女校医，四川人）说，这是高原反应了。我由于睡着了没有感觉。

下午5点半，列车驶入柳园车站，结束了我们三天三夜的火车旅程。比原定时间（上午8点12分）晚点9个小时。

到了甘肃，大家都感到非常干燥，嘴唇结锅巴，皮肤干燥，个别同志嘴唇焦烂。我还好，别人擦油，我不擦油。在柳园住了一个晚上。

9日这一天主要工作是搬行李，我们把火车卸下的行李，从月台搬到5辆解放牌卡车上。太阳非常猛烈，搬行李的疲劳种下以后许许多多同志生病的祸根。下午6点，我们高校32人分乘两辆大客车，开始朝南方向敦煌进发。西藏师院有一位姓黄的女医生接我们，她是四川人，小个子，圆脸，人很能干，兜得转，因为复旦大学有一个教物理的女同志，人瘦瘦，戴眼镜，山东人。此人高血压，路上吃不少苦头，抽筋、昏迷都有她的份。她是高校赴藏唯一的女同志。原来是师院有一位教语文的女同志也去西藏，因此有人做伴，复旦大学这位韩老师才决定去西藏。后来，临走时，师院那位女老师来喜（她已有两个小孩），人工流产，所以就不能去西藏。故此，只剩下一位女同志。黄医生跟这位韩老师乘一辆车子，为的是生活上好照顾。我们交大与师院、体院、音乐、戏剧16人乘另一辆车子。柳园到敦煌只有三个多小时的汽车路程。向窗外望去，无边无际的沙漠地、盐碱地，是一大片未开垦的处女地。我们晚上9点多到达敦煌汽车接待站，那里的车子有上百辆，旅行人各式各样都有。这时，要穿卫生衣、棉衣裤了，水是很冰凉的。我不敢用冷水擦身，只是用冷水洗一个脸，洗一双袜子，我身上打了一个寒颤，心想不好了，说不定哪天要生病了。

8月10日上午9点半，我们乘了35分钟的汽车到了千佛洞，准备参观敦煌壁画。这里很像埃及的沙漠，在沙漠中有一片小绿洲。买好门票和纪念章，正在进去参观，忽然看见十多辆小汽车，第一辆是中吉普，第二、三辆是天蓝色的中吉普越野车，在汽车未停稳之前已有公安便衣在安排汽车停放处。从天蓝色小汽车上走下一位个子不高的首长。小刘眼快，说:“那不是方毅同志吗?”果然不错，是国务院副总理方毅同志来千佛洞参观了。老林建议联络组长写一张纸条，由工作人员转交方毅同志，请他接见我们赴藏教师。条子由敦煌公安人员大个子交上去，交给方毅的秘书。

12点整，方毅等同志从千佛洞参观出来。我们排成一列横队，离我们十多步，一个人走到方毅前面耳语了几句后，方毅同志便向我们走来，我们热烈鼓掌，方毅同志和我们一一握手。第一个和方毅握手的是复旦大学徐君毅同志（他是联络组组长，41岁），第二个握手的是华东师范大学张济正同志（副组长，44岁），第三个握手的就是我，我对方毅同志说我是上海交通大学的。陪同方毅一起的有一个高个子，白头发，据说他是甘肃省委书记谭启龙同志，他看见工作服上“交大”二字，说：“你们是交大的，现在是第三批赴藏教师吧？”跟国务院副总理握手，被党和国家领导人接见，是莫大荣幸的事。

8月11日，5点不到，我们摸黑起床（上海4点天亮，这儿要6点天亮）整理行装。6点开车，公路两边仍是一望无际的沙漠。由于修路，经常绕便道，有时在河谷的河床上行驶，汽车颠簸，振动很厉害。

中午11点到当金山口，我全身感到一阵恶寒，穿上军大衣还感到冷，并且感到恶心，我知道自己得了重感冒了。在山口上休息，后面一辆车子也来了，黄医生给我量体温，腋下38.3℃，实际是38.8℃，医生给我吃了两瓶葡萄糖针剂，每瓶20CC，吸了5分钟氧气，感到舒服多了，不想吐了。从此，一直到拉萨，我一分钟氧气都没用过。其他同志大量地使用氧气。我只开了5分钟氧气，就自己把氧气关掉，为的是将来向唐古拉山口进军。后来事实表明，我过唐古拉山时（感冒已好了）精神特别好，其他许多同志，包括青年同志，都感到头昏、胸闷、恶心、呕吐。

吃了一些药片，不久浑身发热，真难受极了，高原反应与重感冒混在一起，昏昏沉沉地到了大柴旦。行车320公里，到了宿营地，什么也不想吃，一头栽下去什么也不管了，手头的东西都是同志们帮忙的。

谢天谢地，经历一天多时间，我的感冒完全好了，这真是我完全想不到的。像这样的重感冒，别说在旅途，就在上海的家里也要三四天才好。所以别人说路上千万不能感冒。

韫兰，你不要认为只是我一个人感冒。小丁、小吴两个小青年也都感冒，而且小丁住到医院里面去了。

8月12日晨，我在梦中被人叫醒。起床后，感到头昏昏沉沉，身体虚弱。7点赶路，向格尔木进发。从大柴旦到格尔木有180公里的路程。

公路是砂石路，两边仍是沙漠，从一座山爬向另一座山，行行再行行。偶尔看见一位养路工人，驾驶一辆骆驼拉的车子把公路上的沙石刮平。

中途停车，只见前面一辆车子黄医生、司机，还有复旦大学的同志在公路边上弯腰拾东西，他们在捡盐。这些盐像钻石一样闪闪发光，没一会工夫就捡了十多斤盐，她们准备到拉萨腌咸菜用的。原来这儿是有名的察尔汗盐池。它的贮盐量可供全世界的人吃三十亿年。你看，我们祖国是多么富饶啊，有多少矿藏等待我们去开采。沿途全是盐，就在公路两旁，你下车只要捡五分钟就够你吃上三个月。不出门，不亲眼见到，是不相信。

这里再交代一点，汽车从一个站到另一个站中途行经二三百公里完全是荒无人烟的地方。不像在江南，是一片一片田地，一个一个村庄连接起来的。

这时，看到与公路平行的地方有一条像堤坝一样的东西凸起，这是铁道兵从西宁筑到格尔木的铁路路基，据说明年五一节西宁火车可通到格尔木，这消息使我感到鼓舞。两年后回上海可以节省三天汽车路程，减少不少苦头。

中午12点，到了格尔木。有12位同志到医院看病，有7位同志住到医院里去了，6人是菌痢，体育学院两个小青年全部住到医院里去了。生病的人增多了，出现高原反应的人也增多了。因此，我们要在这儿住三天。我在街上走路不好大步，而是一步一步像老头子那样走，走快了要气喘。

第三天我们全体在格尔木医院检查身体，因为这是进入高原的第一关。我的心、肺、血压都正常。这使我感到很高兴，说明我有资格到高原工作，不致被退回上海。

体院两位青年教师痢疾严重，住在医院里，不能跟随我们一起动身。

我们给他们每人留下150元，联系好车子，等病完全好了，再进西藏。我们开始向更高的高地进军。

格尔木往前走是纳赤台。此时气候已转寒冷，我身上穿绒线衣、卫生衣之外，还穿棉大衣，吴鲁海把卫生裤给我穿，我把棉毛裤给他，这样他穿两条棉衣裤。头昏、脚轻、气喘，这就是高原反应。我感到最满意的是不想呕吐，因此，饭吃得下。我们是集体买饭菜的，一碟很老的豆角要七角钱，真贵啊！

第二天一清早5点钟开车，中午到五道梁，出现高原反应的同志特别多，我总的感觉还可以。有几个同志呕吐，一整天什么东西都吃不下，有的昏昏沉沉，心跳达到每分钟100次。我在纳赤台每分钟88次。到了五道梁每分钟95次，这是正常现象，大多数人都是心跳增加。

晚上到了雁石坪，即唐古拉山口前一站。由于还有交通学校、西藏民族学院3辆客车的人，接待站住满了，他们先到先睡了。已是晚上11点，我们住宿还没有落实，这里天空正飘着白雪，要我们在车厢里坐一个晚上，一定要冻坏的。后来再联系，总算让出一间屋子，五个人睡两张床，两床被子，挤得一点不好动弹。二十多人睡一个房间，晚上3点有人叫："空气不够了，把房门打开。"这儿的氧气比平原少大概三分之一，二十多个人关门关窗睡，氧气更不够了。其实不是一个人感到透气困难，大家都醒了，都有这一要求。于是房门打开了，室外白雪皑皑，尽管冷空气进来，大家还是欢迎的。从前，从未感觉到氧气在人的生活中的重要性，现在深切体会到这一点。我对氧气有着特殊的感情，因为氧气是和人们生命紧密联系在一起的。原定早上5点开车。早上4点，我和小刘深感房间空气浑浊，提前半小时起来，穿上大衣，戴好棉帽，到外面散步。雁石坪在一条河旁，一边是陡峭的石壁，群山的白雪在皎洁的月光照耀下，一片银白世界。我和小刘在河边漫步，欣赏这难得的高原夜色，尽管头有些昏，但精神是愉快的。

这时，我在想：在某种意义上我很像鲁滨孙，抛弃安宁的生活，离开妻子儿女，过这种艰苦的生活。但与鲁滨孙有本质不同的是：他是为着个人的利益，到海外去贪得无厌地牟取利润，我是响应党的号召为西藏人民工作而来吃苦的。想到这些，个人的烦恼就被驱散了，一个人的一生哪里有这样的好机会。

重华

8月21日

家书之二（1978年8月26日）

韫兰：

由于信超重，所以前两封信写到雁石坪及遇到陈水润的情况，现接着写下去。

雁石坪这个地方风景很美，就是海拔太高。由于睡不着，人挤，这天（17日）早晨4点，我和小刘起来在河边散步，周围一切都是那么宁静，披上白色盛装的群山像熟睡的羊群。在月光照耀下，奔驰不息的江水像一条银白色的彩练当空飞舞。

5点，汽车开动向唐古拉山口挺进，虽然那里海拔很高，可是我的心情一点也不紧张，因为这两天行车、吃住都在海拔五千米左右的地方，已经适应，睡得着，吃得下。所以，我是充满信心地过唐古拉山口。前两封信已讲到昨晚下了雪。因此，唐古拉山都成为雪山了，幸好公路上没有积雪。大约用了4个小时爬到唐古拉山口最高处，我们规定好一条：在最高处不停留。之后，汽车高速下山，又花了几个小时一直是下山。终于到达西藏的第一站——安多，在这儿吃早饭。

这几个小时，我心情好极了，要仔细看看唐古拉山是什么样子。在过唐古拉山时，有些青年人昏昏欲睡，有些人头昏吸氧气。有些同志原本没有高原反应，过唐古拉山都出现了高原反应。本来我倒有些担心，现在我感到高兴的是，我的心脏总算通过了一次考验。

安多运输站是一面红旗（安多也是一个西藏居民点），食堂非常清洁，都是西藏人管理的。茶水供应很充足，一位西藏老人拿着铜吊要给我的水壶灌水，与青海汉族人办的食堂相比要好许多倍。进藏一开始，西藏同胞就给我留下良好、深刻的印象。虽然那位藏族老人不会讲汉语，但从他的眼神看去，却是对我们这些风尘仆仆的旅行人充满关怀与友爱。

吃过早饭，汽车继续赶路。由于精神好，毫无睡意，我尽力饱览西藏景色。仍然是山连着山，在山与山之间有一大片青草地，也有从雪山上流下的小河。在这片草地上有成百上千的羊群、牦牛群。在羊群附近有三四个牛皮搭起来的帐篷，这就是一个西藏牧民的生产队了。当这一片草地的青草吃光以后，他们又移居到一个新的地方继续放牧。可以想到，他们烧的是牛粪（因为西藏山上不长树木），吃的是干粮——青稞粉。这些西藏同胞，过着漂泊不定的生活，不论是狂风、暴雨、烈日，睡在低矮的帐篷内，用他们勤劳的双手为祖国提供大量的羊毛、牦牛毛作为绒线与毯子的原料。随着汽车的奔驰，我们看到了许多羊群、牛群、马群。藏北牧民的生活是比较艰苦的，没有藏南农民生活好。

西藏的青山绿水与青海的沙漠完全是两个样子，看上去心里非常舒坦。这些景色对我却如此熟悉。原因是西藏的山水与江西非常相似，唯一不同的是江西的山上有树木，西藏的山上只有草，看不到一棵树（这并不是说西藏境内无树，在平地上是有树的）。

汽车经过那曲直到当雄（已是晚上11点），这天汽车走了520公里，从早上5点直到晚上11点，一直坐在汽车上，司机真不简单（他是安徽人）。由于当雄汽车接待站住满人，我们住在县委招待所内。

第二天（8月18日）早上7点汽车继续赶路。下午3点左右到了望眼欲穿的拉萨。终于结束了10天疲劳的汽车旅程，真像到了家一样。我们受到领导师生热情接待，安排住宿，我同小刘及上海师院的沈伟华（1964年毕业）同志3人住在一个22平方米的房间内。行李先到一天，都是学生帮我们搬到每个房间去，藏族女学生力气真大，一个人背一个大箱子。这时，我尽量不动，像“老爷”一样请2位同学帮我把3个箱子上的草绳一一解开，然后把草绳草包放在床底，两年后再派用处，这足足花了近两个小时。箱子打开，衣、物完好，油一点没有漏出来。我问了一下这两位学生的专业，他们正好是数学系的，将来我要给他们上课，以后还可以谢他们。

这几天一直让我们休息。8月23日那天下午，学校为我们33人举行了宴会。西藏自治区教育局局长、副局长、院领导都出席。在宴会前先举行茶话会，有糖果、香烟、茶水招待。

在大厅里共设7桌，8人一桌，有两瓶酒：竹叶青、大曲，一共上了22道菜，怎么吃得完呢？由于在高原，我只喝了像家里小白酒杯那样多的半杯竹叶青。教育局副局长、院领导都到每一桌敬酒干杯，我用开水当酒。为我们这些上海人举行宴会，杀了一头二百斤的猪。

宴会完毕，晚上接着在礼堂看宽银幕电影《屈原》。这几天，天天晚上招待我们看电影，像投胎老祖宗那样。《刘三姐》《大刀记》《抓壮丁》。这4天，每天晚上一部电影，一共看了4部。

昨天汽车接我们到市里参观：大昭寺、罗布林卡。这些名胜古迹是

⊙ 1978年8月22日，上海交通大学援藏教师在藏合影，自左至右：刘国良、吴鲁海、作者、丁国保、林潮泳

我过去从未见过的。有文成公主的铜塑像，有许多美丽动人的传说，要两年以后再给你讲。在罗布林卡看到十四世达赖所过的豪华奢侈的生活，也看到他在1959年叛乱时仓皇出逃的情景，还看到他要搞西藏独立当皇帝的罪证。

这几天伙食可以。食堂是比较怪的，如前天中午辣椒炒肉片5角一客（每餐只有一个菜），我吃了三天。又如昨晚一碗豆浆（5分），一斤油条（5角），加上一斤饭票（每斤0.25元）。昨晚吃不了，今天早上还没吃完。估计像这样吃下去一个月伙食18元到20元，无论如何超不过20元。加上零用，每个月至少还有10元钱储蓄。你放心好啦，我肯定要吃得好，保证足够的营养，要命不要钱。每个月25元是最高开销，无论如何用不掉25元。每人每月一斤糖（水果糖或白糖或冰糖），冰糖1.40元一斤，他们都买冰糖，只有我一人买白糖。

重华

8月26日

家书之三（1978年8月30日）

韫兰：

时间过得真快，离家已25天了。在家不觉得，离家后特别想念小雁。她开学了吧？

昨天晚上我们数理系教师开会，总支书记洛桑达瓦同志主持会议，他宣读了学院党委关于各教研组支部书记及教研组组长人事任命名单。我被任命为师范学院数学教研组组长。从今天开始我挑起这一担子，为党工作。我们教研组共19位教师，其中有5位这个月到复旦大学、华东师范大学进修去了。6位是这次从上海来的教师。8位是本院教师（其中一名是汉族，部队转业来的，担任支部书记，7位是藏族教师）。我们教研组除了为我们数学专业（共两个班，有一个班要10月份进校）开设

《高等数学》课程之外，还要为物理专业（两个班）、化学专业、生物专业、藏文专业开设数学课。

我们这里不像上海，系里面没有许多科室人员。许多事情都要我亲自动手，如安排教学计划、制定教学进度、排课程表。例如，我这个数学班（叫82数学班，即82年毕业之意），除上数学课之外，还要上物理、政治、藏文、体育等课程，都要与有关教研组联系排课。

我明天开始给同学上课，由于还有一部分同学在内地（北京、四川），他们要到9月10日到齐，所以明天复习旧课，并且在课堂上做些思想工作。后天（9月1日）开始，连续三天到农村参加“三秋”劳动。自治区要求各学校机关到农村参加三到五天劳动（往年是十天），由于学校考虑教学，只去三天。总支书记洛桑达瓦同志非常关心我们，说你们刚从平原来高原，劳动不去或少去。我根据自己情况，决定还是去劳动，量力而行（每天早去晚归，回校住，以往到几十公里外公社去，要带行李铺盖去，这次路近）。接触接触西藏农民，扩大视野。

我们学校位于拉萨东郊，校园内都是平房，没有楼房，面积与上海交通大学相同。校园内树木很多，都高达十五六米。我校位于拉萨河畔，

⊙ 西藏师范学院内的拉萨河畔，自左：作者、刘国良、林潮泳、丁国保

拉萨大桥旁。拉萨河有二百米宽，水流很急，岸旁用石头砌成台阶状。我们吃用井水，衣服先在房间里搓好肥皂，然后到拉萨河内洗。

26日（星期六）晚上，上级用汽车送我们到自治区军区大礼堂看文艺演出。节目是由拉萨文工团演出的（西藏歌舞团已出国到西欧各国访问）。礼堂里除我们援藏教师之外，大部分是解放军。8点半时，一位解放军同志叫大家起立，我估计是首长来了，大家鼓掌欢迎。旁边同志告诉我，是自治区党委第一书记任荣同志、副书记天宝、巴桑（女）等。

在西藏看《洗衣歌》《逛新城》（女儿哎，跟着我，看看拉萨新面貌……）等，体会更深。其中有一个舞蹈叫《欢乐的珞巴人》。珞巴人是西藏边境少数民族，服装非常鲜艳，男的戴草帽，腰束长砍刀，女的服装更鲜艳。两个多小时集中看西藏歌舞，在我这一生中还是第一次。

这里气候不热，早上穿两件绒线衣（或是一件绒线衣，一件背心），中午穿一件绒线衣，穿一条卫生裤。拉萨四周高山上有雪，这就是拉萨的夏天了。

现在有电，可以用电炉，冬天电少。据说树木叶子落了，氧气更少，空气干燥，比现在难过一些。到冬天再看，我不大相信。

我写给你的信，若有条件，请保留下来。这是很好的资料，两年后我可以根据信件，回忆在西藏生活、工作的细节。

重华

8月30日

家书之四（1978年9月14日）

韫兰：

你好！还有两天是中秋佳节了。现在确有“每逢佳节倍思亲”的感觉。

由于自治区党委下达的秋收任务，所以这些天来上课是停停上上，参加秋收劳动。六天劳动，我只参加三天，一方面是照顾我年长，另一方面要备课，以及制定数学专业四年内培养目标及教学计划。这几天在田里劳动，有人带了青稞酒给我们喝。

我们房间共住三人，我、小刘、师院一位同志。三盏电灯，每盏100瓦。有一只煤油炉，一只电炉（1 200瓦）。现在电还比较多，晚上是学校自己发电，规定在晚上8点到11点保证学生教室供电，在这段时间内不得用电炉，否则查出来罚款，其他时间可以用电炉。可是供电时间不太正常，中午无电。我们用的开水都是用电炉烧的。西藏气压低，温度升不上去，水烧不开。

⊙ 作者1978年9月14日的家信首页

拉萨气候有一优点，晚上下很大的雨，白天不太下雨。这几天仍是穿绒线衣、卫生裤，晚上盖被子。

祝国庆节愉快！

重华

9月14日

家书之五（1978年10月3日）

韫兰：

今天是3日，国庆假日快结束，明天上课了。以前的信中工作介绍较多，我的生活情况介绍较少，引起你挂念。因此，这封信着重讲我的生活情况。

食堂里只要有好菜（每餐只有一个菜卖），哪怕5角钱一客，我都要买，因为营养对身体是很重要的。

我们交大5位同志是经常在一起自己煮菜吃的。例如，中秋节那天，我们买了4元多月饼，其中也有油枣。小刘带了糯米粉和芝麻，我们做汤圆吃。有时，我们到市场上去，站在肉摊旁（肉凭卡买的），我们的校徽引起售货员注意，我们说是刚到拉萨，只需要半斤肉。结果对方却问我们要多少，我说："随你们便。"他一砍就是两斤多。前天，我们一位林老师站在另外一个肉摊前，明知要卡，我们问："这肉怎么卖？要卡不要？我们只需要半斤。"结果给我们砍了6斤牛肉（每斤0.33元），不到两元钱，解决了我们5个人2号、3号的加菜问题。9月30日晚，每人出1.5元，从食堂买了好些菜，也有花生米，大家会在一起，也喝一点点酒（每次我只喝五分之一两，即二钱酒），好不热闹。青菜、黄芽菜是到自由市场去买，有私人的，也有公家农场拿出来卖的，约8分钱一斤，不贵。

10月1日早晨7点半起来，我们5人都带好点心、苹果、香肠（熟的）、炒蚕豆，水壶装了橘子水、酸梅汤，到罗布林卡（即人民公园）去。这天，看见许多西藏同志穿上节日民族服装，带上许多食物、糖果、水果，用塑料桶装青稞酒，铝壳热水瓶装酥油茶，用绳子在树干上围一圈约有15至20平方米的草地，草地上铺上卡垫，即小的地毯。一家人在里面打扑克，下棋，打康乐球，或是弹六弦琴，玩上一整天，把酒喝光，有几分醉意，喝啊，跳呀。这叫"耍林卡"。这种林卡有几百个、上千个。罗布林卡有西郊公园三分之二大，里面有流动服务站，卖奶茶、酥油茶、大饼、牛肉、苹果等。不少汉族同志去看林卡。我们5个人找到一张石桌，打扑克，下棋，吃东西。

国庆节是中国全民族节日。在西藏最热闹的是国庆节，其次是五一劳动节。

重华

10月3日

家书之六（1978年11月12日）

韫兰：

昨天接到你和孩子们的来信。

韫兰，你一个人带两个孩子是不容易的，担子是重的。这点我是体谅你的，因此也敬爱你。在建设新西藏的功劳簿上也应给你，给所有援藏家属记上一笔。如果不是信重的限制，不是时间的限制，我这支笔将像泉水一样，墨水吐个不完。因为写信，就像对你说话一般。先让我谈谈工作情况吧！前几封信生活谈得很多，工作来不及述说。

我所教的数学班有38人，男同学23人，女同学15人。大的有33岁，小的有17岁。有孩子的爸爸有4人，有孩子的妈妈有5人。这个班级是去年年底考进来的。学生许多是干部子弟、随军家属、插队知青。其中有6人曾在中学里当过教师。这个班成绩优秀的有11人，良好有5人。党员2人（一个担任团支部书记，一个担任班长），团员22人。也有几个功课困难的。全班数学成绩最好的一位同学叫格桑尼玛，是藏族。总的说来这个班成绩还算可以。今年数学班没有招生，因为考生成绩太差，所以收不满。由西藏考到内地学校去，总分180分（平均分36分），就可录取。如果考本区大学，总分150分就可录取（上海要300分以上才录取）。即使是这样低的标准，今年数学、物理两个专业没有学生。因此，我这个班38人在西藏是一支强有力的力量。经过我这两个多月上课以来，同学们感到学到不少东西，也相信自己将来会具有一定质量（本来他们都有自卑感，认为不如内地学生）。我的精力、我的心血全放到这个班级，一定要精心培养他们。韫兰，要知道西藏师资水平的确太差。举个例子，我们组一位从复旦大学进修三年回来的藏族老师，他们在争论这样一个代数问题：5元、1元人民币共30张，106元，问5元几张？1元几张？问我该怎么算？还有一位同志讲应用题，讲到一半讲不下去，从课堂里跑出来问我。因此，这38位同学，学完四年，成绩优秀的可留一部分在师院加强师资力量。未到上海进修的3位老师以及到上海进修过3年的4位藏族数学老师也都跟班听我的课。还有3位汉族教师以及上海来的4位青年教师也都跟班听我的课。目前是每周6节，隔天上课。有两位老师跟我辅导、改本子。一位是小白马多吉（在复旦大学进修三年刚回），一位是上个礼拜分配来我院的毕业生，叫邹庭荣，他今年从武汉华中师范学院数学系毕业。

此外，物理班（22人），由上海师院的沈伟华同志上课（他1965年毕业于师院），潘仁良（去年上海师范大学数学系毕业）帮他辅导，他二人又跟数学班听我的课，我的备课笔记全部借给他们抄。今年刚招进一个数学教师进修班，学制两年，共20人，绝大部分是藏族，程度是初中，甚至有小学程度的，由复旦大学姚军同志（1963年毕业）给他们上课，从几何、代数、三角上起。辅导教师是次旺江村（刚从复旦大学进修三年回来）。目前这个班级学习较困难。还有一个叫“考大学补习班”，约20人，全部是藏族，专门攻数理化两年，准备1980年报考大学。如果不补习，藏族同学就考不上大学了。这个班由徐君毅同志上课（是复旦大学1961年毕业，毕业后搞行政工作，兼教物理，对高等数学教学不熟悉。他是赴藏教师联络组组长，同时是我们师院数理系总支书记），由德庆旺姆同志辅导（她也是刚从复旦大学进修3年回来）。地理班的数学课由小刘（刘国良）负责讲授平面几何。次仁罗布（复旦大学刚进修3年回来）负责初等代数课。同学对他意见很大，要求换老师，我没同意。生物班数学课由次仁曲珍老师负责（她是拉萨中学毕业，现在一面上课，一面听我的课，挂黑板就是她，人是努力），扎西顿珠帮她改一部分本子。藏文班的数学课由阿旺列多担任。此人要求调到校办工厂工作。党支部书记是转业军人，兼任学生政治辅导员。

明年暑假之后，要招许多新生，数学、物理、化学等专业都要招生。系里征求我的意见：明年数学班招不招生？教师有力量吗？如果招，招多少人？我说，不是教师有无力量，而是国家迫切需要人才，我答应招30人，同志们都支持我的意见，就这样定了。明年我们的任务比今年更重，在上海进修的8位同志要两年后才返西藏。

祝健康！

重华

11月12日夜

家书之七（1978年12月3日）

韫兰：

前天上午刚给你发出一信，下午就收到你和孩子们12月3日写来的信。

读了来信，我很高兴。孩子们在你的照料、关心之下，各方面都在健康地成长，静航最近在学校审批之下加入了共青团，这跟你的教育是分不开的。有一个重要问题，现在给你谈一谈：

自从到西藏师院之后，组织、领导不仅对我的生活、身体很关心，而且特别是政治上对我更是关心。我们数理系党总支书记洛桑达瓦同志，他参加革命有30年，党龄有27年，是藏族干部，也在中央民族学院学习过。他曾担任过县委书记，来师院前是拉萨市商务局党委书记。他原则性强，工作极端认真、负责，是一位忠心耿耿的老干部。由于我工作勤恳、踏实，因此，他很器重我，政治上关心我。

我到师院不久，就向党组织表示了入党的决心。上星期机关支部讨论了一位本校老师马泽海同志（回族）的入党问题，让我参加了，受到一次深刻教育。在通过马老师入党的支部大会上，我也发了言，谈自己的感想与体会。不论在祖国何处，党组织都关心我们中年教师的成长与进步。

今天下午，我收到数理系（七系）总支书记黄彭令同志的一封长信（4张信纸）。现把上海交通大学党组织对我关心的话语抄录一段，以示教育：

“从您来信中知晓您去藏后政治上积极要求早日参加共产党，这个决心和愿望很好。说实在的，组织上也一直关心着您这个问题。最近，上海市委也指示，可以恢复进行党建工作了。您的情况我们最近很快就会寄出一份材料给西藏师院党组织，这请您放心。今先去信告诉您，希望您首先从思想上树立入党，并用实际行动来争取早日入党。一定要树立信心，下定决心，也要像您自己所说：'不管什么地方，什么时候都要以党员标准严格要求自己。'同志们都在关心着您的进步，也盼等您进步的喜讯。"

韫兰，你看了上面党组织的话语会有什么感想？你大概也会感到，我——李重华的一生是在党的雨露阳光下成长起来的，没有党也不会有我的今天。你也会更深刻地了解你的丈夫的为人，而不会患得患失。不论在祖国东海之滨，或是在祖国西藏高原，党组织都十分关心我的成长。我们的孩子入团，也是在党组织的教育之下，也是因为在家庭中，父母给她灌输革命的思想。将来，我们的小雁，也是会一个高度一个高度地进入人生：少先队—共青团—共产党。我们教育孩子热爱党中央，将来做一个有益于祖国，有益于人民的人。

最后，请你在五斗橱最上面一个抽屉内的中间，把我在1974年写的入党报告（这包括社会关系的有关材料）的底稿，用挂号信给我寄来。

我身体非常好，勿念。你们来信情况太简短，我总希望信长一些，情况讲得仔细一些。我一次给你们写十张信纸，你们三个人只给我写三四张信纸。

重华
12月3日夜

家书之八（1978年12月26日）

韫兰：

今天接到你寄来的挂号信，材料如数收到，正是我所需要的材料。谢谢你！

你的来信，充满了诚挚的感情，我将它读了好几遍。夫妻之间当他们彼此了解思想深处之后，感情也会随之进入一个新的高度。从来信知道你比过去更了解我。因为你真正了解到我所想的、所做的。

我还没入党你就这样高兴，如果真的会有那么一天到来，你该高兴到什么程度？参加中国共产党是我二十多年来所追求的理想，一年不成，两年，两年不成三年，只要有这一愿望，总有一天会实现这一理想。上海原来的党组织关怀我，师院的党组织关怀我。但是，就不能肯定说入党不成问题了。作为自己应该用党员八条标准严格要求自己，思想上入党。组织上入党是党组织的事情。

我之所以能够到西藏为百万翻身农奴服务，是和你的支持分不开的。到西藏后，我的眼界开阔了，受的教育更多了。我们只不过是暂时分开两年。但是，有多少汉族干部为了建设边疆，十多年、二十年一直战斗在西藏，许多同志的儿女都放在内地，两年有一次机会回内地看看孩子。有的孩子长期分开，到十八九岁才来到西藏，升学或是找工作。由于父母不和孩子生活在一起，因此，不亲。甚至他们的孩子，连爸爸妈妈也不叫一声，这使做父母的感到很伤心。这方面的许多故事，都是学生们告诉我的。有些是他们本人的经历。他们从小由祖父母或外婆、外公带大，直到20岁才回到父母身旁，在感情上与父母有距离。有许许多多事情，都是我们在上海所想象不到的。和千千万万建设边疆的汉族干部比较，我们又是幸福的。与上海那些永远不分离地生活在一起的夫妻们相比，我们又感到骄傲。因为，我们毕竟是分开两年，为了

⊙ 1975年10月，作者的妻子和两个女儿

啥，为了建设边疆。当我们在晚年回首往事时，会感到很有意义的。还有10天，离家有5个月了，春节一过就是半年。去掉四分之一时间，还有四分之三时间。我有时在床上醒来，就想见面那一天的欢快情景。我把小雁高高举起，说："爸爸终于回来了！"

前天晚上收听了党的十一届三中全会公报，真兴奋极了。党太伟大，从明年开始，全党工作的重点要转移到社会主义现代化建设上来。由于党的路线、方针、政策的正确，要不了几年，我们祖国的面貌将发生巨大的变化，人民的物质生活也将有大幅度的提高。日子是越过越幸福，生活将愈来愈美好。当然，我们不能光等这一天的到来，我们要用自己的双手劳动，为好日子早日到来多做贡献。空吃社会主义可耻，大干社会主义光荣，这将成为人人提倡的风尚。

韫兰，若不是时间、纸张的限制，感想谈也谈不完，写也写不完。并非我喜欢写长信，有时，感情很难控制。当笔停下之后，信发出之后，又感到有许多话还没写到信上去，很是可惜。

12月1日，我们和学生到布达拉宫参观，照了不少照片。有一张照片中有布达拉宫倒影，这是在劳动人民文化宫中人工修的湖，明年可以划船。

祝健康！

重华

12月26日

家书之九（1979年1月10日）

韫兰：

你和孩子们于12月31日的来信已收到，挂号信也早已收到，勿念。你每次来信都给我带来欢乐，真要感谢你！学校领导同志去看望你，对我精神上鼓舞很大。只有努力工作，才对得起领导与同志们的关怀。

这学期工作快结束了。前天考完数学，明天考物理，14日考政治，考完试小结几天可以放假，2月5日开学，这次同学数学考试成绩是这样的，一共38人。考了100～120分的，有12人（其中有2人考120分）；90～99分的有4人；80～89分的有4人；70～79分的有6人；60～69分的有11人；只有一个人不及格。

正好在元旦前一天，学校把我们今年半年生活费都寄来了。我在上海交通大学每月领9.50元，在师院每月领25.50元，因此，我拿到57元。

陈水润是乘飞机返回西藏，只能带40斤东西，我同意你的观点，最多不能够过10斤。请带一两根麻绳来，是每根2角钱那种，因为我们用水是到井里用铝桶打水的，我们铝桶上的绳子已经用得比较短了，需要接长一点。

以前信中已谈到，带来菜籽，如鸡毛菜、菠菜、荠菜、刀豆、黄芽菜、黄瓜、南瓜、青椒、丝瓜，每样少带一些，用纸包好，写上名称。因为我们门口开垦了三块菜地，春季准备大力开展生产运动。学习南泥湾精神，自己动手，丰衣足食。

一月份是拉萨最冷的季节，可是感觉没有上海冷，穿一条绒线裤和呢裤就可以了。身上穿两件绒线衣和一件棉衣。和在上海一样，我不戴帽子，棉裤也用不着穿。今天开始在房间里穿你做好的棉鞋。晚上出来看电影，可穿上大衣。

最近放了几部好电影，我们都看了两遍。一遍在外面电影院看的（先睹为快），一遍在学校内看的。《一江春水向东流》是1947年拍的，我母亲及姨母她们看完都哭了。1957年，我看这部电影时也哭了。这次在拉萨重看这部影片，又哭了。

你不是说我们的生活一天好似一天，一天甜似一天吗？你学习了党的十一届三中全会公报了吗？令人鼓舞，更好的日子还在后面。

春节快到了，没什么礼物送你，送你一首诗吧。

重华

1月10日

给韫兰

每当夜深醒来，
我静静地躺着，
在想：
爱妻和孩子们正在甜睡，
鼾声均匀，平静。
劳累一整天，
你们该好好地睡吧！

我并不因睡不着而烦恼，
极力回忆全家生活在一起的愉快情景。
过去未曾想到，
天天在一起是一种幸福，
今日才知别离与团聚，
是两种截然相异的滋味。

如果给我一双翅膀，
恨不能立即飞回家中探望。
哪怕只看上一眼，
再让我飞回高原。
或是让我站在喜马拉雅山顶，
向东遥望，
祝亲人身体健康。

我深深地知道：
家庭的重担完全托付给你。
没你的支持，

我不可能来到高原，
为翻身农奴工作；
没你的鼓舞，
我不可能全副精力教学。

虽是老夫老妻，
但爱情却像奔腾的雅鲁藏布江水。
永不停息。
你的那颗心呀，
像雪山顶上的白雪，永远纯洁。
我要做那高傲的雪莲，
永生永世与白雪一道，
直到我的晚年。

1979年1月9日　于拉萨

家书之十（1979年1月18日）

韫兰：

考试已结束，学生开始放寒假，教师将在下周放假。假期有2周，在这2周内给学生开设5次讲座：不等式、怎样建立曲线方程、代数方程应用题解法、三角方程及恒等式、函数。这些内容属于初等数学，一方面给他们复习，另一方面给他们提高。今天上午讲了第一讲，从9点40分讲到1点15分，（1点半吃中饭）。这些内容下学期还可以为拉萨市各中学的教师开讲座用，将来也可给孩子们参考。

西藏自治区全区高中生统考，共600人参加，教育局叫我出考题，因有教学工作不能前往，但又推卸不掉，利用业余时间出了10个题目，并做题解，送给他们。结果从中选取3题，其余有些题目较难，未采用。

前40名，发奖，实际上是数学竞赛。这些同学准备参加今年5月份的全国竞赛。麻烦事可多，叫我们给这些优秀学生辅导，我们都有教学任务，但又推却不掉，只好答应他们，进行一些难题讲解。师范学院是全自治区最高学府，我又是数学教研组组长，今天居然也成了“权威”。同志们开玩笑说，如果你留下来，要不了几年可升副教授了。全院至今都没有一个副教授，这次提升讲师与助教的人寥寥无几。我们系有两位青年教师提升为助教，西藏日报记者昨天还特地来校采访拍照。一位教师负责上我们数学班物理课。为此，我忙了一个下午，叫同学到教室里陪那位教师照相。

春节将至，倍加思念你和孩子们，但愿你春节愉快！

重华

1月18日夜

家书之十一（1979年1月26日）

韫兰：

你好！上海交通大学党组织每封来信，都对我们进行勉励与鼓舞，并说：“关于你申请入党问题，我系已与西藏师院党委联系了。希望你树立信心，待旁证材料（指关于我家庭、社会关系的调查材料）到齐后即可进一步寄给西藏师院。”我们交大的党组织对我的进步是十分关切的。我也决心要按党员的八条标准严格要求自己，争取在西藏早日参加中国共产党。韫兰，你是知道的，一个人不能没有理想，理想就是为共产主义事业奋斗终生。像我这样的家庭、社会关系，每前进一步都要付出极大的努力。我的进步，我的理想，得到你有力的支持。在此，对你表示深切的谢意。

我只想在还有一年半的短短时间里，抓紧时间，多做些工作。在这个寒假里，每隔三天给学生们开讲座，自由参加。许多教师也来听，教室挤得满满的。要知道，西藏教育事业比内地要落后得多，师资极缺乏，而且师资水平很低。区里发文件，希望我们能给自治区的中学教师开办函授，并每隔一二星期面授一次。给我们参加工作的同志每人每月增加10元钱津贴。我考虑到教研组任务比较重，今年暑假又要招收4个新班。搞函授会影响普通班教学工作，但上级下达任务，也确实需要。我们想了一个变通的办法，即在星期日为拉萨地区中学教师开办讲座，一个专题一个专题讲，如方程、不等式、对数等。这样在业余时间我们可以多贡献一分力量，我们不计较报酬的高低。前面谈到工作中有些干扰，我会正确对待处理的。党章中对党员提出的八条标准中，第三条是：团结党内一切可以团结的人，包括反对过自己反对错了的人。我会在当地党组织领导下，积极开展工作的。

祝春节愉快！

重华

1月26日

家书之十二（1979年2月1日）

韫兰：

谢谢你。感谢你给我寄来一封充满真挚感情的长信（信是年初二收到），再没有什么比收到你的来信更快乐了。

我们春节过得很愉快、很丰富。我们交大5位同志在一起吃饭，看样子小菜还可以吃好几天。我们买的猪、牛、羊肉还一点未动。

年货每人7.7元，除了二斤猪肉、一斤线粉、半斤蘑菇、半斤麻油之外，还有一斤黄豆粉、一包龙虾片、二斤富强面粉、一斤糯米、一斤半籼米等。

年初一，我到谢鸣家过的，他父亲已回拉萨，有鸭、酱兔。而且第一次吃西藏大米，味道不错，比上海大米稍差一点。

初三与支部书记到两位藏族老师家走访了一下。喝了酥油茶、奶茶，还要喝三杯青稞酒，这是藏族习惯，不便推辞。到第二家里，头有点感觉酒意。第二家是次仁曲珍家，母亲、弟妹都在，父亲到亲戚家去了。她父亲叫德吉格桑旺堆，1950年在西藏昌都是藏军中的一个代本（即团长），后改编成人民解放军。现在她父亲是全国政协委员，西藏自治区政协副主席。除酥油茶、奶茶之外，用油煎了许多牛肉饺子，请我们吃。我们是作为教研组领导去看望，正像我到西藏，我们学校党支部到我家探望一样。

经过半年，我身体已完全适应高原的气候了。以前洗一件衣服要喘大气（这是由于氧气少的缘故），现在，可以从拉萨河挑一担水到房间（相当于从50路车站到我家那样远），这请你放心，不要挂念。

重华
2月1日（初五）

家书之十三（1979年2月4日）

韫兰：

为了加速西藏的发展，今后采取内地包干支援，与全国15个省市挂钩。上海包拉萨工业，天津包拉萨文教。今天组织叫我们上报1979年、1980年、1981年师院所需各专业教师的人数。六七月份有一批人进藏。原来我正发愁，暑假之后，又招收4个班级（数学、物理、化学、生物），安排不出教师上课了。因为我们现有的教师所上班级的课，都要教两年，实在排不出人来。如今，有天津来支援，真给我们帮了大忙，天津有南开大学、天津大学。交上去的计划是：

1979年《数学分析》2人，《高等代数》1人；

1980年《高等代数》1人，《微分方程》1人，《概率统计》1人；

1981年《数学分析》2人，《高等代数》1人，《微分方程》1人《计算方法》1人，《函数论》1人，《高等几何》1人，《中学数学教材教法》1人。分三批共计14人。

又听说，我们的待遇也要增加，要恢复到1959年水平。张国华在西藏自治区做书记时，把西藏工资水平都降了两级。（青海、新疆均未动）。二十年来，这笔钱中央一直未肯收，西藏用于其他开支去了。高原是比内地生活艰苦，待遇是应该高。只有来过西藏的同志，才体会得到艰苦性。

重华

2月4日

家书之十四（1979年3月1日）

韫兰：

你好！今天是藏历年初三，放了3天假，明天上课了。今年是藏历土羊年，我们跟藏族同志一同愉快地度过藏历新年，下面向你简单介绍一下。

藏历年除夕（2月26日，星期一），上午讲完两节数学课，我们82数学班同学（38人）邀请我们几位任课教师在教室里举行茶话会，学校发给每个同学半斤水果糖，一个班级发了两斤酥油。同学自己打酥油茶。从2点半开始，边喝酥油茶，边吃糖果开始“茶话”，并且做击鼓传花游戏，表演节目，直到下午5点从食堂领来饭菜，在教室一道进餐（这儿每逢星期日与假日是开两餐，上午10点一餐，下午5点一餐）。同学们轮流向我敬酒，特别是两位藏族同学到我面前敬酒，说：“我们两个藏族同学，为老师对我们的辛勤教导，特地给老师敬酒一杯。”用过晚餐，大家继续举行联欢活动。据说，北京、上海等地已经开始跳交谊舞（解放前叫交际舞）了，师院团委曾动员、组织同学们跳舞。同学们也都未跳过。我班同学有不少人会拉小提琴与二胡，也不知谁起的头，有一两对同学跳起交谊舞来，可以说跳得很蹩脚。教物理的胡老师（他是复旦大学的，比我小一岁）和我跳起交谊舞来了。上次跳舞是1956年的事，二十多年啦！虽然舞步陌生，也总算跳起来了。学生们在我们老师带动之下，也都跳起来了。难怪同学们说，在气象局跳舞的人都是老头子、老太婆，看跳舞的人是年轻人。因为他们不但没跳过，而且没见过，感到很新奇。

重华

3月1日（藏历初三）

家书之十五（1979年11月25日）

韫兰：

你好！上次信中讲到我们花一天时间挖了一个菜窖。小刘爬到大树上，砍了许多树枝，顶上用树枝，并钉上木板，然后铺上泥土。就算汽车从上面开过去，也不会塌下来。

从这个月开始，全国进行肉、鱼、禽等副食品价格调整，并且每个职工发了补贴，党的这一政策是有利于农牧业发展，有利于改善人民生活的，我们应表示坚决拥护。

我们西藏每人加10元，今天已拿到，牛肉从0.35元一斤涨到0.52元一斤。猪肉方面，内地猪肉每斤1.52元，藏猪肉每斤1.2元。因此，物价调整，对我们在西藏工作的个人来说也是有利的。

烤火费分两次发放，这次先发24元，明年一月份再发24元。

我们应珍惜今天的幸福生活，更好地为党工作，用我们的双手把国家建设得更美好。

重华

11月25日

原载《耕耘不辍　创业无悔》，李重华著，东华大学出版社2015年8月版，本书对书信有增删，新增了照片。

⊙ 1979年11月，作者（前左）和学生在拉萨贡嘎机场种树

⊙ 1980年5月5日，第三批上海援藏教师离藏前夕，西藏师范学院数学班师生分别留念

⊙ 1980年5月5日，数学班为上海援藏数学老师举行欢送茶话会，请三位老师上台，从左到右：胡建栋、作者、刘国良。作者即兴用粉笔在黑板上写下一首诗："挥泪别高原，何日再相见？春催桃李时，百花开满园。"

⊙ 2014年11月21日，上海高校第三批援藏教师（部分）到李重华教授参加创办和领导的上海东海职业技术学院参观访问

忆在西藏师院创办地理专业

金守郡

1978年，为了继续支援西藏的高教事业，上海高校派出了第三批援藏教师共计三十余人去西藏师范学院（西藏大学前身）援教。我作为第三批援藏教师（华东师范大学地理系的一名中年教师），接受了此项任务，与我校地理系的一名青年教师陈景山一起，承担在西藏师院建立西藏第一个高校地理专业，培养本科第一批地理专业学生的任务，为培养西藏的中学地理师资贡献我们的微薄力量。

接受任务入藏

我是一名党员教师，党组织希望我能参加第三批的援藏任务。尽管家中有些困难，我仍愉快地接下了任务。我爱人在同济大学海洋地质系任教，也是党员教师，家中当时有两个刚读幼儿园和小学的孩子，无老人照管。如果我援藏两年，担子就全落在我爱人一人身上。她不仅在校有课，有时还需去海滨、新疆等地进行野外调查，这就会增加照顾孩子的困难，但她在我校组织上找她谈我入藏援教之事时，坚决支持我援藏，明确表明了态度：家中困难可以克服。在她的支持下，我抓紧做准备工作。

我们第三批援藏教师队于1978年8月开始入藏，我们从上海乘火车至甘肃柳园，再换汽车经甘肃、青海跨越柴达木盆地、唐古拉山口，用了几天时间到达拉萨。途中高寒缺氧的环境给不少同志造成生理上的困难，但我们都经受住了这种考验，顺利地到达拉萨。由于有了这段路途上的考验，我们逐步适应了缺氧的环境，到达拉萨时身体已经能够适应了。陆路入藏减少了我们对西藏缺氧的担心，增强了我们在西藏工作和生活的信心。

开办地理专业

西藏师范学院位于拉萨市郊的拉萨河畔，校园的景色较好，但居住生活条件远不如内地。由于我们有思想准备，前两批援藏教师也做过介绍，所以我们没有丝毫埋怨，很快就适应了在拉萨的生活和工作。

来到拉萨，进入学院，我们参加了一段下乡劳动，基本适应了高原的生活，但随之而来的新生入学、开办专业的任务摆在了面前。我和陈景山同志来自华东师范大学地理系，要为西藏师院办地理专业，招收第一批地理专业本科生。这是师院原来没有的专业，也无专业师资，任务自然就落在我们二人身上。我们要根据西藏的实际情况制订地理专业的教学计划，落实第一学期的任教课程，准备使用的教材，迎接新生入学，做好上课的准备工作。

这些工作大部分落在我身上。开班以后，我除了讲课外，还要做专业的管理工作、学生的思想工作，担子很重，但一定要挑起来。举例来说，制定专业教学计划，照搬内地师范学院地理专业的教学计划肯定不行，必须根据西藏师院的师资、学员的实际情况加以调整改动。我们二人经过讨论，又向领导汇报，把原来的基础课、专业基础课和专业课重新组合，如把“自然地理学”的四五门课程调整为“地球概论”“气象气候学”“地质学”“地貌学”等课程，删去了“土壤地理学”“植物地理学”等课程，让学生学完这些课程就可以胜任中学地理课程中自然地理部分的教学任务。

作为地理专业，除了课堂教学、学习理论知识外，还要安排野外实习，将理论学习与野外实践结合起来，让学生具有一定的动手能力，如

⊙ 西藏师范学院78地理班合影，第二排左二是作者，左三是陈景山老师

观察星空、测量天气变化、了解地表起伏和构造等。这在许多课程中都要有所体现，在教学计划中要予以落实。我们在拉萨的两年中，组织过学员参观西藏气象局，了解气象观测、天气预报等业务工作，增加学员对气象学的感性认识。

深入班级和学生

教书育人，要做好这一点，首先必须深入班级，接触和了解学员。通过与学员的交谈和接触，我们得知地理班都是在拉萨及附近地区的汉族干部子女，他们跟随父母在拉萨生活已十多年。能在西藏读大学是国家对他们的关怀，因此学员们都能认真学习，克服学习上的困难，取得较好的成绩，不到半年就适应了大学的学习方式，逐步培养了自主学习能力。我们为他们的精神所感动，感到要认真做好教学工作，让学员学得更好，不辜负组织对我们的信任。由于师生之间关系融洽，相互信任，相互支持，促进了教学相长。这也是两年在西藏师院教学工作中的一个重要体会。

与地理班学生结情谊

在藏两年，尽管接触藏族学员较少，但我了解到汉藏民族、宗教民俗等方面的差异，对国家在西藏的民族政策有了较多的体会。

我们援藏的时候，西藏师院的学生可谓汉藏参半。中文、数学、物理等系科的学生中，汉族、藏族学生都有，汉多藏少；地理班的学生全部都是汉族，而生物班的学生则是清一色藏族。由于汉藏两族的学生都有，因而学院经常对我们讲一些藏族习俗、藏传佛教的宗教信仰及应该注意的问题。有了这方面的意识，我们在碰到藏族学员和一些藏族老师时，就能自觉地尊重他们的习俗和习惯，从中受到国家的民族政策教育。事实上，我们在西藏师院生活的两年中，汉藏学生相处得很好，没有出现不妥之处。

两年多的师生相处，我们与地理班学员结下了较深的友情。1980年8月，我们离开了师院，至今已四十多年了，但我们与该班的不少学员至今仍有交往，从最初的书信、电话交往到现在微信、视频交往，从未间断。在我们这届地理学员中，有的担任西藏自治区教委主任、西藏民族学院院长，有的留校担任教师，后调至内地担任云南昆明师范大学地理系副系主任、副教授，有的留校在校部机关工作，大多数学员在藏从事中学地理教师工作，现在多数人已调回内地，有的已退休。回想和他们一起学习生活的两年，从他们身上学到不少好的品质，对我们如何对待青年人大有好处。

我与不少学员都有微信联系，还加入他们的微信群。每逢佳节，我们都互祝节日快乐。我经常收到他们发来的问候短信。最近教师节、中秋节双双来临，不少学员发来“祝老师双节快乐，吉祥如意，健康幸福”的祝福。我已八十多岁了，早上起来看到学生发来的祝福，非常高兴，师生间的友情永存，是对我最大的安慰。我的一位学生说得好：“永久的财富是朋友，一生的金牌是健康，鲜花可以重开，人生没有重来，互相关爱，友谊常在！”

作者简介：金守郡，男，生于1939年11月，山东青岛人，中共党员。华东师范大学地理系毕业，留校任教，华东师范大学地理系教授，曾获教学二等奖，1978—1980年在西藏师范学院工作。

印象西藏作品选

胡项城

1978年，上海戏剧学院选派我去西藏师范学院援教两年。刚到西藏时，雪域的风土人情深深吸引着我，《高原集市》等风景写生就是那个时期的作品。据说现在拉萨有许多变化，那么这些原生态的记录也就有了一定的历史价值。一年后，随着对西藏逐步的深入了解和在创作过程中

⊙ 高原集市　1978年　布面、油画　55 cm × 48 cm

⊙ 藏族人像之一　1979年　布面、油画　39 cm × 54 cm

⊙ 藏族人像之二　1979年　布面、油画　50 cm × 45 cm

⊙ 抽象画　山体　西藏第五号　1980年　布面、油画　64 cm × 49 cm

接触到许多藏族同胞，感到他们朴素、粗犷、善良的外表内有着对万事万物敬重而虔诚的心。这正是我们在大城市出生的人所缺乏的，所以这时期我创作藏族人像就希望表达藏族同胞的这种内在品格。1980年上海援藏教师返沪前一个多月，我带学生去山区写生，不慎从山上跌落，西藏师院的师生对我进行了无微不至的照顾。回沪后在长期的创作中，西藏人民的生死观、宇宙观深深地影响着我，无论是我的抽象绘画实验还是一些超现实风格的创作，根源都与赴藏那段经历有着深深的关联。几十年过去了，西藏师院的学生们都在各自的艺术领域取得了显著成就。我非常欣慰能为西藏的高等美术教育做一块垫脚石，同时感谢西藏，与其说是我去教学，不如说是赴藏给了我体验和感受祖国文化丰富多彩的机会，使我的艺术创作得到了升华。

2024年6月15日，上海湖畔艺术馆举办了《山海大观》西藏师范学院77级美术班师生文献展。分别了44年的师生以艺术呈现的方式再次团聚。虽然师生都已步入老年，但对艺术的追求及师生间的友情依然像火焰般燃烧。

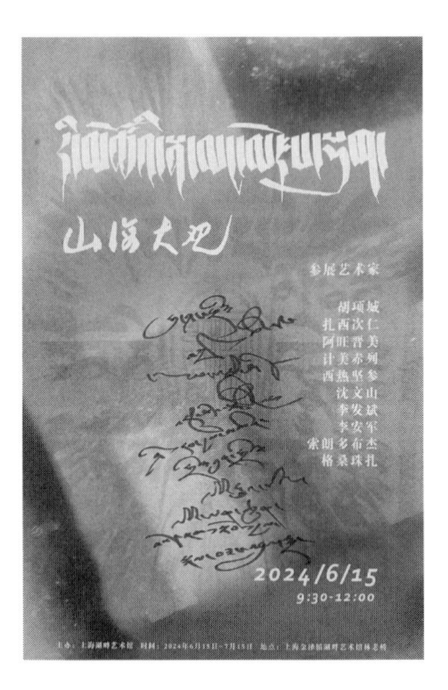

⊙《山海大观》展海报，有10名藏汉师生参加了展览

⊙ 参展师生与艺术界来宾合影

作者简介： 胡项城，男，1950年生于上海。1976年毕业于上海戏剧学院舞台美术系，1976—1986年任教于上海戏剧学院，其间于1978—1980年任教于西藏师范学院。1991年毕业于日本武藏野美术大学。1996年系上海双年展创立者之一，2000—2012年任上海双年展学术委员会委员。2002年从事上海青浦老城区和上海金泽镇概念性规划设计，2006年参与朱家角西镇策划设计、青浦小西门传统建筑群重建，任上海市浦东新区新场镇艺术规划顾问。2010年任上海世博会非洲联合馆艺术总监。上海回向文化发展基金会理事。曾长期旅居日本和非洲从事艺术创作，现居住与工作在上海。

从复旦到拉萨

徐天德

欣喜目睹青藏铁路全线贯通，天路人间，举世振奋。7月1日，电视荧屏上，从格尔木始发的新型列车，在清脆的鸣笛声中缓缓地启动。我的思绪也随着这前往日光城拉萨的车轮，滚滚不息。

20世纪70年代末，我还是复旦大学中文系一位充满梦想的青年教师，刚刚完成了74级创作专业的辅导员工作，拍完了毕业照，将学生们送出了复旦大学校门。不久，复旦大学第三批援藏教学的任务下达了，文理各个院系闻风响应。在此之前，已有两批复旦大学教师奔赴高原，

⊙ 上海北站，父母、弟妹送作者（右一）援藏

前往地处拉萨的西藏师范学院（现为西藏大学）任教，每批为期二年。或许是古代边塞诗词读多了，抑或对神秘雪域的向往，也可能为了实现一种人生的价值。总之，在全校动员大会上，我毫不犹豫地走到相辉堂的主席台上，表了决心，报了名。

复旦大学为了保证第三批援藏教师的政治质量和专业水平，经过严格的政审和体检，最后确定了13人。当年的援藏工作，主要发扬革命的奉献精神，几乎没有重赏之待遇。唯学校给每人发一只木箱，以盛衣物；每人送一瓶500粒装的维生素C片，以增强体质。当然啦，胸戴大红花，雄赳赳上路，还是挺光荣和自豪的。私下里，我们得到了第一批援藏教师的“传经送宝”：拉萨有三缺——缺蔬菜、缺食盐、缺大米。于是，每位援藏教师以微薄的工资，购买了一些相应的物品。同系同室的小卫很热情，陪我去南京东路的第一食品公司，采办了十余斤脱水蔬菜、二十个鱼肉罐头、五袋上海香肠，还有诸如固体酱油、袋装食盐等调味品。有位亲戚还送了我一听奶油饼干、一袋大白兔奶糖。我所属的中文系在时任党总支书记徐俊西老师主持下，为我和同赴西藏的学友沈如松召开了欢送会，师长们的鼓励、叮咛之语，令人感动。

⊙ 1978年8月，上海北站，复旦大学中文系领导送作者（左二）、沈如松（中）援藏

赴藏最佳的季节一般在夏天。八月的一天，我们复旦大学的援藏教师在锣鼓喧天，彩旗飘扬的上海北站，与沪上其他高校的援藏教师汇合后，冒着暑热，别亲离沪，乘上西去的火车。三天两夜后，我们到了兰州市，继续西行，直抵塞外小镇——甘肃柳园。我们要去的是青藏公路，从柳园南下也是必经之路。为了我们这批三十余人组成的上海援藏教师队伍顺利平安到达西藏，组织上作了精心的安排，一为体验进藏的艰辛，以锻炼坚强意志；二为逐步适应自然环境，以克服高原反应。三十余人分乘两辆普通客车，每辆车配备正副司机，保证安全驾驶。西藏师范学院专门派了一位姓黄的医生，前来柳园迎候，并与我们一同随车进藏。在柳园稍事休整后，我们便在组长徐君毅（复旦大学）和副组长张济生（华东师范大学）带领下，抖擞精神，心系“羌笛”，正式踏上了千里迢迢的赴藏路途。

我们乘坐的两辆客车，均是后半车行李前半车人，一前一后，择路而行。那时，从柳园到格尔木公路的路况并不好，再加上前几天一场大暴雨冲坏许多处路段，只得时走平路，时走便道。一路往南，客车飞驰。雄镇西域的嘉峪关，渐渐地消失在戈壁沙漠。一会儿工夫，人烟、树房，越行越少。满目荒凉，暑气蒸腾。唯有远处东一丛、西一簇的“骆驼刺”，以及偶尔“流窜”而过的野驴、野羊，显示着荒漠深滩期待开发的生机。一天二十四小时，大部分时间都在颠簸和寂寞之中赶路。客车没有空调设备，开着车窗，风沙、暑气，直往我们脸上扑。每天客车凌晨出发，深夜就宿兵站，周而复始，人也越发疲惫不堪。一路上，困得不洗脸脚、和衣而睡，乃是家常便饭。以往看电影，只见一车旅人一路高歌，似乎蛮有诗情画意的，现置身如此现实的蛮荒环境，浑身已颠得散了架似的酸疼，不要说唱歌了，连话到嘴边，也懒得张口。故而我想，这恐怕是剧作者的一种虚构和想象吧。不过，艰苦的旅程之中，我们还是另有一番精神乐趣和文化收获。车过古代丝绸之路的名城敦煌市，取道塞外深处的著名崖洞莫高窟。眼前清澈的月牙泉、高耸的鸣沙山、悬崖峭壁之上，完全靠虔诚心在开凿的一排排、上下五层、大小不一的千佛洞窟群，致使莽莽大漠，藏此神奇胜景，真令人无限感慨；千佛光耀千年，建筑、塑像、壁画，始于北魏，盛于大唐，文脉精深，中华一绝，世界闻名。我凝望着九层楼高的大佛，想起了“英魂系敦煌、敲响古钟迎解放”的“守护神”常书鸿艺术大师。人们提到莫高窟，不会忘记书鸿。1964年，名满华夏的报告文学《歌德巴赫猜想》的著名作家徐迟，曾在北京的《人民文学》上，发表了轰动一时的纪实散文《祁连山下》，其讴歌的便是常书鸿为敦煌艺术做出的巨大贡献。敦煌因书鸿而辉煌，千佛因书鸿而扬名。常书鸿心中有“佛”啊！我们这些沪上俗客，几乎都是初涉佛界，探窟观佛之际，仿佛也受到上苍点化似的，甘苦已忘，心无杂念。说来也是千里有缘，我们竟在莫高窟前、由郭沫若亲题“三危揽胜”的大门楼下，与时任国务院副总理、科委主任方毅同志不期而遇。问好、握手之间，方毅同志听说我们是上海援藏教师，非常高兴，勉励我们入藏后努力工作，保重身体，为增进汉藏民族之间友谊多做贡献！

从上海启程，经甘肃柳园，别敦煌大漠，过青海的大小柴旦，到达格尔木市时，已整整过去了八天时间，而距离目的地——西藏拉萨，还有一半多的路程。数日来旅途奔波，大部分教师体质已明显下降，有的出现了轻微的高原反应，头晕、脚软、浑身无力。黄医生忙得满头大汗，一会儿测体温、量血压，一会儿送葡萄糖、氧气袋。我也发起了高烧，其因是爬鸣沙山出汗后用月牙泉凉水擦了身。连常年跑青藏路的司机，也是倦容满面。这样，我们在格尔木休整了一天。当然，我是无心去逛灰蒙一色的街市了，躺在医院里与个别老师结伴，瞧医生、吃西药、打点滴。大概是身强力壮的缘故，当晚便出了汗，退了烧，恢复了体力。翌日，晨曦初露，三两蝉鸣声里，两辆客车稍洗风尘，满载着援藏教师，先后驶离了格尔木，沿着当年文成公主的进藏路线，一直向南行进。

事实上，格尔木是青藏公路的中转大站。青藏公路北起青海西宁，南至西藏拉萨，是世界上最高、最长的公路之一。从我国地图上看，我们此番进藏，将主要翻越四座高山（昆仑山、风火山、唐古拉山、念青唐古拉山），跨过三条大河（通天河、沱沱河、楚玛尔河），以及穿过藏北羌塘大草原，最后到达拉萨。每天，我们与高天、白云、荒滩、雪山，一路相随，近距离交流。公路是越走越难，气候是越来越坏，时而飘雨，时而放晴。稍稍恢复的体力，又在车轮滚滚的无休颠簸中耗尽。尽管如此，我们还不时给司机点香烟递水果，陪伴着拉拉家常话，免得司机出现机械性疲劳而引发安全问题。十分庆幸的是，我们这辆车在格尔木时，搭乘了一对去西藏探亲的四川籍母女，母亲三十岁出头，体健面秀；女儿五六岁，天真活泼。同是天涯旅人，心音相通，几句对答，一下就混熟了。霎时，我的眼前浮现出电影《昆仑山上一棵草》里的一幕幕镜头，此情此景，其女主人翁与同车的年轻母亲，经历和相貌，何其相似呀！从而，空寂的旅途平添了一份乐趣；带着浓郁乡音的母女对话声，操着老练沪腔与童稚川语的调侃声，声声入耳。所谓“欢娱嫌日短”，不知不觉中，车辆的颠簸减轻了，越开越稳。车窗外，亮晃晃的一片，刺得眼睛有些生痛，原来是阳光照着广袤湖滩又折射出的光芒。边塞之风，裹挟着浓浓的咸湿味，一个劲地扑进车窗来。司机说，世界上独一无二的青海盐路到了，接着停下车。那时根本没有对讲机，但好像约好似的，随后的车辆也停了下来。四个司机分别提着大号铁皮桶，拉开车门，直奔湖滩。这里便是闻名于世的青海察尔汗盐湖。说是盐湖，其实终年干涸，名不副实。当下，我们也纷纷离车，远眺四野，放松筋骨，脚下是三十余公里的宽阔、湿润的盐路，披着阳光，宛如“银甲”裹身的巨蟒，由近及远，奔向天际。片刻工夫，司机们提着满桶白净的湖盐，费力地返回客车。见此情景，我真是有些悔意，何必从上海带那么多的食盐入藏呢。继续上路，转眼车行数百公里。那对母女也许是累了，相互依偎着，酣然入睡。

青藏公路蜿蜒南下，海拔不断增高，山势越发陡峭，云遮雾锁，变幻莫测。我们走过了藏语为置放过金佛像的纳赤台、“天下第一神泉”。虽是炎夏之季，昆仑山依然冰雪覆盖，苍莽神巍。当年，陈毅元帅有诗赞曰：“昆仑魄力何伟大，不以丘壑博盛名。”而现在一进雪山冰峦，温度、气压，骤然而降。大家只好关窗添衣，以抵奇寒。可要不了多久，突然阳光一下直射，气温猛升，顿使人满头冒汗，忙不迭地宽衣开窗。忽冷忽热，头晕加胸闷，难受异常。我暗自思忖，在这世界屋脊艰难跋涉，一旦身临其境，实际上并没有想象中的浪漫和诗意。谁会去联想《西游记》《白蛇传》，昆仑剑客、雪山飞狐、王母瑶池？那些文人墨客笔下的边陲风光、雄浑诗篇，恐怕只是久居清幽书斋的人激发而起的万丈波澜。神奇、瑰玮、旖旎，总与险峻、恶劣、困难相伴相生。这不，我们这批援藏教师里有擅长文学与艺术的，平时海阔天空，激情如潮，此时却又为高原反应所困扰，个个像“瘟鸡”似的，微闭着眼睛，缩头缩脑地倚靠在座位上，深呼吸，喘粗气，谁还有兴趣去观赏窗外的雪域奇景呢？当我们翻过莽莽的昆仑山垭口，跨过清澈的楚玛尔河和越过险恶的五道梁之后，空气更为稀薄，情况变得更糟了。何况，“夜宿五道梁，难见爹和娘”，同车的韩老师终于病倒了，头疼、唇紫、胸闷，并不时呕吐。此前几天，她已有不适。笑容可掬、人高马大的胡老师，自告奋勇当了她的“护花使者”。黄医生更是护理有加，将她作为“一级特护”。考虑到马上要翻越唐古拉山，为了避免发生意外，有人劝说有气无力的韩老师，马上搭乘返回格尔木的运输车，养好身体，再度进藏。韩老师却微微一笑，自信地摇了摇头，执意不肯“临阵脱逃”。其精神委实可嘉呀！无奈，大家征询了黄医生的意见，黄医生凭着多年在高原工作的丰富的临床经验，听胸音、搭脉搏，最后同意了她的要求。不过，她必须躺下休息，随时吸氧，以保持体力。于是，韩老师遵嘱鼻孔插皮管，怀抱氧气袋，恰似待产的孕妇。一旁的胡老师俨然像看护家属，“伉俪情深”。其情其景，竟使全车人抿嘴而笑。那个四川小女孩似乎挺懂事的，剥了颗硬糖，送到韩老师嘴里，以示安慰。暖暖的人情，满车厢洋溢开来。长途之旅，该是多么需要此种情义，哪怕是一丁点儿。

从思想和心理上说，自百里浦江到千里雪原，对待其间的艰难困苦，原是有一定准备的。可现实险峻环境，远不尽如人意。青藏公路无声无语，却无情地考验着每一位赴藏人士，犹如唐僧西天取经似的，非历经九九八十一难才能取到真经。我们两辆客车分别驶上通天河大桥，桥下激流，狂奔怒吼，声震峡谷。吴承恩《西游记》里的情节没有重现，通天河吃人鱼怪、背驮唐僧师徒的大鼋、悟空八戒所变童男童女，更是无缘一见。通天河的下游是金沙江，上游便是著名的沱沱河，我们经过的第二年，被确定为长江之正源。过了荒凉的雁石坪和“高原第一兵站”，车行约半天的路程，眼帘中出现了雄伟壮丽的唐古拉山，令人心生畏惧。唐古拉山苍茫一片。冰雪覆盖群峰、暴风虐绕山麓，山峻路险，一日四季。据传，当年文成公主远嫁松赞干布，留下了纯金打造的莲花宝座，以镇风驱雪，方才安然翻过唐古拉山。又传“一代天骄”成吉思汗曾率领西征大军，欲取道青藏高原进入南亚次大陆，不想唐古拉山的恶劣气候和高原缺氧夺去了大批将士的性命，故而望山兴叹，退兵归去。自然，沧桑变迁，今非昔日。当年，解放军筑路进藏，“昆仑唐古走泥丸”，所向披靡。如今，翻越唐古拉山，虽有路可行，然毕竟是首次入藏，长途颠簸，体质大降，每个援藏老师都有不同程度的高原反应。随着客车在唐古拉山奇险、蜿蜒的山间盘旋、爬坡，大家觉得心跳加快，头痛眼花，疲软乏力。四川籍母女一语不发，昏昏欲睡。韩老师皱着眉，抿着嘴，一脸痛苦。如松脸色刷白，嘴唇青紫，抱着氧气袋，手握橡皮管贴近鼻孔，开始深吸起氧气。我也头痛欲裂，倚着车窗，直喘粗气。忽然，右前方，一群野牦牛呼啸着奔腾而去。须臾，两三只老鹰，悠然地飞过一峰又一峰。唉，身无雄鹰双飞翼，否则早到拉萨了。我长吁了一口气。两年后完成援藏任务，我们决意乘飞机告别西藏也是此番起因之一，这是后话。车到山顶，全车人依然中暑似的，东倒西歪，司机几乎没有熄火，慢慢地将车停了下来，示意大家看看唐古拉山的景色。但是全车寂静没有反应，有人挥了挥手，让司机快开车。我勉强瞅了一眼窗外，不由倒吸了一口冷气：阳光刺眼。冰山雪峰，像梯田似的，层层叠叠，几乎深不见底。公路像一条窄窄的白布条，缠绕在悬崖峭壁之上。有几辆翻倒在深渊中的大卡车，已经支离破碎，好像已有些年月了。一会儿，车轮启动，我们明显感到客车在下坡。其实，在整个翻越唐古拉山的过程之中，危机四伏，由于缺氧，思维肯定是迟钝的，没有人说过一句话，最多是打打手势。现在撰写此文，我仍然心有余悸，握笔的手指，微微颤抖。终于，我们顺利地越过了唐古拉山口，车轮碾上了广袤的藏北草原。

这是雪域高原的一块神奇之地，藏语称羌塘草原。经过当雄之后，公路两旁的草滩，由浅黄向浅绿变化，越向深远处，其绿得更浓郁了。藏屋、帐篷，零星地散落其间。牛羊并不成群，也是三三两两的。“风吹草低见牛羊”的情景，听说，只有在草原深处能够目睹一二。尽管如此，对我们来说，也是挺新奇和享受的。奇怪的是，我们的高原反应缓解了许多，车厢里有了说话声，受到小女孩“咯咯”笑声的感染，大家变得精神起来了。韩老师坐起身吃起了压缩饼干。车轮不停地奔驰，路旁出现了东一棵、西一棵的高大柳树。其形状与内地的柳树有异，树身苍虬，柳条稀疏。骑着高头大马的藏民，头戴黑毡帽，腰挂尺二藏刀，挥着“兀尔多”（牦牛鞭），甩着空长袖，从车旁经过时，向我们打着友好的手势。草原风光，别有情致。多么想摄影留念呀，无奈手上没有照相机，更不要说摄像机了。倒是擅长西洋画的上戏教师胡项城，克服困难，画了不少速写。他回沪后举办了西藏油画展，轰动一时。听黄医生说，羌塘草原盛产雪莲、贝母、虫草等名贵中药，我很感兴趣，两年后带回的两斤上等虫草，每斤市价只有十五元，与现今的市价简直有天壤之别。夕阳西下，我们就宿安多镇。后来大家都说，安多之夜，入藏以来睡得最为安稳。

清晨，我们在兵站喝了有生以来的第一碗酥油茶，感觉良好。随后，陆续上车，一路南下，直达那曲镇。渐渐地，公路越来越平坦。路旁柳树一棵接一棵，已成夹道之势。路上的马车、藏族人也越来越多，携家带口，迈着匆匆的步伐。更有一些年老的藏族人，手掌上包着一块牛皮，双掌合十，举过头顶，匍匐跪地，然后重复，一路前行，这就是藏族特有的奇俗“磕长头”。据说，有倾其全部家当，从四川、青海磕着长头，历经数年，前去拉萨礼佛，足见其虔诚。忽然一阵“叮叮当当”的铃声传来，原来是一群背驮牛皮袋、脖挂铜铃铛的小毛驴，在一个“波拉”（老人）的吆喝下，争先恐后地去赶集市。

啊，布达拉宫，拉萨，到啦，到啦！不知谁喊了几声，引得众人情绪大振。从上海到拉萨，长途跋涉两个多星期，怎不让人激动、感慨！司机也似乎心领神会，猛推着车“排挡”，客车加速而去。片刻工夫，到了拉萨市区。四川籍母女告别、下车。司机特地将车开到红山脚下，让我们近距离瞻仰金顶闪耀、雄伟壮丽的布达拉宫，然后驱车八角（廓）街，又让我们亲睹供奉藏王松赞干布、唐朝文成公主坐像的大昭寺。接着，将车开往位于拉萨河畔的西藏师范学院。

我援藏任教两年的高原雪域生活，在日光城拉开了人生之幕！

⊙ 1978年12月，汉语文、英语教研室欢送和绍勋同志回云南家乡，前排左四为和绍勋，左三为作者

作者简介：徐天德，男，生于1949年11月，复旦大学中国语言文学系副教授，曾赴日本神户外国语大学任教，时任复旦大学重大建设项目办公室副主任和江湾校区管委会副主任。1978—1980年在西藏师范学院工作。

上海市高校第三批援藏教师名单

复旦大学：

徐君毅　姚惠福　曹振威　姚　军　姜良斌　胡建栋　沈如松

刘永清　徐天德　吴千红　陈根福　俞景玮　韩世英（女）

华东师范大学：

张济正　蒋志彦　陈景山　金守郡　潘仁良　刘　芳　冯钧国

上海交通大学：

李重华　林潮泳　刘国良　吴鲁海　丁国保

上海师范大学：

沈伟华　刘小湘（女）郭传达　叶德宝

上海音乐学院：

戴树红　徐超铭

上海戏剧学院：

胡项城

上海体育学院：

赵　军　沈建刚

第三编

桃李芬芳

CHAPTER

3

师恩难忘　师道永存

次仁巴　次仁杰布

⊙ 2022年7月9日，西藏师院77届数学班学生和部分教师在拉萨举行毕业45周年纪念活动，上海援藏教师以视频方式参会，共襄盛举

我们于1974年进入西藏师范学校学习。1975年7月，西藏师范学校升级为西藏师范学院，我们分到数学1班学习，有幸聆听上海第一批、第二批援藏教师的教诲。我们于1977年夏毕业，把所学知识用于西藏各地的文教建设。几十年来，我们对上海援藏教师的教育培养深怀感恩之心。下面的几篇文章从不同角度展现了上海援藏教师在我们心中的美好印象和对西藏文教事业的贡献。次仁巴在“77届数学班毕业45周年会上的发言”中动情地说：“是上海援藏教师教给了我们知识，教给了我们做

人的道理，用心血和汗水为我们奠定了人生的基础。”这句话道出了我们班同学的共同心声。次仁杰布在《割不断的情 分不开的缘》一文中，深情回忆在上海援藏教师的言传身教下，他毕业后毅然回到家乡，在教育园地耕耘35年，为家乡培养了许多人才。《从大学生到人民教师》是阿里报社一位记者对我班次仁白姆同学的采访报道，这篇报道通过次仁白姆的入学和从教经历，反映了上海援藏教师通过参建西藏师范学院，对培养西藏地区中小学师资所做的杰出贡献。

次仁巴在77届数学班毕业45周年会上的发言

⊙ 作者在西藏师院77届数学班毕业45周年会上发言

尊敬的各位老师、亲爱的同学们：

大家早上好！欢迎来到风景如画的拉萨思金拉措饭店！今天是个令人高兴和激动的日子，我很荣幸代表全班同学在这个庆祝我们数学班毕业45周年的大会上发表感言。

在这美丽的夏天，我们在这里聚会，见到了尊敬的老师和亲爱的同学，从视频上看到了可亲可敬的上海援藏老师，我们每个人的心情都无比激动。毕业40多年了，这是我们班第四次大规模的同学聚会。在这里，我要由衷地感谢上海援藏教师徐剑清老师、洛桑晋美同学以及聚会组委会的各位同学为这次聚会所做的工作、所付出的努力，是他们的辛勤劳动促成了今天的同学聚会。同时，我要向从西藏各地专程赶来参加这次聚会的同学们表示感谢！

师生相见，格外亲切，谈论最多的是当年的学校生活。40多年前，我们从母校依依惜别，带着牵挂和思念，走上了各自的工作岗位。虽然我们相距较远，但我们的心却从未分开，虽然我们平时联系得较少，但同学之间的友情却从未间断。逢年过节，一个电话、一声问候，都体现了师生之间的深情厚谊。

今日的相聚，使我们仿佛回到了昨日。学习生活中的点点滴滴，都历历在目；同学们每一天的刻苦拼搏与努力学习，每一次的成功与喜悦，都给大家留下了美好的回忆。此时此刻，此情此景，我们更应当感激的是我们的老师，是老师教给我们知识，教给我们做人的道理，是老师用心血和汗水为我们奠定了人生的基础。我们还应当感谢所有的同学，同学之间的互相关心、互相帮助，加深了彼此之间的深厚友谊。

我首先是十分感动。想不到上海援藏的徐老师做了那么多前期准备工作，沈明刚老师致贺词，在西藏的大罗桑朗杰老师不仅参加我们的聚会，还提供了上海援藏老师的信息并致贺词。同学们工作都很忙，事情也很多，但都放下了，能够来的都尽量来了。特别是次仁白姆同学远在阿里，交通不便，但为了师生友情，克服困难专程来拉萨参加同学聚会。这就说明大家彼此互相惦记，心中依然怀着对老师的崇敬，对老同学的深情，依然相互思念和牵挂。

其次是十分高兴。我们欢聚的激动人心的场面，让我回想起了1977

年秋天我们依依不舍挥泪告别的情景，而这一别就是四十多年啊！确实我们分别得太久太久，我们的一生还有多少个四十多年啊！今日的重聚怎么能不叫我们高兴万分、感慨万分呢？

第三是深感欣慰。记得进西藏师校学习时，我们大多才十几岁，有的是二十几岁。我们上大学时文化基础很差，但我们班的同学非常尊敬老师，同学之间非常团结，学习非常用功，生活非常简朴，这些情景令人难忘。如今社会这所大学校已将我们历练得更加坚强、成熟。各位同学在各自的岗位上无私奉献，辛勤耕耘，成为社会各个领域的中坚力量，我们都深感欣慰。

同学们：无论走遍天涯海角，难忘的还是故乡。无论是从政为官，还是教书育人，难忘的还是77班的老同学。我们相识了四十多年，迎来了今日的同学聚会，这对我们全体同学来说是多么具有历史意义的盛会啊！我们应当珍惜这次相聚。让我们利用这次机会在一起好好聊一聊、乐一乐吧，让我们叙旧话新，谈谈此刻、过去和未来，谈谈工作、事业和家庭，如果我们每个人都能从自我和他人四十多年的经历中得到一些感悟和收获，那么我们这次同学会就是圆满成功的。愿我们同学会的成功举办能加深我们之间的同学情谊，使我们互相扶持、互相鼓励，把今后的人生之路走得更加平稳、更加辉煌！

俗话说，一辈子同学三辈子亲，同学友谊就是割不断的情，分不开的缘。这次相聚，将永远定格在我们每个人的记忆里。聚会虽然是短暂的，但只要我们的心不老，我们之间的青春友情就会像钻石一样永恒；只要我们经常联系，心与心就不再分离，每个人的余生都不再孤寂；让我们像保护生命、珍爱健康一样来珍惜我们的同学友情吧！

遗憾的是，有些同学因特殊情况未能参加今天的聚会，期望我们的祝福能跨越时空的阻隔传到他们身边。让我们再一次祝愿全体同学家庭幸福、事业发达、身体安康，生活得更美好！

最后，再次祝愿尊敬的老师和亲爱的同学们身体安康，心情愉快，扎西德勒！

割不断的情　分不开的缘

几十年时光如白驹过隙，一晃而过，可许多事就像发生在昨天，历历在目。

1957年，我出生于西藏山南措美县古堆乡一户普通的牧民家。8岁时，家里让我上了民办小学。可好景不长，10岁那年，父亲的去世让我们本来就不富裕的家庭雪上加霜。那时候家里有7个孩子，我作为家中老二，和大哥一起承担起家里大大小小的事，我辍学了，开始了我的放牧生涯。

在放牧的时候，我心里想的都是学校的事，眼里都是数字，那时候没有纸和笔，只能在石头上写一写、练一练简单的加减法。14岁那年，由于村里识字的人不多，我有幸被选为公社会计的记分员。我做了三年的记分员，在这三年里凭着我对数字的敏感，学会了一些计算方法，算盘、100以内的口算几乎从不出错。

命运使然，我偶遇了当年哲古区下村的工作队。他们在调研过程中询问了许多像我一样的孩子有没有意愿、有没有学习底子等。当问到我时，我心里既激动又紧张。领头的干部问我："你去不去上学？"我斩钉截铁地回答："去！"他又问我："如果家里人不同意呢？"我说："就算家里人不让我去，我也义无反顾地去！"经过严格的体检等入学流程后，我成功地入学西藏师范学校（后升级为西藏师范学院）。

1975年，西藏师范学院成立不久，我们班下乡到达孜县百那公社，由我们的班主任和大罗朗等老师带队，那时交通、餐饮等条件都非常艰苦。我们此行主要是给百那公社测绘水渠，大家一同绘制了百那公社行政地图，还帮助他们修理梯田，清理牛羊圈。在老师的带领下，我们发扬"一不怕苦、二不怕累、三不怕脏"的精神，把所有的工作都一一完成。白天我们忙于工作，晚上回来就吃点糌粑，挤在一间屋里打地铺睡觉。

记得那是一个冬天，西藏的冬天温差特别大，加之高寒缺氧，上海援藏的沈明刚老师因超负荷工作生病了，虽然是常见的感冒，但是在高原上能要命。我们都知道这样下去不行，极力劝说老师回学校休息，可是老师不听大家的劝，坚持在一线工作，跟大家一起参加各种劳动。在高海拔、严寒的天气、有病的身体、营养不良、超负荷的工作等多重因素作用下，老师的病情加重了，从小小的感冒转成了肺炎，这才不得不回拉萨住院。大家都非常心痛。这件事一直像过电影一般深深地烙刻在我的脑海里。上海援藏老师爱岗敬业、无私奉献的精神时时刻刻影响和激励着我。

⊙ 我们的篮球队，次仁杰布（前左三），沈明刚老师（后左二）

当时上海来的援藏老师在我们眼里个个都是全能，满腹经纶、聪明能干、吃苦耐劳。我心里暗暗吃惊：老师为什么什么都会？会这么多的知识？援藏老师们的课总是特别有趣，我们仿佛身临其境，课堂的气氛达到最高点。在将近一年半的时间里，我们从算术、分数学起，学习了三角函数、代数等初等数学，还学习了解析几何等，别人要学很多年的知识，我们一年半就学会了。没有援藏老师高超的教学技能和我们自己的刻苦学习，是不可能在这么短的时间里完成学业的。在我成长的历程中遇到过很多老师，但对我们来说，最难忘的莫过于上海的援藏老师们，我们曾一起肩并肩奋斗，渡过许多难关，结下深厚的感情。

毕业时，我响应国家号召，到西藏最需要的地方去，到藏族人民最需要的地方去，我去找我们班主任王仁义老师，主动请缨到阿里去。老师思索片刻，看了看墙上的地图说："你们县也是边境地区，那里也需要人才，你应该为家乡教书育人。"我就服从老师的调剂回到了我的家乡山南措美县。果不其然，到了我们县以后，这边确实特别需要人才支援。

1977年，我到措美县中学任教。那里的房子全是土木结构，而且只有四五排，我们两三人住一间。教室非常寒酸，黑板的墨，是我们用旧电池里面的石墨磨成粉刷上去的；桌椅板凳的脚我们也重新固定；当时没有像样的尺子，我们就用木头做。学校的软硬件特别差，这还不算什么，主要是孩子逃学的问题，有些家长就是不愿让孩子上学，孩子经常半夜逃回家，我们就得半夜走路、爬山去找孩子。找到孩子后，还要做家长的思想工作和学生的思想工作。随着时间推移，国家对西藏教育的支持力度也逐渐加大，学校的条件也越来越好，人民群众对教育的重视程度也大了起来。就这样，我任劳任怨地干了35年的人民教师，为措美县的教育事业培养了各方面的人才，把青春献给

⊙ 次仁杰布在家乡

了教育事业。我们对工作精益求精、对生活知足常乐，这一切都离不开上海援藏老师的言传身教以及模范带头作用。如今我们也退休了，过上了幸福的退休生活。

我们毕业至今，一共举办了四次同学聚会，最令我感动难忘的是这第四次。这次会议离不开上海援藏老师们的努力，特别是离不开徐剑清老师所做的大量工作和心血，离不开洛桑晋美一家平日里的沟通协调，以及赤列见参、尼玛次仁、伦珠等同学的付出。有了大家的付出，这次云端聚会成功举行。新科技把上海和拉萨连起来了，把老师和学生的心连起来了，那一刻我们激动兴奋的心情难以言表。当我们从视频里看到四十多年未见面的老师满面红光，声音洪亮，还是那样的慈祥和蔼，我们做学生的感到发自肺腑的激动。古人云："一日为师，终身为父。"师恩难忘，师情永存！感谢老师们不仅教会我们知识，还教给我们很多做人的道理，对我们整个人生都有着特别重大的意义。（本文作者：次仁杰布）

作者简介：

次仁巴，男，藏族，生于1959年7月，西藏阿里普兰县人。1977年西藏师范学院数理系数学专业毕业，到普兰县中任教。曾任普兰县中副校长，普兰县文教局局长，札达县副县长，阿里地区民政局副局长、党组书记，阿里地区政协副主席。

次仁杰布，男，藏族，生于1957年8月，西藏山南措美县人，1977年毕业于西藏师范学院数理系数学专业，任教于山南地区措美县中学直至退休，中教一级。曾任政教主任、教务主任、中学党支部书记等职。曾被评为自治区级优秀教师和优秀教育工作者。

附：阿里报社记者桑珊采访西藏师范学院毕业生次仁白姆

从大学生到人民教师

2021年5月20日的一场大雪，让阿里噶尔县一夜之间银装素裹。一大早迎着飞雪，记者一行3人前去采访69岁的次仁白姆。到达时，老人已等在自家门口，肩头落下一层白雪。

走进屋内，暖意融融，捧起一碗飘香的酥油茶，老人缓缓打开话匣子。

⊙ 西藏师院77届数学班学生次仁白姆

次仁白姆是一位党龄超过50年的老党员。1970年，18岁的次仁白姆正值青春绽放的年华，小学毕业后成为门士乡生产队的副队长，也是在这一年，她成为一名共产党员，当时组织给她的第一个任务是给当地孩子们上课。

“组织交代的工作不能打折扣，必须干好。”次仁白姆回忆道。当时白天干活，晚上自己背着黑板去各处的“帐篷学校”给孩子们上课。

说是学校，实则只有光秃秃一顶帐篷，各处的学生们多则十几个孩子，少则几个孩子，最远的地方来回要走七八公里。每次上课时，黑板、教材都是次仁白姆自己背过去。没有桌子板凳，孩子们就席地而坐。晚上上课没有煤油灯时，只能点蜡烛。凌晨2点回去休息是常事。

“不怕路远，不怕累，就怕天黑，晚上狼不敢来村里，但狗多，没伴儿时心里会很紧张。”但年轻的次仁白姆还是一如既往，将组织交代的事儿认真干到底，没有一句怨言，一走就是三年多。

1974年，22岁的次仁白姆被选送到西藏师范学校学习3年。一年后，西藏师范学校升级为西藏师范学院，她成了数学班的一名学生，有幸聆听了从上海各大高校来的援藏教师的数学专业课程，提高了知识水平。1977年，她大专毕业回到阿里后，进入了噶尔县唯一的一所中学，担任数学和藏文科目教师。

“那会儿条件好一些了，教室里有了桌子、黑板，还通上了电。”虽然孩子们坐的是两块砖头加一块木板的小凳子，用电时间有控制，但学生们有了正经上课学习的地方，有了改变生活的机会。后来，更让她欣慰的是，当年她教的孩子们都找到了工作。

如今，无论是走在街上还是坐在茶馆里喝茶，次仁白姆总能遇见一些不熟悉的面孔主动上前打招呼，问一声：“老师好！”

“是党的政策好，让孩子们都有学上。”2000年退休后，次仁白姆担任了地区离退休第三党支部书记、文艺队长，多次参加地区和县里组织的各类文艺比赛并荣获奖项。

“我自己喜欢唱歌跳舞，现在这么幸福的生活都是党给的，要把咱们的幸福唱出来、跳出来。”说着次仁白姆忍不住哼唱起一段民歌小调，玻璃棚顶楼雪后初晴的阳光，照在她洋溢着幸福的脸上。

原载2021年5月28日“天上阿里”公众号，
阿里报社桑珊，本文有删改。

半个世纪的回眸

——感念首届文艺班的上海援藏老师

扎西次仁

每当回想起在西藏师范学院文艺班的学习和生活，我就特别感念上海高校援藏老师的支持与帮助。

西藏师范学院成立于20世纪70年代中期，建校之初就有艺术教育专业，1975年首届文艺班招生。文艺班的学生有三种来源：先是从全校在校学生中选了10名学生，随后又从西藏民族学院预科选了12名学生；最后面向社会招录了4名学生，最终完成了西藏师院第一个文艺班的架构。这就是西藏高等教育艺术专业的雏形。当时恰逢上海高校第一批援藏教师来我校工作。在援藏教师和本校干部、老师的指导帮助下，艺术教育教学工作逐渐铺开，这个班就成为西藏教育史上自主培养高等艺术人才的开端，填补了艺术教育在西藏高等教育史上的空白。

文艺班成立之时，师资力量、教学资源都极度匮乏，专业课教学自然是以上海高校援藏教师为主。当时，上海市教育局派了上海音乐学院、上海戏剧学院的一批优秀教师来执教。来自上海戏剧学院的姚振中、高生辉（已故）、倪荣泉（已故）、朱彰（已故）、李志舆（已故）、胡项城和来自上海音乐学院的林克铭（已故）、鲍敖法、石林、陈幼福、戴树红、徐超铭等老师，他们亲自参与了文艺班的创建并组织开展教育教学工作。

上海高校的三批援藏教师为学校制定人才培养方案、教学计划、课程大纲和师资队伍培养计划，指导青年教师提高教学和专业水平。他们克服了种种困难，因地制宜，因材施教，为学生所做的件件事情至今还让我们感动。学校没有专业教室和教具，姚振中老师就亲自设计并带领学生制作，从课桌、板凳到画架，都是师生一起做出来的。音乐专业使用的钢琴、手风琴，美术专业使用的一些绘画材料等，都是老师们从上海长途跋涉带过来的。因为西藏买不到绘画材料，有的老师甚至把自己的画具拿出来供学生使用。老师们还克服高原缺氧、生活不习惯等困难，与本地老师一道认真分析西藏教育的现状和学生的实际，采取分工协作一对一、一对几的方式开展有针对性的教学。我们这些西藏农牧民的子弟，音乐、美术都是零基础，文化起点也很低，老师们既要讲授专业知识，又要传授做人的道理，硬是把我们培养成了西藏基础教育急需的音乐美术教师，并且为我们毕业后的发展打下了坚实的基础。

上海援藏老师为培养藏族音乐、美术专业人才可谓是殚精竭虑、呕心沥血。比如林克铭老师，在完成了两年援藏任务之后，为了培养出一位藏族长笛演奏员，把我们班刚毕业的达瓦次仁（已故）接到上海音乐学院学习深造，在上海期间的所有费用都是林老师承担的。达瓦次仁学成后回到山南艺术团，成了能演奏多种乐器的演奏员。我们当时并不了解林老师的更多情况，后来才知道他不仅是上海音乐学院的教授，在1958年就是上海交响乐团首席长笛演奏员，后来又是中国爱乐乐团的首席长笛演奏员。在五十多年的教学生涯中，林老师培养了十多位国家级乐团的首席长笛演奏员。改革开放以后，林老师是第一批享受国务院政府特殊津贴的专家，是我国第一位受到国外邀请、出席国际长笛演奏家年会、多次担任评委并作学术报告、讲授大师公开课的屈指可数的长笛演奏家。回想林老师在西藏的点点滴滴，我们更觉林老师人格的伟大！

其实，有很多援藏老师在当时的西藏师院都不大有“用武之地”，但是他们并不消沉，而是想方设法为培养西藏艺术人才发挥才干。比如1985年第三届电视金鹰奖最佳男主角奖得主李志舆老师，他是我国培养的第一代戏剧表演研究生，1962年毕业后在上海戏剧学院表演系留校任教。可是我们学校没有戏剧表演专业，李老师就创作了话剧小品《酥油桶的故事》，组织学生排练，让没有接受过表演训练的学生在表演中体验表演、感悟表演，锻炼提高学生的自信心。1976年后，我们文艺班的艺术实践活动也多了起来。我们专业的老师组织师生排演了话剧《于无声处》。石林（著名声乐教育家）、陈幼福（大提琴教授）等老师和当地老师一道组织师生进行了多场歌舞演出，既锻炼了学生的才能，也扩大了上海高校援藏教师队及西藏师范学院在社会上的影响。还有著名箫演奏家戴树红教授、笙演奏家徐超铭教授等老师援藏时都没有专业课可上，他们便暂时放下自己的专业，投入艺术系学科建设、专业设置、培养方案的完善等工作中。

上海援藏老师不仅带来了优质的教育资源，还在教学工作中指导师院当地教师提高专业素养和教学水平，结合教学开展科研工作。这方面我个人深有体会。第三批援藏的胡项城老师刚留校不久就被派到西藏工作，刚好我也毕业留校不久，和胡老师一起负责78级美术班的学习、生活管理等工作。我既是该班的班主任，又是胡老师的助手和学生。我虽然留校当老师，但毕竟基础很弱。胡老师指导我们学习苏派油画，还介绍大量的世界各国知名艺术家的理论、技法，毫无保留地谈自己学习油画的体会及总结的技法，我学习油画就是从那时开始的。胡老师带我先后到拉萨周边、林芝的易贡、日喀则等地写生体验生活，还毫无保留地传授各种艺术理论知识，手把手教我怎样掌握绘画的技巧，和我建立了非常亲密的友谊。四十余年了，我们一直保持着联系。胡老师援藏结束后还邀请我带着西藏的学生和他们的作品到上海参加师生见面会，向老师汇报学习成果，胡老师还有意将他在西藏的部分绘画作品捐赠给西藏大学供教学之用。

在日常生活方面，上海援藏老师的感人故事就更多了。记得当时有一名学生病重，急需送医院就医。姚振中老师骑着自行车将生病的学生送到医院，并拿出家人寄给自己的营养品，给住院的学生补身体。已故的林克铭老师来援藏时已经45岁了，是第一批上海高校援藏教师队的老二，他以身作则坚持深入学生、深入教学一线，手把手地教学生怎样认识乐器、怎样理解音乐。那个年代经常下乡开门办学，条件艰苦得难以想象。但是林老师从来不以年高体弱为由请假，经常是冲在最前面抢着干脏活累活。高生辉老师从上海带来了组装照相器材的材料，他利用业余时间给我们这些不知照相机为何物的学生讲解照相技术、光学原理及组装照相机的方法，让我们开阔了视野。

上海援藏老师的故事讲也讲不完，他们在藏工作期间充分发扬了艰苦奋斗的创业精神，他们都是德艺双馨的艺术家，不愧为西藏高等艺术教育的开拓者、奠基者。老师们和蔼可亲的形象和亲密的师生关系给同学们留下了深刻的印象，也为我们树立了学习的榜样。

文艺班的学生基本上都来自西藏农牧区和基层部队，艺术专业知识几乎是零起点。但是在各位援藏老师、本地老师的精心培养下，经过同学们的共同努力，首届文艺班学生于1978年7月如期毕业了。作为西藏自己培养的第一批艺术教育人才，告别了敬爱的老师，离开了培育自己的母校，奔向各自的工作岗位。我们这批学生大多经历了基层教育岗位的锻炼和考验，逐步成长为骨干教师、教育部门的管理者、优秀的音乐家、画家等，成为西藏艺术教育、文化艺术领域的开拓者和骨干力量。有的还成为国家一级作曲家、一级歌唱演员、一级美术师，有的成为大学教授、中学高级教师和小学高级教师，有的还担任了大学校长、自治区文联副主席、自治区教育厅副厅长、自治区美协副主席、中小学校长等职务。一个班级的学生能取得这样的成就，在西藏高校是不多见的。这些成就的取得离不开上海高校援藏教师精心培养打下的坚实基础。作为学生，我们将永远铭记恩师们为培养我们成才所付出的艰辛劳动，铭记他们为西藏高原教育事业做出的重大贡献。我们文艺班的学生，包括我们后几届的毕业生，与上海高校援藏老师一直保持着联系。进入网络时代以后，这种联系就更加频繁了。友谊永存心底，感恩，我们的上海援藏老师！

作者简介： 扎西次仁，纳西族，1978年7月毕业于西藏大学前身西藏师范学院文体系美术教育专业并留校任教。先后担任美术教研室主任、艺术系副主任、主任，西藏大学党委组织部部长兼人事处处长，校党委（校长）办公室主任。2007年1月任西藏民族学院党委常委、副院长，2011年任西藏民族学院党委副书记、副院长，2014年9月任西藏民族大学党委副书记、校长。2016年9月任西藏自治区人大教科文卫委员会副主任委员。

艰辛的付出　累累的硕果

——忆上海援藏老师在藏工作点滴

旺　堆　罗　拉　群　增

为了切实解决制约西藏发展的各级学校师资紧缺的问题，1974年经中央批准，西藏自治区党委、政府决定将原西藏自治区师范学校改建为西藏师范学院。1975年7月，西藏师范学院成立，西藏有了培养师资力量的高等院校，我们有幸成为西藏师范学院的第一批大专生，并于1978年毕业后承担起西藏教育和各项事业发展建设者的重任。

如今的我们已经完成了自己工作岗位的使命，成为鬓发花白的退休老人。我们毕业后大多从基层小学教师干起，经历了改革开放、西部大开发、全国支援西藏跨越式发展等重要时期，亲历并见证了西藏翻天覆地的巨大变化。如果说西藏师范学院的成立为西藏教育事业培养输送了重要的师资力量，为西藏经济社会发展做出了重要贡献，那么那一批批不负重托、不畏艰难、克己奉公、甘于奉献的上海高校援藏老师就是西藏高原高等教育事业的开拓者和奠基人！时隔近五十年，每每忆起与我们朝夕相处的上海援藏老师，心里还是会无比地激动、感恩和想念，脑海里会浮现出一件件永远不能忘怀的往事。

为我们班执教的是上海高校援藏教师队第一批、第二批的几位老师，多数比较年轻，也有几位中年以上的老师。给我们上过课的董荣华、高天如、张玉瓖老师年纪比较大一些，张国樑老师年纪比较小。尽管在生活和工作方面存在着诸多不便和困难，但他们都毫无怨言，满怀着为西藏教育事业发展尽心尽力的热情和高度责任感投入工作，而且善始善终，坚持到援藏结束。

面对学生差异，坚持因材施教

我们班由40多名学生组成，结构较为特殊。有的来自西藏农牧区，有的来自西藏民院预科，有的来自部队（复员退伍军人），入学时没有经过正规的考试，可以说绝大部分学生连小学高年级的文化程度都达不到，从农村牧区来的学生连用汉语交流都很困难。部分学生已经成家，很多学生的年龄超过了援藏教师中年轻的老师。面对眼前差异如此之大、文化基础水平如此参差不齐的学生，如何把他们培养成合格的大专毕业生，成了老师们要解决的首要问题，也是一大难题。为此，上海援藏的老师们克服了严重的高原反应，经常连夜开会研究对策。他们分头找每个学生谈话，了解具体情况。经过调研，老师们决定因材施教，采取照顾多数，兼顾两头的办法开展教育教学。对学习跟不上的同学进行“一对一”辅导。在教学活动中，老师们对学生既严格要求，又充满了情谊，尽量讲得浅显易懂，使同学们的学习紧张而又充实。经过一段时间的努力，大部分学生的学业有了较大的进步。两年的教学工作，使老师们变黑了，变瘦了，老师们得到了藏族学生们的爱戴，培养了日后西藏教育及各项事业的后备力量。

面对复杂的工作条件，坚持传授文化知识

艰苦的工作条件给援藏老师的教学工作带来很大压力，加上当时没有适合我们的教材，更给教学工作带来很大困难。老师们心急如焚。他们不分昼夜地编写讲义，研究教学，千方百计传授文化知识，力求使同学们在有限的时间里掌握更多的本领。我们清楚地记得老师们除了每周不多的正课时间外，借用读报纸、平时开班会、开门办学劳动之余的时

间，从字、词、句、篇入手，耐心地给我们讲解、补习基础知识。张国樑老师是我们的班主任，更是利用一切可以利用的时间给我们讲鲁迅作品、《红楼梦》故事、文成公主的故事等，传授中华民族优秀文化，寓思想教育于专业学习之中，使同学们进一步懂得了西藏是祖国不可分割的一部分，从而更加热爱党，热爱社会主义祖国。老师们通俗易懂的讲解深受同学们的欢迎，给同学们留下了深刻的印象。老师们认真负责的工作态度和灵活多样的教学方法，也为我们日后的工作起到了示范作用、打下了良好的基础。

克服生活、工作困难，与同学们同甘共苦

我们清楚地记得，当时每年都要抽出很多时间去学校农场、工厂、离拉萨几百里的乡村开门办学。为学校农场修建房子、开荒种地；帮附近公社修水渠、割麦子、收青稞等。我们的董荣华老师、张玉瓌老师不顾年高体弱、高寒缺氧等困难，与同学们同住帐篷，同吃大锅饭，同干体力活。有一年冬天，我们班去达孜县桑珠林乡开门办学，我们要自己砍柴，自己开伙。董荣华老师和同学们一道去山上砍柴。这时，董老师的痔疮突然复发了，疼得老师满头大汗、脸色煞白。同学们见状流着眼泪劝老师返回住地，可我们的董老师说什么也不肯离开。他强忍着疼痛说，你们不用担心，我这是老毛病了，歇一会儿就会好，我是你们的跟班老师，我不能扔下你们就走。就这样，董老师在下乡期间还是坚持干些烧茶、帮厨等力所能及的活。张玉瓌老师已是中年，在第二批援藏的女老师里可能是年龄最大的，身体本来就比较弱，但是开门办学一次也没有落下。由于高原反应，老师睡眠不好，经常脸色苍白。可是为了给同学们把伙食尽量搞得好一些，张老师每天起早贪黑为我们烧茶做饭。

那时候学校师生生活条件极其艰苦，学生大多时间吃的是自己种的菜和仓库里储存了很久的糌粑和酥油。老师们的生活也好不到哪里去，

只有定量的主食，不是每顿都有蔬菜，即使有也是土豆、萝卜、莲花白等，副食几乎没有。老师们看到有的同学尤其是男同学经常没吃饱的样子，有时还拿出自己家人从上海寄来的饼干给同学们吃。每逢节假日，老师们都到同学们的住处嘘寒问暖。春节藏历新年，张国樑老师还把食堂发给自己的面粉和肉拿出来和没能回家的同学一起包饺子，同学们吃在嘴里暖在心里。

教书又育人，关心学生政治进步

在三年的大学生活里，同学们不仅克服了学习上难以想象的困难，掌握了文化基础知识，而且懂得了如何做人的道理，政治上要求进步。为此，老师们也付出了很多的心血。高天如老师当时是上海高校第二批援藏教师队负责人，又担任政治语文系党总支副书记。只要有空，他就深入同学，了解大家的思想动态，给大家讲国内外形势，讲革命故事，和同学们谈心交流思想。作为班主任的张国樑老师也经常鼓励同学们政治上要求进步。由于当时西藏的交通和通信都很落后，部分要求进步，申请入党的学生因为家庭所在地偏僻遥远，政审工作难以开展。其中一位同学平时学习刻苦认真，担任班干部，工作负责，各方面表现都很不错，但其原籍在珠穆朗玛峰脚下的一个边境县海拔5 000米的乡村，难以进行通信政审调查。为此，经过党支部批准，张国樑老师亲赴该生的家乡了解其家庭历史、亲属实际表现等相关情况。在外调返回途中，张国樑老师遇到了没有料到的困难。他用了两天时间才找到了一辆老解放牌卡车，不料车子在半山腰又出现严重故障，无法继续前行。要赶回学校工作的张老师心急如焚，只好求助于当地的道班工人。好心的道班工人热情地留张老师住下，并答应帮张老师拦车。张老师就在海拔5 000多米的道班里盖着藏被、吃着糌粑住了两天两夜。看着张老师黑紫干裂的嘴唇、疲倦无力的样子，陪同的学生感动得流下了眼泪。有了政审材料，那位同学在校期间光荣地加入了中国共产党。

融洽的师生关系，深厚的民族情谊

在我们三年的大学生活里，上海援藏老师和藏族学生结下了深厚的友谊。师生间相互关心、相互帮助，亲如家人，是我们班又一佳话。记得有一次我们班里有位同学发高烧，连续几天不退，吃不下饭，上不了课。张国樑老师将该同学带到自己的宿舍，为该同学做饭，加以照顾，直到该同学完全康复。

董荣华老师年纪较大，身体较弱，经常复发胃病、痔疮等老毛病，可董老师边吃药，边坚持上课，尽量不影响同学们的学习。有一次，董老师生病实在无法坚持上课，同学们就去看望老师。只见老师痛苦地躺在床上。宿舍里到处是杂乱的书籍和生活用品，房间里冷冰冰的，水桶里也是空空的。见到此景，同学们鼻子不由自主地酸了，大家不约而同地行动起来，女生们收拾屋里的东西，男生们提水的提水，劈柴的劈柴，烧水的烧水。从此，同学们经常自愿轮流去照顾身体不好的老师，这在我们班成了一种不成文的制度。

几年过去了，上海援藏老师圆满地完成了援藏任务，即将离开他们朝夕相处的学生，返回上海。我们无法忘记的是老师们离藏时的动人场面。那天，同学们早早地在学校操场排好队，手捧哈达等待老师们的到来。当老师们来到操场，同学们一拥而上，含着热泪把洁白的哈达献给老师，老师和同学一一握手告别。要上车了，师生禁不住相互拥抱，久久不愿松开。汽车要开动了，同学们依依不舍簇拥在车窗前，“老师再见！”“同学们，再见啦！”“老师，一路平安！”告别声、哭喊声响彻整个操场……每当想起那个场面，热泪还会夺眶而出。

艰辛的付出，累累的硕果

在艰苦的岁月里，上海援藏老师和当地各族老师共同克服了种种困难和挫折，为西藏培养了一批又一批合格的藏族教师，切实缓解了西藏教师紧缺的困难。上海高校援藏教师的辛苦付出结出了累累硕果。就我们班而言，当时40多名学生毕业后都走上了教育工作岗位。其中大部分同学回到家乡所在地区，承担起了西藏各地中小学的教学任务，成为基层教学第一线的中坚力量。由于我们汉藏双语兼学，来自基层，熟悉基层，热爱西藏，肯吃苦，很多同学成长为教育教学和管理骨干，一部分同学被提拔担任校长、教委负责人，有的同学还被选拔到党委、政府、人大、政协等部门任职。其中担任省（部）级职务的1人，厅（局）级职务的4人，县（处）级职务的10余人。

十年树木，百年树人。百年大计，教育为本。国家发展，教育先行。回想起一批又一批上海援藏教师的艰辛付出，回想起西藏教育事业和各项事业的蓬勃发展，我们深深体会到：上海高校援藏教师完成的是千秋伟业，立下的是汗马功劳！亲爱的上海援藏老师们：你们的学生想念你们，西藏人民永远感激你们，会把你们永远铭记在心上。

作者简介：

旺堆，男，藏族，西藏日喀则人。1978年毕业于西藏师范学院汉语文专业。1978—1995年先后担任日喀则地区中学汉语文教员，日喀则地区小学副校长、校长，日喀则地区中学党支部书记，日喀则地区教体委副主任；1995—2001年先后担任中共日喀则地区岗巴县委员会常务副书记、书记，中共日喀则地区江孜县委员会副书记、人民政府县长；2001—2014年先后担任中共昌都地区委员会委员、纪委书记，昌都地委副书记、纪委书记，昌都地区政协主席。

罗拉，男，藏族，西藏阿里人。1978年毕业于西藏师范学院汉语文专业。1978—1987年在西藏阿里地区措勤县中学任教。1988—1993年任措勤县文教局副局长、局长。1994—1999年任中共措勤县委员会常委、专职副书记。1999—2006年任中共阿里地区改则县委员会副书记、人民政府县长。2006—2014年任中共阿里地区教育体育局党组副书记、局长。

群增，男，藏族，西藏昌都人。1978年毕业于西藏师范学院汉语文专业。1978—1983年任西藏自治区教育厅中小学教育处工作人员。1983—1993年先后任西藏自治区教育厅中小学教育处副处长、处长、成人教育处处长。1994—2003年任中共西藏自治区教科委党组成员、副主任。2003—2007年任中共西藏自治区体育局党组书记、副局长兼西藏自治区登山协会主席、中国登山协会副主席。2007—2012年任中共西藏自治区科学技术协会党组书记、副主席，西藏自治区政协委员。

感恩

——关于上海第三批援藏教师的回忆

陈　华

时间如梭，转眼四十多年过去了，但往事历历在目，仿佛发生在昨天。

那是1978年的夏天，国家搞改革开放，全国高考刚恢复。我虽然初中还没毕业，但参加工作一年了，因为渴望学习知识，便下决心参加了这次全国高考。虽然成绩不是很理想，但还是荣幸地考入了西藏师范学院，即现在的西藏大学，进入了大学的殿堂。那时能考上大学对我们这代人来说，是一件很不易的大事，我们都很珍惜这个机会。

学生从五湖四海汇集，几乎有全国各省份的人。我们的年龄差距很大，小的只有16岁，大的有30多岁；学历更是参差不齐，有小学毕业的、初中毕业的，有应届高中生，还有老三届的高中生。那是充满希望的年代，也是激情燃烧的年代。我们能进入大学，成为天之骄子，十分高兴与自豪，多么渴望能学习更多的科学专业知识，为建设祖国的现代化出力。然而刚进学校报到的时候，却面临一个意外的情况：由于学校办学条件差、各种教学资源匮乏等原因，学校将原先计划招生的两个汉语班压缩成一个班，并安排多出来的学生改学藏语文专业。这真是一个令人意外又尴尬的情况，因为我们大多数学生是汉族，连一句藏语都不会说，怎么学习藏语呐？所以同学们心里都忐忑不安，焦虑万分，不知所措，既不甘心退学，又下不了决心选择学习藏语。

由于刚恢复高考，所以学校各方面确实困难重重。那时西藏师范学院主要的教学任务基本依靠上海援藏教师来承担。就在我们尴尬等待之时，有两位华东师范大学地理专业的援藏老师，记得其中一位是金守郡老师，看着我们这帮孩子在那里焦急等待、纠结失落的样子，很不忍心。他积极地向西藏自治区教委和西藏师范学院领导建议并请示华东师范大学领导，愿为西藏师范学院开设地理专业，同时提出专业设置计划，最终促成我们进入地理专业的正常学习轨道。毫不夸张地说，我们有今天，真要感谢遇到这样有责任心、怜悯心的老师啊！

那时西藏的经济基础薄弱，交通落后，自然与社会环境相对闭塞，国家制定政策，安排内地重要省市支援西藏，尤其是在教育和医疗两个方面。在我大学的四年学习中，前两年的学习主要是上海支援西藏师范学院的高校老师教的。上海组织了华东师范大学、上海交通大学、复旦大学等高校的师资力量和教学资源，派遣了一批又一批优秀的教师来给我们上课教学，同时提供了各种教材、教学设备与实验仪器等物资。由于我们大部分学生原有的学历水平普遍较低，掌握的知识和学习能力也比较差，尤其是中学的数理化知识掌握得很少。上海老师为了给我们打好基础以适应大学的专业课学习，在课程的设计和教学内容的安排上，为我们重新讲授了初中到高中的数理化课程。幸好那时我们没有电视，也极少有收音机，一个月都难得看上一场电影，所以有大把的时间用在学习上，从周一到周六都在上课学习，不是一、三、五有数学课就是二、四、六有物理课，再加上专业课，有时星期天老师们还会给我们补课。所有的老师都全身心地投入教学，十分辛苦。那时的我们学习也非常努力，如饥似渴，晚上只有两个小时的供电时间，同学们就想办法用自制的油灯或蜡烛看书，经常学习到深夜一两点钟。我们可爱又可敬的上海老师们也都守候关心着我们。他们教学态度严谨认真，讲课却通俗易懂又不乏风趣精彩，我们都十分喜欢听上海老师讲课。平时老师们对我们要求非常严格，大大小小的考试不断，每天还要细致耐心地辅导、检查我们的作业。曾经有多少次我们做不出作业来，在午夜时分还去敲响老师的房门，让他们爬起来为我们讲解作业，尤其在西藏十分寒冷的冬夜，真让人心里非常感动和暖心。

在我们的生活方面，老师们又像父母家长一样，与我们打成一片，处处关心照顾，常常嘘寒问暖，体贴入微。有时我们没有吃上饭，去求助上海老师，他们就拿出从上海带来的面条煮给我们吃。那时拉萨市只有一家百货商店，就是有钱也买不到吃的东西。而他们虽然远离家乡亲人，在西藏也十分孤单艰难，但给我们的帮助付出和关爱是那样的丰富慷慨！特别是当有学生生病，他们更是关心照顾有加。他们为西藏的教育事业无私奉献、倾其所有；为学生们的学习尽心竭力、呕心沥血。那一件件、一幕幕感人至深的事今天依然在我眼前浮现。

⊙ 西藏师范学院，82届地理班合影

正因为我们得到了上海市的大力支持，又遇到了这样可敬可爱的好老师，还有好时代、好机会，才学到了许多科学知识，打下了坚实的专业基础，使我们班的大部分同学成为改革开放后第一批有较高专业素质、职业技能的中学地理教师。我则有幸留在大学任教，让我们这辈子为西藏的地理教育和教学及专业人才培养做出了应有的贡献。这首先要感谢党和国家的好政策与英明领导，其次要感谢上海市的大力支持和所有为此付出的人，尤其是我们敬爱的老师们，也要感谢我的母校西藏师范学院，即今天的西藏大学！如今我们都已纷纷退休，离开工作岗位，但依然有太多的回忆和不舍，有太多的感恩，感恩生活中曾经的一切，感恩生命中所有的人与美好！

作者简介：陈华，女，生于1962年1月，汉族。1976年随父母去西藏。1978—1982年就读于西藏师范学院地理专业。1982—1998年在西藏师范学院和西藏大学地理专业任教，副教授。2012—2017年任云南师范大学地理学院硕士研究生导师、副系主任。